改訂版

神話と歴史叙述

三浦佑之

講談社学術文庫

まえがき

日本列島に人びとが住み始めたのは三万〜四万年前と考えられているが、その日本列島人が自分たちの歴史を文字を用いて記録するようになったのは、六世紀ころのこととみてよかろうか。ただ、稲荷山古墳（埼玉県行田市）から出土した、鉄剣に金象嵌された一一五文字の漢字が、「乎《を》獲《わ》居臣《けのおみ》」一族の系譜と自らの役割を伝えているというところから考えると、五世紀後半にはすでに文字による歴史記述の萌芽はみられることになる（稲荷山鉄剣銘文の冒頭に刻まれた「辛亥年」は四七一年とみるのが定説）。しかも、かれらが中央の大王家と接触をもつ一族だとして、それほど大きいとは思えない乎獲居臣を名のる地方豪族が、すでにこの時代に八代にもわたる系譜をもち伝え、それを文字にしていたという事実は、歴史の記述ということを考えようとする場合にとても重要な意味をもつように思われる。

　そうした情況を考えると、日本書紀に出てくる、「皇太子《ひつぎのみこ》・嶋大臣《しまのおほおみ》、共に議りて、天皇記と国記、臣《おみ》・連《むらじ》・伴造《とものみやつこ》・国造《くにのみやつこ》・百八十部《ももやそべ》并せて公民《おほみたからども》等の本記を録《しる》す」という推古二八年（六二〇）是歳条の記事は、それほど突拍子もない記述だとは言えないだろう。それが事実かどうかは別にして、この時代に、王権の歴史を文字に遺す準備は十分に整えられていたことは間違いがない。

むろん、皇太子（厩戸皇子《うまやとのみこ》、聖徳太子のこと）と嶋大臣（蘇我馬子）のふたりがどこまで関与していたかとか、「天皇」という称号は存在したのかとか、細部にこだわれば留保すべき点は多々ある。しかし、三、四世紀に萌芽したヤマト王権がその基盤を強固なものとした七世紀初めに、文字によってその歴史（「国記」）や大王の系譜（「天皇記」）や氏族たちとの関係（「臣・連・伴造・国造・百八十部幷公民等本記」）を記録するというのは、当然のことだ。そして、そうした作業はここに始まったのではなく、そこからずっと遡ったところから営々と紡がれていたはずである。文字（漢字）を自在にあやつることができない段階においては、語りという手段を用いて。

推古から始まる七世紀は、ヤマト王権が国家へと変貌しようとする時代であった。そして、古代ヤマト王権が国家になるための装置として導入したのは、隋・唐という大帝国に肩を並べるための唯一無二の選択としての律令制度であった。それは七世紀初頭に萌芽し、成長して実を結ぶのにおよそ一〇〇年の歳月を要した。

律令制度を導入するということは法治国家を選択することであったが、とうぜんその法治国家は、中国帝国がそうであったように天皇（皇帝）と呼ばれる専制君主を頂点に戴いた中央集権国家の確立であった。そして、律令には、統治機構や経済・社会に関するあらゆる決まりが条文化され、違反した者に対する罰則が定められていた。

権力によって人びとを掌握し、税金（租・庸・調・雑徭）を徴収して諸制度を運用するわけだが、その権力が正統なものであり、今と未来とを保証するものだという安心感を人びとに与え、人びとを帰順させるだけの説得力をもつことが国家を持続させるための必須条件であった。それを担保するのが歴史であり神話である。

クニの始まりから今へと続く始源の出来事、神の子孫として地上に君臨する天皇の誇るべき事績とそのまわりに積み重ねられた営み、それらを今から未来へと伝えることで、国家の揺るぎない持続が保証されるのである。

国家というのは、権力としての法（律令）と幻想としての歴史とを車の両輪としてもつことによって、安定した持続が可能となる。この二つはおたがいに支えあうことによって十全に機能する。権力を補完するためにはそれに寄りかかろうとする幻想が必要であり、その幻想は、始まりを保証する神話とそこから今へと続く揺るぎない歴史によって共同化される。それゆえに、いつの時代もそうだが、そこに叙述される歴史は事実の集積というふうに考えるべきではない。あくまでも、王権あるいは国家の側から選ばれた事実であり物語である。そしてそこで語られる歴史＝物語が、権力としての法を支える幻想となる。そのために、古代律令国家が求めた歴史は、律令という制度がそうであったように、中国の史書をお手本として編まれることになった。それが国家の正史となる日本書紀（養老四年〈七二〇〉成立）であった。

ただし、現存する史書は日本書紀という書名を持ってはいるが、それは中国由来の正史からすると、未完の史書であった。中国の史書に範をとるかぎり、史書は、「日本書」でなければならなかったからである。つまり、「紀」と「志」と「伝」と、この三部が揃っていなければ史書とはいえないのである。「紀」というのは編年体で書かれた天皇の歴史、「志」というのは、国家を支える制度や支配する地方などに関する記録、「伝」というのは功績のあった皇子や臣下たちの伝記のことである。

当然、ヤマト王権がめざした国家の正史は、その三部が揃った「日本書」であったわけだが、養老四年に成立したのは天皇の事績を記した「日本書『紀』」だけであった。それに続けて、「日本書『志』」と「日本書『伝』」を編むべく準備が進められていた痕跡は、いろいろなところに遺されている。たとえば、和銅六年（七一三）に発せられたいわゆる風土記撰録の命令は、「日本書『志』」のなかの「地理志」を編むための資料集めであったはずだし、昔話「浦島太郎」の原話にもなった「浦島子伝」は、「日本書『伝』」の一編として収載するために書かれたものであると想定できるのである（これらの点については、改めて本書第一部で論じることになる）。

結局のところ、それが古代律令国家の現実ということになるのだろうが、紀・志・伝という三部仕立ての正史「日本書」は実現せず、「日本書『紀』」のみが独立して、「日本書紀」あるいは「日本紀」と呼ばれるようになり、それ以降の正史は、「日本紀」の名称と内実を受け継ぐかたちで『続日本紀』以下の歴史書に連なる。いわゆる六国史である。

そうした日本書紀に対して、いつも並べられ双子でもあるかのように扱われる古事記は、律令国家の歴史書などではありえないというのがわたしの主張である。少なくとも、その

「序」に述べられているような経緯（天武天皇の「勅語の旧辞」を暗唱していた稗田阿礼の語りを、元明天皇の命令で太安万侶が文字化した）は事実としては存在せず、「序」は後に付けられたとわたしは考えている。古事記の三巻に描かれている神話や伝承をみても、日本書紀とはまったく違う描き方をする古事記は、反国家・反王権的な臭いさえ漂わせているようにわたしには映る。少なくとも古事記は、律令国家とは離れたところに存在した。そして、日本書紀などよりは一世代あるいは二世代ほど古層の歴史を今に伝えているのではないかと想定している。

古事記と日本書紀とは、重複する神がみの世界と天皇たちの時代の出来事を伝えながら、その内容を検証するとまったく別の方向を向いている。今後の論述を先取りして言えば、どちらも歴史を志向しながら、出来事への向きあい方や、認識のし方が根底から違っているからだ。古事記では、上巻に語られる神がみの時間と中・下巻の天皇たちの時間は、神から人（天皇）へと直線的に流れてゆくようにみえながら、ときに両者は同時に存在し重なっているようにみえる部分がある。神がみの時代にも人（青人草）は生きており、人びとの時代にも神は存在する。そのようなかたちで神の時間と人間の時間が併存する古事記に対して、日本書紀は、はっきりと神の時代から人の時代へと、時間の流れに沿って歴史が動いた末に今があるという直線的な歴史観が明確に叙述されている。それが律令制度を支える歴史認識だからである。

日本列島の古代において歴史はどのようにあったのか、本書で考えようとするのはそういうことである。もちろん、文字によって記述される遥か以前から、歴史は語り継がれていたはずである。豪族たちの家々でも、王権的なクニにおいても、歴史は語りによって伝えられた。国家が出現したのちの時代においてさえ、音声による語りが歴史を支える一翼をになっていたはずである。しかし、その具体的なさまをわれわれは耳にすることはできないし、考古学的な遺物として掘りだされることもない。かろうじて知ることができるのは、遺された文字の奥に留め置かれた、「声」の痕跡である。それは、土のなかから遺物をヘラで掘りだすようなもので、生きてあるものではないし、十全な姿を伝えているわけでもない。しかし、古事記や日本書紀や風土記のなかに、わずかながらもその痕跡は探れるはずだとは考えている。

そうしたわたしの歴史語りに対する憧憬を濃厚に秘めながら、本書で正面から向きあうのは記述された歴史についてである。

本書ははじめ、古代文学研究叢書1『神話と歴史叙述』と題して、一九九八年に若草書房から刊行された。二〇年以上前のことであり、絶版になってから時を経て読まれる機会はまれになってしまった。そこには、現在のわたしの考え方の基礎になっている論考があって読んでもらいたいと思う一方、今はもう考え方が変わって現在の立場と齟齬をきたす部分もある。そこで今般、旧著『神話と歴史叙述』をもとにしながら、論文の差し替えや組み換えを行うとともに、残した論考も一部の削除や書き加えなどの手入れをし、新たな内容と装いをもった一書に生まれ変わらせた。それが本書『改訂版　神話と歴史叙述』である。

本書第一部「歴史叙述の方法」では、日本書紀と古事記というまったく性格を異にする二つの歴史書において、歴史はどのように叙述されているかということを論じている。古事記の描き方と日本書紀の描き方では何が違い何が共通するのか、二つの歴史書の違いを明らかにしようとする試みである。

古代律令国家はどのような過程を経て成立したのか。そこでどのような歴史が編まれたのか。ここで論じようとするのは、現実に営まれた事実としての歴史ではなく、記録され遺された「歴史」の問題である。それはあくまでも叙述された作品としてしか存在しない。ここでは、その叙述された歴史を「読む」という作業を通して確認することのできる古代とはいかなるものか、というところに垂鉛を下ろしてゆく。

古事記や日本書紀としてわれわれの前に遺された歴史書が描き出した古代をどのように読み、そこから古代国家における何が見いだせるかを考えるために、「史書」が成立する道筋を検証する作業から出発する。そこではおもに、日本書紀という作品に対峙し、何が書かれ何が書かれなかったのかということにこだわりながら、古代国家の歴史観、歴史認識がいかなるものであったかということを考える。

一方、国家の「正史」からは離れて存在する古事記の方法にも探りを入れる。具体的には、描かれた伝承や説話を成り立たせている表現や構造のあり方、あるいは系譜から浮かび上がってくる天皇家と豪族との関係などを分析することによって、古事記とはいかなる作品かということを明らかにする作業である。

本書第二部「歴史としての起源神話」では、起源神話の語り方について考察する。神話は、世界を根拠づける歴史としてあり、そこで物事の始まりを語るのが起源神話の役割である。歴史はそこからしか動きださない。

古事記においてはもちろん、日本書紀においてさえ、はじめに置かれた神がみの世界は、たんに悠久の時を叙述するために必要だったのではない。歴史そのものを成り立たせる根拠として、神がみの世界は描かれねばならなかったのである。神話とは、〈今〉を根拠づけるところの、その起源を明らかにするものであった。すべてはそこから始まった。大地も、自然も人も、そして神がみでさえも、起源を語る神話をもつことによって誕生し、それがすべての歴史を保証した。

このことは、始まりが最初にあったのではないということを語ってもいる。始まりの時とは、〈今〉を起点として遡上することによって見いだされるのである。そして、その見いだされた起源が絶対の規範となることで、今より前（歴史）と今からのち（未来）は揺るぎない連続として接続される。それが歴史を成り立たせるのである。

ここでは、起源神話にこだわりながら、古事記・日本書紀・風土記などに描かれた「神がみの物語」を分析する。おもに論じられるのは、笑いとイケニヘ、そして「青人草」が生活する大地とそこでの営みにかかわることどもの起源についてである。

各章の論文はそれぞれ独立したものとしてあり、書かれた時期も発表の媒体も違っているが、一貫して考えようとするのは、人と神との関係性、あるいは神話を語ることの意味といったものである。神話に根拠づけられてしか人は存在しないし、歴史もまた神話に根拠づけられてしか存在しないのだということを確認しておきたい。

目次

改訂版　神話と歴史叙述

凡例

1　資料の引用に際しては原文・訓み下し文ともに、古事記は日本思想大系（岩波書店）および新編日本古典文学全集（小学館）、日本書紀・風土記は日本古典文学大系（岩波書店）および新編日本古典文学全集、神楽歌は日本古典文学大系、続日本紀は新日本古典文学大系（岩波書店）、万葉集は講談社文庫、日本霊異記は新潮日本古典集成（新潮社）をおもに参照した。ただし、他のテキストや注釈書類を参照しながら、私見により訓読や漢字のあて方を改めた部分もある。本文中では略称（大系とか全集など）を用いて記述することがある。

2　神名や歴史上の人物については、引用文はもちろん、本文においても旧かな遣いによって読みを付した。なお、神名の一部を本文ではカタカナを用いて表記するが、その場合も旧かな表記とした。そのほうが、元の意味を復元しやすいからである。

3　神名・人名の表記は、漢字を優先した章と、カタカナ表記を優先ないしは混在した章とがあって、統一していない。論文の性格や発表時期の違いによるが、とくに法則性があるわけではないということをご了解いただきたい。読みやすい表記を心がけた。

4　各章ごとに注番号を付して引用文献の典拠を明らかにしたが、注は一括して巻末に置いた。また所収論文の初出時の情報も、巻末の注のなかに記した。

改訂版　神話と歴史叙述

第一部　歴史叙述の方法

第一章　『日本書』から日本書紀へ――史書の構想と挫折

古代大和王権が国家になるための装置として導入したのは、中国の制度であった。おそらくそれは七世紀初頭に萌芽し、成長して実を結ぶのにおよそ一〇〇年の歳月を要した。

国家になるための具体的な装置は、法としての律令、歴史としての史書、経済としての貨幣などであり、それら諸制度を統括する役割を文字がになっていた。そのことを呉哲男は、共同体のように「過剰性の排除としての装置である『外部』」をもたない国家は「その内部に対他性（共同体）を作り出し、内部に円環する構造を創出する必要」があり、その役割を「その内部になう「律令・貨幣・文字」は、「国家の内面化された共同性の表現」だと述べている[1]。それらの制度は当然、自ら選びとったというよりは、東アジアの端っこに位置する島国にとっては唯一の制度として与えられたものであった。いうまでもなくそれは、隋・唐という大帝国に肩を並べようとする装いだったのである。

これら国家への脱皮の試みとしての諸制度の整備については、日本書紀に連ねられた記事を辿ってゆくとおおよその輪郭が見えてくる。そして気づくことは、法と史書の試みはつねに対応するかたちであらわれてくるということである。あたかも車の両輪のように同じ時期に企図され、事業は並列的に進んでゆく。その試みは聖徳太子の時代に始まり、八世紀初頭における法と史書の完成に至るまで、一〇〇年にわたって営々と積み重ねられていったのである。

ここではその軌跡を追いながら、古代律令国家における史書の構想を考えてみたい。

史書と法――『日本書』の構想

大宝律令の改訂版ともいうべき養老律令（律・令、各十巻）の撰定に呼応するように、養老四年（七二〇）五月、国家の正史・日本書紀の完成が報告される。

A　是より先、一品舎人親王《いっぽんとねりのみこ》、勅を奉《う》けたまはりて日本紀を修《あ》む。是に至りて功《くう》成りて奏上《さしあ》ぐ。紀三十巻・系図一巻。（続日本紀、養老四年五月二一日）

その成立への道筋はのちに辿るとして、ここには「日本紀」という書名が見え、現存しない「系図」の存在が確認される。

この正史については、「日本紀」と「日本書紀」と、二つの書名がまず問題になる。いうまでもなく『続日本紀』以下の国史は、ここに記された「日本紀」という書名を受け継いで名付けられており、古文献には「日本書紀」と「日本紀」と、両方の書名が登場する。残された古写本類では日本書紀と題するものが多いが、典拠としたはずの中国の正史は、本紀・

志・列伝の揃った「○書」（「王朝名＋書」で『漢書』『隋書』など）と呼ばれる紀伝体の形式をとるのが普通であり、編年体の体裁をとる史書は「○紀」と呼ばれるが、「○書紀」という書名をもつ史書は存在しない。

こうした書名や内容への疑問については従来からさまざまに論じられてきたが、諸説を整理しながらわたしなりの見解をまとめておくと[2]、初め、史書の構想としては、紀・志・伝の揃った『漢書』など中国正史を踏まえた『日本書』がもくろまれていたのだが、実際に成立したのは資料Aにあるように「紀（帝紀）」と「系図」だけであった。おそらくその書名は、神田喜一郎が言うように、「『日本書』という題名の下に、小字で「紀」としるし、これが『日本書』の「紀」であること」を表示しようとして『日本書　紀』とされていたものが、転写されるうちに日本書紀になってしまった[3]とみるのが説得力をもつ。したがって、「日本紀」という書名は、『日本書』の構想自体が頓挫した後に登場した書名であり、『続日本紀』以下の正史はそれを受け継ぐことになったらしい。現存古写本類の書名日本書紀からみて、養老四年の奏上時点においては、『日本書』が構想されていたか、少なくとも表向きは『日本書』の一部として認識されていたはずである。資料A『続日本紀』に「日本紀」と記されているのは『続日本紀』の編纂段階（延暦一六年〈七九七〉成立）における歴史認識によって記されているためで、奏上時点の書名が「日本紀」だったわけではない。

現存『日本書紀（日本紀）』は、もとは、正史『日本書』の一部として編まれた書物だった。初めから「紀三十巻」だけの「日本紀」編纂を目的としていたわけではないということは、今は散逸した「系図一巻」（『漢書』でいえば「表」に相当するもの）の存在が証明しているはずだ。そもそも「紀三十巻」という注記自体が、「紀」以外の史書の構想を裏付けており、「日本紀」と記された書名との齟齬を露呈している。そして、「紀」のほかに『日本書』のための「志」や「列伝」が準備されていたという痕跡は、史書編纂の営みをたどってゆくことによってさまざまに見いだせるのである。

国家の成立と存続を保証する装置として〈史〉と〈法〉とは緊密に連関する。そのことは、史と法の始発が、ともに聖徳太子に求められて、対なるものとして受け継がれてゆくという事実によって確認することができる。

B　夏四月の丙寅の朔戊辰に、皇太子、親《みづか》ら肇《はじ》めて憲法十七条作りたまふ。一に曰はく、和《わ》を以ちて貴《たふと》しとなし、忤《さか》ふること無きを宗《むね》とせよ。（以下、略）
（日本書紀、推古天皇一二年〈六〇四〉四月一日）

C　是の歳、皇太子《ひつぎのみこ》・嶋大臣《しまのおほおみ》、共に議りて、天皇記と国記、臣・連・伴造《とものみやつこ》・国造《くにのみやつこ》・百《もも》八十部《やそべ》并せて公民《おほみたからども》等の本記を録《しる》す。
（同右、推古天皇二八年〈六二〇〉是歳）

初めての女帝、推古天皇の即位とともに皇太子となり「摂政」となった聖徳太子（厩戸皇《うまやとのみ》子《こ》のことだが、日本書紀の認識では聖人化されて聖徳太子と呼ばれているので、以下の論述はそれに従う）は、国家を確立するために必要な人物として日本書紀には位置づけられている。彼が、仏教による倫理観を体現し、「知」を象徴する偉大なる耳をもち、厩の前で誕生したという貴種誕生の神話をもたねばならなかったのは、新たな国家秩序の始発が、この皇太子の部族的・クニ的な共同体を逸脱した世界性に求められたからである。(4) つまり、聖徳太子こそが、世界に肩を並べようとする国家の意志とそれを可能にする「知」の始まりとを宣言するために選ばれた最初の人として位置づけられた神話的な存在だったのである。したがって、資料BやCに記された法や史書が実体として認められるか否かはどちらでもかまわないということになる。ここでは、奈良朝における歴史認識として、史と法との起源が聖徳太子に求められていたということが確認できればよいのである。

そして、そこに始発した史と法は、聖徳太子から、「大化の改新」と呼ばれる革命（これも日本書紀の歴史認識であり、歴史学的には「乙巳《いっし》の変」と呼ばれている）、中大兄皇子＝天智天皇へと受け継がれてゆくことになった。これもまた、次のような神話を背負っている。

D　蘇我臣蝦夷等、誅《ころ》されむとして、悉に天皇記・国記・珍宝を焼く。船史恵尺《ふねのふひとゑさか》、即ち疾《と》く、焼かるる国記を取りて、中大兄に奉献《たてまつ》る。

（日本書紀、皇極天皇四年〈六四五〉六月一三日）

E　皇極、鏡を握らせたまふ時に、国記皆燔《や》け、幼弱は其の根源に迷ひ、狡強は其の偽説を倍《ま》せり。天智天皇の儲宮《ひつぎのみや》たりしとき、船史恵尺、爐書《じんしょ》を奉進す。

F　天智天皇元年に至りて、令廿二巻を制す。世人謂へるところの近江朝廷の令なり。
（『新撰姓氏録』序）
（『類聚三代格』巻一・序事・格式序）

蘇我氏は、自らが編纂に関与した国家の神話「天皇記・国記」を道連れに滅亡しようとするが、それは船史恵尺という忠臣の手によって中大兄に引き継がれたというのである。ただし、Dによれば、「天皇記」は灰燼に帰したということになり、焼け焦げた「国記」だけが遺されたのである。それによって、「幼弱は其の根源に迷ひ、狡強は其の偽説を倍せり」（E）という無秩序な世界への回帰を辛うじて押しとどめ、中大兄皇子を聖徳太子の後継者へと導くことになった。

ここに登場する船史恵尺という人物は、最初の火葬者として名高い僧道照の父にあたり、王辰爾《じんに》を始祖とする渡来系の一族である。ここに描かれていることに事実があるか否かは別にして、「史書」継承の神話に渡来系の人物が関与しているというのは象徴的なことであると言わねばならない。

船氏の祖・王辰爾は、蘇我稲目の命を受けて「船の賦を数へ録す」役割を与えられて船史の姓を得たという始祖神話をもっており（欽明紀一四年七月）、蘇我氏と親密な関係にあったばかりでなく、記録という作業に長けた人物だったということがわかる。おそらくこの一族は、聖徳太子と蘇我氏とによって作られた史書（天皇記・国記）の編纂・管理にも関与していた可能性が高く、だからこそ、火の中から「燼書」（焼け残った書物）を持ち出す役割を担わねばならなかったのだということができる。

Ｆの記事にいう「天智天皇元年」は即位元年のことで、天智七年（六六八）にあたるが、該当記事は日本書紀には見いだせない。しかし、天智紀九年二月の、「戸籍を造る。盗賊と浮浪とを断《や》む」とある初めての戸籍「庚午年籍」の作成に先立って「近江令」が成立していたということは、その内容がいかなるものかは別にして明らかだろう。そして当然、それは〈法〉の起源としての、推古紀一二年の「憲法十七条」（資料Ｂ）に根拠づけられて存在しうるものであった。

こうした史書と法とのありようは、古代律令国家の起源が聖徳太子にあり、それが中大兄に受け継がれて新たに歩みはじめたという歴史認識がたしかに存したということを示している。そして、その史と法とは、再び生じた「壬申の乱」と呼ばれる動乱を経たのちに、天武天皇によって確立されることになるのである。そのように認識することが、クーデターによって即位した天武が、皇統を受け継ぐ正統な天皇であることを保証することでもあった。聖徳太子と中大兄皇子とによってなされた事業を継承する王権であると主張することこそが「壬申の乱」を聖戦にし、それによって天武は、律令国家の中興の祖としての天皇という位置に立ち得たのである。そして、その流れは八世紀初頭の法と史との完成へと受け継がれてゆく。

「律令」を例にとれば、「憲法十七条」は措くとしても、「近江令」を受け継いだものとして、「浄御原令」があり、その意志を継いだ法として「大宝令」「養老令」へと改定されて、法＝国家は完成する。その場合、「憲法十七条」はもちろん「近江令」もまた、実際に施行されたか否かは問題ではない。そこに根拠を置くことで、以降の〈法〉は確かに国家を支える制度になりえたということである。

天武朝における法と史

聖徳太子も中大兄もそうであったように、天武もまた、法と史とを両輪として律令制国家を完成に導いた天皇として位置づけられている。つねに法と史とは対応するものとして認識され続けるということである。

G　天皇・皇后、共に大極殿に居《おは》しまして、親王・諸王及び諸臣を喚《め》して、詔して曰はく、「朕、今より更《また》律令を定め、法式を改めむと欲《おも》ふ。故、倶に是の事を修めよ。然も頓《ひたぶる》に是のみを務に就《な》さば、公事《くじ》闕《か》くこと有らむ。人を分けて行ふべし」と。

（日本書紀、天武天皇一〇年〈六八一〉二月二五日）

H　天皇、大極殿に御して、川嶋皇子・忍壁皇子・広瀬王・竹田王・桑田王・三野王・大錦下上毛野君三千・小錦中忌部連首《おびと》・小錦下阿曇連稲敷・難波連大形・大山上中臣連大嶋・大山下平群臣子首《こびと》に詔して、帝紀及び上古の諸事を記し定めしめたまふ。大嶋・子首、親ら筆を執りて以て録す。

（同右、天武天皇一〇年三月一七日）

法の撰定作業（G）と史の編纂事業（H）は、ともに天武一〇年に相次いで出された詔によって開始されており、両者が一体のものであるということを如実に示している。また、Hの記事は、古事記「序」に記された天武の発したという勅命と、認識としては同じものだとみなくてはならない。

I　是に天皇詔りたまひしく、「朕聞く、諸家の賷《も》てる帝紀と本辞と、既に正実に違ひ、多く虚偽を加へたり。今の時に当りて、其の失《あやまり》を改めずば、幾年も経ずして其の旨滅びなむとす。斯れ乃ち、邦家の経緯、王家の鴻基なり。故、惟《おもひ》みれば、帝紀を撰録し、旧辞を討覈して、偽りを削り実《まこと》を定めて、後葉《のちのよ》に流《つた》へむと欲ふ」と。時に舎人有り。姓は稗田、名は阿礼、年は廿八。人と為《な》り聡明にして、目に度《わた》れば口に誦《よ》み、耳に払るれば心に勒《しる》す。即ち、阿礼に勅語《みことのり》して帝皇日継と先代旧辞とを誦み習はしめたまひき。然あれども、運《とき》移り世異《かは》りて、未だ其の事を行ひたまはざりき。

ここで言おうとしていることは、先に引いた資料D・Eの、大化の改新にいたる国家の危機としての秩序の混乱とおなじことである。そして、蘇我氏のもとからかろうじて持ち出された「燼書」がその無秩序を救ったように、「天武の意志」という神話に依拠して新秩序を目指すのである。このIを含む序文を、古事記という書かれたテキストの根拠を語る〈神話〉として読むべきだといったのは斎藤英喜であった。[5] その的確な指摘はHについてもいえることで、天武紀一〇年の詔は、現存日本書紀にとって、「帝紀・上古諸事」＝史の起源神話なのである。近江令から養老令への連続した流れとして〈法〉が完成したように、天武一〇年の詔から養老四年の「日本紀」奏上に至る〈史〉の試みは連続性をもっているのである。[6]

しかし、起源（巻一・二の「神代」）と天皇の事績（巻三以降の天皇紀）だけでは、法＝律令に対応する〈史〉の構想としては十全とはいえない。史には、天皇を支える臣下や人民の記録である〈伝〉と制度や国土に関する叙述である〈志〉が揃っていなければならないからである。

もちろん、各氏族の根拠や天皇家と氏族との関係も日本書紀には語られているが、それらはあくまでも天皇の側から位置づけられ記述されているに過ぎない。別に、氏族との関係については、天武天皇一三年一〇月条に見られる「八色の姓」の制定や、持統紀五年八月条に記された「祖先の墓記」上進に認められるように、天皇と氏族との関係性を確認しようとする作業がさまざまに行なわれていたのは明らかである。また、もう一つ重要な点である時間軸に対する空間軸、あるいは王権に対する民、朝廷に対する地方などの叙述も、現存する日本書紀からは抜け落ちているが、おそらく当初に構想された『日本書』は、それらを含む史書としてもくろまれたはずなのである。そして、その痕跡は、天武朝から文武朝における日本書紀や『続日本紀』の断片的な記事から、ある程度は想定することが可能である。次節以下でその点を考察するが、その前に、法と史とに関連する次のような資料を確認しておく。

J　境部連石積《いはつみ》等に命《みことのり》して、更に肇めて新字《にひな》一部四十四巻を造らしむ。（日本書紀、天武天皇一一年〈六八二〉三月一三日）

K　皇子施基《しき》・直広肆《じきくわうし》佐味朝臣宿那麻呂《すくなまろ》・羽田朝臣斉《むごへ》・勤広肆伊預部《いよべ》連馬飼・調忌寸《つきのいみき》老人《おきな》、務大参《むだいさん》大伴宿禰手拍《たうち》と巨勢朝臣多益須《たやす》等とを以ちて、撰善言司《よきことえらぶつかさ》に拝《め》す。（同右、持統天皇三年〈六八九〉六月二日）

L　浄大参刑部親王・直広壱藤原朝臣不比等・直大弐粟田朝臣真人・直広参下毛野《しもつけの》朝臣古麻呂・直広肆伊岐連博得《はかとこ》・直広肆伊預部連馬養・勤大壱薩弘恪《さつこうかく》・勤広参土部《はじ》宿禰甥《をひ》・勤大肆坂合部《さかひべ》宿禰唐《もろこし》・務大壱白猪史骨《しらゐふひとほね》・追大壱黄文連《きぶみのむらじ》備《そなふ》・田辺史百枝《ももえ》・道君首名《おびとな》・狭井宿禰尺麻呂《さかまろ》・追大壱鍛造《かぬち》大角《おほすみ》・進大壱額田部連林・進大弐田辺史首名・山口伊美伎《いみき》大麻呂・直広肆調伊美伎《つきのいみき》老人《おきな》等に勅して、律令を撰び定めしめたまふ。禄賜ふこと各《おのおの》差《しな》有り。（続日本紀、文武天皇四年〈七〇〇〉六月一七日）

M　三品刑部親王・正三位藤原朝臣不比等・従四位下下毛野朝臣古麻呂・従五位下伊吉連博徳・伊余部連馬養らをして律令を撰び定めしむること、是に始めて成る。大略、浄御原《きよみはらの》朝庭《みかど》を以ちて准正となす。仍て禄賜ふこと差有り。（同右、大宝元年〈七〇一〉八月三日）

N　詔して、諸国の国造の氏を定めたまふ。其の名、国造記に具なり。

（同右、大宝二年〈七〇二〉四月一三日）

Ｊは白雉四年（六五三）に学生として唐へ留学した境部連石積に対して命じられた「新字」を造る事業、Ｋは施基皇子および知識官人らに命じられた「撰善言司」の設置記事である。前者の「新字」については、古く和田英松が、「国史の編輯と、何等かの関係のあつたやうに考へられ」ると指摘し、[7]それを受けるかたちで嵐義人は、「律令制の整備および国史編纂事業の前提として、字体・訓の一定化が要請される中で勅命により編まれた、わが国最初の漢和字典とでも解釈すべきもの」であったと述べているのが参考になる。[8]「文字」が国家の制度を保証するものだというのは確かなことで、法と史との撰定に関する天武の勅命（資料Ｇ・Ｈ）が出された直後に命じられた「新字」の策定事業が、律令あるいは史書の編纂に密接にかかわるものだという推定は動かないだろう。

とすればＫに記された「撰善言司」の設置と任命も、史書編纂にかかわる司の設置であったとみて誤らないはずである。先行研究としては、「南朝宋の范泰の古今善言三十巻を模範にし、雄略五年二月条・天智八年十月条の善言のような説話を集成して、軽皇子（草壁皇子の子）や皇族・貴族の子弟の修養に役立てようとしたのであろう。しかし編集未了のまま解散し、稿本は書紀編纂の資料となったものと考えられる」というような説明があるが、[9]「修養に役立て」るというよりは、もともと史書編纂のために設置された役所であったと考えるべきだ。ここに指名されたうちの伊預部連馬飼と調忌寸（伊美伎）老人が律令の選定にも任じられていた（資料L）ということから推測するならば、「伝」の編纂などがもっとも適切な仕事ではなかったかと考えられる。

なお、法と史とが緊密に連関し、それに付随すると思われる諸事業の担当者の何人かが重複しているという点からも、天武一〇年以降に実施される諸事業の性格とその接点は確認できる。「人を分けて行ふべし」という天武の詔（資料G）にもかかわらず、複数の事業に名前を連ねている人物をあげると次のようになる。

刑部（忍壁）皇子＝「帝紀・上古諸事」（資料H）と「律令」撰定（資料L／M）
伊預部連馬飼（養）＝「撰善言司」（資料K）と「律令」撰定（資料L／M）
調忌寸老人＝「撰善言司」（資料K）と「律令」撰定（資料L）
中臣連大嶋＝「帝紀・上古諸事」（資料H）と「諸国境界」の限分（後掲資料Q）

おそらく、こうしたありようは、これらが一体の事業であり、その職務分担として重複した人事が現れているとみるべきなのである。

『日本書・志』の構想

もともと律令国家の正史が『日本書』として構想されていたということは述べたが、そうだとすれば、日本書紀として現存する「帝紀」部分（『日本書・紀』にあたる）以外に、『日本書・志』や『日本書・列伝』がもくろまれていたはずである。その痕跡を確認するために、まず『日本書・志』の構想の可能性を考えてゆくと、次のような資料の存在に気づく。

O　国々の壃堺《さかひ》を観て、或いは書《ふみ》にしるし或いは図《かた》をかきて、持ち来りて示《み》せ奉れ。国県《くにあがた》の名は、来《まゐこ》む時に将に定めむ。（日本書紀、大化二年〈六四六〉八月一四日）

P　多禰《たね》島に遣しし使人等、多禰国の図を貢れり。其の国の、京を去ること、五千余里。筑紫の南の海中に居り。（同右、天武天皇一〇年〈六八一〉八月二〇日）

Q　諸王五位伊勢王・大錦下羽田公八国・小錦下多臣品治《ほむち》・小錦下中臣連大嶋・幷て判官・録史・工匠者等を遣して、天下に巡行《めぐりゆ》きて、諸国の境堺《さかひ》を限分《さか》ふ。然るに是年、限分ふに堪へず。（同右、天武天皇一二年一二月一三日）

R　伊勢王等を遣して、諸国の堺を定めしむ。（同右、天武天皇一三年一〇月三日）

いずれも、境界の策定と書や地図の作成に関する記事である。OやPにみられる国々の境界を書や図に記すという行為は、国家における版図を確定する作業であり、それは空間的に国家を確認しようとする行為である。しかも、法や史がそうであったように、その作業もまた、「大化の改新」に根拠を求めているということは、歴史認識として重要なことである。つまり、律令撰定や史書編纂と同じレベルでO〜Rに記された事業も存在したということになる。いうまでもなく、これらは、資料Oを起源として行われた一連の事業であり、『漢書』でいえば〈地理志〉へと結実されるべき企てであった。『日本書・紀』によってもたらされる王権の縦の〈時間軸〉と、それに対応する〈空間軸〉としての国土と人民の掌握によって、完結した国家は完成する。そのために、版図の確定（資料O〜R）や在地豪族を国家に位置づけるための国造の氏の確定（資料N）などが必要だったのである。そして、〈地理志〉の構想は、結果的には、いわゆる風土記として後世に伝えられることになった。

S　畿内と七道との諸国の郡・郷の名は、好《よ》き字を着けしむ。其の郡の内に生れる、銀・銅・彩色・草・木・禽《とり》・獣《けだもの》・魚・虫等の物は、具に色目を録し、土地の沃堉《よくせき》、山川原野の名号の所由、また、古老の相伝ふる旧聞・異事は、史籍に載《しる》して言上せしむ。
（続日本紀、和銅六年〈七一三〉五月二日）

朝廷の内部で律令が撰定され史書が編纂されている最中に、各国に対して出された「史籍」の編纂命令は、その時期から考えても内容からみても、間違いなく『日本書・志』の構想を実現するための資料を収集する目的で企てられたものであったとみなければならない。たとえば神田秀夫は、「わたしの素人考えですけど、風土記というのは、漢書でいえば一種の地理志みたいなもので、『書』をつくらせる資料として提出させたものが、ああいうふうに変形したんじゃないかと思うんです」と指摘しており[10]、同様の発言は、呉哲男によってもなされている。[11]

資料Sで各国に命じられているのは、①郡郷名、②特産品、③土地の沃堉状態、④山川原野名号の所由、⑤古老相伝旧聞異事、の五項目の整理・編纂である。このうち、①の郡郷名に好字を付けよという命令は、資料Oの、「国県の名は、来む時に将に定めむ」という記事と対応している。国家が地名を所有することは、その土地を所有することになる。③の土地の沃堉（肥沃）状態の掌握は、律令国家の制度的基盤となる班田収授法を支えるために必要な項目であるとともに、②の特産品とともに、税制度を維持するための経済的な側面を確認する意味ももっているだろう。④山川原野名号の所由と⑤古老相伝旧聞異事の二項目は、在地の〈神話〉を手に入れることを意味しており、それは、国家が地方の民と土地とを支配するために必要な、古代的にはもっとも重要な項目だったのである。なぜなら、〈神話〉を手に入れるということは地方の共同体に固有な幻想を奪い取ることであり、それによって解体した共同体から土地と民とを国家の内部に組み込むことができるからである。それは、法＝律令における戸籍の作成に見合う行為だといってもよい。

どれだけの国がいつ頃までに、国家の要求に応じて五項目の「解」を提出したかはわからないが、提出された「解」が『日本書・志』として纏められることはついになかった。その理由も定かではないが、あるいは、それらが国家の側の史書編纂の論理や歴史認識を超えていて、統括することができなかったということなのかもしれない。また、現存風土記でいえば、出雲国風土記は命令から二〇年も後の天平五年（七三三）になって上申されており、それは『日本紀（日本書・紀）』奏上から一〇年以上も経過しているわけで、その頃にはすでに、『日本書』の構想自体が挫折していたのかもしれない。理由はどうあれ、「地理志」編纂の基礎資料を収集するという所期の目的とは別のかたちで、上申された「解」は風土記として後世に伝えられることになったのである。

もちろん、「地理志」だけが〈志〉であったわけではない。たとえば、『漢書』における「志」は、律歴・礼楽・刑法・食貨・郊祀・天文・五行・地理・溝洫・芸文の十志から構成されている。このうちの地理志を除いては、行政記録などで対応できるものであり、朝廷の内部において対処すべき内容である。それなのに、『日本書・志』そのものが一部分でも成立したという痕跡を持たないのは、『日本書』の構想自体が、早くに、たとえば養老四年の『日本紀（日本書・紀）』奏上以前にすでに頓挫していたということを示唆しているのかもしれない。ただ、少なくとも和銅六年に諸国に対して「史籍」編纂命令が出された時点においては、確かに『日本書』は構想されていたのである。

『日本書・列伝』の構想

残された資料から『日本書・列伝』の構想を窺わせるような具体的な事例を探すことは困難だが、神田秀夫が指摘する次の命令は、その一つの痕跡と言えるのではないか(12)。

T　十八の氏〈大三輪・雀部・石上・藤原・石川・巨勢・膳部・春日・上毛野・大伴・紀

伊・平群・羽田・阿倍・佐伯・采女・穂積・阿曇〉に詔して、其の祖等の墓記を上進らしむ。

（日本書紀、持統天皇五年〈六九一〉八月一三日）

また、持統三年（六八九）に任命された「撰善言司」（資料K）も先に、〈伝〉の構想にかかわる役所ではないかと指摘した。『続日本紀』の記事のなかに、孝子の顕彰や卒伝（死亡記事に添えられた出自や経歴）が多く挿入されてくるというのは、重要人物の伝記としての『日本書・列伝』の変形だったのかもしれないし、『懐風藻』に漢詩を収める皇子たちに、序のかたちで「伝」が添えられているのも、それが天武朝以降の〈史〉の構想と無縁ではないと想像することも可能である。

はっきりと「伝」と呼べるような資料はないが、もし『日本書』が完成したとすれば、その「列伝」に加えられたであろう人物として、まっさきに聖徳太子や藤原鎌足が思い浮かぶし、日本武尊《やまとたけるのみこと》や武内宿禰など忠誠を尽くした皇子や臣下たちの何人かを数え上げることもできる。そして、成立の時代は下るが、聖徳太子伝や鎌足伝は現実に存在する。言われているように、推古紀に記載されている聖徳太子関係の記事は、すでに早くから伝説化されていた太子物語によって構成されているのであろうし、さまざまに伝えられ書かれていた聖徳太子伝説を集成したものが『上宮聖徳法王帝説』に纏められたのだろうが、現存本以前に「聖徳太子伝」と呼びうる書物が存在していた可能性は十分に考えられるのではないか。

『（藤氏）家伝』の「大織冠伝（鎌足伝）」の場合には、現存本の作者は藤原仲麻呂とされているから八世紀中期の成立だが、日本書紀の記事と重なる部分が存在し、坂本太郎は、「両者の共通の祖本があり、その祖本を適当に節略して、両者の文ができたと解すべきもののようである。その祖本は鎌足個人の伝記であって、没後遠からぬ頃に作られた、ほんとうの功臣家伝というべきものではなかったろうか」と述べている。(13)それは、あるいは『日本書・列伝』のために書かれたものだったかもしれない。

神田秀夫は、「日本には史記・漢書・後漢書・三国志・晋書のやうに、列伝に於て、人間の行跡を、個人を単位として、その社会に於ける個性として、登録し、評価するやうな歴史意識がまだなかつたのである。だから、日本書列伝の作れやうわけがなかつたのである。」と、かやうに私は考へる」と述べるのだが、(14)七世紀後半という時点で考えれば、必ずしも作れないわけではなかった。

その証拠として「浦島太郎」にふれておく。あるいは唐突な発言に聞こえるかもしれないが、浦島太郎の元祖として有名な「浦島子」は、『日本書・列伝』に加えられる人物の一人として存在したのではないかと考える微かな痕跡があるからである。それは、雄略紀に載せられた浦島子の記事にある「語在別巻」という四文字の存在から推測される。

U　丹波国の余社《よさ》郡の管川の人、瑞《みづ》の江の浦嶋子、船に乗りて釣す。遂に大亀を得たり。便ちに女に化為《な》る。是に、浦嶋子、感《たけ》りて婦《め》にす。相ひ逐《したが》ひて海に入る。蓬萊山《ほうらいさん》に到りて、仙衆を歴り観る。語は、別巻に在り（語在別巻）。

（日本書紀、雄略天皇二二年七月）

ここにいう「別巻」を素直に読めば、日本書紀の雄略天皇の巻とは別の巻に詳しい記事が記されていると解釈できる。ところが、現存する日本書紀には該当する記事がない。そこで、この「別巻」とは日本書紀とは関係のない浦島子を描いた別の書物をさしていると理解されているが、それを「別巻」と呼ぶのは、日本書紀の叙述方法からみていかにも不自然である。藤井貞和の調査によれば、日本書紀には「語在〇〇」「辞具在〇〇」「事具在〇〇」といった事例が当該記事を含めて一一例あり、そのうち資料Uの「語在別巻」を除いた一〇例については、すべて指示された天皇紀に該当する記事が見いだせるという。

そこから言えば、「『日本書紀』の雄略巻以外の巻のことか、または『日本書紀』の付録に『別巻』があり、そこに叙述されている」べきだが、その事実はないから、この「別巻」は「言われているように『浦嶋子伝』とでも称すべき書物が世に行われており、それを指す」ものだと藤井は述べている。[15] しかし、史書とは無関係な書物をさして「別巻」と呼んでいると考えるのは無理がある。

わたしの考えでは、雄略紀にいう「別巻」とは、丹後国風土記（逸文）として遺された「浦島子伝」の、「是は、旧の宰《みこともち》、伊預部馬養連が記せるに相乖くこと無し。故、略《おほよそ》、所由《こと》之旨《のよし》を陳ぶ」という前書きから想定できるように、七世紀末期頃に伊預部馬養という人物によって書かれた作品だったとみなすべきである。[16] そして、この作品は、『日本書』の構想の一部として位置づけられていたのである。『続日本紀』和銅六年（七一三）四月三日条にみえる丹波国の丹波と丹後とへの分国記事（「丹波国加佐・与佐・丹波・竹野・熊野の五郡を割きて、始めて丹後国を置く」）から考えて、余社（与佐）郡を丹波国と記している雄略紀の記事（資料U）は、和銅六年以前に書かれたものであったと推測することができる。また、法と史との構想から考えると、その時代にあっては、〈史〉は「紀」のほかに「志」と「伝」とを備えた『日本書』としてもくろまれていたとみなければならない。ちなみに和銅六年は、「地理志」としての風土記撰録が命じられた年であった。

一方、伊預部馬養という人物は、前述したように、「律令」撰定と「撰善言司」に携わった官僚であり、その経歴からみて、(17)当時一級の学者であった。その、法と史とに関与する官僚学者の手によって創作された神仙小説が「浦島子伝」だったのである。おそらくそれは、持統朝から文武朝初期頃までには成立していただろう。しかも馬養が、「律令」撰定や「撰善言司」という国家の法と史との中枢部に参画する人物であるところからみて、その作品「浦島子伝」が、構想されている『日本書』の〈列伝〉に加えられる（あるいは加えられる予定であった）という推測は十分に納得できることである。なぜなら、日本にも中国とおなじように何百年も生きた仙人が実在し、その事跡が史書に記されていなければならないからである。だから、のちに編纂される『日本書・列伝』に掲載される予定の、三百年の時間を生きた浦島子の仙境訪問の物語「浦島子伝」を指して、『日本書・紀』の雄略巻が「語在別巻」と記すことになったのである。

古事記とは何か

以上に述べてきたように、古代律令国家において〈法〉と〈史〉とはつねに対になる存在として認識され、その撰録・編纂の事業は並列的に行われてきた。そして、天武一〇年からおよそ四〇年間の、法と史とへの国家の側の欲求の強固さをみたとき、「志」と「列伝」を含めた正史『日本書』の構想が確かにあったということは納得できるはずである。その歴史的な流れのなかで、日本書紀や風土記は当初の意図とは姿を変えはしたが、必然的なものとして出現することになったのである。

ところが、その流れに古事記を置いてみると、この書物の登場する必然性は見いだしにくいと言わざるをえないのである。〈史〉の本流から逸れていると言ってもよい。

すでにふれたように、その序文によれば、古事記は天武天皇の勅を受けて企てられたものであり（資料Ⅰ）、それは日本書紀へと結実することになった史書の構想にも見合うわけだが、それならばなぜ、古事記が成立した八年後に日本書紀が奏上されることになったのか、また、なぜ古事記が『漢書』など中国史書とは大きく異なった構成や体裁をとっているのか、といった疑問に解答を与えることはできない。古事記・日本書紀の二書が元は一つのところから出ているとしても[18]、古事記と日本書紀とでは、その性格に本質的な差異があるとみなすべきである。少なくとも、古事記は、律令国家の歴史としては役に立たないしろものであったと考えざるをえない。

Ⅴ　焉《ここ》に、旧辞の誤り忤《たが》へるを惜しみ、先紀の謬《あやま》り錯《まじは》れるを正さむとして、和銅四年九月十八日、臣安万侶に詔して、稗田阿礼が誦めるの勅語の旧辞を撰録して献上《たてまつ》らしむといへれば、謹みて詔旨《みことのり》の随《まにま》に、子細に採《と》り摭《ひり》ひぬ。（古事記、序）

天武の事業が止むなく中断したままになっていたのを惜しんだ元明女帝が太安万侶に命じて成ったのが古事記だという。天武天皇の皇子草壁の妃であった元明（阿閉皇女）は、天智天皇の皇女であり、母は蘇我山田石川麻呂の娘であり、その系譜に見いだせる親や一族は、まさに「史書」構想の歴史を体現した人物たちであった。蘇我氏は聖徳太子とともに「天皇記・国記」を編纂した一族であり、それを受け継いだ天皇が天智であり天武であったのだから、元明は始源の史書「天皇記・国記」を受け継ぎ、史書を完成させるという使命を担うべき存在だったのである。その意味で、資料Ⅴに引いた古事記序文の説明は説得力を持っているとは言える。

しかし、古事記「序」の説明が真実であるとするならば、天武は自らが公式に命じた史書編纂事業とは相反することを陰でこっそり行っていたことになり、元明天皇もそうした事業を承知しながら安万侶という人物に国家事業とは言えない別の作業を命じていたということになる。これはいかにも不自然なことであり疑惑は深まるばかりである。

聖徳太子の時代から日本書紀成立への流れは平坦なものでなかったということは、その継承のあり方からみても容易に想像できるし、はじめから史書の体裁を『日本書』として構想していたわけではなかったかもしれない。おそらく、何度かの屈折あるいは試行錯誤の後に律令国家は『日本書』をめざした。そこに関与したのは、日本書紀の記述に従えば天武天皇であったに違いない。その『日本書』が頓挫するかたちで日本書紀へと結実したのはここで述べてきた通りである。

一方、古事記はそうした試行錯誤のなかの片隅に生じたいくつもの史書のうちの一つであったということは言えるだろう。しかし、それは律令国家のなかに正当に位置づけられるようなものではなく、その外縁のどこかに存在した、そのような史書の一つだったのではないかと思われるのである。

「日本書紀の関心が続日本紀以下の六国史へと続いてゆくあるものに向けられているのとは逆に、古事記の関心は推古朝あたりで、ないしは律令制の開始とともに終るところのあるものへと向けられている」と論じたのは西郷信綱であった(19)。その認識は基本的に間違ってはいないと思われる。しかし、序文の説明は、そういうあり方とは違うところで、国家とは別の歴史を必要とした者が「みずからが所有する」史書を権威化するために付け加えたのではなかったか。少なくとも、古代律令国家にとって、古事記は〈史〉ではなかった。国家の正史は『日本書・紀』がになうべき役割だったのである。

【付記】　最後の「古事記とは何か」は、文庫化にあたり大きく書き換えた。この論文を書いている頃から古事記「序」に対する疑いが芽生えていたのだが、文章にはできない状態で、古事記「序」を、そこに記されているように天武・元明とかかわらせて考えていた。ところがその後、「序文偽書」説へと大きく舵をきることになり、現在へと至った。この論文は律令国家の正史『日本書』論を展開した最初の論文であり、末尾の「古事記とは何か」は付け足しのように置かれており、ここでは削除したほうがよかったのかもしれないが、手を入れるかたちで残した。
　現在のわたしの古事記「序」に対する見解、および古代の史書に対する認識は、『古事記のひみつ　歴史書の成立』（吉川弘文館、二〇〇七年）、『古事記を読みなおす』（ちくま新書、二〇一〇年）、『風土記の世界』（岩波新書、二〇一六年）へと展開させている。その端緒となった研究が本稿であった。

第二章　日本書紀の歴史叙述

過ぎていった時間をおのれのものとしてとどめようとする意志が、歴史を創り出す。音声による語りという営為はここでは措いて、文字による記述という手段に限れば、それはおそらく国家の営みとして存在した。ここで扱おうとするのは、古代律令国家が必然的に要請することになった史書・日本書紀（日本書「紀」）の歴史叙述の問題である。

むろん、国家の成立の前に、あるいは文字が移入される以前にも広義の「歴史」は存在したはずだが、それは「過ぎていった時間」を叙述する歴史ではなく、繰り返される時間を説明する起源譚や由来譚であった。それらは、「とし」という日本語が「実り」の意味をもつとともにその実りをもたらす循環する時間としての「年（一年）」の意味をもつということに象徴されるような、年ごとに繰り返される円環的な生活に支えられたものであって、不可逆的に流れ過ぎてゆく時間に対する営みではない。ここでは、そうした広義の歴史を考慮しつつも、論述の対象として向き合うのは、正史・日本書紀である。

日本書紀の神話叙述

三巻のうちの上巻を神話叙述に充てる古事記の場合、カムヤマトイハレビコ（神倭伊波礼毘古命、神武天皇）からはじまる天皇の代と、その前に配された神がみの世界とは、系譜の上では連続しながら峻別され分断されている。それはおそらく、語られている神がみの世の事跡は始源の出来事としてあり、神武以降の天皇たちの時代の行動や出来事は、神の世に起源づけられ根拠づけられたものとして認識されているからである。

それに対する日本書紀の場合、全三〇巻のうちの冒頭二巻を神代として置き、巻三以降に各天皇の記事を連ねてゆく。そこでは、神の世もまた流れ去っていった時間のひとこまとして歴史化されている。規範とした中国の史書にはけっして描かれることのない神がみの時代を日本書紀が叙述するのは、神がみの時代から初代神武天皇への繋がりを、切れ目なく連続する時間として認識する歴史観をもつためであった。

日本書紀の神話叙述は、雑然としていて流れをつかみにくいようにみえる。しかしそれは、「一書曰はく」というかたちで、多くの異伝を正伝（本文）とともに並べているからであり（神代紀の全体は一一の段落に分けられ、それぞれの段落ごとに一本から一一本の異伝を載せる）、正伝だけを繋げて読めばきわめて明瞭な展開をもっていることがわかる。たとえば、国常立尊《くにのとこたちのみこと》から伊奘諾尊《いざなきのみこと》・伊奘冉尊《いざなみのみこと》にいたる神世七代の叙述（巻一の第一段から第三段）は単純で、それに続いて語られる二神が天浮橋から磤馭慮島《おのころじま》に降りて大地を産みなしたあとに続く神がみの出生も、古事記のようにたくさんの神名をいちいち列挙することはないままに、三貴子の誕生へと展開してゆく（第四、五段）。

> 産《こう》む時に至るに及びて、先づ淡路洲《あはぢのしま》を以て胞《え》とす。意《みこころ》に快びざる所なり。故《かれ》、名づけて淡路洲と曰ふ。廼《すなは》ち大日本豊秋津洲《おほやまととよあきづしま》を生む。（略）是に由りて、始めて大八洲国《おほやしまくに》の号《な》起れり。即ち対馬島《つしま》・壱岐島と処処《ところどころ》の小島とは、皆是《みなこれ》、潮沫《しほなわ》の凝《こ》りて成れるものなり。亦は、水沫《みなわ》の凝りて成れるとも曰ふ。（第四段正伝、末尾）
>
> 次に海を生む。次に川を生む。次に山を生む。次に木の祖句句廼馳《おやくくのち》を生む。次に草の祖草野姫《かやのひめ》を生む。亦は野槌《のつち》と名づく。既にして伊奘諾尊・伊奘冉尊、共に議りて曰はく、「吾已に大八洲国と山川草木とを生めり。何ぞ天下の主者《きみたるもの》を生まざらむ」と。是に、共に日の神を生みたまふ。大日孁貴《おほひるめのむち》と号す。「（略）一書に云はく、天照大神《あまてらすおほかみ》といふ。一書に云はく、天照大日孁尊といふ」此の子、光華明彩《ひかりうるは》しくして、六合《くに》の内に照り徹る。（第五段正伝、冒頭）

古事記とは違って、日神（天照大神）は伊奘諾尊と伊奘冉尊との性的な交わりによって産みなされるから、伊奘諾尊の黄泉国訪問神話や帰還後の禊ぎが正伝に描かれることはない。初発の神の誕生から国土の出現、日神の誕生へと流れる神がみの歴史が一直線に見据えられ、横道に逸れようとはしない。それはおそらく、神の世の事跡もまた、巻三以降の編年体による天皇紀と同様に継起する時間として把握され、論理的・合理的な道筋が準備されているからである。そのことは、天照大神と素戔嗚尊《すさのをのみこと》とのあいだで繰り広げられる高天原でのウケヒ産みの場面で、男子を産めば「清心」があり女子を産めば「濁心」があるという前提を明瞭に示し、誕生後の「物根《ものざね》」を根拠とした帰属の決定に繋ぐことによって、正哉吾勝勝速《まさかあかつかちはや》日天忍穂耳尊《ひあめのおしほみみのみこと》が天照大神の血統を受け継いだ正統的な跡継ぎであることを主張する周到さなど、細部の叙述によっても知ることができる。[1]

そして、その象徴的なあり方として、日本書紀には大国主神《おほくにぬしのかみ》の神話が存在しないということが挙げられる。古事記の場合、須佐之男命《すさのをのみこと》が出雲国に降りて櫛名田比売と結婚することによって、その子孫として誕生した大国主神をめぐる一連の神話（大穴牟遅命《おほなむぢのみこと》と稲羽《いなば》の素兎《しろうさぎ》、八十神《やそかみ》の迫害、根の堅洲《かたす》の国訪問と帰還後の八十神討伐、沼河比売《ぬなかはひめ》求婚と須勢理毘売《すせりびめ》の嫉妬、少名毘古那神《すくなびこなのかみ》との国作りなど）は、天つ神邇々芸能命《ににぎのみこと》の地上降臨から始まり、中巻冒頭の神倭伊波礼毘古命（神武天皇）の地上支配へと展開する、主題としての天皇家の起源を語るための前段に配置された地上統一の物語として位置づけられている。[2]

しかし、かなり無理な叙述をもつとしても、古事記にみられる長大な大国主神の神話がなくても、主題としての天孫降臨を語ることはできるのだということを日本書紀の叙述は示してもいる。そこでは、後に打倒することを前提とした強大な敵対者大国主神の栄光を語る必要などないとでもいうように、天照大神―天忍穂耳尊―瓊瓊杵尊《ににぎのみこと》―彦火火出見尊《ひこほほでみのみこと》―鸕鷀草《うがや》葺不合尊《ふきあへずのみこと》―神日本磐余彦尊《かむやまといはれびこのみこと》と続く天皇家の祖神の事跡と系譜とを、継起する時間のなかで直線的に書き継いでゆく。

その叙述が日本書紀の歴史認識に由来するというのは間違いがない。そして、その代償のように、正伝に対するさまざまな異伝が雑然とした状態で並べられることになったのである（その数多くが並べられた「一書」にさえ、大国主神話はただ一ヵ所、少彦名命との国作りと大三輪の神の祭祀起源譚という端っこのエピソードが第八段第六の一書に載せられているに過ぎない）。

異伝は、日本書紀編纂に先行して存在したであろうさまざまな資料類に基づいて並べられており、客観的な態度で撰録したようにみえる。しかしそれが、小島憲之の言うように、「古事記の『縦』に対して、神代紀の方は、一般に『横』の並列をそのまま載せ、不確実な伝承に対して、『一書曰』、『一云』などと別の説話をあげて共存させる」ための方法だった(3)と言っていいかどうか。

じつは、「共存」させられているように見えながら、異伝は日本書紀の歴史叙述からは排除されているのではないのか。客観的であるかのように装いながら、自らの歴史と時間は正伝としてはっきりと確保されているのが日本書紀の叙述であることは、巻三以降の天皇代の叙述をみればわかるだろう。神代紀は、天皇紀へと連なる歴史としてしか存在しないのだから、正伝こそが選ばれた唯一の時間であり歴史なのである。そして、それを確認する方法として、異伝とされた「一書」群は日本書紀に存在させられているというふうに説明したほうがいいのではないか、わたしには一書はそのようにみえてしまう。

天皇像の構想

「思ふに古今は直立する一の棒では無くて。山地に向けて之を横に寝かしたやうなのが我国のさまである」と言ったのは柳田国男であった（『後狩詞記』序、一九〇九年）。後になって考えれば、この発言は柳田が民俗学に向かうための言挙げでもあったわけだが、日本書紀の歴史叙述は、まさに「直立する一の棒」として存在する。出来事は決して繰り返されることはないし、他の時間を共存させることもない唯一の時間として日本書紀の歴史は流れてゆく。そして、歴史はつねに発展し発見されるものとして認識される。ある時点に生じた出来事の次には、新たな世界が拓かれなくてはならないというのが日本書紀の歴史叙述だ。

日本書紀では巻三以降の各天皇紀は編年体の体裁をとり、それぞれの天皇の事績を中心に国家に生じた事件や定められた制度・事業を年月を追って記述する。どの記事も天皇に焦点を据え、過去を時間軸に繫留するかたちで叙述してゆく。つまり、それぞれの事績を一回的な出来事として固有化してゆく文体が編年体だということになる。

それに対して、古事記の中・下巻は、そこに登場する天皇たちの固有の像を浮かびあがらせにくい文体になっている。連綿たるものとしての系譜部分を除くと、古事記の中・下巻は、一つ一つの独立した伝承の羅列あるいは累積としてしか存在しない。そこでは、それぞれの天皇像は個々の伝承の積み重ねによって構想化されるしかなく、しかも描かれた出来事は必ずしもすべてが天皇へと集約してゆくわけではないから、絶対的な像を形成しにくい。個々の伝承のもつ個別的な語りの視線が解体されないままに、古事記というテキストは構成されているのである（この点に関しては第三章で論じる）。

一方、編年体をとる日本書紀は、経過する年月のなかに個別の伝承を解体し、天皇の時間によって整序することで、ひと連なりの出来事を描く伝承を分断し、そこに別の記事（たとえば池を築くとか外国使節の訪問とか）が時間の流れに沿って入り込むことのできる文体をもつ。それは伝承の側からみれば分断といえるが、すべての出来事を等価なものとして時間の継起に従って配置する日本書紀の歴史叙述からみれば当然の方法なのである。

具体的な事例を応神天皇の記事に求めてみよう。古事記中巻の末尾に配された第一五代応神天皇の記事を列挙すると次のようになる。

①　后妃皇子女の系譜
②　御子である大山守命《おほやまもり》と大雀命《おほさざき》に兄弟への愛情を問う（後継者の決定）
③　矢河枝比売《やがはえひめ》への求婚と皇子誕生
④　髪長比売の召し上げと大雀命への譲渡
⑤　吉野の国主《くにす》による大雀命の太刀讃め歌謡
⑥　吉野の国主の服属と歌謡
⑦　部の設置と池の築造
⑧　渡来人と文化の流入
⑨　天皇の死と大山守命の反逆および討伐

⑩　大雀命と宇遅能和紀郎子《うぢのわきいらつこ》による皇位の譲り合いと和紀郎子の死
⑪　天之《あめの》日《ひ》矛《ぼこ》の渡来
⑫　秋山之《あきやまの》下氷《したひ》壮夫《をとこ》と春山之霞《はるやまのかすみ》壮夫《をとこ》との争い
⑬　天皇の子孫と天皇の年齢

古事記の応神天皇条を構成する一三の説話群のうち、⑨⑩は応神天皇の没後の話、⑪⑫は応神の介在しない話だから、そこに応神（品陀和気《ほむだわけ》）という固有の天皇像を浮かび上がらせることはない。しかも、この天皇条の中核をなしているのは、⑨⑩に詳述される大雀命と宇遅能和紀郎子とによる大山守誅伐を発端とする皇位継承争いの記事だということができる。そして、それは⑧以前の部分にも遡り、④⑤は大雀命を語るための説話、③は宇遅能和紀郎子の誕生物語、②もまた大山守命を含む三人の御子に関する導入部とでもいえる記事になっている。

そのように考えると、残る記事は①⑥⑦⑧⑬ということになるが、そのうちの⑥⑦⑧は国家の制度や外交関係の記事であり、応神天皇という個体を抱え込んでいるのは①と⑬にみられる系譜記事だけになってしまうのである。そこから古事記の応神天皇条とは何かと問うと、中西進が指摘するように、「応神記のでき上がる必然性が、仁徳前史を語る必要性に負うところ大であり、仁徳前史として最終的に構成されたものが応神記」であるというふうに説明すると理解しやすい[4]。極端に言い切れば、大雀命（仁徳）を語るためにしか応神天皇は存在しないということになってしまうのである。

それに対して、日本書紀巻一〇に収められた応神天皇の構成は古事記とはまったく違っている。もちろん、描かれている個々の記事の多くは古事記と共通し、日本書紀の内容も始祖王的性格・求婚・巡行・服属儀礼・後継者の決定・制度や事業・対外関係などの記事で構成されているのだが、そのすべては応神天皇に焦点を絞るかたちで描かれ配置されている。

たとえば、古事記の髪長比売譲渡譚（④）では、天皇が召し上げようとした髪長比売を見て欲しくなった大雀命が、大臣である建内宿禰を介して天皇に譲渡を申し入れる。するとそれを聞いた天皇がようやく御子の心に気づいて譲渡することにするが、天皇は宴席の場で、二人の関係を知らなかったのを悔やむ歌をうたったりするのである。その描き方は、まるで大雀命の求婚譚に父応神天皇を間抜けな嗚呼《おこ》の者として配置するというような構成になっている。当然、それによって大雀命の積極的な行動が強調される。ところが、日本書紀の場合には、次のように伝えている。


爰に皇子大鷦鷯尊《おほさざきのみこと》、髪長媛を見《みそなは》すに及《いた》りて、其の形の美麗《うるは》しきに感《め》でて、常に恋ふる情有り。是に、天皇、大鷦鷯尊の髪長媛を感づるを知ろしめして、配《あは》せむと欲《おもほ》す。

（応神天皇一三年九月）


ここでは人から教えられるのではなく、天皇自身が皇子の恋情を察知し、自らの意志で女を息子大鷦鷯尊に与えようと考えるのである。あくまでも主体は天皇であり、天皇のすばらしい判断として出来事は叙述される。それによって、理想とする天皇像は構築できるというのが日本書紀の論理なのである。

あるいはまた、古事記の応神天皇条では発端の系譜に続いて記されていた後継者選びの記事②が、日本書紀では応神天皇巻の巻末、死の前年（四〇年正月）に配置されることで、後継ぎを選んで死んでゆくという安定した天皇像が完成する。そして、古事記では応神天皇の死後にはみ出していた御子たちの皇位継承争いの部分を次の仁徳天皇巻に譲ることで、応神天皇巻に並べられたすべての記事は応神天皇の事績として統一的に掌握される。おそらくそれが、時間（歴史）を所有する天皇の像を浮かび上がらせるために必要な歴史叙述の方法だったのである。

こうしたあり方は日本書紀のすべての天皇に関して指摘できるが、もっともわかりやすい事例は日本書紀の景行天皇巻と古事記の景行天皇条とにおけるヤマトタケル伝承の叙述の違いである。

よく知られた古事記の倭建命伝承の場合、発端のところで、景行天皇は「その御子の建く荒き情」を恐れ、熊曾建《くまそたける》の討伐にかこつけて御子を都から追放してしまう。そこでは、自らの力を超える息子に対する畏怖が基調としてあり、この親子の関係が修復不能の状態に置かれるところから物語は始まっている（このあとの第三章2で論じる）。それに対して、日本書紀における日本《やまと》武尊《たけるのみこと》と景行天皇との関係は、従順で勇敢な遠征将軍である皇子と、武器や兵士を与え安否を気づかい自らの後継者として指名する天皇との理想的な関係として描かれる。

修復できない父子の対立を根源にもつことで自らの苦悩を自覚し深化させてゆく古事記の倭建像は、国家を逸脱する危うさと魅力とを秘めているが、そうした危なっかしい叙述のあり方は、語られる伝承群の「累積」によってもたらされたと考えてよい（第三章、参照）。それに対して、すべての記事を天皇に収斂し、揺るぎない国家と天皇の絶対的な立場とを保持しようとする日本書紀の、文字によって制御された叙述は、律令国家の明確な歴史観に裏付けられて現れてきたものである。

夭逝する皇太子像

律令国家において継承され更新される歴史を体現した存在が天皇であるわけだが、それを先取りするようにして登場し、新しい世界を開拓して去ってゆく人物像を何人かの皇太子に見いだすことができる。先にふれたヤマトタケルもその一人で、倭建命（古事記）ではなく「日本武尊」と記される日本書紀の皇子は、「是の位は則ち汝の位なり」と天皇から約束され、忠誠を尽くす英雄として「日本」を作り上げ、皇位に即かないままに死んでいった。つまり、歴代の天皇たちに先立って「日本」の力を象徴する存在として、約束された日継ぎの皇子・日本武尊は日本書紀のなかに定位されているのである。

応神天皇の皇子であり、仁徳天皇（大鷦鷯尊）の弟である菟道稚郎子《うぢのわきいらつこ》もまた、新たな歴史を切り拓いて夭逝した皇太子の一人であった。古事記では兄・大雀命《おほさざき》の陰に隠れてしまい、病弱そうな像しか結ばないのだが、日本書紀では、儒教的な教養を身に付けた智者として構想されている。

百済王、阿直岐《あちき》を遣して、良馬二匹を貢る。……阿直岐、亦能く経典を読めり。即ち太子菟道稚郎子、師としたまふ。（応神天皇一五年八月）

王仁《わに》来り。則ち太子菟道稚郎子、師としたまひ、諸の典籍を王仁に習ひたまふ。通り達《さと》りたまはずといふこと莫《な》し。（応神天皇一六年二月）

高麗王、使を遣して朝貢《みつきたてまつ》る。因りて表上《ふみたてまつ》れり。其の表に曰はく、「高麗王、日本国に教ふ」と。時に太子菟道稚郎子、其の表を読みて、怒りて、高麗の使を責むるに、表の状の礼《ゐや》無きことを以ちてして、則ち其の表を破《やりす》てたまふ。（応神天皇二八年九月）

日本書紀によれば、渡来人の学者から儒教の経典（典籍）を習ってすべてを理解し、外国からの上表文の無礼を看破する力量を備えた人物が菟道稚郎子であった。そして、父・応神の死後、儒教的な徳を論じ合いながら兄・大鷦鷯尊と位を譲りあった後に、「我、兄王の志を奪ふべからざることを知れり。豈《あに》久しく生きて、天の下を煩はさむや」（仁徳天皇即位前紀条）と言って自ら命を絶ってしまうのである。

こうした人物造型については、梅山秀幸が、「菟道稚郎子はこの国で初めて読書の楽しみを知り、君子として、哲人としての統治者の道を歩むはず」の、「まさしく東夷でしかない野の国で文に一歩を踏み出した、その喜びと不幸」を初めて背負った皇子であり、自殺は、「儒者としての唯一の方法」だったのだと述べている。[5]

梅山は菟道稚郎子の記事を史実とみなして論を構築しているが、それは、日本書紀における菟道稚郎子像の構想と読み換えたほうがよいとは思う。しかし確かに、日本書紀の菟道稚郎子像は、右に引いた梅山の読みを可能にする。父・応神天皇を初発として兄・仁徳によって強調される儒教的天皇像を先取りする「知」と「思想」を身に付けた皇太子として菟道稚郎子を造型しようとする意図が、日本書紀の編者には強固にはたらいていたとみて誤らないはずである。

そうしたパイオニア的な皇太子像はまた、仏教による「知」と「思想」を体現し、天皇になることなく死んでいった聖徳太子にも、ほとんど同様に見いだせるのである。よく知られているように、聖徳太子の知は次のように語られている。

生れましながら能く言《ものい》ふ。聖の智《さとり》有り。壮《をとこざかり》に及《いた》りて、一《ひとたび》に十人《とたり》の訴へを聞きたまひて、失《あやま》たず能く弁《わきま》へたまひ、兼ねて未然《ゆくさきのこと》を知ろしめす。（推古天皇元年四月）

聖徳太子は、菟道稚郎子によって拓かれた儒教的な知と、新たに渡来した仏教的な知とによって自らの思想を作り上げた皇太子として日本書紀に存在する。第一章で論じたように、

「憲法十七条」や「天皇記・国記」の編纂という始源の事業を成し遂げたと語られるのも、そうした「知」と「思想」とを根拠として可能だった。

その「知」が、右に引いた逸話に示されるように肉体としての〈聞く〉能力に象徴化され、彼は厩戸豊聡耳皇子《うまやとのとよとみみのみこ》と呼ばれる。もちろん、豊聡耳のミミが、もとから聴覚器官としての耳を表していたと結論するのはむずかしいが、少なくとも、右に引いた聞き耳のエピソードが、その名前「豊聡耳」と呼応しあっているのは間違いないだろう。

ただし、ここにとり上げた皇太子たちが実在したか否か、そこに描かれている事績が事実であったか否かは問題外である。日本書紀という史書は、その時間の節目に世界を拓く皇太子像を置くことで、新たな時代の到来と理想の国家像とを叙述する方法を手に入れたのであり、歴史はそのようにして構想されているということである。それは、伝承の羅列と累積でしかない古事記には不可能な歴史観であった。

管理される歴史

日本書紀の注釈書『釈日本紀』（鎌倉後期の成立）巻一「日本紀講例」によれば、日本書紀が奏上された翌年の養老五年（七二一）に早くも講書が行われ、その後も弘仁三年（八一二）、承和六年（八三九）、元慶二年（八七八）など、頻繁に講書が行われたことを記し、それらの折に書き留められた『日本書紀私記（日本紀私記）』も残されている。この養老五年の講例については、「律令のごとく実際生活上、官人政治の毎日の運用上不可欠のものであれば、その規則の詳細を説明することは、その運用を円滑ならしめるために必要である。しかし日本書紀は現実の政治に直接必要とも考えられないし、完成の翌年にあわただしく講義を開始せねばならぬ特別の理由が見あたらない」とみて、その実施を疑う見解もある[6]が、律令がそうであるように、史書もまた国家を成り立たせ支える根拠として作られたものである以上、貴族や官僚たちにとって、学ぶべき唯一の過去としての正史＝日本書紀は律令（法）とともに身につけるべき規範だったはずである。

あらゆる共同体（氏族）を中央集権的な国家のもとに吸収することで、天皇を中核とした祭政秩序の確立を目指したヤマト王権は、中国から移入した「律令＝法」と「史書＝歴史」との両輪によって、国家秩序の基盤を固めていった。そして、日本書紀として一応の完成をみることになった天皇家を基軸に据えた神話と歴史とによって、祭祀の起源や氏族の出自、国家との関係は一元化され絶対化される。そこでは、すべての氏族が天皇に隷属する者として位置づけられ、そのように位置づけられた途端に、それぞれの氏族が固有に持っていたはずの神話や歴史は、国家の側に組み込まれる以外には、排除されるか解体されるかのどちらかしか道はなくなってしまったのである。

もちろん、国家（天皇）との関係が緊密で揺るぎないものであるかぎり、各氏族の側は国家＝日本書紀を拠り所として自氏の安定した地位を守ることができた。ところが、律令官制に矛盾やほころびが生じ、それ以前に保証されていた自氏の地位や立場に危機感をもったとき、秩序の根拠としての国家の神話や歴史と自氏の現状とのあいだに生じた亀裂やずれを補填するために、あらためて、国家に吸収されてしまった、あるいは吸収されてしまったという幻想によって新たに生み出された、自氏の起源や歴史が問い直されてくることになったのである。

八世紀末から九世紀にかけて出現した氏族の神話、いわゆる氏文《うじぶみ》は、そのような状況のなかで成立してきたものである。それゆえに、氏文は反国家的な意識を濃厚に持ちながら、拠り所とするのが国家の正史日本書紀でしかありえないという矛盾を抱え込まざるを得なかったのも、必然的なことであった。

現存する氏文としては、『高橋氏文』『古語拾遺』『新撰亀相記』『先代旧事本紀』『住吉大社神代記』などが知られている。『高橋氏文』は神事供奉をめぐる安曇氏との対立を直接の契機として延暦八年（七八九）に高橋氏によって書かれたが、断簡が残るにすぎない。『古語拾遺』は斎部広成によって大同二年（八〇七）に書かれたことが明らかで、その契機は中臣氏との祭祀権争いにあり、斎部（忌部）氏の朝廷祭祀における役割の大きさを主張する書である。同じく祭祀氏族卜部《うらべ》氏の手になる『新撰亀相記』は天長七年（八三〇）成立と記しているが内容からみて後の加筆もあり、記事の信憑性などに疑問が出されている。『先代旧事本紀』は九世紀頃に物部氏の手でまとめられたらしいが、序文に聖徳太子・蘇我馬子の撰録とあるために、一〇世紀以降最古の歴史書として重んじられてきた（ただし、序文は平安末の付加らしい）。『住吉大社神代記』は住吉大社の神官・津守氏の手によって、一〇世紀末に自氏の立場の正当性を主張する目的から書かれている。

これら氏文群はいずれも、各氏族の危機的な状況や不安に触発されて登場してきたとみてよいものばかりである。そして、これらの書物を著した氏族のすべてが祭祀に携わる一族であるということは、彼らが律令国家のなかでもっとも不安定な位置に立たされていたということを示している。そうでありながら、現存する氏文の多くが、その叙述の根拠に据えるのは古事記・日本書紀である。どの書物も国家の歴史、とくに日本書紀に依拠しながら、自氏の固有性と由緒正しさとを主張しようとする。

ただし、具体的に検討してゆくと国家神話には記載されていない独自の伝承が確認でき、そこにこれら氏文の今日的な価値のひとつは求められよう。たとえば、『先代旧事本紀』は聖徳太子の撰録という序文と「神代紀」など本文一〇巻とから成り、表記や内容は日本書紀を中心にしながら古事記などの引用によって構成されているが、巻三や巻五には他の書物には見いだせない独自伝承もみられ、巻一〇「国造本紀」はまったく独自の記事によって書かれている。

それらのいくつかは新たに創り上げられた神話だったとしても、そのようにして自らの根拠を語ることの必然性は十分に問われねばならない。時代錯誤的に、なぜ〈今〉、神話が要請されるのか、と。そして、それを強いたのは、歴史を独占し管理する日本書紀だったということは明らかだ。たとえば、弘仁六年（八一五）撰定の『新撰姓氏録』（万多親王ら撰）は、各氏族ごとに、その氏姓の名称の由来・事績・本宗と枝流との関係などを記した書物だが、その序文によれば、船史《ふねのふひと》恵尺《ゑさか》によって火の中から運び出された燼書《じんしょ》「国記」と天智朝に造られた「庚午年籍」とをその起源に位置づけている。この書物もまた独自伝承を含みながら、その神名表記をみても、記されている起源伝承をみても、国家の側の歴史叙述を根拠として存在するというのは動かない。現存本の各所に「日本紀合」「日本紀漏」「続日本紀合」などとある注記を見れば、正史日本書紀の規範性は確認できるのである。

氏文が祭祀氏族を背景として国家に向き合っているのに対して、寺院や神社あるいは家や個人が外部に向き合い、寺社の起源や個人の事績を確認し顕彰しようとするのが、「縁起」や「伝」である。縁起が盛んになるのは中世のことで、その名称は仏教に由来するが、寺院や神社がその起源や沿革を伝えるという一種の自己主張を必要としたのは、それぞれの寺社が、単一の共同体や氏族に支えられるものではなくなったからである。律令や史書によって均質化された国家のなかでの差別化が縁起の発生だということになる。また、この時代に書かれた、聖徳太子の伝『上宮聖徳法王帝説』、藤原鎌足の伝『大織冠伝』(藤原仲麻呂撰)、鑑真の苦難を描く『唐大和上東征伝』も、個人が共同体や氏族を越えた存在として認識される状況から生み出されたものだということになる。そして、直接的な繋がりは追えないとしても、これら個人の「伝」の淵源は、構想された『日本書・伝』に遡るはずである。

一方、七世紀末から八世紀にかけて、実在した人物の「伝」とは別に、フィクションとしての伝も書かれている。日本書紀雄略天皇二二年七月条に記された浦島子による蓬萊山訪問譚は、そこに「語《こと》は、別巻に在り」と注記されている通り、『浦島子伝』とでも題された作品が存在し、それをもとに叙述されていることを窺わせる。それはおそらく、七世紀末に伊預部馬養という知識人によって創作された神仙伝奇小説だったと見做してよい。ところがこの作品は、第一章でとり上げたように、馬養の経歴などから考えると、史書『日本書・伝』の構想と無縁ではなかったと推測できるのである。また、味稲《うましね》（美稲とも）という漁師が、吉野川を流れてきた柘の枝（山桑の枝をいう）から化身した仙女と邂逅するという幻想的な作品『柘枝伝』の存在も、万葉集の短歌や左注（3三八五～七、および三八五番歌左注）、『懐風藻』に載せられた漢詩（紀男人「吉野川に遊ぶ」、丹墀《たぢひ》広成「吉野の作」）などから推定することができる。そして、この作品も、『浦島子伝』と同じく、中国から輸入された神仙思想を背景として漢文体で書かれた神仙伝奇小説であった(7)。

『浦島子伝』も『柘枝伝』も、その原本は現存しないが、『浦島子伝』の場合、伊預部馬養の原作を簡略化したと考えられる丹後国風土記逸文所引の「浦島子伝」をはじめ、平安時代に増補改編された漢文伝『続浦嶋子伝記』（承平二年〈九三二〉）などが現在に伝えられており、おおよその原形を窺うことは可能である。

なお、架空の存在であるはずの浦島子だが、日本書紀では実在人物として叙述されているわけで、単純にフィクションとして歴史から切断することはできない。おそらくそこには、日本書紀の歴史叙述とは何かという問題が暗示されているだろう。

物語としての歴史叙述

歴史とは、始まりがあって次々に出来事が生じて今に至るという、直進的に継起する時間を認識する方法だ。それは、過去を過ぎ去ったものとして掌握することによって、今と未来とを保証する。変転を記すことによって、揺るぎない不変が見据えられてゆく。一方、起源神話の場合、神話に語られる出来事は〈今〉と直結することによって、今と未来とを保証する装置としてはたらいている。そこでは、始まり＝起源と今とのあいだに継起したはずの、あらゆる出来事を接続する時間回路は遮断されている。というより、神話的な起源というのは過ぎ去ってしまうものではなく、つねに繰り返し再現され想起されることで〈今〉に向き合っているのだから、両者を繋ぐための説明としての直線的な時間は必要ないと言ったほうがよい。

ところが、そうした無時間的な世界では国家は機能しない。それゆえに、歴史（史書）への企てが古代国家の成立とともにはじめられることになったというのは必然である。そのもくろまれた歴史は、漢字という時間と空間とを超えることのできる技術によって支えられる。本章で述べてきたのは、そのような文字によって可能になった歴史叙述の方法である。ただし、日本書紀の各天皇巻はすべて均質な叙述をとっているわけではない。その前半部分には古事記と同じ内容の伝承も多く、それは「帝紀」「旧辞」などの原資料を共通にするところに原因があるだろう。当然、その背後には語り継がれた伝承世界が横たわっており、その意味では歴史叙述と伝承とは不分明なかたちで混在している。ところが、欽明天皇巻（巻一九）以降になると、すでに古事記の守備範囲からは遠く隔たっており、「旧辞」的な世界との訣別が図られる。対外関係の記載が多くなり、事件や出来事を列挙したような記事が増え、海彼の文書が引用されるようになる。

舒明天皇巻（巻二三）あたりからは、天災や気象異変、瑞祥記事などが目を引くようになり、斉明天皇巻・天智天皇巻には「伊吉連《いきのむらじ》博徳《はかとこ》が書《ふみ》」「難波吉士《なにはのきし》男人《をひと》が書」「高麗《こま》の沙門《しやもん》道《だう》顕《けん》の日本世記」などといった個人の記録類も引用される。日本書紀を継いで編纂された第二の六国史『続日本紀』の記述などと接近した内容になってゆく。こうしたありようからは、編纂者の手元に多数の史料が存在し、それらを元にして史書が編纂されていったことを窺わせるのである。

もちろん、そうだからといって日本書紀後半に置かれている記事が事実を写しているかどうかは別の問題であるが、事件や出来事を忠実に記録しようとする意志が明瞭なかたちで現れているということはできるだろう。ただし、事実とは何かを問うことは困難な作業であり、事実というレベルでいえば、日本書紀後半の記述もあいかわらず歴史叙述と伝承との未分化状態に置かれていると言ったほうがいい。というより、歴史叙述とは、いつも「物語」を背負ってしか存在しないということだ。そのあたりの問題について、野家啓一は、「過去が想起と不可分であるように、歴史的出来事もまた歴史叙述から独立に論じることはできないのである。歴史的出来事は、物語行為によって語り出されることによってはじめて、歴史的事実としての身分を確立することができる」と述べている[8]。

いかなる事件いかなる出来事も、文字やことばを経過した途端に、事実から乖離してゆくという宿命を背負いこんでしまうのである。

庚午に、皇子大津を訳語田《をさだ》の舎《いへ》に賜死《みまからし》む。時に年二十四なり。妃皇女《みめひめみこ》山辺《やまのべ》、髪を被《みだ》し徒《す》跣《あし》にして、奔《はし》り赴《ゆ》きて殉《ともにみまか》る。見る者皆、歔欷《すすりな》く。皇子大津は、天渟中原瀛真人《あめのぬなはらおきのまひとの》天皇《すめらみこと》（天武天皇のこと）の第三子なり。容止墻岸《ようししやうがん》にして、音辞俊朗《おんじしゆんらう》なり。天命開《あめみことひらかす》別天皇《わけのすめらみこと》（天智天皇のこと）の為に愛《めぐ》まれたまふ。長《ひととなる》に及《いた》りて弁《わきわき》しくして才学有します。尤も文筆を愛《この》みたまふ。詩賦の興《おこ》り、大津より始れり。

（日本書紀、持統天皇称制前紀、朱鳥元年〈六八六〉一〇月三日）

持統天皇巻（巻三〇）の記事だが、山辺皇女の殉死も、大津皇子の伝も、謀叛人に対する記述としてみればいささか奇異なものにみえる。おそらくここには、何らかのかたちで編纂者や伝承者の側の大津皇子に対する同情や哀惜が潜められているはずだ。また、山辺皇女の殉死の描写「被髪徒跣、奔赴殉焉、見者皆歔欷」が『後漢書』の表現を借りたものだという指摘(9)を踏まえると、その叙述が事実か否かを問うことなどほとんど意味のないことになるだろう。

当然のことだが、漢字という表記手段の獲得は、単に文字の問題ではなく、その背後に累積された文献や文化や思想や感情のすべてを背負い込むことでもあったのだということを、われわれはきっちりと認識する必要がある。すでに綿密に、日本書紀の叙述には『史記』『漢書』『後漢書』『三国志』など中国の史書はもちろん、『文選』や類書『芸文類聚』、『金光明最勝王経』をはじめとする仏典など、あらゆる古典類が引用の対象になっているということが明らかにされている(10)。あるいはまた、日本書紀の音仮名表記の分析から、日本書紀筆録の段階に中国人が参画しているということも指摘されており(11)、日本書紀の歴史叙述が外部からもたらされたという側面はきわめて大きい。

そうでありながら、「日本書『紀』」という史書が八世紀初めのヤマト王権で成立しえたのは、一方に累積された説話群や伝承群を抱え込んでいたからであろう。そして、七世紀初頭からおよそ一〇〇年にわたって繰り返された史書編纂への試みは、そうした外部と内部との鬩ぎ合いでもあったのである。

第三章　古事記の歴史叙述

1　中巻の技法――系譜と累積

系譜について

歴代天皇の事績を叙述するのに、日本書紀は編年体という方法をとることによって、出来事は直線的な時間の上に年月日順にきちんと並べられる。それに対して古事記の中・下巻では、それぞれの天皇とその周りに生じた出来事を脈絡なく、前後の時間関係を説明しないままに並べているようにみえる。そのために、見方によっては、古事記に語られている天皇たちに関する出来事は、歴史というよりは寄せ集めの説話集のように見えてしまう。そうでありながら、天皇の歴史を伝えるための統一的な体系をもった作品になっているのは、唯一、系譜のはたらきによってであるといってよい。

ただし、上巻の神話はこの限りではない。神がみの出来事の場合は、全体が長編小説のような展開をもっているからである。それに対して中・下巻について言えば、それぞれの伝承は独立して存在しており、その伝承の登場人物が前後に並べられた伝承の主人公と血縁的・姻戚的に結ばれることによって、古事記という作品のなかでの役割を明確にすることで定位させられ、安定した位置を与えられることになったのである。

たとえば、倭建命《やまとたけるのみこと》の活躍譚が沙本毘古《さほびこ》の反逆や本牟智和気《ほむちわけ》の伝承のあとに置かれねばならない理由は、伝承内部からは読み取れないわけで、乱暴にいえば、倭建命が垂仁天皇の子であったとしても倭建命の活躍という古事記に置かれた物語は、景行の子とされた場合と同じように語ることができたはずなのである。

それぞれが個別に完結した伝承は、系譜という接着剤によって固着され、それによって固有の歴史（時間）を与えられたのである。もとは、ともに〈昔〉という時間しかもたず並列的にあったかもしれない伝承が、系譜によって縦の時間軸を与えられることで、史書としての統一と体系を古事記は獲得しているということである。

一方、編年体の形式をとる日本書紀では個々の伝承が絶対年代の中に組み込まれてゆくために、より厳密な時間をもつことになる。たとえば、大碓《おほうす》命の兄比売《えひめ》・弟比売《おとひめ》密通事件に端を発した小碓《をうす》命（倭建命）の西征・東征とそののちの死を語る古事記のひとまとまりの伝承は、日本書紀では景行天皇四年から四〇年までの三六年間に振り分けられている。当然そのあいだには、日本武尊《やまとたけるのみこと》とはかかわりのない別の事件や政治的な事蹟も記されている。そうしたなかでは、一編の伝承としてのまとまりは壊され分断されるわけで、それぞれのエピソード（伝承）群を系譜によって繋ぐという古事記の体系化とは別の、編年体による統一性と歴史性を日本書紀はもつことになった。

古事記の場合、体系化の唯一の拠り所である系譜が天皇を中心としたものであるということにおいて、それに直接繋がらない伝承は、不安定な状態に置かれることになる。たとえば第一五代応神天皇条に伝えられている天之日矛《あめのひぼこ》という新羅から渡来した王子からみて四代目の子孫にあたる多遅摩毛理《たぢまもり》という人物の伝承が、応神から四代前に遡った第一一代垂仁天皇の条に記されるという時間的な矛盾を生じさせている。それは、タヂマモリが垂仁天皇の命を受けて常世の国に往還したと語られるために、タヂマモリの常世の国への往還伝承が垂仁天皇条に繋がれる必然性をもつのに対して、天之日矛《あめのひぼこ》が新羅から渡来したという伝承は、伝承自体に特定の天皇の系譜とつながる要素をもたないために生じた矛盾だと言えよう。日本書紀では天之日矛の渡来もタヂマモリの常世国往還も垂仁天皇巻に記されていて時間的な矛盾を来すことはない。

もちろん、古事記で天之日矛伝承が応神天皇と結ばれたのには何らかの必然性があったのであろうが、そのことはまた、個々の伝承が天皇の系譜に代表される歴史とは離れた、自由な時間のなかにあったらしいことを証明しているとみることもできる。その意味でも、古事記でただ一ヵ所、天之日矛伝承が「昔」という語から語り出されているのは、象徴的なことだといってよい。昔には、流れゆく時間としての歴史性が存在しないのである。

また、系譜自体にも問題があって、倭建命の曾孫である迦具漏比売《かぐろひめ》が父であるはずの景行天皇と結婚するというような不思議なことも生じている。しかし、おそらくそれも混乱や誤りということではなくて、倭建命という人物が景行天皇の子とされる以前に、自在に流れ伝えられる伝承としてあったことの存在証明と考えることができるかもしれないのである。

系譜をもつことによって、並列的に、「昔」の出来事としてあった個々の伝承を、歴史という縦の時間軸のなかに組み込む技法を古事記は獲得したのだと言ってよい。このあり方は上・中・下巻に共通する。しかし、歴史（時間）という言い方をしたとき、上巻の神がみの事跡は中・下巻の人びと（天皇たち）の記録とは別のものになる。端的にいえば、神は死なないという点で歴史をもちえないのである。だから中巻の天皇の時代になっても、アマテラスは東征する子孫、神倭伊波礼毘古《かむやまといはれびこ》（神武天皇）を助けるために太刀を降すし、大物主神は祟って崇神天皇や垂仁天皇をおびやかすのである。

系譜で結ばれてはいても、上巻に収められた個々の神話は、始源（起源）を語るものであるかぎり、系譜＝時間を拒否して並列的に〈今〉に対置された〈神の世〉の出来事でしかない。歴史は死ぬべき人間にしかないのだと言ってもよい。編年体をとる日本書紀が神代巻だけは絶対年代で描けなかったのもそのためだ。神の系譜は、横の関係づけと王権にとっての秩序化という意味しかもたないということにおいて、中・下巻のあり方とは違うのである。

系譜について、中巻と下巻とに違いを指摘するとすれば、王位継承の順序であろう。中巻に登場する神武から応神に至る一五代の天皇のうち、成務（13代）から仲哀（14代）への継承を除くと、他はすべて父から子への直線的なつながりを持っているのに対して（図1、参照）、仁徳（16代）から推古（33代）に至る下巻の一八代の天皇の場合、図2のような複雑

図1　古事記中巻

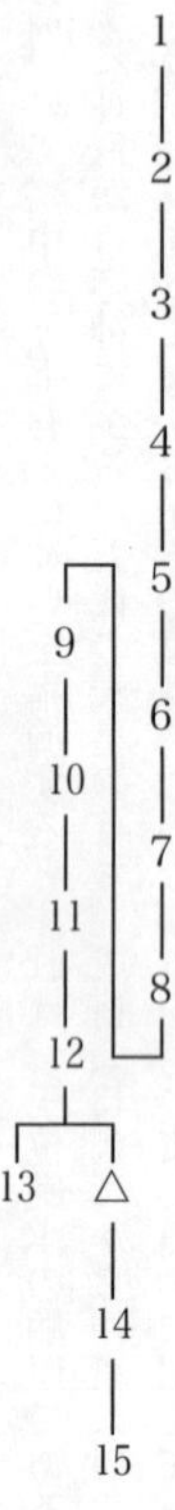

図2　古事記下巻

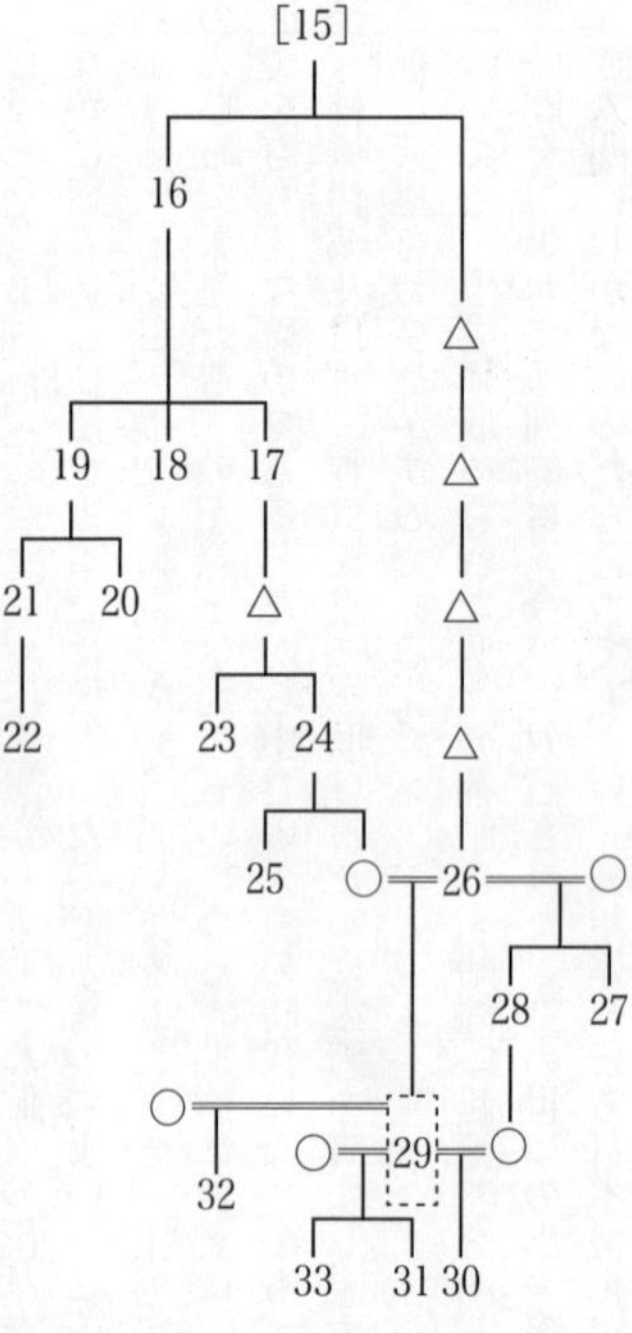

な継承関係をとって、天皇権は受け継がれてゆく（数字は天皇の代数。△は男性、○は女

性、横二重線は婚姻関係を示す）。

「比較的あとの時代の、事績や系譜上の位置がより詳しく知られている首長の継承は、傍系継承とされ」るのに対して、古い部分が直系継承とされている、とアフリカのモシ族の首長位の継承伝承について述べた川田順造の調査[1]と同じことが、古事記でも言えるのである。系譜だけからいえば、下巻は事実としての歴史に近いし、中巻は神と人とを繋ぐものとして作られた歴史に傾斜している。その典型が、初代神武天皇と第一〇代崇神天皇とのあいだの「欠史八代」と呼ばれる天皇たちであり、それによって天皇の歴史は起源の古さとそこからの長さを保証されるのである。もちろん、そこに描かれた個々の婚姻事例が古層的な性格を保持しており、欠史八代系譜のすべてが新しい時代に作られたとみなす歴史学の認識は改める必要があると思う（第四章、参照）。しかし、古層の系譜を整えながら、何代かの天皇を直系的に繋いで加上するといったことは、当然行われただろう。

　右の図に示した中巻と下巻の天皇の継承系譜の描き方の違いは、伝承の性格の違いとしても明瞭に表されており、西郷信綱の言い方を借りれば、中巻は「英雄の時代」であり、下巻は「その子孫の時代」ということになる[2]。神につながる者の時代と人間の時代と言えばわかりやすい。この点については、のちほど、下巻に置かれた仁徳天皇条の大雀《おほさざき》天皇（仁徳）と、中巻の応神天皇条に描かれている大雀命との人物造形の違いとして考察するつもりである（本章3、参照）。

混沌から秩序へ

古事記の系譜部分を「帝紀」、説話部分を「旧辞」とみる定説には疑問をもっているが[3]、そのこととは別に、便宜的に、古事記中巻の系譜を除いた伝承部分だけを眺めてゆくと、神武・崇神・垂仁・景行・仲哀・応神の各天皇条に伝承があり、それらはそれぞれ大きなまとまりをもって並べられているということに気づく。そのうち、前半の三つは、それぞれの天皇の事績を中心とした伝承になっているが、後半の三つは、天皇が脇役的な立場に置かれているようにみえる。たとえば、景行天皇条では皇子・倭建命の活躍譚、仲哀天皇条は皇后である息長帯日売《おきながたらしひめ》（神功皇后）の活躍と皇子出生譚、応神天皇条は仁徳天皇即位前記とでもいえる御子・大雀命の伝承が中心を占めており、「天皇」記とは呼びにくい一面をもっている。しかも、これら六つの伝承のグループのうち、相互につながりを持っているのは仲哀天皇と応神天皇だけで、あとの伝承群は、系譜を除けばそれぞれ孤立した伝承とみなすことができる。

そして重要なことは、それぞれ別の事件や事柄が歴史的な装いをもって語られていながら、これら六つの伝承グループは同一の流れと方向とをもっているようにみえる。それは、端的に言えば、どれもが混沌から秩序へという展開をもつというところから印象づけられる。神武天皇条でいえば、カムヤマトイハレビコの東征は、混沌たる地上の平定による秩序の獲得としての大和の地への定着を語るのであり、イスケヨリヒメとの結婚がその秩序化の象徴として位置づけられている。そして、神武の死後の、タギシミミの反逆と神沼河耳命《かむぬなかはみみのみこと》による平定もまた、混沌から秩序へを語る伝承になっている。

崇神天皇条も同じで、混沌は神の祟りとして現れ、神の子オホタタネコの出現による秩序の回復が崇神天皇の祭祀者としての力量によって語られる。続くタケハニヤスの反乱と追討も先と変わらず、それを経て、「初国知らしし御真木《みまき》天皇」が秩序化の象徴として称えられることになる。垂仁天皇条以降の展開もこれらと変わらない。登場人物と事件の内容に異なりをみせるだけで、設定された混沌とその克服による秩序の獲得というモチーフを繰り返し語りつづけているのだと言ってよい。

〈混沌↓秩序〉という大きな枠組みを構造とするブロックが幾重にも積み重ねられたのが古事記中巻の伝承群であり、それらは系譜によって統一的な縫い合わせがなされている。ひとつひとつのブロックの必然的な展開が、古事記で語られる王権の歴史を可能にしているのではない。ブロックは個々の独立体としての姿を留めたまま、系譜に挟まれることで、歴史を語ることが可能になったのであり、その組み合わせに歴史叙述を可能にした伝承の様式性を認めなくてはならない。

たとえば、〈混沌↓秩序〉を語る代表的な伝承として、古事記ではしばしば「太子（皇位継承）争い」とその鎮圧が語られている。現実の政治的事件の反映として安易に歴史と短絡させて考えられることが多いように思われるが、そうではなくて、太子争いの伝承は〈混沌↓秩序〉を語るための一つの様式として存在すると考えるべきなのである。現実にそうした事件があっただろうことを否定するつもりはない。しかし、伝承として歴史を語ることと、歴史的な事件とは別個のものなのである。

王権にとって、あるいは代々の王にとって、必要なことは秩序を保証する力である。そして、今の王（王権）が保証している秩序の謂われこそ、王の力として語られねばならない。言うまでもなく、秩序はその反対側に混沌を抱え込むことではじめて存在する。逆の言い方をすれば、秩序を語るために混沌が引き出されてくるということになる。[4] それは、まさに起源（由来）神話の方法の繰り返しだと言えよう。神によってもたらされた秩序が王権の側で、天皇の事績としてとらえ返されたとき、太子争いをはじめ中巻にさまざまに語られる〈混沌↓秩序〉の伝承は要請されてくるのである。その場合、代々の、秩序を回復しつづける王は、初代の、そして遡れば始祖としての神に重なる存在として登場することになる。

神のことばに疑いをもった仲哀天皇の行為とその死とによってもたらされた混沌は、神のことばを聞くことのできる息長帯日売が神の意志に従って新羅を討つことで、秩序の回復が果たされる。そして、その秩序化の証しとして、系譜的には仲哀の子でありながら、伝承的にみれば息長帯日売の孕んだ神の子（のちのホムダワケ）の誕生が語られる。[5] その神の子の敵対者である香坂王《かごさかのみこ》・忍熊王《おしくまのみこ》の討伐と東征、そして「禊ぎ」のための放浪を経たのちの、王者ホムダワケ（応神）の出現は、まさに始祖神話そのものである。それは、初代天皇イハレビコの出生・東征・即位を語る伝承に重ねられた〈混沌↓秩序〉であるし、神話的に遡れば、神に加護されたニニギ命による天孫降臨神話の、地上世界における繰り返し、様式化として押さえることもできるはずである。

中巻の特色の一つとして、古橋信孝は、次のように述べている。(6)

上巻＝神の代のできごとを、中巻においてもう一度繰り返していると考えられるふしがある。（略）神武の東征は天孫降臨に、倭建の東伐はスサノオの出雲へ追い払われることに、その死については天若日子に、というようにいくつかの対応を即座にあげることが可能である。（略）その対応は神の代から現実的な人の代への繋りをスムーズにするもどきと考えてよいように思える。

この把握は、ここで述べてきた〈混沌↓秩序〉という、中巻で幾重にも積み重ねられた基本構造が、起源神話の様式化によって保証されているという認識と見合ったものだといってよいだろう。

天孫降臨神話以外にも、スサノヲの乱暴による混沌から天の石屋《いわや》隠りを経たアマテラスによる高天原の秩序の回復、あるいは、「国稚く浮きし脂の如くして、クラゲナスタダヨヘル」混沌の世界における、神がみの生成による秩序の獲得など、〈混沌↓秩序〉を語ることが神話の基本構造であるということを理解するとき、中巻のそれぞれの天皇代における各伝承をブロックとした累積の様式性が、神話の手法をそのまま受け継いだものだということは明らかである。

神によって始源的に獲得された秩序は、神に対置された地上の王（天皇）の事績として代々に繰り返される。その繰り返しによって、王権を保証する秩序は現実のものとなって姿を現わすことができたのである。

天の石屋隠りの神話が大嘗祭の祭祀に対応したものであるように、そして、その大嘗祭において代々の天皇が始源を確認し、始源と一体化してゆくように、天皇自らの時代の事件や出来事は、始源を繰り返すかたちで語り継がれなければならないという様式性を、古代王権はもっていたのである。そういう意味では、神話的な構造から脱却しきれていないのが、古事記中巻の伝承群であるともいえるのである。

中巻に語られた歴史は、まさにそうした始源の様式化としての歴史だった。時間軸から眺めれば個別的な展開をとるように見える個々の伝承が、〈混沌↓秩序〉というブロックの累積でしかないというところに、古事記中巻の技法の大きな柱があったと言えるはずである。

2　説話累積としての倭建命伝承

倭建命伝承の位相

ある一人の人物を主人公とした物語が語られるとき、意図しようがしまいが、そこには自ずと語られる主人公の像が浮かび上がってくる。古事記のなかにそうした主人公像の典型を探すとすれば、中巻の景行天皇条に置かれた倭建命であろう。この少年英雄を主人公とする伝承は、古事記説話群のなかではもっとも分量も多く内容的にもまとまりのあるもので、古代の伝承文学としての評価も高い。この伝承がなければ、古事記の文学史的な位置も今よりはずっと低いものになっただろうということは、誰もが認めるはずである。

そして、倭建命伝承のおもしろさが、父景行天皇の我が子小碓命への恐れに端を発した追放、少年英雄の知恵と勇気、少年から青年への成長、姨や妻たちとの情愛や恋、結末の死と飛翔する白鳥など、さまざまな試練や事件に彩られた悲劇的な英雄伝承として展開してゆくところにあるという点については、たとえば、戦前に書かれた高木市之助『吉野の鮎』では次のように述べられている(1)。

倭建命を囲むものは終始憂鬱な浪漫的雰囲気である。命の悲劇的な運命は既に其の天賦の強勇と激情の中に胚胎し、数奇の御一生を通じて命の負ひ給ふところとなつた。（略）第一の神やらひ（天皇に恐れられ西征を命じられたこと――三浦、注）を克服したまうた命を待つてゐたものが前述のやうに第二の神やらひ（東征の命令――三浦、注）であつたとすれば、この第二の神やらひを見事に克服したまうたと仮定される命に第三の神やらひが待つてゐないと誰が保障し得るか。（略）要するに、命の御一生を通じて吾々が終始感受し得るものは、叡知の代りに感情であり、充足の代りに憧憬であり、喜劇の代りに悲劇であり、これ等を綜合して所謂浪漫精神、或は少くとも之に照応する或精神である。

あるいは近時の、国家を前面に見据えた都倉義孝『古事記　古代王権の語りの仕組み』における発言は次のようになっている(2)。

国家への奉仕を強要する権力構想の頂点に立つ新しき専制君主父景行と神の加護を与え肉親の愛情をそそぐ古き巫女おばヤマトヒメは、ヤマトタケルを中に彼に前述のような正反対の力を及ぼすものとして対置された関係にあり、彼の自覚された内面の悲劇を浮き彫りにする効果をもっている。西征物語と東征物語との基調の違いは、この悲劇の発見によるものである。無自覚の栄光と自覚された没落の落差が悲劇感覚を強めている。（略）死すべき運命と疎外を自覚しつつも彼はなお自分を追いやったもののためおのれの資質を奉仕させて運命に従い破滅へ近づいていく。

どちらも倭建命伝承の悲劇性に文学を見ようとする方向は不変であり、こうした読みに誤りはないだろう。たとえば、律令制古代国家の歴史観を確固として標榜する日本書紀の、従順で勇敢な遠征将軍として忠誠を尽くす臣下であり皇子である日本武尊と、武器や兵士を与え安否を気づかい自らの後継者として日本武尊を指名する理想的な聖天子であり父である景行天皇との、理想の君臣・父子関係を描こうとする日本武尊伝承と古事記のそれとを比べてみれば、古事記の倭建命伝承における父と子との関係が浮かび上がらせてくる悲劇性が、その表現の内部からもたらされたものだということは明らかになるはずである。

では、そうした表現はどのようにしてもたらされたのか。前述の高木市之助はそれを、「古事記制定の基礎を置きたまうた英邁の天子」天武天皇の「主情的、反撥的、つまり浪漫的」な精神にみようとした。(3) それに対して都倉義孝は、「原ヤマトタケル物語はいかなるものであったかはさだかではないが、かなりの期間（およそ二〜三世紀か）にわたっていくたびもの加上と改編が行なわれて、現ヤマトタケル物語が形成されたのであろう」とみる。(4) おそらく、この落差が、敗戦を経たのちの古事記研究の成果と蓄積とによってもたらされたものだと言うことができる。もちろん、その「加上と改編」の過程を追うことは簡単ではないし、ほとんど不可能な作業だろう。そうでありながら、伊勢神宮の神威譚的な性格や氏族伝承の関与など、この伝承の成立に関してはさまざまに論じられてもきた。

ここでは、それら先行研究とは離れて、古事記の倭建命伝承の表現に即しながら、その表現と構造とだけにこだわったとき何が読めてくるかということを考えてみたいのである。そこから、この伝承がどのようにして成立したか、どのような表現や構造をもっているかということを考察することで、古事記の文学史的・表現史的な位相の一端を確認できるはずだからである。

倭建命伝承の構造

まずはじめに確認しておく必要があるが、我々が読むことのできる倭建命伝承は古事記というテキストに漢字によって書きとめられた作品である。しかも、その文字化の過程は一回的なものではなく、幾度かの定着と改編ののちに古事記は成立したということも明らかである。その文字化の前段階には（あるいは、その途中においても）、音声による伝承の過程を経ているに違いない。さまざまな伝承が語り継がれ、組み合わされて、悲劇的な少年英雄像が形作られていったはずである。その組み合わせや接合の仕方を確認してゆくために、古事記倭建伝承の構造を次のように整理しておく。

Ａ　発端

①天皇は、オホウスに女を召し上げるように命じるが、オホウスは自分の女にして天皇には別の女を差し出した。

②天皇は、食事に出てこないオホウスを教えさとすように弟のヲウスに命じる。
③ヲウスは、夜明けに厠に入ったオホウスを捕まえて殺し、手足を引きちぎって薦に包んで棄ててしまう。
④ヲウスの行為を知った天皇はその凶暴さを恐れ、クマソタケル討伐を命じた。

B　少年英雄の西征

①天皇の命令を受けた少年ヲウスは、叔母ヤマトヒメから衣と裳をもらい、剣を懐に入れてクマソの国に出かけた。**〇ヤマトヒメ（援助者1）**
②クマソタケル兄弟が新築祝いをする準備をしていたので、宴の日を待ち、少女に扮して宴会にもぐり込んだ。
③ヲウスを傍に侍らせた兄弟が酔ったのを見計らって兄を刺し殺し、逃げる弟のクマソタケルを追い詰めて尻から剣を刺し通し、自らの素性を名乗る。相手がヤマトタケルという名を献上すると、すぐさま切り殺してしまった。**〇クマソタケル（敵対者1）**
④帰る途中で出雲の国に赴き、イヅモタケルと友だちになって水浴びに行き、作っておいた木刀と相手の剣とを交換して太刀合わせをしようと誘い、木刀を抜けない相手を切り殺してしまう。**〇イヅモタケル（敵対者2）**
⑤天皇に、西征の成功を報告した。

C　ヤマトタケルの東征

①天皇は、ヤマトタケルが戻るとすぐに、東の国の討伐を命じる。

②ヤマトタケルは、叔母ヤマトヒメのいる伊勢神宮に立ち寄り、天皇が自分のことを疎み、死ねと思っているのだと言って泣いた。ヤマトヒメは、危険なことがあったら解けといって袋と剣を与えた。○**ヤマトヒメ（援助者1の再登場）**

③尾張の国に寄り、ミヤズヒメと結婚しようとしたが、遠征から帰ってからということになった。○**ミヤズヒメ（女1）**

④相武の国造《くにのみやつこ》にだまされて野の中に連れ出され火を著けられたが、袋の中の火打ち石と剣を用いて迎え火をつけて難を逃れ、国造を焼き殺した。そこを焼津という。○**相武国造（敵対者3）**

⑤走水の海を渡ろうとすると暴風になるが、付き従っていたオトタチバナヒメが生贄となって海峡の神に身を投じたので救われる。○**海峡の神（敵対者4）**○**オトタチバナヒメ（女2／援助者2）**

⑥対岸に渡ると、オトタチバナヒメの櫛が流れ着いたので墓に納めた。

⑦東国の反逆者たちを討伐し、足柄の坂の神を殺し、頂上に立つとオトタチバナヒメを偲び嘆いた。○**足柄の坂の神（敵対者5）**

⑧甲斐の国にぬけ、火焚きの老人と歌問答をし、ほめて東国の国造にした。

⑨科野の国に行き、そこから尾張の国に戻ってミヤズヒメと結婚した。○**ミヤズヒメ（女1との再会）**

D　死へ向かう英雄

①ミヤズヒメの許に草那芸の剣を置いて、伊服岐の山の神を討伐に出るが、神を使いと見誤り、神の怒りにふれて病気になる。○伊服岐の山の神（敵対者6）
②病を受けたヤマトタケルは、山を降りて各地を放浪する。（地名起源譚の羅列）
③伊勢の国の能煩野で病が重くなり、四首の歌を歌って死ぬ。
④都に使いが送られ、后や皇子たちが来て嘆き哀しみ、葬送の儀礼を行う。
⑤ヤマトタケルの魂は白い鳥となって飛び翔り、后や皇子が後を追った。
⑥白い鳥はいったん河内の国に留まったが、ついに天に飛び翔っていった。

E　系譜
倭建命の妃六人と子六人、および、その子孫たちの系譜。

末尾に置かれた系譜部分Eを除いて、倭建命伝承の全体をA～Dの四段に分けた。Aは発端で、少年小碓《をうす》命の性格を語るエピソードであるとともに、父景行天皇との修復できない関係の原因を描く部分、Bはいわゆる西征譚で、熊曾建兄弟・出雲建を知恵と勇気とによって倒す少年英雄の物語である。Cは東征譚で、西征に比べると倭比売《やまとひめ》や美夜受《みやず》比売・弟橘《おとたちばな》比売など、女性をめぐる伝承が多い。Dは倭建命の死を語る部分で、妻子の嘆きや葬送のさまを描いているが、他の部分に比べて歌謡が多く挿入されている。

以下、それぞれの段落の内容を分析する。

説話累積の方法(1)――発端と西征譚

A発端の部分の中心的な記事は、②の、朝夕の食事を共にしない大碓命《おほうすのみこと》を「泥疑《ねぎ》教へ覚せ」という天皇からの命令を受けた小碓命《をうすのみこと》が、兄大碓命の四肢をバラバラにして殺して投げ棄てたという話であり、その暴力的な行為が、天皇の、「其の御子の建く荒き情を惶みて」熊曾討伐を命じる（④）きっかけとなる。そして、こうした小碓命の暴力性を引き出すことになったのは、A段①に描かれる兄・大碓命の、父天皇との女をめぐるいざこざであった。この発端部に描かれた大碓命と天皇との対立と、それによって生じた小碓命と天皇との決定的な断絶が、以後の倭建命伝承の性格を決定してしまったという意味で、Aの発端部こそが、悲劇の主人公・小碓命（倭建命）像を造形したと断言してよい。

当然のことだが、そのA段は、ある段階までは倭建命伝承には存在しなかった。おそらく、日本書紀に描かれる日本武尊に向かったのとは別の方向に古事記の倭建命伝承が向かったのちに、景行天皇と大碓命との女をめぐるエピソードが倭建命伝承に組み込まれ、その発端に置かれたのである。その根拠の一つは、小碓命による大碓命殺害記事が日本書紀には存在しないというところから明らかである。

もちろん、日本書紀にも大碓皇子という人物は登場するが、東征の話題が出たとたんに怖けて草の中に隠れてしまい父天皇に叱られて美濃国に封ぜられ、その地の豪族の始祖となったという記事（景行天皇四〇年七月）があるだけである。これは、勇敢な弟・日本武尊を引き立てるためにだらしない兄を語るエピソードになっており、その点だけに関して言えば、古事記のA①と対応している。おそらく、大碓命の美濃国への派遣という伝承が古くあり、それが古事記においては、小碓命の大碓命殺害伝承（A②③）へと展開することで、倭建命の悲劇的な性格の形成を可能にしたとみてよい。

Aの部分が後に結合したものであるというもう一つの根拠は、Aの①と②③との結びつきが緊密性に欠けるという点である。両者のあいだには、倭建命伝承とはまったく別の、景行天皇による部の設置や、水門や池・堤の築造記事が挿入されている。こうした伝承の分断は、編年体をとる日本書紀ではふつうのことだが、古事記の場合には稀なことだし、そのことは、Aの記事自体がもともとひと続きのものではなく、①と②③との連続性が後次的なものであったことを示しているだろう。

倭建命伝承が、天皇と皇子との、あるいは父と子との対立・葛藤というモチーフを呼び込んだ時、発端のA段が要請されることになった。あるいは逆に、勇敢な弟に対するずるくてだらしない兄が語り出された時、④の、勇猛な息子を恐れる父天皇の像を引き出してしまった。そのいずれがはじめにあったかはわからないが、勇敢な少年英雄による熊曾討伐譚が父による追放という要素を抱え込む段階と、発端Aが語り出される段階とは対応している。そして、父と子との対立・葛藤も、ずるい兄と勇敢な弟という設定も、どちらも倭建命伝承に固有の語り口ではない。それらはともに古代の伝承に類例のあるパターン化された内容であるゆえに、〈語り〉がそれらを引き寄せてしまったのである。それが伝承の論理としての説話累積である。そして、こうした伝承が熊曾討伐譚の前に置かれることで、倭建命伝承の性格そのものがまったく変質してしまうことになったのである。

そうした変質を、この伝承の述作者あるいは語り手が意識していたかといえば、それはきわめて疑わしいことだ。おそらくそれは、個別に存在した伝承や様式化された語り口を累積しながら説話を構想化してゆくという〈語り〉の方法によって、自ずからにもたらされたものでしかなかった。つまり、固有の作者（筆録者）や並外れた能力をもつ特異な語り手の創作といったことではなくて、語り手と聴き手との、繰り返される伝承の場が作り上げてゆく物語（カタリゴト）の成長とでもいえるような関係が、伝承の累積の果てに、「其の御子の建く荒き情を惶みて」という決定的な詞章を、おのずと引き出してしまったのである。

B段の西征譚の中心は、熊曾討伐伝承とその結果としての小碓命から倭建命への成長を語る②③の部分である。この部分において日本書紀と違うのは、小碓命が女装するための衣と裳とが倭建命伝承では、「其の姨《をば》倭比売命の御衣御裳《みそみも》」であるのに対して、日本武尊伝承では、「髪を解きて童女《をとめ》の姿と作《な》りて」としか語られておらず、オバ倭比売の援助が語られていないという点である。しかも、古事記の場合には、すでに西征に出発する際に、「尓《しか》して、小碓命、其の姨倭比売命の御衣御裳を給り、剱を以ちて御懐《みふつくろ》に納れて幸行《いでま》しき」（B①）と語られており、熊曾討伐が女装によって果たされるということを暗示しており、それが可能になったのは倭建命の知恵と勇気であるとともに、オバ倭比売の加護によるものであるということを強調する。そしてそれは、東征譚における例の剣と袋のエピソードとも呼応している。

そういう点でいえば、古事記の叙述は無秩序な説話累積だけで成り立っているわけではなく、一貫した流れと伝承相互の有機的な関連をもっていると言える。ただし、肉親の女性が巫女的な霊能によって援助者になるという「ヲナリ神」的な構造としてみれば、この語り口は古代においては普遍的なものであり、しかも倭比売の援助というモチーフが古事記の倭建命伝承全体を覆っているというわけでもない。日本書紀にはない西征譚への倭比売の関与は、父景行天皇との対立が鮮明化するとともに、C段とも呼応するかたちで描かれることになったと見てよかろう。そして、説話累積とは、何をどのように引き寄せてくるかという問題でもあるということを示している。

オバの神威が関与するかどうかに加えて、古事記では熊曾国の頭領（首長）は熊曾建兄弟であるのに対して日本書紀では取石鹿文《とろしかや》（別名、川上梟帥《たける》）という名をもつ頭領一人が相手だとか、ヤマトタケルという名前を与えられた後に相手を刺し殺すだけの日本武尊に対して、倭建命はよく熟れた瓜を切るようにバラバラに切り刻んでしまったと語るなど、細部の描写に違いはあるが、全体の流れからみて西征の熊曾建（川上梟帥）討伐譚が、倭建命（日本武尊）伝承にとって最古層に置かれた伝承であるというのは動かない。それに対して、④に置かれた出雲建討伐譚は、後に倭建命伝承に挿入された伝承である。

④で描かれた伝承と歌謡は、日本武尊伝承には存在しないかわりに、類似伝承が日本書紀崇神天皇六〇年条に載せられている。そこでは、出雲振根《ふるね》という出雲国の頭領が、自分が筑紫国に出かけていた留守に大和の側に神宝を献上した弟・飯入根《いひいりね》を恨み、水浴びに誘ってだ

まし討ちにするという出雲内部の権力抗争を語る伝承になっており、挿入されている歌謡は「時人」（当時の人の意で、世間の評判を代表する）の歌として引用されている。倭建命伝承の場合、この伝承は主人公倭建命の知恵と勇気を語るものとして用いられているわけだが、友人になった相手を水浴びに誘い、あらかじめ木刀を準備して取り換えた上で太刀合わせを挑み、太刀が抜けない相手を切り殺してしまうというやり口は、知恵を逸脱した狡さを内包してしまっている。(5) そのことは、日本書紀の崇神天皇巻の伝承をみても理解できるし、だからこそ日本書紀では、「時人」が、殺された飯入根に同情して太刀讃めの歌謡をうたうのである。ところが倭建命伝承では、狡い殺し方をするばかりか、その相手を嘲笑するような歌を自らうたうというかたちで構成されており、悲劇の主人公倭建命を語るための伝承としては、大きく逸脱しているというしかない内容になっている。

これも、語りにおける説話累積という概念を考えることによって説明できるのだと思う。伝承の場においては、倭建命の制御できない勇猛さが物語のなかで一人歩きしてしまい、別個に流布していたと思われるだまし打ちによる「水浴殺人」モチーフを伝承の内部に抱え込んでしまったのである。説話累積によって物語が組み立てられることで成長しながら語られる伝承においては、こうした過剰性を往々にして抱え込んでしまう。そして、A段のようにそれが成功する場合もあるし、この場面のように、いささか行き過ぎてしまう場合も生じるということになる。

④の伝承がのちに加えられたものだという根拠は、日本書紀に存在しないということだけ

ではなく、古事記の文脈の内部からも指摘することができる。それは、④と⑤とに見られる表現の重複である。

熊曾討伐を終えた倭建命は、その直後の④冒頭に、

然して還り上ります時、山の神・河の神と穴戸《あなと》（海峡のこと）の神と、皆、言向け和《やは》して参上りたまひき（然而還上之時、山神・河神及穴戸神、皆言向和而参上）。

とあって、各地の神がみを言向けたのちに倭に帰還したと語られている。これは基本的には、日本書紀の、

既にして海路《うみつぢ》より倭《やまと》に還りて、吉備に到りて穴海《あなのうみ》を渡る。其の処に悪《あら》ぶる神有り。すなはち殺しつ。亦、難波に至る比《ころ》に、柏済《かしはのわたり》の悪ぶる神を殺しつ（既而従海路還倭、到吉備以渡穴海。其処有悪神。則殺之。亦比至難波、殺柏済之悪神）。

（景行天皇二七年一二月）

という帰路の叙述と同一である。それなのに古事記では、右に引いた④冒頭部分に続けて、

すなはち出雲の国に入りまして（即入坐出雲国）、（略）

と転じて出雲建討伐譚が語られ、そのあとにふたたび、⑤において倭への帰還が語られる。

故、如此《かく》撥ひ治めて、参上り覆奏《かへりごとまを》したまひき（故、如此撥治、参上覆奏）。

このように、④と⑤に「参上」という語が重複するということは、熊曾討伐を終えて帰還したという古層の伝承の上に出雲建討伐譚が加わったために、改めて⑤が追加された結果だと考えなければならない。したがって、元は、熊曾建討伐譚のあと、④冒頭と⑤とを結合した、「然して還り上ります時、山の神・河の神と穴戸の神と、皆、言向け和して参上り覆奏したまひき（然而還上之時、山神・河神及穴戸神、皆言向和而、参上覆奏）」というかたちになっていたはずである。[6]

この加上された出雲建討伐譚における過剰性が倭建命に必要だったかどうかは別にして、この伝承が加えられることによって、西征から帰還するやいなや、息子の威力を恐れた父天皇から直ちに東征を命じられるという展開は見えやすくなる。そして、倭建命が横溢する力を制御できない英雄としての像をますます鮮明に持たされることになったという意味で、対立と破滅という構図がきっちりと組み立てられたのである。しかしそれは、意図された結果としてもたらされたものではなかっただろう。これもまた、伝承の様式としてあった出雲建討伐譚を語りの側が抱え込んでしまうことによって否応なくもたらされたものであったという意味で、説話累積の文体だということができるのである。

説話累積の方法(2)――東征譚と結末

東征を語るC段①の天皇による再度の追放を語る部分は、発端A段④の西征命令に対応しており、それが古事記倭建命伝承の基調であることを示している。そして、それによって父子の対立関係が修復不能であることを印象づけ、倭建命の放浪と死という後半部分の展開を決定してしまう。しかも、西征の命令を受けた時点では父天皇から疎んじられていることを意識していなかった小碓命（倭建命）は、C②の伊勢でのオバ倭比売との対面場面に描かれているように、自らの置かれた立場を明確に認識したと語られる。それによって、小碓命から倭建命への成長が、肉体や武力だけではないということも了解できる。そこからいえば、この伝承が単に説話累積だけで長編化しているというのではなく、父と子との絶対的な離反が伝承に内在化したテーマになっているという側面も見逃すことはできないのである。

また、倭比売も、霊力をもつ庇護者としてのオバという役割に加えて、伊勢神宮という国家の守護神を介在させることによってその神威が二重化されている。同じ場面を日本書紀では、「慎みてな怠りそ」と激励するばかりでオバとオイとの肉親の情愛を語らないために、伊勢神宮の加護という部分のみを強調するかたちになっており、東征を命じる景行天皇像が日本武尊の安否を気づかい兵士と武器とを与えて激励する聖天子であるのと同様に、国家的な歴史叙述の論理だけが前面に出てしまう。それに対して古事記の場合、肉親としてのオバ

（それは代理母とみてよい）の愛情を強調することで、倭建命の父に対する疑心の告白を引き出し、悲劇の英雄の心の揺らぎを際立たせることが可能になったのである。

　このように、東征譚Cの①②はA・B段との繋がりも緊密で、説話表現として緊張感のある文体に仕上がっているのだが、それ以降の部分は、かなり散漫だという印象を拭えないし、西征譚における熊曾建討伐のように中心となる伝承ももっていない。それはおそらく、それぞれの伝承が累積されたままに並べられているに過ぎないからである。

　たとえば、東征譚の発端において倭比売から与えられた草那芸剣《くさなぎのつるぎ》と袋（火打ち石）は、その東征譚前半の相武国造討伐伝承（C④）で使い果たしてしまい、それ以降には力を発揮する場面がない。あとは、美夜受比売のもとに剣を置いて伊吹山に向かうという倭建命の死の直接の原因に草那芸剣が関与するだけである（D①）。しかも、東国遠征において戦いらしい戦いというのは④の火難とその脱出を語る場面だけで、あとは、「ことごとに山河の荒ぶる神、また伏《まつろ》はぬ人等を言向け和平《やは》したまひき（悉言向和平山河荒神及不伏人等）」（③末尾）とか「ことごとに荒ぶる蝦夷等《えみしども》を言向け、また山河の荒ぶる神等を平和《やは》して、還り上り幸《い》でます時（悉言向荒夫琉蝦夷等、亦、平和山河荒神等而、還上幸時）」（⑦冒頭）といった同じような表現の総括的な記事が挿入されるに過ぎない。そして、東征譚の残りの部分では、勇猛果敢な西征譚とは異質な、美夜受比売や弟橘比売をめぐる恋の伝承が語られる。

　美夜受比売伝承の場合は、Cの③と⑨とが呼応し合っており、東征譚の主要な位置を占めるが、弟橘比売伝承（C⑤）の場合はその登場自体が唐突であり、前後の脈絡もなく緊密性を欠いている。日本書紀にも同一の伝承があるから、倭建命伝承への介在はけっこう古いはずだが、累積の痕跡を消すところまでは成長していないというべきだろう。また、それに付随する歌謡（⑤）と後日譚である形見の櫛の漂着伝承（⑥）は、どちらも日本書紀の日本武尊伝承になく、野焼きの習俗を反映した民間歌謡や類型のある漂着伝承（播磨国風土記、賀古郡の比礼墓《ひれはか》伝承など）が後に付加されたものとみてよい。また、C⑦に描かれる「其の坂に登り立ち、三たび歎かして、『阿豆麻波夜《あづまはや》』と詔云《の》らしき」というアヅマの地名起源譚は弟橘比売伝承に連接しているとみてよいが、「阿豆麻波夜」のアヅマは「吾妻」であるとともに、直前に置かれている足柄の神である白鹿の、「其の目に中りて乃ち打ち殺しき（中其目乃打殺也）」の「アツ（中）・マ（目）」と呼応しているとみることもでき(7)、⑤と⑦との繋がりもそれほど緊密に構想されているとは言いがたい。

C段の東征譚は、倭比売と美夜受比売とをめぐる伝承がいずれも草那芸剣という神剣を介して繋がっているという点で一貫した流れを構成してはいるが、それらと他の伝承との結びつきは希薄なところが散見され、いくつかの段階での説話累積による接合の痕跡を露呈したままに並べられているようにみえる。

それは結末のD段も同様である。倭建命の死を語る結末の段落は、神剣である草那芸剣を美夜受比売のもとに置いて伊吹山に向かい、神の怒りに触れて病み、ついには死んで白鳥になって翔りゆくという骨子に、さまざまな地名起源伝承や死にまつわる歌謡が付加されて長くなっていったのである。とくに、英雄の死を悲劇的に描くために、比喩表現を多用した抒情的な短歌謡の介入が際立つことになった。当芸《たぎ》や杖衝坂《つえつきざか》・三重などの地名起源伝承が日本書紀には語られず（②）、能煩野《のぼの》での思国《くにしのび》歌《うた》三首（③）が日本書紀では景行天皇の九州遠征の折の歌とされるとか（景行天皇一七年三月）、太刀を思う歌（③）や死の知らせを聞いて倭から下ってきた后や御子たちのうたったという四首の歌謡（④）が日本書紀には記載されず、しかもそれらは後に「天皇の大御葬《おほみはふり》」に歌われるようになったという注記（④）をもつことなど、D段に置かれた短い伝承や歌謡がつぎつぎに付加累積されたものだという痕跡がいくつも見いだせるのである。

こうした道行き的な地名起源譚の重ねや歌謡群の取り込みは、古事記の説話構成の常套的な手法と言えるものであり、〈語り〉においては、感情を盛り上げたりクライマックスを強調したりする場面において、しばしば表現が韻律化の傾向を強めるのとも通じている。そして、その手法もまた伝承における説話累積の方法によってもたらされたものだということは、改めて論じるまでもなかろう。

説話累積と表現史

いつどのように離れていったのかは定かではないが、ある段階で原ヤマトタケル伝承は、倭建命伝承と日本武尊伝承とに分離することになった。もちろんそれが、天武紀一〇年（六八一）の天武天皇の詔（あるいは古事記「序」の天武の詔）に記されているような、固有の史書編纂事業を契機としているとか、はじめに固定的な一つの伝承があったというようなことを考えているわけではない。もともと音声を伴って語り伝えられていた原ヤマトタケル伝承があったはずだし、それは語りの常のかたちとしてさまざまなバリエーションをもっていたはずだから、唯一絶対の固有伝承を想定することなど不可能であり、間違いである。初めから幾つもの伝えが存在したのであろう。

ただ、古事記の内部に窺える反律令的な、あるいは反王権的な伝承への道筋と、日本書紀がはじめから内包する国家的な歴史叙述への方向とに分離してゆく、その決定的な場面を表現史の分かれ目として想定することはできるはずである。そして、日本書紀のような揺るぎない国家と絶対的な天皇の権威性とを保持しようとする叙述は、その編年体の様式を含めて、明確な歴史認識に裏付けられていなければ成り立たないだろう。これは、日本武尊伝承だけをさして言っているのではない。すべての記事が国家の歴史へと指向しているのであり、日本武尊伝承の内部もまた天皇の威厳と能力とを語るという方向に収斂しているという意味で、日本書紀は統括された歴史観の上に立った叙述になっているのである。そして、そうした日本書紀の歴史認識については、第二章で述べた。

それに対して、修復できない父子の対立を基調として抱え込んだ倭建命伝承は、主人公倭建命の、知恵を逸脱した暴力性や苦悩などを表現の内部に呼び込んでしまったわけだが、それは、さまざまな伝承群を取捨選択しながら己の内部に繰り込んでゆく語りの文体がもたらしたものであった。もちろん、帝紀・旧辞を引くまでもなく、文字化にともなう書記文体（漢文）の構成力や描写力といった側面を否定し去ることはできないが、基本のところにあるのは、口承による叙事伝承がつねにもつ累積性である。そして、そこに呼び込んでくる伝承と排除する伝承との腑分けは、語り手と聴き手とによって成立する空間（それは具体的な語りの〈場〉だけをいうのではない）の力とでもいえるようなものだ。

古事記の倭建命伝承から読みとれる反王権的・反国家的な危うさや魅力も、そうした〈語り〉の累積性が醸し出したものであり、意図されたものではないというべきだと思う。そして、音声による語りというのが民間のなかで伝えられていくというのは、そのような声を抱え込んでしまうものだとみなければならない。

もちろん、古事記が日本書紀的な歴史叙述の方法と分かれた後も、あるいはその前の段階でも、何層かの文字の論理が関与しているのは当然である。そうでありながら、文字の論理が伝承の細部にまで影響力を及ぼすほどには、文字は語りの方法を突き崩すことができなかった。それが古事記の文体なのである。もし崩そうとするなら、日本書紀のような編年体の叙述をとるしかなかっただろう。なぜなら、編年体とは、一つの流れとして存在する伝承を分断するかたちで時間＝歴史を介在させる文体であるゆえに、伝承の累積という手法をとる語りの文体を破壊する力を持ちえるからである。それに対して、同じ文字テキストであっても、伝承群の羅列と積み重ねとによって伝承を構想する古事記の文体は、語りの方法を突き崩す論理を持ちえない文体だったということになる。

このことは、何も倭建命伝承だけの問題ではない。そのすべての部分が累積性によって可能となった古事記は、個々の伝承を積み上げることによって、上巻の神話も、中・下巻の各天皇の事績も描かれてゆく。たとえば、大国主（大穴牟遅《おほなむぢ》）神話もそうした説話累積によって構想された伝承の典型的な一つである。そこでも、口承的な性格を露出させながら個々の伝承を累積することで、高天原系の天つ神一族に対立する、強大な国つ神の棟梁大国主という像を構想していったことが確認できるのである。

古事記を「文学史」の中に位置付けようとすると、古事記とは、あるいは古事記の表現とは、語りの方法としての説話累積の文体によって文字化された作品だというきわめて漠然とした物言いでしか定義できない。そして文学史的に言えば、〈語り〉に起源を置いた説話累積の文体は、『竹取物語』がそうであるような、平安朝のかな物語の始発にみられる説話累積の方法化と長編化を可能にする契機の一つになったと見なすことができるように思うのである。

3　大雀から仁徳へ――中巻と下巻

皇后石之日売《いはのひめ》の嫉妬に悩んだ聖帝――これが、われわれの仁徳天皇像を決定している。それは、古事記・日本書紀から与えられる仁徳像としては正しい理解である。文学の側から提出される仁徳関係の論文の多くが、仁徳の求婚譚とそれを拒否する石之日売嫉妬譚の分析に傾斜してゆくのは、遺された多くの歌謡や伝承からみて、必然的な方向といえよう。一方、仁徳にかかわる歴史家の発言の圧倒的多数は、五世紀初めに生じたかもしれない王朝交替にからむ、いわゆる河内（仁徳）王朝の問題とかかわって論じられる。

五世紀前半に間違いなく実在したとされ、あの巨大な墓に眠る大王大雀《おほさざき》――その真実の姿は、古事記・日本書紀に描かれた聖帝像からは遥かに遠いだろう。しかし、何らかのエネルギーが大王大雀を聖帝へ、皇后石之日売の嫉妬に悩む天皇へと向かわせていった。その力はいったい何だったのか。なぜ、古事記・日本書紀の大雀像は要請され構想されねばならなかったのか。

ここでは、古事記に描かれた大王大雀像にスポットを当てながら、その構想について論じてゆく。

仁徳天皇条の大雀天皇

古事記下巻の最初に置かれた仁徳天皇条の記事をみる時、大きな二つの方向をもっていることに気づかされる。その一つは、いうまでもなく、聖帝にかかわる伝承であり、他の一つは皇后石之日売の嫉妬を軸とする求婚譚である。いずれの天皇条にも冒頭に置かれる系譜記事を除けば、仁徳天皇条は右の二つ以外には何も描こうとしない。

はじめに聖帝像についていえば、それは三つの要素からなっている。その第一は、系譜と土木事業の記事に続いて記される、三年に及ぶ課役免除の説話であり、大雀の時代が「其の御世を称へて、聖帝の世と謂す」と語られる。ここには、仁政者大雀の姿が描かれている。第二には、仁徳天皇条の最後に記された二つの伝承（日女島での雁の卵の話と、大樹伝承から発する快速船「枯野」と名琴の話）にみられる、祥瑞を招来させる有徳者大雀の姿である。ことに雁の卵の話は中国伝来の讖緯《しんい》思想（天変地異などによって未来を予言する考え。讖緯説とも）の影響を受けた典型的な祥瑞譚であり、冒頭の課役免除の話と対応した、聖帝像構築の柱というべきものである[1]。

そして、もう一つ、善政者大雀の姿があることも忘れてはならない。それは、茨田堤や丸邇池・依網池を作り、難波の堀江や小椅江を掘ったという、系譜の直後に附された記事である。古事記では説話をもたない小さな記事にとどまっているが、日本書紀では一一年の茨田堤を築く際の「全匏《おほしひさご》」による「請《うけ》ひ」の伝承をはじめ、あちこちに池や堤や橋の築造記事が並べられ仁徳紀編年の主要な柱の一つとなっている（一四年までのあいだに八項目）。

この、善政者大雀の姿こそ、国家の確立期に位置する大王大雀の理想化された姿を示しているということができる。ここには、国家確立期の前提として当然存在したはずの、武力闘争の影は微塵もない。新しい国家の建設に伴う理想化された天皇の治世が、仁・徳・善といった儒教的な思想に裏付けられて語られているだけである。もちろん、それが事実だといっているのではない。古事記や日本書紀の語り口に従えばそうであり、それこそが古事記下巻の巻頭に仁徳天皇条を配した歴史認識だということである。ちなみに、聖帝像と祥瑞譚の二つは日本書紀の場合は強調されており、日本書紀でも仁徳天皇巻に一つの区切りを置いているとみてよい。加えていえば、日本書紀では、仏教伝来を伝える欽明天皇巻にもう一つの区切りが見いだせる。

古事記における仁徳天皇条の説話に見いだせる善政・仁政・徳政という聖帝大雀像を構成する三つの要素は、いずれもが〈人間〉天皇の理想像を描いているとみることができる。虚構化された治世を語ることで聖帝は現実の存在となりうるからである。ここには人間天皇だけが必要である。そのためにも、神話的語り口や武勇に勝れた英雄的活躍譚は排除されねばならなかったのである。

仁徳天皇像の一面を右のように位置づけた時、もう一面の嫉妬を軸とした求婚譚も理解しやすくなる。仁徳天皇条に語られる大雀の求婚譚は三話から構成されている。相手は、黒日売（吉備の海部直《あたい》のむすめ）と異母妹八田若郎女《やたのわきいらつめ》と、同じく異母妹女鳥王《めどり》の三人だが、いずれも大雀との歌謡の贈答を中心に語られる。そして、それら三人に対する大雀の求婚はすべて拒否されてしまうのである。ただし、八田若郎女は、古事記でも日本書紀でも後に入内し、日本書紀の場合は磐之姫の死後皇后となったとするが、子の誕生を伝えていないところからみると、この女性も求婚を拒否するという語り口をもっていたのではないかと考えられる。もちろんそれは、拒否というより、皇后石之日売の嫉妬を理由とした破談として語られているわけだが、理由はどうあれ、大王大雀の求婚失敗譚であり、ことに三人のうちの女鳥王には、「大后の強きに因《おづ》りて、八田若郎女を治め賜はず。故、仕《つか》へ奉らじと思ふ」と、明確に拒否されてしまう。

この三人の女性への求婚失敗譚に見いだせる大雀像は、一般的な婚姻譚のパターンとして、男性の求婚と女性の拒否を描く伝承における類型的な男女関係に還元することができる。そして、聖帝を構想しようとした意志とは違うとしても、ここでも〈人間〉大雀を描こうとしており、そうした人間的側面の象徴として大雀の求婚失敗譚が語られていると読むことができる。その人間天皇のあり方は、失敗譚でありながら、黒日売や八田若郎女との贈答歌から浮かび上がってくる情愛あふれたやさしさ、女鳥王が速総別王《はやぶさわけ》と結ばれたことも知らずに求婚歌を歌いかけ拒否される間抜けさ、などを通して印象づけられるのである。

したがって、大雀の求婚失敗譚の全体を覆っている石之日売の嫉妬譚も、人間大雀の描出に力を貸しているとみることができる。石之日売に対しても、大雀は力を捨ててやさしい。天皇が召し上げた黒日売への嫉妬があまりに凄いので逃げ帰る途中に、天皇が黒日売を想う歌をうたったのを知った石之日売は、去ってゆく黒日売を臣下に追わせて船から降ろし、「歩《かち》より追ひ去《や》」ってしまうし、自分が祭の準備で留守をしているあいだに天皇が八田若郎女と戯れ遊んでいるという噂を聞くと、「大《いた》く恨み怒」って豊楽《とよのうたげ》のための御綱柏《みつなかしわ》の葉を投げ棄てて山代に行ってしまう。ところが、それでも大雀天皇は怒りの姿を見せないばかりか、石之日売の後を追って山代の奴理能美《ぬりのみ》の家に到り、恋情を表わす歌をうたって連れもどそうとするのである。

石之日売の激しい嫉妬に対する大雀のこの対処の仕方は、極端なまでにやさしい天皇を強調しようとしているとしか考えられない。そして、そうした語り口こそ、仁徳天皇条の片面であるところの〈聖帝〉像と呼応し合っているといえるのである。仁徳天皇条の大雀像は、つねに、仁であり善であり徳であり、そして、求婚譚と嫉妬譚とにみられる慈愛である。ただ一ヵ所、女鳥王が速総別王に対して、「雀取《さざきと》らさね」と歌ったのを聞くとすぐさま「軍を興して殺さむとしたまひき」と語るところに大雀の権力がほの見えているだけである。しかし、そこでも自ら大刀を帯いて赴きはしない。山部大楯連《やまべのおほだて》を将軍とする軍勢をさし向ける政治家としての大雀天皇がいるだけなのである。

石之日売嫉妬譚における葛城氏、口子臣伝承にかかわる和邇氏など、伝承の背景は複雑でさまざまな視点からの考察が不可欠だが、大雀像の構想に限っていえば、嫉妬譚を軸とした求婚譚の全体は、右にみてきたように、〈人間〉天皇の慈愛の強調として位置づけることができ、それは聖帝像として構想化された仁善徳と包み合った理想的為政者・大雀像を構築するという歴史認識に支えられている。

以上が、古事記下巻の仁徳天皇条に描かれた大雀天皇のすべてであり、こうした姿で語ることこそ、大雀天皇が下巻冒頭に置かれたことの意味であった。いうまでもないが、こうした聖帝像の構想に儒教思想の影響が大きいことは注意しておいてよい。儒教思想が神話的意識との訣別に強く働きかけたであろうことは、日本人の意識内部の問題として重要だと思われるからである。

応神天皇条の大雀命

中巻の最後に位置する応神天皇条が「仁徳前記」的な性格を強くもっているということは、すでに言われている[2]。応神天皇条のうち、御子の大雀命に関係のない話は、矢《や》河枝《かはえ》比売《ひめ》と品陀《ほむだ》（応神）天皇との結婚譚、和邇《わに》吉師《きし》や須須許理《すすこり》など渡来人の話、天之日矛の渡来を中心とする出石族の始祖譚の三つである。あとは何らかのかたちで皇太子時代の大雀命がかかわり、中心的な活躍をする。しかも、それは仁徳天皇条の大雀天皇とはまったく違った性格をみせているところが多い。

仁徳天皇条で失敗ばかり語られる大雀の求婚も、応神天皇条では成功している。それも、応神天皇が召し上げようとした髪長《かみなが》比売を、「天皇の大御所《おほみもと》に請ひ白して、吾に賜はしめよ」と大臣にたのむ行動力と強さをもって語られる。天皇と一人の女を争ったという伝承は多いが、直木孝次郎もいうように、相手の男は常に敗北する[3]。ところが一人、大雀は成功し、天皇をして、

水たまる　依網《よさみ》の池の　堰杙《ゐくひ》打ちが　刺しける知らに　ぬなは繰り　延へけく知らに
我が心しぞ　いや愚《をこ》にして　今ぞ悔しき

と歌わせる強さをもち、大雀自身も、

道の後《しり》　古波陀嬢子《こはだをとめ》を　神のごと　聞こえしかども　相枕《あひ》まく
道の後　古波陀嬢子は　争はず　寝しくをしぞも　愛《うる》はしみ思ふ

と歌う強さとたくましさとをもっている。求婚の成功を語ることだけでなく、こうした大雀の強さ（神話的英雄的側面といってよい）は、下巻の仁徳天皇条にはまったく見られない性格である。

そして、この強さは、求婚譚以上に、皇位継承にまつわる大山守《おほやまもり》・宇遅能和紀郎子《うぢのわきいらつこ》との関係のなかに見いだすことができる。ただ、古事記に語られる大山守討伐の中心人物は和紀郎子であり、大雀は和紀郎子への忠告者でしかないし、和紀郎子の死も日本書紀の自殺とは違って、その夭逝を理由としている。ここでも、仁徳天皇条にみられた聖帝意識が影響して血塗られた闘争の影を消し去ってはいるが、本来のあり方は、大雀による大山守殺害であり、和紀郎子との皇位継承争いの武力的勝利であったとみるべきである(4)。大山守との関係を語るのに「大雀命は天皇の命に違ひたまふこと勿かりき」と記したり、和紀郎子と皇位を譲り合つたと語ったりするところに歴史的真実はなく、それらは、どうみても聖帝像の構想に引かれた潤色としか読めないからである。

そして、そうした聖帝性を排除して応神天皇条に見いだせる大雀命の姿は、武装して敵対者を攻め滅ぼしてゆく英雄的な印象である。

その一つの姿を、吉野《よしの》の国主《くにす》等の献った歌にみることができる。

品陀《ほむだ》の　日の御子　大雀《おほさざき》　大雀　佩かせる太刀　本つるき　末振《すゑふ》ゆ　冬木《ふゆき》の　すからが
下木の　さやさや

ここに歌われた大雀の姿は、武器を手にして颯爽と立つ英雄の姿である。五世紀を英雄時代とみることへの疑問を無視すべきではないし、歴史的にみて、大雀が国家の確立にかかわる大王であることは確か[5]だが、そうした専制君主としての大王大雀の歴史的実在の中に、軍勢を引き連れて戦う英雄的側面をみることもまた、あながち間違ってはいないはずである。

大雀像と古事記中・下巻

概略的な紹介のため一つ一つについては批判もあろうが、大きな見通しとして、応神天皇条の大雀命と仁徳天皇条の大雀天皇とのあいだには大きな断絶があるという点は、大方の了解を得られるものと思う。そして、即位後の〈聖帝〉像と仁徳前記としての応神天皇条にみられる〈英雄〉的大雀像との溝は、そのまま、古事記の下巻と中巻とのあいだの断絶あるいは差異を示しているとみてよい。

応神天皇条と仁徳天皇条が古事記において中巻と下巻に分かたれた理由を、「応神を遠つ世の殿の天子、仁徳を近つ世の初頭の天子とする時代区分」とみたのは伊藤博の卓見である。[6] そして、この見解は、伊藤自身もいう如く[7]、品陀和気（応神）を虚構（実在しない）とみる一連の発言によって、より補強されることになった。その応神天皇の実在性を疑った吉井巌は、応神を仁徳王朝の始祖として造像された非実在とみ、品陀和気という名は、大雀の別称か仁徳王朝の支配者たちを呼ぶ代々の通称であろうと考えた。[8] その発言を受けて直木孝次郎は、品陀和気と大雀とはもと両者一体であったものが「二人の大王に分化し、一方のホムダワケは始祖として神秘的・神話的な性格をにない、オホサザキはその後継者として現実的な性格をもって語られるようになったのであろう」という見解を表明した。[9]

そこで論じられている歴史的実在あるいは非実在という点を別にしても、応神天皇条が、仁徳前記的部分をも含めて神話的性格を強くもっていることはたしかであり、それは、仁徳天皇条の〈人間〉天皇像の構築という歴史認識とはまったく逆だといえよう。つまり、応神天皇条に描かれた大雀命像の英雄的側面は、直木孝次郎が品陀和気について言った「神秘的・神話的な性格」という言葉がそのまま当てはまるのである。このことは、伊藤博の言う古事記中・下巻分割の意識に照らしてもわかるし、中巻を「英雄の時代」、下巻を「その子孫の時代」とみる西郷信綱の認識を援用することもできる。[10]
はっきりと、下巻を人間の時代とする認識が確立しており、その初代天皇として大雀天皇を置いている。それゆえに、仁徳天皇条は仁善徳の治世と女たちへの慈愛とを用いて、〈聖帝〉大雀を語らねばならなかったのである。しかし、歴史的にみた場合、五世紀前半に実在した大王大雀の真実の姿は、〈聖帝〉像からは遥かに遠く、応神天皇条にわずかに窺うことのできる〈英雄（武闘王）〉的側面にこそ近かったとみるべきであろう。
文学研究の側から発言すれば、勇敢な、太刀を佩いた大王大雀像を中巻末の応神天皇条に振り込むことで、仁徳天皇条の人間〈聖帝〉像は構想化され得たといえるだろう。国家確立期の大王を聖帝として構想し、そこから真の人間天皇の治世が始まったと語ることで、大王家は天皇家としてヤマトの支配者となることができた。そして、構想化された〈聖帝〉像に現実味をもたせるために、歴史的実在としての〈英雄〉像を中巻の「英雄の時代」に収め、国家確立への武力闘争の過程を神話的ベールに包みこもうとしたのである。[11]

4　潔い男の物語——下巻の方法

古事記のもとになる伝承はいつごろから語られていたのだろうか。遅くとも六世紀後半頃には、その片鱗はあらわれたのではなかったか。とすれば、オホハツセワカタケル（大長谷若建命、雄略天皇のこと）が実在した五世紀後半へ遡ると一〇〇年ほどしか経っていないということになり、大雀命（仁徳天皇）の時代まで遡っても百五、六十年にしかならない。語る側からすれば、つい最近の出来事と言える近さだ。だからといって、古事記に語られている大雀命や大長谷若建命の物語が歴史的な事実を伝えていると言いたいわけではない。ただ、英雄というにはあまりにも生々しい記憶といったものが何らかのかたちで影を落としているのではないか。

マヨワの御子の物語

古事記の中ではさほど有名ではないが、マヨワ（目弱王）と呼ばれる御子の物語がある。事件の発端になったのは、穴穂《あなほ》天皇（安康天皇のこと）が大日下《おほくさか》王の許に使いを遣わし、妹の若日下《わかくさか》王（若日下部王）を同母弟オホハツセの妃にしたいと所望したことであった。

天皇、伊呂弟《いろと》大長谷王子の為に、坂本の臣等の祖、根の臣を、大日下王の許に遣はして、詔らしめたまひしく、「汝命の妹、若日下王を、大長谷王子に婚《あ》はせむと欲ふ。故、貢るべし」と。

ここに大日下王、四たび拝《をろが》みて白しけらく、「若し、如此《かく》の大命も有らむと疑ひつ。故、外に出さずて置きつ。これ恐し、大命の随《まにま》に奉進《たてまつ》らむ」と。

然れども言《こと》以ちて白す事、それ礼无《ゐやな》しと思ひて、すなはちその妹の礼物《ゐやじろ》と為て、押木の玉縵《たまかづら》を持たしめて貢献《たてまつ》りき。

根の臣、すなはちその礼物の玉縵を盗み取りて、大日下王を譏《しこ》じて曰ひしく、「大日下王は、勅命《おほみこと》を受けずて曰りたまひつらく、『己が妹や、等し族《うがら》の下席《したむしろ》に為む』とのりたまひて、横刀の手上を取りて、怒りましつ」と。

故、天皇、大く怒りまして、大日下王を殺して、その王の嫡妻《むかひめ》、長田大郎女《ながたのおほいらつめ》を取り持ち来て、皇后と為たまひき。　（安康天皇条）

長田大郎女は、古事記の系譜によれば穴穂天皇の同母の姉である。同母兄妹（姉弟）の結婚はもっとも重いタブーとされ、古事記には他にも物語はあるのだが、この二人に関しては、系譜の伝えに何らかの誤りがあるかもしれない。ちなみに、日本書紀によれば穴穂天皇は大日下王の妻「中蒂姫《なかし》」を妃にするが、この女性は履中天皇の娘と伝えられている。

父大日下王を殺された目弱王は、母長田大郎女とともに、穴穂天皇の宮殿で暮らすことになる。その時、目弱王は七歳の少年だったと語られているが、ある時、偶然（ということは神のお告げというふうに読めばいい）父を殺したのが、今は母の結婚相手でもある天皇穴穂であるということを知ることになる。

此れより以後《のち》、天皇、神牀《かむどこ》に坐して昼寝したまひき。爾にその后に語りて曰りたまひけらく、「汝、思ほす所有りや」とのりたまへば、答へて曰したまひけらく、「天皇の敦き沢《めぐみ》を被りて、何か思ふ所有らむ」と。

是にその大后の先の子、目弱王、是れ年七歳なりき。是の王、その時に当りて、その殿の下に遊べり。ここに天皇、その少《わか》き王の殿の下に遊べるを知らしめさずて、詔りたまひしく、「吾は恒に思ふ所有り。何ぞといへば、汝の子目弱王、人と成りし時、吾がその父王を殺せしを知りなば、還りて邪《きたな》き心有らむと為るか」と。是にその殿の下に遊べる目弱王、此の言を聞き取りて、すなはち窃かに天皇の御寝しませるを伺ひて、其の傍への大刀を取りて、乃ち其の天皇の頸を打ち斬りて、都夫良意《つぶらお》富美《ほみ》の家に逃げ入りき。　（同前条）

父を現王に殺され、母は現王の后となり、王宮で暮らす七歳の少年目弱王が、偶然に現王と母との会話を盗み聞きし、父を殺したのが母を奪った現王であることを知る。目弱王はすぐさま穴穂天皇が昼寝している神牀に忍び込み、枕元に置かれた太刀で寝ている穴穂天皇を殺した——というふうにこの話を要約すると、時代も場所もまったく違うが、シェイクスピアの戯曲『ハムレット』とそっくりだということに気づかされる。

王であった父を殺され、即位した叔父クローディアスの后となった母ガートルードの変節に苦しみ、父殺しの犯人が現王クローディアスであることを知って狂気を装い、オフィーリアとの恋も捨てた悩める青年の物語が『ハムレット』だが、この戯曲は、極論してしまえば単純な仇討ち物語である。最後は、自分を毒殺しようとした継父クローディアスに毒酒を飲ませて仇討ちを果たし、自分もクローディアスの陰謀によって毒の塗られた剣で傷ついて死ぬことで、悲劇の主人公ハムレットは誕生する(1)。

世界的に有名な長編戯曲『ハムレット』とマヨワと呼ばれる御子の短い伝承とを同列に置いて、どちらも仇討ち物語だというのは単純きわまりないが、この二つの物語のあらすじだけを比べていえば、目弱王の物語のほうがおもしろい。それは、父の仇を殺したあとに以下のような物語が語られているためである。大長谷王子（のちの雄略天皇）が不甲斐ない二人の兄、黒日子王と白日子王を殺したのに続いて語られる場面である。

また、軍を興して都夫良意富美の家を囲みたまひき。ここに軍を興して待ち戦ひて、射出づる矢、葦の如く来り散りき。是に大長谷王、矛を杖に為て、その内を臨みて詔りたまひしく、「我が相言へる嬢子《をとめ》は、若し此の家に有りや」と。ここに都夫良意富美、此の詔命《おほみこと》を聞きて、自ら参出て、佩ける兵《つはもの》を解きて、八度拝みて白ししく、「先の日問ひ賜ひし女子、訶良比売は侍はむ。また五つ処の屯宅《みやけ》を副へて献らむ〈謂はゆる五村の屯宅は、今の葛城《かづらき》の五村の苑人なり〉。然るにその正身《むざね》、参向かはざる所以は、往古《いにしへ》より今時《いま》に至るまで、臣連の王の宮に隠ることは聞けど、未だ王子の臣の家《やつこ》に隠りまししを聞かず。是を以ちて思ふに、賤しき奴、意富美《おほみ》は、力を竭《つく》して戦ふとも、更に勝つべきこと無けむ。然れども己れを恃みて、随の家《やつこ》に入り坐しし王子は、死にても棄《う》てじ」と。

かく白して、またその兵を取りて、還り入りて戦ひき。ここに力窮まり矢尽きぬれば、その王子に白しけらく、「僕《あ》は手悉《ことごと》に傷《お》ひぬ。矢もまた尽きぬ。今は得戦はじ。如何《いかに》か」とまをしき。

その王子答へて詔りたまひしく、「然らば更に為むすべ無し。今は吾を殺せよ」と。

故、刀を以ちて其の王子を刺し殺して、すなはち己が首を切りて死にき。(同前条)

この部分の主人公は目弱王というよりは、大臣・都夫良意富美だとみなせよう。そして、語られるのはその潔い最期である。こうした「忠臣」像の成立には、おそらく儒教的な思想が影をおとしているとみるべきであろうし、事実、古事記下巻の伝承には儒教思想の影響を受けた伝承が多いことは前節で述べた通りである。しかも、忠臣とか忠義とかいうふうに説明すると、主従関係を前提とした古臭い観念のようで、また戦前の忠君愛国などという死語を思い出させるようで危険な部分がないとはいえないが、人としての生き方のひとつの理想を描いているという点で、都夫良意富美は古事記のなかでもことさらに魅力的な人物として造形されている。

しかもここでは、正統の側にではなく、正統から外れてしまった側に都夫良意富美が加担しているわけで、いわゆる忠臣の物語とは言えないところがある。この物語は、都夫良意富美が天皇家に拮抗する葛城《かづらき》氏の頭領であるという意味で、国家的な力に抗いながら信義を貫いているように読める。そこのところが、たんに主君に忠誠を尽くすというかたちの君臣物語ではないのだ。

自分を頼ってきた目弱王は七歳の少年で、その父・大日下王は傍流の王族の一人でしかない。目弱王は先代の天皇の子でもなく、血縁的なつながりもないのだから、葛城氏の頭領がことさらに護る必要などなかったはずだ。つまり、都夫良意富美には打算がまったく働いていないようにみえるところに（実際はもっと事情は違うのだろうが）、ここに語られる忠臣伝承のもつ魅力があるといえるだろう。

都夫良意富美には打算がはたらいていないというより、彼は負けることがわかっていながら、目弱王を護ろうと決断したのである。それが聴き手を感動させる。というのは、古事記には、この直前に語られる物語によく似た伝えがあり、それは、兄妹相姦のタブーを犯したために弟穴穂天皇に攻められるのを恐れた木梨之軽王《きなしのかるのみこ》という皇太子が、大臣・大前小前宿禰《おほまへをまへのすくね》の家に逃げこんだという話である。ところが、都夫良意富美とは逆に、物部氏の頭領である大前小前宿禰は、自分を頼ってきた木梨之軽王を捕らえ、家を囲んだ穴穂天皇に差し出してしまうのである。

同じ大臣でありながら、大前小前宿禰と都夫良意富美の対応はまったく正反対に語られている。一方は朝廷のために罪を犯した御子を捕らえ、一方は負けるとわかっていながら、天皇を殺した御子を護って戦おうとする。どちらが聴き手に感動を与えるかは言うまでもなかろう。しかも、語りの大原則は弱いものに付くというところにあるのだ。

目弱王の物語では、御子と臣下との哀しい物語を盛りあげようとするこまかな工夫が施されている。古事記によれば、目弱王という御子は、盲目の少年として語られていたと読める。ただし、マヨワの名前は原文では「目弱王」と表記されるが、日本書紀には「眉輪王」とあり、「目弱」という表記はマヨワという音を写しているだけとみたほうが正しいかもしれない。しかも、実際にマヨワと呼ばれる御子が五世紀後半に実在したかどうかもわからない。

しかし、いったん物語として語られると、マヨワという名をもつ少年は、その名ゆえに目が見えないのだというふうに受け取られ、哀れを誘う物語の主人公になってゆくというのが、語られる伝承を受け入れる人びとの語り方であり聴き方であった。だからこそ、都夫良意富美のような潔い人物が物語の中に造り上げられてゆくことになり、それを受けて、古事記では「目弱」という表記を採択することになった。それに対して、国家の正史である日本書紀はそのような展開になるのを拒んだのである。

シェイクスピアは、宰相ポローニアスに都夫良意富美ほどの恰好いい役割を与えず、あくまでもハムレットという主人公の心情と行動に焦点を絞っていった。それに対して、主君と臣下との理想像を目弱王と都夫良意富美との関係を通して語ろうとした古事記の物語には、滅びの美学とでもいえるような雰囲気が漂っている。

まちがいなく、語り手の視線は、大長谷にではなく、敗れていった目弱王と都夫良意富美のほうに向かっている。おそらく、この物語の成長には、王家の内部抗争を原因とした復讐物語では満足できない人びとが関与していたに違いない。もっといえば、五世紀の終わり頃にその勢力を弱めてしまった葛城氏という豪族の側に立って、この物語は伝えられていたのではなかったか。そのように考えなければ、都夫良意富美のような権力に抗う「忠臣」像の成立は説明できない。

日本書紀との違い

ここに語られている目弱王と都夫良意富美の物語は、日本書紀にも事実関係としてはほぼ同じ内容で伝えられている。儒教的な性格が古事記とは比べられないほどに濃厚な日本書紀に忠臣物語が描かれるのはとうぜんだが、物語としてのおもしろさは古事記に遠く及ばない。あらすじの差異は微妙なものだが、日本書紀の編纂者の視線は、死んでゆく者たちにではなく、王権の側に向いており、そこに古事記との違いが生じてくるのだ。日本書紀の場合には、「語る」という言語行為によって成長したのとは別の、国家の歴史叙述という問題があるにちがいない。

日本書紀でも、ネノオミ（根使主）という使いの讒言を受け入れた安康天皇（穴穂天皇）

が大草香皇子《おほくさか》（大日下王と同じ）の許に軍隊を派遣して殺してしまうというところから始まるのは同じであるが、大草香皇子が殺されたあとに、古事記には出てこない次のようなエピソードが記されている。

この時に、難波吉師日香蚊《ひかか》の父子、並びに大草香皇子に仕へまつる。共にその君の罪無くして死《みう》せたまひぬることを傷《いた》みて、すなはち父は王の頸を抱き、二の子はおのもおのも王の足を執《とら》へて唱へて曰く、「吾が君、罪無くして死せたまふ。悲しきかも。我が父子三人、生きてまししときに事《つか》へまつれり。死《みう》せます時に殉《したが》ひまつらずは、これ臣にあらず」と。

すなはち、自ら刎《くびは》ねて、皇尸《みかばね》の側に死る《みまか》。軍衆《いくさびと》、ことごとくに流涕《かなし》ぶ。

（安康天皇元年二月条）

仕えていた皇子が殺されたのを悲しみ、わが子を道連れに殉死した臣下の話で、歌舞伎にでも出てきそうな忠臣物語である。古事記の目弱王と都夫良意富美の物語と根っこは同じであるが、受ける印象はずいぶん違っている。その違いは、たとえば日香蚊のせりふには贅肉のような部分が多すぎることによって生じている。わかりきったことをあれこれと言われると興ざめしてしまうのと同じだ。

古事記の都夫良意富美も、家を囲んだ大長谷に向かって己れの気持ちを述べるが、そこには毅然として相手に向き合う潔さがある。それに対して、日本書紀の記事には説教臭さがつきまとう。それが日本書紀の文体のなせるわざであり、編纂者の立場なのである。

そうした違いは、目弱王の最期を語る場面でも同じように指摘することができる。日本書紀では、安康天皇が眉輪《まよわ》王に殺されたのを知った大泊瀬《おほはつせ》（大長谷に同じ）は、兄が殺されても何もしようとしない兄の八釣白彦《やつりのしろひこ》皇子を殺し、次いでその下の兄の坂合黒彦《さかひのくろひこ》皇子のところに行くが、やはり黙ったままで何もしようとしない。そこで、大泊瀬が安康天皇を殺した眉輪王の許に使者を送って事情を聞くと、眉輪王は、「臣《やつこ》、元より天位《みくらゐ》を求むるにあらず。ただに、父の仇《あた》を報《むく》ゆらくのみ」と答える。それを知った黒彦皇子は、自分も大泊瀬に嫌疑を掛けられるのを恐れ、ひそかに眉輪王と相談して邸を抜け出し、二人して円《つぶらの》大臣《おほみ》の家に逃げ込んでしまう。

円大臣の皇子たちに対する態度は古事記とあまり変わらず、彼らを受け入れるのだが、そのあとの展開のしかたはずいぶん違ったものになっている。大泊瀬の軍隊に囲まれたあとの部分を引用すると、以下のように叙述されている。

大臣《おほおみ》、庭に出で立して、脚帯《あゆひ》を索《こ》ふ。時に大臣の妻、脚帯を持ち来りて、愴《かなし》び傷懐《いた》みて歌《うたよみ》して曰はく

臣《おみ》の子は　栲《たへ》の袴を　七重をし　庭に立たして　脚帯撫《な》だすも

大臣、装束《よそひ》することすでに畢りて、軍の門に進み、跪拝《をろが》みて曰さく、「臣、戮《つみ》せらる

とも、敢へて命《おほみこと》を聴《うけたまは》ること莫《な》けむ。古の人、云へること有り、匹夫《いやしきひと》の志も、奪ふべきこと難しといへるは、まさに臣に属《あた》れり。伏して願はくは、大王《おほきみ》、臣が女《むすめ》、韓媛と葛城の宅七区《ななところ》とを奉献《たてまつ》りて、罪を贖《あか》はむことを請ふ」と。

天皇許さずして、火を縦《はな》ち宅を燔《や》きたまふ。ここに、大臣と、黒彦皇子と眉輪王と、ともに燔き死《ころ》されぬ。

時に坂合部連贄宿禰《にへのすくね》、皇子の屍《かばね》を抱きて燔き死されぬ。その舎人等〈名を闕《もら》せり〉焼かれたるを収め取りて、つひに骨《かばね》を択《い》ること難し。一つ棺に盛れて、新漢《いまきのあや》の槻本《つきもと》の南の丘に合せ葬る。（雄略天皇即位前紀条）

感動的な物語に仕立てようとする意図はあるようにみえる。ところが、主人公であったはずの眉輪王は、最期の場面だというのにすっかり脇に押しやられて姿を見せない。その代わりに、大臣と妻との別れを描き、坂合黒彦皇子に対する養育氏族・坂合部連贄宿禰の忠誠心を描くなどの工夫はなされながら、それぞれのエピソードがばらばらに接ぎ木されており、古事記が目弱王と都夫良意富美の主従関係に焦点を絞りきって語ったような描き方をしようとしない。それは、はっきりした方向性をもった伝承になっていないからである。

しかも、古事記ではクライマックスとして語られていた、大長谷の軍隊に囲まれて潔く自害する場面が、火をつけられてひとたまりもなく死んでしまったというのでは、聴き手の涙をさそう忠臣物語にはならない。もちろん、部分的には滅んでゆく者たちへの共感を語っていると読める。前半は円大臣に、末尾の部分は皇子とその養育族・坂合部連に共感を寄せる、そのような伝承があったはずだ。しかし、その両者を統括して叙述する日本書紀の語り手の視線は、結局のところ、内乱を制圧した雄略の側にしか向いていないのである。

古事記の結末を読むと、家を囲まれて中に籠もって死んでゆく二人をだれが見ていたのだと問いたくなってしまう。そして、そのように語るのが語りの手法なのだということに気づかされるだろう。だれが見ているのではない、それでもきちんとその最期を見届けて語り伝える者がいる。それが悲劇的な最期を迎えた者たちに向けられた哀悼であり、文学なのだと言えようか。そして、そうした語りをもたない限り、語りは人びとを感動させることはできないのである。

現実に事件が生じたとすれば、五世紀後半の王権内部の、氏族たちを巻き込んでの皇子同士の権力闘争だっただろう。古事記や日本書紀には、そうした争いがしばしば語られる。そして、大泊瀬はその抗争に勝利して雄略天皇となるわけだが、その時、その争いをどのように描くかという点で、古事記と日本書紀との違いは明らかだ。

言うまでもないことだが、どちらも物語であって、一方が歴史に忠実だというふうに考えるべきではない。あっさりと焼き殺してしまったという日本書紀の描き方にリアリティは感じる[2]が、それとて、妻の嘆きの歌を挿入したり、皇子と養育氏族との紐帯を強調したり、じゅうぶんに物語的である。そして、同じように物語を志向しながら分岐してゆくポイントは、どのような視点で物語を語るかということ以外にはないはずだ。

＊

古事記が語る伝承は、その分岐点で、王権を逸脱する者たちへの視線を抱えこんで語られるのが特徴である。それはおそらく、王権の外側に位置した、あるいは王権と外部との狭間に位置した語り手を、古事記の語りが抱えこんでいるからに違いない。

そして、英雄物語には、そうした王権の外部あるいは狭間に位置した語り手の視線が必要なのである。もちろん、王権の内部にも語り部はいた。彼らは、王を讃美し王権の歴史を称える語り部となる。しかし一方に、王権の外側あるいは狭間の世界に位置して王権の出来事を語る者たちがいたということを、古事記の語りは示している。目弱王と都夫良意富美の物語でいえば、彼らは、目弱王に肩入れし、都夫良意富美に共感を寄せながら伝承を語り継ぐ者たちだということになる。

源義経への共感や同情を「判官びいき」と呼ぶが、目弱王と都夫良意富美への共感にも、それに似たところがあるだろう。そういえば、義経にも弁慶という都夫良意富美に匹敵する従者がおり、悲劇の英雄を守り立てている。そして、そのような悲劇の主人公への共感は、語り手や聴き手がどのような位置にいるかということとかかわるはずだ。ヤマトタケルの場合もそうだが、王権や権力の外側に置かれた者たちの視線が、こうした伝承を支えていたとみて間違いないだろう。

第四章　母系残照——古事記・日本書紀の婚姻系譜

古事記中巻のなかでもっとも魅力的な伝承ではないかと思うものに、垂仁天皇条に収められた沙本毘古《さほびこ》・沙本毘売《さほびめ》という兄妹の死をめぐる悲恋伝承がある。しかも、この兄妹について、欠史八代の最後に位置する開化天皇条に置かれた日子坐王《ひこいます》の系譜によれば、きわめて異例ともいえる母方の系譜を伝えている。

日子坐王、山代の荏名津《えなつ》比売、亦の名は苅幡戸弁《かりはたとべ》を娶《めと》りて、生みませる子、大俣王。次に小俣王。次に、志夫美宿禰《しぶみのすくね》王。〈三柱〉又、春日建国勝戸売《かすがのたけくにかつとめ》之女、名は沙本之大闇《おほくら》見戸売《みとめ》を娶りて、生みませる子、沙本毘古王。次に、袁耶本《をざほ》王。次に、沙本毘売命、亦の名は佐波遅比売《さはぢひめ》。次に、室毘古王。〈四柱〉

天皇あるいはそれに準ずる人物と結婚する女性の親について、ふつうなら男性（むすめの父親）の名前が記されるはずなのに、沙本毘古・沙本毘売の母「沙本之大闇見戸売」の場合、その親「建国勝戸売」は、「戸売」という名からみて女性名と認められるのである。ところが、このトメという語尾呼称を明確に女性と判断している注釈書類は少なく、男女ともに用いるとみる見解が有力である。(1) しかしその解釈は、トメという語の検証が不足していることに加えて、古事記・日本書紀の系譜は男系によって記されるものだという固定観念が強固にあるからではないかと思う。

トメ・トベについて

いささか煩瑣になるが、のちの展開の必要上、まずはトメ（ドメ）・トベという語尾をもつ神名・人名を検証することから始める。用例は以下の通りである。(2)

①鍛人《かぬち》天津麻羅《あまつまら》を求めて、伊斯許理度売《いしこりどめ》に科《おほ》せて、鏡作らしめ、　（古事記、上）

②日子坐王、山代の荏名津比売、亦の名は苅幡戸弁を娶りて、　（同右、開化天皇条）

③木国造、名は荒河戸弁之女、遠津年魚目々微比売《とほつあゆめまぐはしひめ》を娶りて、　（同右、崇神天皇条）

④山代大国之淵之女、苅羽田刀弁《かりはたとべ》を娶りて、（略）弟苅羽田刀弁を娶りて、　（同右、垂仁天皇条）

⑤建伊那陀宿禰《たていなだのすくね》之女、志理都紀斗売《しりつきとめ》を娶りて、　（同右、応神天皇条）

⑥乃ち吹き撥ふ気《いき》、神と化為《な》る。号けて級長戸辺《しなとべ》命と曰す。亦は級長津彦命と曰す。
是、風神なり。　（日本書紀、神代紀・第五段一書六）

⑦鏡作が遠祖天抜戸《とほつおやあめのぬかと》が児石凝戸辺《いしこりとべ》が作れる八咫鏡を懸け、　（同右、第七段一書三）

⑧ 軍、名草邑に至り、則ち名草戸畔《なくさとべ》といふ者を誅つ。……熊野の荒坂津に至ります。因りて丹敷戸畔《にしきとべ》といふ者を誅つ。（日本書紀、神武天皇即位前紀・戊午年六月条）
⑨ 層富県《そほのあがた》の波哆《はた》の丘岬《をかさき》に新城戸畔《にひきとべ》といふ者有り。（同右、己未年二月）
⑩ 紀伊国の荒河戸畔が女、遠津年魚眼眼妙媛《とほつあゆめまぐはしひめ》、（同右、崇神天皇元年二月）
⑪ 丹波の氷上《ひかみ》の人、名は氷香戸辺《ひかとべ》、皇太子活目尊《いくめのみこと》に啓《まを》して曰さく、（同右、六〇年七月）
⑫ 播磨刀売《はりまとめ》と、丹波刀売《たにはとめ》と、国を堺《さか》ひし時、（播磨国風土記、託賀郡）
⑬ 昔、讃伎日子の神、氷上刀売《ひかみとめ》を誂《つまど》ひき。（同右）

右の一三例（一六名）のうち、②④⑤⑬については婚姻・求婚にかかわる記事であり、女性であることが確認できるが、その他の事例については内容から性別を判断することはできない。ただ、⑫の播磨刀売・丹波刀売は、おなじ播磨国風土記託賀郡の記事⑬の氷上刀売の用字からみて女性と判断するのが妥当であろうし、同様に、③の荒河戸弁も、②や④の用字から判断して女性とみて差し支えなかろう。また、①の伊斯許理度売は⑦の石凝戸辺と同一神だが、石凝戸辺については神代紀の別の箇所に、「石凝姥〈此は伊之居梨度咩《いしこりどめ》〉」（第七段一書一）とあるから女性神であることが確認できる。

残りの、日本書紀の五つの事例（⑥⑧〜⑪）のうち、⑥級長戸辺命は、亦の名が級長津彦命となっていて明らかに男神である。ところがこの神について、『先代旧事本紀』が、「風神を号けて級長津彦神と曰ふ。次に級長戸辺神」（陰陽本紀）と男女の対偶神にしているところからみると、日本書紀にいう級長戸辺も、もとは女神であったものが何らかの混乱が生じて級長津彦と同一神になったとみたほうがよいと判断できるのである。

さて、判定の難しい⑧〜⑪の四例だが、これらのトベ（戸畔・戸辺）について、⑧名草戸畔の項に、大系本日本書紀頭注では、「トベのトは戸、べはメの音転。女。戸女の意。戸口にいる女。一家の老主婦の意であろう。トジが戸主の約転であるのと似た意味の語」とし、(3)新編全集本日本書紀頭注では、「『戸畔』は戸の辺りにいる者。家の戸、大きくは一地域の出入口の監督者のことで、男女ともにいう。いわゆる『彦姫制』時代の地方首領を、地名＋トベ（トメ）と称したもの。トメは必ずしも『戸女』を意味しない。この名草トべも性別不明で、双方の総称とみるべきである」と注するのだが、(4)どちらにも納得しがたい説明が含まれていると言わざるを得ない。

トメ（ドメ）・トベの意味を考える場合に、右に掲げた全用例から考えなければならないのに、大系や全集の説明が日本書紀だけを対象にしてなされているところに問題がある。全体から帰納すれば、「戸」という文字はトの音仮名であり、戸口といった意味を引き出すことはできないはずで、「戸口にいる女」（大系）、「戸の辺りにいる者」「出入口の監督者」（全集）といった解説はまったく意味をなさない。また、右の一三例（一六名）のうち、神名（①⑥⑦）を除いた用例をみると、その名前の語構成はすべて「地名＋トメ（トベ）」となっていることがわかる。そこから考えると、ト（戸・刀・斗・度）は、格助詞ツの音転であり、これらの人名は土地を象徴する「○○＋ト（〜の）＋女」の意をもつ女性名であると考えるのが妥当だということになる。つまり「ト」は格助詞「ツ」の音転なのである。また、婚姻記事がいくつも存在することからみて（②④⑤⑬）、「石凝姥《いしこりどめ》」という用例のみによって帰納した「老主婦」（大系）という説明が妥当性を欠くということも明白である。

日本書紀の事例についていえば、⑧名草戸畔は、『日本書紀通釈』が指摘するように、『紀伊国造系譜』に「名草姫名草彦」とある「名草姫」とみてよく、[5] ⑩は③と同一の記事だから、荒河戸畔も女性と見なせる。残りの、⑧丹敷戸畔と⑨新城戸畔と⑪氷香戸辺とについては性別を判断できる材料はないが、男性とみなければならない理由はどこにもなく、他の事例から帰納すれば、女性名とするのが当然だろう。

かくして、最初に引用した開化天皇条の「春日建国勝戸売」「沙本之大闇見戸売」も含めて、トメ（ドメ）・トベの語尾をもつ神名・人名のすべてが女性名であることは確認できたと思う。それを確認した上で改めて興味深いのは、春日建国勝戸売と沙本之大闇見戸売とが母娘関係を示しているのと同様に、③「荒河戸弁之女、遠津年魚目々微比売」（⑩「荒河戸畔が女、遠津年魚眼眼妙媛」）という母娘系譜が古事記と日本書紀の崇神天皇の系譜に見いだせ、しかもそれが天皇の婚姻系譜に出現しているという点である。男系的な性格がきわめて濃厚な天皇の婚姻記事のなかに、明らかに母系の系譜を主張する母と女（娘）が見いだせるというところに注目しながら、以下、天皇の婚姻系譜における母系的な性格について考察を加えてみたい。

婚姻系譜に見いだせる母系要素

古事記には、神武から用明にいたる三一代の天皇系譜のうち、二九名の天皇に、合計八四名の后妃との結婚が記されている。それら八四名の后妃の親の名は、父親が記載されている事例がほとんどで（姉妹が一人の天皇と結婚したり、二代以上の天皇に后妃を出す親もいるから重複もあるが）、豪族を父とする后妃が三〇名、先代天皇または皇族を父とする后妃が三〇名あり、全体の七一％を占めている。(6) ところが残り二四名のうち、地方豪族の女と考えられるが親の名を記さない者九名に神の子一名（神武皇后イスケヨリヒメ）を加えた一〇名を別にした一四名（全体の一七％）は、父親の名をもたず、本人を「祖」としたり、母や兄の名を記載したりしており、従来から注目されてきた。

ちなみに、日本書紀の場合は、父系的な婚姻関係がより顕著で、神武から天武までの三九代（のちに追尊された弘文天皇を除く）のうち、婚姻記事をもつ三四名の天皇と結婚した后妃は一三一名を数えるが、豪族の女が五五名、皇女および皇族の女が四四名で、父系的な系譜をもつ后妃が全体の七六％となり、母系的とみなせる事例（本人を「祖」とする例はなく、いずれも母か兄の名を記したもの）は、全体の六％ほどの八名を数えるのみである。

日本書紀にしか記載されていない崇峻以降の天皇に母系的とみなせる系譜は存在しない上に、用明天皇までの后妃のほとんどは古事記と重複する女性でありながら、その親をどのように記載するかという点において、両者の性格はずいぶん違っている。天皇の婚姻に関して言えば、日本書紀が母系的な系譜を回避しようとしているのは明らかである。

以下、古事記および日本書紀において母系的な性格をもつとみられる后妃の事例を掲げ、必要なコメントを付しておく。

A　本人を氏族の「祖」と記すもの

① 師木《しき》県主之祖、河俣毘売（古事記、綏靖天皇）〔日本書紀は「磯城《しき》県主が女、川派媛」〕

② 師木県主之祖、賦登麻和訶比売《ふとまわかひめ》命、亦の名は飯日比売《いひひめ》命（古事記、懿徳天皇）〔日本書紀は「磯城県主太真稚彦《ふとまわかひこ》が女、飯日媛」〕

③ 尾張連之祖、意富阿麻比売《おほあまひめ》（古事記、崇神天皇）〔日本書紀は「尾張大海媛」〕

④ 三尾君等が祖、名は若比売《わかひめ》（古事記、継体天皇）〔日本書紀は「三尾角折君が妹、稚子《わくご》媛《ひめ》」〕

后妃本人を「祖」とする事例は古事記にしかみられず、日本書紀では「女」や「妹」などになっている。倉塚曄子が言う通り、「『祖』であったものを『某之女』としてしまうような異伝の成立は、一般的な女性史の経過だけを考えてみても当然A→B（祖から女への改変――三浦、注）の順であったと想定できるのであってその逆はほとんど考えられない」ことである[7]。また、これらの婚姻相手が県主および地方豪族層であるという点は、次項の母娘系譜にも共通した特徴で注目に値する。ただし、明石一紀が注意を促しているように、「祖」は必ずしも「ウヂ（氏のこと――三浦、注）の系譜上の始祖」ではなく、「ウヂの直系的祖先の兄弟姉妹・一族といった一群の人々」を含んでいるとみるべきだろう[8]。

B　母の女という母娘関係をもつもの

①　倭国豊秋狭太媛《とよあきさだひめ》が女、大井媛（日本書紀、孝昭天皇）［古事記になし］

②　木国造、名は荒河刀弁之女、遠津年魚目々微比売（古事記、崇神天皇）［日本書紀は「紀伊国の荒河戸畔が女、遠津年魚眼眼妙媛」］

②の荒河刀弁（荒河戸畔）は先に確認したとおり女性名で、古事記・日本書紀に共通する唯一の母娘系譜の事例である。①は日本書紀のみの事例で氏族名を欠くが、十市県主であることは『十市県主系図』によって明らかとなる。しかも、明石一紀が指摘するように、『十市県主系図』では大井媛の親は「豊秋狭太彦」と「男性名に〝改名〟されて」おり、そこに「強い父系系譜観」が見いだせるのであるが[9]、そうした「父系系譜観」は日本書紀の系譜観でもあることは、Aで、女性を「祖」とする事例が回避されていたのをみればわかる。その点で、この二例は日本書紀ではきわめて異質な系譜であるということができ、こうした母娘系譜が伝えられているところに、数は少ないが、母系的性格の根深さが逆に露出しているとみなければならないのである。

なお、ここには、先に引いた古事記開化天皇条の日子坐王系譜にみられる「春日建国勝戸売之女、名は沙本之大闇見戸売」という后妃以外の母娘関係を加えることができる。その日子坐王と大闇見戸売とのあいだに生まれた沙本毘売（佐波遅比売）は垂仁天皇と結婚するのだが、それに関しては次のようにみなすことができる。

母系継承をとる沙本毘売の一族からいえば、沙本毘売を天皇に譲ってしまうと、その血筋を継承することができなくなってしまう。このことは、父系継承をとる一族と母系継承をとる一族との結婚が原理的には不可能だということを示している。したがって、それを許容するためには、生まれた男子は父系の側に帰属し、女の側が女子をとるか、女の男キョウダイ（沙本毘古）が、妻を娶って女子を生ませ、その子を自分たち一族のもとに帰属させてゆくかのどちらかしか選べないということになる。

しかし、もしそうしたことが可能だったとしても、男系の優位性は揺るがなかっただろう。そして、ここに見いだせるような母娘系譜をもつ一族と男系継承をとる天皇との結婚を暗示する数少ない事例は、ある歴史上の一時期に生じた、父系と母系とがぶつかって母系は滅亡し父系に覆われてゆくという過渡的な出来事を象徴し凝縮した遺物なのではないか。

そして、次に引く兄妹による系譜関係は、それに続く時代に現われてきたはずだ。

C　兄の「妹」という兄妹関係によって記されるもの

①　阿多《あた》之小椅君《をばしのきみ》が妹、名は阿比良比売《あひらひめ》（古事記、神武天皇）［日本書紀は「日向国の吾田邑の吾平津媛」］

②　尾張連之祖、奥津余曾《おきつよそ》之妹、名は余曾多本毘売《よそたほびめ》命（古事記、孝昭天皇）［日本書紀には「尾張連が遠祖、瀛津世襲之妹」世襲足媛」］

③　穂積臣等之祖、内色許男《うつしこを》命が妹、内色許売《うつしこめ》命（古事記、孝元天皇）［日本書紀は「穂積

臣が遠祖、鬱色雄命《うつしこを》之妹」鬱色謎命《うつしこめ》］

④丸邇《わに》臣之祖、日子国意祁都《ひこくにおけつ》命之妹、意祁都比売《をけつひめ》命（古事記、開化天皇）［日本書紀は「和珥臣が遠祖、姥津命之妹、姥津媛」］

⑤沙本毘古命之妹、佐波遅比売命（古事記、垂仁天皇）［日本書紀は「狭穂姫」のみ］

⑥三尾氏の磐城別之妹、水歯郎媛《みつはのいらつめ》（日本書紀、景行天皇）［古事記に系譜なし］

⑦桜井田部連男鉏《をさひ》之妹、糸媛（日本書紀、応神天皇）［古事記には「桜井田部連之祖、嶋垂根之女、糸井比売」］

⑧意富本杼王《をほほどのみこ》之妹、忍坂之大中津比売命（古事記、允恭天皇）［日本書紀は「稚渟毛二岐《わかぬけふたまた》皇子之女」忍坂大中姫］

⑨大日下王之妹、若日下部王《わかくさかべのみこ》（古事記、雄略天皇）［日本書紀は「草香幡梭姫《くさかのはたびひめ》皇女」のみ］

⑩尾張連等之祖、凡連《おほしのむらじ》之妹、目子郎女《めこいらつめ》（古事記、継体天皇）［日本書紀は「尾張連草香が女」目子媛］

⑪三尾君加多夫《かたぶ》之妹、倭比売（古事記、継体天皇）［日本書紀は「三尾君堅楲《かたひ》が女」倭媛］

⑫三尾角折《つのをり》君が妹、稚子《わくご》媛（日本書紀、継体天皇）［古事記は「三尾君等が祖、名は若比売」］

ここに見られる事例には古事記と日本書紀とのあいだで一致するものも三例（②③④）あって、両者の異同は比較的少ないようにみえる。しかし、詳細にみると日本書紀では、兄妹関係を回避しているものが六例（①⑤⑧⑨⑩⑪、ただし⑤は伝承では兄妹関係が語られている）もあり、古事記が本人を「祖」とする事例を日本書紀では兄妹とする場合が一例（⑫、これはA④と重複する）見いだせる。逆に、日本書紀で兄妹関係とする事例を、古事記で父娘関係とする事例も一例（⑦）あるが、全体的な傾向としては、先に指摘したように、母系を重んじる古事記に対して父系を優先する日本書紀という、両者の系譜観念の違いは明らかである。

古層としての欠史八代系譜

以上の事例から何が見えてくるか、以下に検証してみよう。

A～Cを通して、これらの事例が、第二代綏靖から第九代開化に至るいわゆる「欠史八代」の天皇たちの婚姻記事に顕著に見いだせるということ、あるいは、それらの后妃を出すのが「県主」と呼ばれる大和の豪族層に多いということは、注目すべき事実である。そして、倉塚曄子の次のような指摘[10]を思いだす。

この二代（神武・崇神――三浦、注）にはさまれた系譜に集中している妹貢上の記録は、神武から崇神に至る「歴史」過程の集約的表現といえる。王権確立の初期に、あるいは強力に抵抗しあるいは勢力を競いながらも協力した強大諸氏族の祭祀権を中央に集中させるという過程を経てはじめて崇神朝の事業は可能となったのである。これが古事記・日本書紀の、より正確にいうなら古事記の語らんとする歴史である。欠史時代などとよびならわされているものの、ないがしろにはできない歴史であったのだ。

いわゆる欠史八代に関する歴史学の見解は、直木孝次郎が述べるように、「天皇家の歴史を延長し、日本建国の歴史を荘重悠久ならしめるために、七世紀以降において造作され、神武と崇神のあいだに挿入された」[11]とみるのが通説であり、「綏靖以下八代の系譜の中に大和の県主家の女が后妃としてあらわれるのは、天武朝前後の時期の造作であり、それはこのころ、壬申の乱を契機として勢力をえた県主家と天皇家とのあいだに存した密接な関係の反映」[12]であると考えられている。直木説を受け継いだ小林敏男も、次のように断言する。[13]

欠史八代の意味・位置を一言で言えば、服属伝承・祭祀儀礼の帝紀的表現である。その意味で県主の娘（あるいは姉妹）と天皇との結婚は『服属型神婚伝承』ともいうべきものであって、現実の婚姻関係を示すものではない。そして、そうした神婚伝承の帝紀的表現である后妃記載の定着時期は、天武朝〜持統朝であった。

欠史八代の系譜が天皇家の歴史と国家創建の歴史を「荘重悠久ならしめる」ために造作されたという認識に異議を唱えようとするわけではないが、そこに記された系譜のすべてを、天武朝あるいは天武〜持統朝に作られたとみたのでは、なぜ、崇神朝以前の系譜に集中的に、氏族の「祖」とされる女性や母娘系譜をもつ后妃が存在し、「△△の妹」というかたちで父系（「△△の女」）を回避したようにみえる系譜が含まれているかという疑問を解消することはできないのではないか。

意図的に〈古代〉を強調するために母系系譜を捻出したというのであれば、なぜ日本書紀はそうしなかったのか。あるいは、七世紀後半～末期という新しい時代に作られた系譜なら、なぜ、これほどに古事記・日本書紀のあいだに異同が生じ、しかも単なる混乱ではなく、一定の方向性をもった相違を示しているのかなど、歴史学の通説に対する疑問はつのるばかりである。古事記・日本書紀の歴史叙述が、総体的にみれば父系（家父長）的な関係を主張しているのは明らかでありながら、その内部に、母系的にみえる系譜を存在させることの意味はきわめて大きいはずである。

もちろん、ここに見いだせる系譜に「歴史的事実」を詮索しようとしているのではない。ただ、これらの系譜には、ヤマト王権成立以前の日本列島に生じた、ある「事実」が潜められているのではないかと考えるだけである。というより、これらの系譜がある段階で造作されたとして、その背後に、母系的な親族・家族関係を遠い記憶として抱え込んでいなければ成り立たないのではないかということを指摘したいのである。そういう点で、欠史八代の系譜を、そのすべてが「天武朝前後の時期の造作」だと言い切っただけでは何らの説得力も持ちえないのである。(14)

すでに述べたように、古事記と日本書紀の系譜を比較したとき、古事記・日本書紀のあいだには明瞭な差異が存している。日本書紀は、明らかに女性の「祖」と「某男の妹」という系譜を回避しているのである。「妹」とする事例はいくつか存在するが、古事記に見られる四例の「祖」はすべて別のかたちに置き換えられている。こうした統一的な傾向は、伝承上に生じた差異というよりは、意図的な改変の結果であるとみなければならない。一方、古事記の場合、何らかの意図（「祖」や「妹」の系譜を語ることで〈古代〉を仮構するといった作為）があるようには読めない。ただ、古い時代に父系的な氏族と母系的な氏族とが混在したのではないかという想定を可能にするだけである。(15)

文学研究の側から欠史八代の婚姻系譜に注目し祭祀権をもつ「妹」の役割を摘出したのは倉塚曄子『巫女の文化』であったが、そこでは気づかれていなかったのが、「某の妹」という兄妹系譜に混じって存在する、完全に母系的な「○○の女、○○」という母娘系譜である。古事記の崇神天皇条の一例（アラカハトベ――マグハシヒメ）と、開化天皇条の沙本一族の事例と、日本書紀の二例（孝昭天皇巻のトヨアキサダヒメ――オホヰヒメ。崇神天皇巻のマグハシヒメは古事記と重複）とに過ぎないが、明石一紀も指摘するように、ここからは、「かなり古い時代に関する伝承には、母子関係の表示もあり得たこと(16)」が推察でき、「男系系譜の中に女性が混在しうる可能性を認めているようにも受け取れる」のである。

そうした母系的、あるいは双系（双方）的な社会が存在した痕跡を窺わせるこれらの系譜の残存は、いわゆる欠史八代の系譜が七世紀末の完全なる造作であるという認識を拒否する証左になるだろう。そして、それとともに、女性の宗教的な霊能や「氏族の祭祀権」の中央への集中という倉塚曄子の説明(17)だけではすまない、母系による継承を優先した親子・家族・

親族関係が「古代」に存在したことを窺わせているのではないか。

師木県主と天皇との婚姻系譜

古事記・日本書紀の系譜、とくに崇神朝以前の系譜を読んでいて気づくことの一つは県主と天皇との結婚関係の多さだが、なかでも師木《しき》（磯城）県主との結婚が頻繁に現われる。シキ県主という一族は、古事記に三名、日本書紀に七名の后妃を記す特異な氏族であり、その后妃は欠史八代のうちの第二代綏靖から第七代孝霊にいたる六代の天皇に集中している。佐伯有清の言うように、「それが事実を伝えるものではないにしても、かつて磯城（志貴県主）の祖先たちが大和朝廷と深いかかわりがあったことを物語っている[18]」はずで、シキ県主の婚姻系譜を検討することは、母系的な系譜を考察する上で欠かせない作業となる。次に、先に掲げた資料と重複する部分もあるが、シキ県主にかかわる婚姻系譜一〇例を引用する。

①　師木県主之祖、河俣《かはまた》毘売を娶りて、（古事記、綏靖天皇）

②　河俣毘売之兄、県主波延《はえ》之女、阿久斗《あくと》比売に娶して、（古事記、安寧天皇）

③　師木県主之祖、賦登麻和訶比売《ふとまわかひめ》命、亦の名は飯日比売命を娶りて、（古事記、懿徳天皇）

④　一書に云はく、磯城県主が女、川派媛《かはまた》（日本書紀、綏靖天皇）

⑤　一書に云はく、磯城県主葉江《はえ》が女、川津媛（日本書紀、安寧天皇）

⑥一に云はく、磯城県主葉江が男弟《いろど》、猪手《ゐで》が女、泉媛（日本書紀、懿徳天皇）
⑦一に云はく、磯城県主太真稚彦《ふとまわかひこ》が女、飯日媛（日本書紀、懿徳天皇）
⑧一に云はく、磯城県主葉江が女、渟名城津媛《ぬなきつひめ》（日本書紀、孝昭天皇）
⑨一に云はく、磯城県主葉江が女、長媛（日本書紀、孝安天皇）
⑩細媛《くはしひめ》命を立てて皇后としたまふ。（日本書紀、孝霊天皇。細媛は孝元天皇紀に「磯城県主大目之女」とある。ただし、古事記、孝霊天皇条によれば、「大目」は「十市県主之祖」である）

古事記と日本書紀で重複する后妃が、①と④、③と⑦にみられるが、その関係は古事記・日本書紀のあいだに異同をもつ。また、日本書紀の七例中六例は「一書云」「一云」と異伝というかたちで記されているのだが、これら后妃事例について古事記と日本書紀とを比較してみると興味深いことがわかる。

古事記では、本人を「祖」とする事例が二例（①③）、「女《むすめ》」とする事例が一例（②）なのに対して、日本書紀では、七例のすべてが「女」とされているのである[19]。古事記と日本書紀とのあいだにみられる欠史八代の后妃系譜の揺れは、古事記・日本書紀の系譜観の差異を示すとともに、系譜の原型成立の古さを証明しているのではなかろうか。

婚姻事例①～⑩をもとに系図化した図1（古事記）と図2（日本書紀）とを比較してみると、日本書紀の場合、世代的にはかなり無理な系図になる部分もあるが、その関係は完全に

「父系による直系」（系図中に▲を付した関係）の系譜として復元することができる。それに対して、図1に●を付した河俣毘売と賦登麻和訶比売との二人の「祖」をもつ古事記の場合、両者を血縁的直系とみなすことはできないが、理念としては「母系による直系」の系譜を志向していたのではなかったかと想像してみることができる。

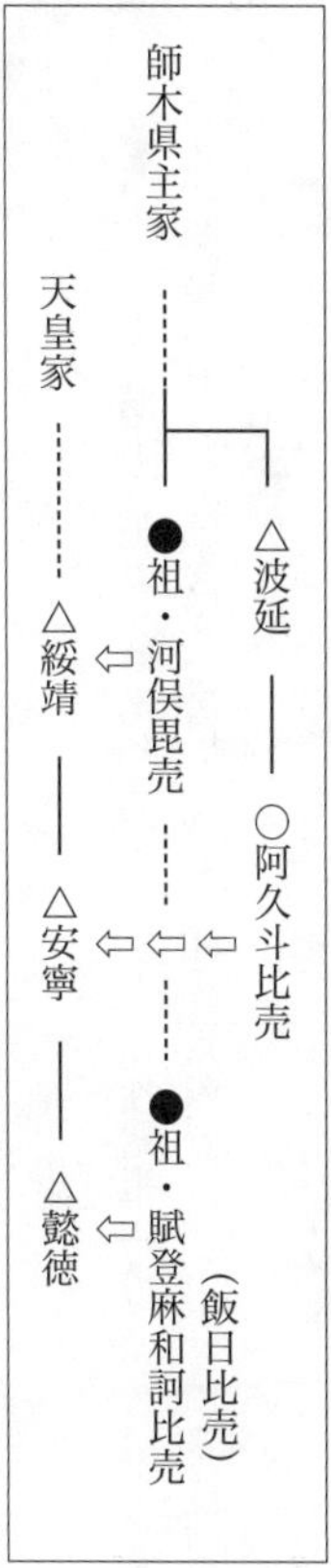

図1　古事記

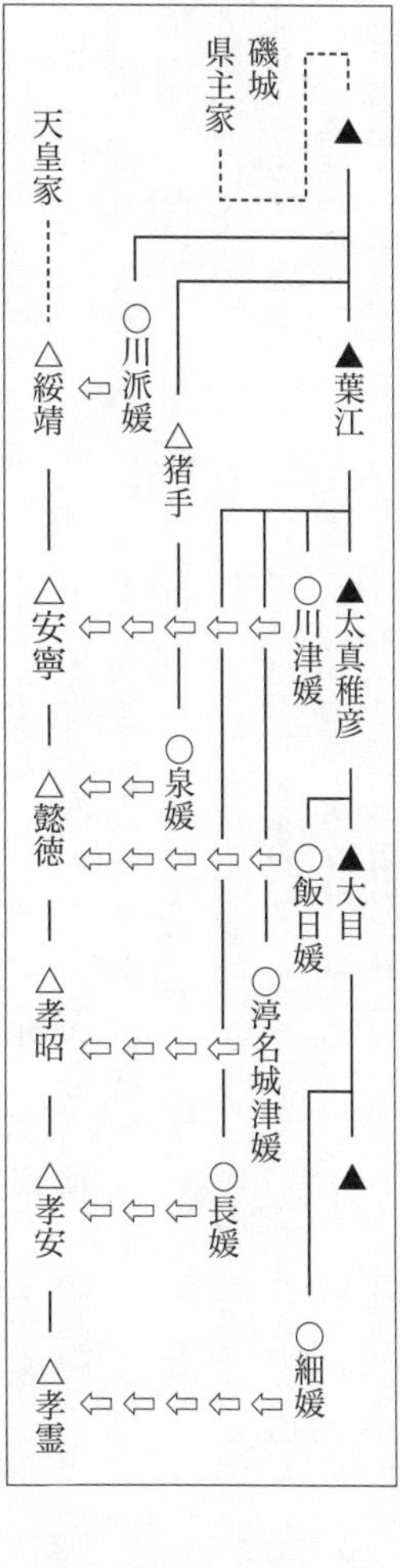

図2　日本書紀

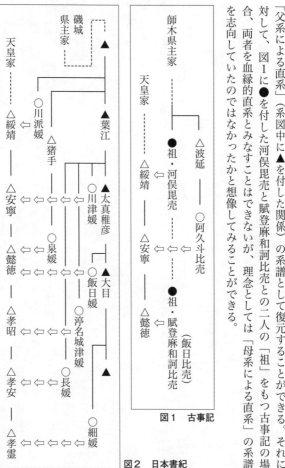

古事記の場合、綏靖天皇条に、「師木県主之祖、河俣毘売」（①）と記され、次の安寧天皇条に、「河俣毘売之兄、県主波延之女、阿久斗比売」（②）と記されるのは、系譜認識としては捩れている。父系ないしは男兄弟の系統を辿るのなら、①の系譜も、「師木県主之祖、波延之妹、河俣毘売」と記されるのが自然だろう。それをわざわざ、一方を「女祖」とし、一方を「河俣毘売の兄の女」と記すのは、母系的な系譜を意識しながら意図的に父系系譜を編成しようとする意志が隠されているようにも見えるのだ。ということは、①と②とのあいだには、系譜観の上で、かなり大きな懸隔があるとみなければならないのかもしれない。

古事記・日本書紀のあいだにみられるシキ県主系譜の差異について、小林敏男は次のように想定する[20]。

> まず、「シキ県主の祖カワマタヒメ」という「女性始祖伝承」から始まった。（略）ところが、後のある段階で県主家にとって男性始祖の必要性が生じてきた結果、「シキ県主ハエ」という形が造作された。

なぜ男性始祖の必要性が生じたかという点について小林は何も論じていないが、それは間違いなく、母系的性格の強いシキ県主家の、父系継承をとる天皇家への服属とそれに伴って生じた婚姻関係の成立であったはずだ。この関係は、垂仁天皇条に語られる沙本毘売《さほびめ》伝承における沙本一族と天皇家とのあいだにもまったく同様の関係で見いだすことができるのである。これは、すでに西條勉が見抜いているように、「欠史八代の系譜がヒメ・ヒコ制の終焉のうえに成り立っていることを示すもの」であり、「このような婚姻は、中央王権が、地方豪族のあいだで実施されているヒメ・ヒコ制を、その祭政システムをてこにして無力化することにほかならなかった」のである。(21)

古事記と日本書紀とのあいだにみられる系譜観の違い、あるいは①と②とのあいだに見いだされる懸隔は、そうした歴史的な変動の過渡において、シキ県主家に生じた亀裂であった。それはおそらく、シキ県主やサホ一族に限らず、天皇家に服属していった豪族たちの多くに共通した激動であったに違いない。

師木県主の母系的性格

シキ県主について、古事記では、「兄師木・弟師木を撃ちたまふ時、御軍暫し疲れぬ」として、「楯並めて　伊那佐の山の　木の間《ま》よも　……」という歌謡を載せるだけだが（神武天皇条）、日本書紀の神武天皇巻には、東征の際に、「皇師《みいくさ》、大きに挙《こぞ》りて磯城彦を攻めむ」として、使者を兄磯城のもとに派遣すると兄は拒絶し、次に弟磯城のもとに行くと、「即ち葉盤《ひらで》八枚を作して、食を盛り饗《あへ》」した（神武即位前紀戊午年一一月）。その結果、兄は討伐され、服属した側の「弟磯城、名は黒速を磯城県主」にした（神武紀二年二月）という兄弟対立型のシキ一族の由来（服属）譚を伝えている。のちに彼らは、「連」の姓を与えられている（日本書紀、天武天皇一二年一〇月）。

『新撰姓氏録』によれば、シキ県主は、「志貴連。同じき神（石上朝臣同祖。神饒速日命《かむにぎはやひ》）の孫。日古湯支命《ひこゆき》の後なり」（大和国神別）とあり、ニギハヤヒを祖先神とする一族であった。[22] そのニギハヤヒは、日本書紀の神武天皇巻によれば、神日本磐余彦《かむやまといはれびこ》（神武）よりも先に、天磐船に乗って天からヤマトへ降りてきた神であり、古事記でも、「天つ神の御子天降り坐しぬと聞けり。故、追ひて参降り来つ」と語られ、古事記・日本書紀ともに、ナガスネヒコの妹（古事記では登美夜毘売、日本書紀では三炊屋媛《みかしきやひめ》）と結婚して子どもが生まれる。日本書紀によれば、軍勢を派遣した神日本磐余彦に対して、攻められた土着豪族・長髄彦《ながすねひこ》は、使者を立てて次のように述べる。

嘗《むかし》、天神の子有しまして、天磐船に乗りて、天より降り止でませり。号《なづ》けて、櫛玉饒速日《くしたまにぎはやひ》命と曰す。是、吾が妹、三炊屋媛〈亦の名は長髄媛《ながすねひめ》、亦の名は鳥見屋媛《とみやひめ》〉を娶り、遂に児息《みこ》有り。名けて可美真手《うましまで》命と曰ふ。故、吾、饒速日命を以ちて君として奉へまつれり。夫《そ》れ天神の子、豈、両種《ふたくさま》有さむや。奈何《いかに》ぞ更に天つ神の子と称《なの》りて、以ちて人の地を奪はむとする。吾、心に推《おしはか》るに未必《うたがた》も信《まこと》にあらじ。（即位前紀戊午年一二月）

長髄彦は、「妹」三炊屋媛と饒速日命とのあいだに「児息」可美真手命が生まれたから、自分は饒速日命を「君」とするのだと主張しているのである。これは、長髄彦が「妹」の血統に従うことを意味していると読める。妹の「婿」だから（あるいは「天より降」ってきたから）饒速日命に従うというのではなく、「妹」に「児息」が生まれたということが長髄彦には重要だったのである。ここに生まれたのは男児だが、構造的には母系的な「妹」の血縁に「兄」は従属しているのである。

また、『先代旧事本紀』によれば、「饒速日尊、便ち長髄彦の妹御炊屋媛を娶りて妃とし、妊胎《はらま》しめたまふ。未だ産む時に及《いた》らざるに、饒速日尊、既に神《かむ》損《さ》去り坐す」（天神本紀、天孫本紀にも同様の記事がある）と語られていて、ニギハヤヒは子が生まれる前に死んでいる。ということは、生まれた子は父のない子であり、当然、母ミカシキヤヒメ（ナガスネヒコの妹）の側で養育されることになったはずだ。つまり、天（外部）から訪れたニギハヤヒとのあいだに生まれた子は、「兄妹」の手元に置かれたということが明らかになる。

右の事例で注目しておきたいことは、「妹」の産んだ子が「兄」の子でもあるという認識を検出できるという点である。なぜなら、「妹」の子は「氏」の血縁を保証するだけではなく、その子が「兄」によって育てられ護られる子でもあると読めるからである。そこに、「妹」の産んだ子を「兄妹」の子とみる神話的な幻想を可能にする根拠も見いだすことができるのではないか。

シキ県主の祖先神ニギハヤヒと兄ナガスネヒコ・妹ミカシキヤヒメとの関係は、天皇の后妃となる女たちのうち、婚姻系譜に「△△の妹」と記される「兄妹」と天皇との関係にそのまま重ねられる。ただし、子の帰属という点に関しては大いに違いがあるのだが、第二代綏靖天皇と「師木県主之祖、河俣毘売」とのあいだに生まれた子が「師木津日子玉手見命」

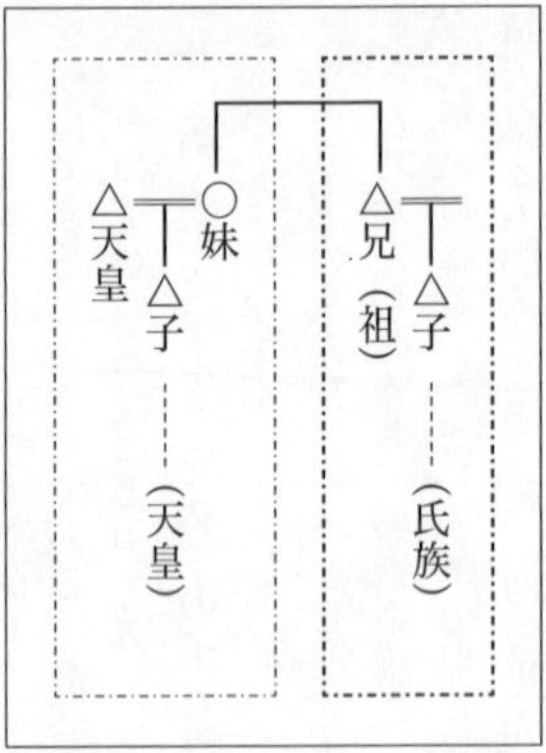

図3

（第三代安寧天皇）と、母方の「氏」の名で呼ばれていることを考えると[23]、天皇の場合でさえ、「妹（兄妹）」の側に子を帰属させるという段階があったことを想像させるのである[24]。

山城国風土記逸文「賀茂社縁起」の玉依日売をみればわかる通り、始祖神話において神の子を産む「妹」は、一族の始祖となる子を産むのだから、当然「母祖[25]」となる。それは、先のミカシキヤヒメの場合と同じである。「妹」が神の子を産むという神話をもつ限り、「妹」も生まれた「神の子」も「祖」であり、そこでは母系的な血縁を幻想として保有するはずである。その時、「兄」は「妹」に従属する。

天皇と「祖」あるいは「妹」との結婚も、訪れる神の位置に天皇が置かれたかたちと見れば、基本的には同じ構造である。ところが、天皇との結婚の場合には、図3に示したように兄と妹とは分断され、「妹」の産んだ子は天皇の側に収奪されてしまうから、「妹」は「母祖」とはなれないし、氏族の側も「妹」の産んだ子によって血筋を保証することができなくなってしまう。そこでは当然、天皇家と同様の男系としての「兄」の血筋が要請されざるを得ない。つまり、母系の崩壊が生じ、すべてが男系に統一されてゆくのである。

この段階になると、「△△の妹」という兄妹型の系譜は意味をなさなくなり、「△△の女」

という父系的な系譜へと一元化される。古事記および日本書紀の婚姻系譜にみられる「祖」「妹」「母之女」たちと天皇との結婚は、こうした母系（双系）から父系への過渡の痕跡とみなすことができる。それゆえに、それらの事例が、歴史的には存在を証明しえないような古い天皇たちの婚姻系譜に集中的に見いだされるのである。今のところ、おそらくそれは何らかの古伝承あるいは家の記憶といったものが、地層の割れ目に噴出したマグマのように偶然に顔を出しているのではないかと言うしかない。

またここでは、いわゆる「彦姫制（姫彦制）」と呼ばれる現象を、単に現象として指摘したり「祭政」の分掌といった宗教的な側面から説明するのではなく、双系的・母系的な社会制度の問題としてどのように認識できるのかということを考察してみたつもりである。それが説得力を持ちえているか否かはおいて、ひとまずここでは、「彦姫制」とは、「一族の子が、〈妹〉によって産みなされる制度」であったと言っておくことにする。

【付記】　本稿は、旧著『万葉びとの「家族」誌』の続稿として書かれた。その旧著は現在、『平城京の家族たち　ゆらぐ親子の絆』と改題して角川ソフィア文庫に収められているので、古代の家族・親子関係に興味のある方は、ぜひお読みいただきたい。

第五章　天皇の役割──夢見と呪性

1　神に聞く天皇──聞く夢と見る夢

唐突な発言になるが、昔も、誰でもみな夢を見たのだろうか。

柳田国男は、『昔話と文学』の最後に「初夢と昔話」という文章を置き、そこで、「日本では最初から、正夢を見るの資格とでもいふべきものが、定まつて居るやうに考へられて居たのであります」と、述べている[1]。そして、ここからすぐさま思い出されるのは、古代の夢についてすぐれた分析を試みた西郷信綱の、「天皇は夢想において神々と交通する特権者であった」という発言である[2]。

たしかに、古事記・日本書紀に記された夢の伝承のなかで、夢を見る人物は天皇である場合が圧倒的に多い。夢が出てくる伝承は古事記に五例（序文の一例は除く）、日本書紀に一一例あるが、そのうち三例は両者に共通する伝承だから、実数は一三例、そしてその内訳は、天皇自身が見たというのが七例、即位する前の皇子時代の天皇が見たというのが三例あり、他には、東征の途中で苦しんでいる神武天皇を援助するために天上の神が熊野の高倉下《たかくらじ》という人物に夢を見させる話（古事記・日本書紀）、天皇の見た夢の正しさを保証するために神が臣下三人に同じ夢を見させる話（日本書紀、崇神天皇巻）、牡鹿が自分の見た夢を語り牝鹿がその夢解きをするという菟餓野《とがの》の鹿の話（日本書紀、仁徳天皇巻。摂津国風土記〈逸文〉にも同様の伝承が遺る）の三例があるだけである。それも、前の二例は天皇を援助するために神が臣下に見させたものだから、民間伝承らしい菟餓野の鹿の伝承を除くと、古事記および日本書紀に語られている夢はいずれも天皇のものだといってよく、それらが「祭式的行為」によって得られるものだという発言とともに、西郷信綱の指摘は、少なくとも古事記・日本書紀に語られている夢についていえば的確である。

神懸かりとサニハ

古事記・日本書紀に語られている天皇の見た夢について語る伝承を読んで気づくことは、神が夢の中に現れてお告げをくだすというパターンが多いということである。

> 此の天皇の御世に、役病《えやみ》多に起り、人民死にて尽きむとす。尓《しか》して、天皇愁へ歎きて、神牀《かむどこ》に坐す夜、大物主《おほものぬし》大神、御夢《みいめ》に顕れて曰らさく、「是は我が御心そ。故、意富《おほ》多々泥古《たたねこ》を以ちて、我が前を祭らしめば、神の気《け》起こらず、国も安平《やすら》けくあらむ」と。
>
> （古事記、崇神天皇）

崇神天皇が疫病の蔓延を防ぐ方法がわからず困り果てているとき、その疫病をおこしているオホモノヌシ神が、それをなごめる方法を教えてくれたという夢の話である。その結果、夢を得た天皇は、お告げのままにオホタタネコを探し出して大物主の祭祀者とすることによって、この危機的な状況を克服することができた。この伝承で重要なのは、西郷も指摘しているように、[3]天皇が坐ったという「神牀」が夢を見るための聖なる場所であり、そこに坐って待ち続けると夢に神が訪れるという構造である。もうひとつ、ここに語られている夢が、天皇の側の意志的な祈りによって得られたものだという点も注目しておく必要がある。

人が神意をたずねる呪法は、太占《ふとまに》や亀卜《きぼく》などさまざまにあるが、夢もまたそうした呪的な行為の一つとしてあり、ことに天皇は、夢によって神の心を知ることのできる存在だったらしい。猪股ときわは、右の伝承にもみられる「愁ひ歎き」に注目し、「『うれひ』の状態に追い込まれていることは他の占いの技術にはない、夢に固有な要件であったのではないだろうか」と考え、「夢見の技術者」として天皇の祭祀王の側面を論じている。[4]たしかに、天皇は、決められた手続きによって得られた夢のなかで発せられる〈神の声〉を聞くことで、直面した現在的な窮地を克服してゆく王なのである。

「うれひ」や聖なる場所を示さないものもあるが、右の崇神天皇条の伝承と同様の語り口をとるものが、古事記・日本書紀の夢の伝承一三例のうち、臣下の見た夢も含めると一〇例にも及ぶのである。そして、わたしがとくに注目したいのは、そこに描かれた夢の内容が、いずれも神のことばを聞くというかたちになっているというところである。神牀で待つ天皇のもとに神が依り憑き、危機を克服する具体的な方法を〈ことば〉によって教えるのである。つまり、天皇の祭祀王としての役割は、どうやら神のことばを聞く能力にあったらしい。そして、ことばによる教えは、具体的な対処方法として示されるから、しごく即物的で無味乾燥なものになってしまうが、だからこそ現実的な効力をもつのである。〈神の声〉を聞く力をもつことが、シャーマン的な霊力を要求された古代の天皇にとっては必須条件であった。

これは、神懸かりのあり方と同じ構造をもつということができる。

闇に囲まれた静寂のなかに、弦をはじいて琴の音が響き、異界から神の声が聞こえてくる。古事記を読んでいて、聴覚に鋭敏な刺激を感じさせる数少ない伝承が、オキナガタラシヒメの神懸かりの場面である。よく知られたものだが、それは次のように描かれている。

その大后息長帯日売命《おきながたらしひめ》は、当時《そのかみ》、神帰《かみよ》りたまひき。故、天皇、筑紫の訶志比宮《かしひ》に坐して、熊曾国を撃たむとしたまふ時、天皇、御琴控《ひ》きたまひて、建内宿禰大臣《たけうちのすくね》沙庭《さには》に居て、神の命を請ひき。ここに、大后、神帰りたまひて、言教《ことをし》へて詔らさく、「西の方に国有り。金・銀を本として、目の炎燿《かかや》く、種々の珍しき宝、多《さは》にその国に在り。吾、今その国を帰《よ》せ賜はむ」と。しかして、天皇答へて白さく、「高き地に登りて西の方を見れば、国土は見えず、唯、大海のみ有り」とまをして、詐《いつは》りをなす神と謂《まを》して、御琴を押し退けて控かず、黙《もだ》し坐す。しかして、その神大く忿《いか》りて詔らさく、「凡そ、この天の下は、汝の知らすべき国に非ず。汝は一道に向ひたまへ」と。ここに、建内宿禰大臣白さく、「恐し。我が天皇。猶その大御琴を阿蘇婆勢《あそばせ》」と。しかして、稍《やや》くその御琴を取り依せて、那摩那摩邇《なまなまに》控き坐す。故、未だ幾久《いくだも》あらずて、御琴の音聞えず。即ち、火挙げて見れば、既に崩りましぬ。（仲哀天皇条）

引用末尾に「火挙げて見れば」とあることからわかるように、ここに描かれている空間では視覚が遮断されている。建物の中か、設えられた庭かは判断できないが、暗黒のなかに神の声を聞こうとする（後述の神功紀では、皇后は「斎宮」に入って神懸かりしており、そこが神を迎えるための建物の中だということがわかる）。いうまでもなく、現実の視覚が遮断された空間は、外部からの聴覚的な刺激をよりつよく感じ取ることのできるところであり、肉眼による映像とは別の像（たとえば夢の映像）を見やすくさせるところでもあった。そして、その、神を迎える聖なる闇の空間サニハ（さ〈神聖なことをいう接辞〉庭）に天皇の弾く琴の音が響き、巫女オキナガタラシヒメに依り憑いた神の声が聞こえてくる。サニハ（審神者）として聖なる場を取り仕切る建内宿禰は、おとずれた神の教えを聞き漏らすまいとして耳に全神経を集中させる。

同じ場面、日本書紀によれば、天皇が琴を弾いたとは記されていない。熊襲を討とうとしていた仲哀天皇は、皇后気長足帯姫に依り憑いた神が発する新羅国を攻めよという託宣を聞いて「疑の情」をもち、「神の言」に従わずに熊襲討伐に出かけるが失敗し、のちに病死する（仲哀天皇八年九月、同九年二月）。また、「一に云はく」として戦場で敵の矢を受けたためだと記されている死の原因が、本文では「即ち知りぬ、神の言を用ゐたまはずして、早く崩りましぬることを」と記されている（同九年二月）。仲哀天皇が「神の言」を信じずに死んでしまったのは、古代的に言えば、向こう側から依り憑いてきた言葉を聞く力を持っていなかったからだということになる。

なお、仲哀天皇の死後、皇后オキナガタラシヒメは自ら「神主」となって「斎宮」に入り、武内宿禰に琴を弾かせ、中臣烏賊津使主《いかつおみ》を「審神者《さには》」とし、琴頭《ことがみ》と琴尾《ことじり》とに沢山の幣帛を積んでふたたび「神の言」を請い、七日七夜を経てようやく教えを得ることができたとも語る（日本書紀、神功皇后摂政前紀・仲哀天皇九年三月）。

また、日本書紀の別伝によれば、筑紫の橿日宮《かしひのみや》で、地方豪族である内避《うちひ》高《こ》国避《くにひ》高《こ》松屋《まつや》種《たね》という人物に神が依り憑き、仲哀天皇に「琴将《も》ち来て皇后に進《たてまつ》れ」と言い、「神の言」に随って皇后が琴を弾くと、「是に、神、皇后に託《かか》りて」、宝の国を授けようと託宣したと伝えている（神功摂政前紀・仲哀九年一二月）。ここでは、皇后自らが琴を弾きながら、神懸かりしたのである。

これら四つのオキナガタラシヒメ伝承における登場人物の役割を表示すると表1のようになる。

(b)の場合、琴を弾く人物を記していないが、もしそれが省略されているのだとすれば、弾いているのは、(d)の事例からみて託宣者であるオキナガタラシヒメ自身だということになろうが、ここでは琴を用いずに神懸かりしているとみたほうがよさそうである。また、(b)と(d)

表1

記事	神懸かりする人	琴を弾く人	沙庭・審神者
(a)仲哀記	息長帯日売	仲哀天皇	建内宿禰
(b)仲哀紀八年九月	気長足帯姫		(仲哀天皇)
(c)神功前紀・仲哀九年三月	気長足帯姫	武内宿禰	中臣烏賊津使主
(d)神功前紀・別伝	気長足帯姫		(仲哀天皇)

とにおける仲哀天皇は、サニハとは記されていないが、神の託宣を聞き解くという役割をしているから、サニハの位置にあるとみてよい。サニハとは、古事記の用字（沙庭）が示しているように、原義的には「サ（神聖な）・庭（ニハは一定の範囲の平坦な場所）」の意であり、「神を請じその託宣を聞く聖なる場」をさす語だが、日本書紀の事例「審神者」が示すように、「沙庭に居て神の告げを聴くもの」をもいう(5)。また、サニハの役割は、常陸国風土記香島郡条の、聞勝命《ききかつ》の伝承によって窺うことができる。

俗《くにひと》いへらく、美麻貴《みまき》の天皇のみ世、大坂山の頂に、白細《しろたへ》の大御服《おほみそ》服《き》まして、白桙《しらほこ》の御杖取りまし、識《さと》し賜ふ命は、「我がみ前を治めまつらば、汝が聞こし看さむ食国《をすくに》を、大国小国、事依さし給はむ」と識し賜ひき。時に、八十の伴緒を追集《つど》へ、此の事を挙げて訪問《と》ひたまひき。是に、大中臣の神聞勝《ききかつ》命、答へけらく、「大八島国は、汝が知ろし食さむ国と事向け賜ひし香島の国に坐す天つ大御神の挙教《さと》しましし事なり」と。天皇、これを聞かして、即ち恐み驚きたまひて、前の件の幣帛《みてぐら》を神の宮に納めまつりき。

大坂山の頂上に顕れて自分の前に仕え祀れという託宣を下した神の名を知ろうとした崇神天皇の群臣への問いかけに対して、聞勝命は、神の言葉を解して、その名を明らかにする。古橋信孝が指摘するように、聞勝命という名前は、この人物が「〈聞く〉呪術」に優れていることを表している[6]し、それが神と人との仲立ちを職掌とする中臣氏の祖先神のひとりとして存在するということは象徴的なことであろう。(c)で、審神者として中臣烏賊津使主が選び出されるのも当然である。

　そしてまた、この伝承は、神の託宣の真意を理解することが簡単ではないということを示してもいる。だからこそ、サニハと呼ばれる仲立ち＝〈聞く〉ことに優れた者たちが要請されるのである。いうまでもなく、〈聞く〉とは、異界の側の神やモノが発する理解不能な音や声を耳にして、それを了解できる言葉として判断し指し示す行為である。オキナガタラシヒメ伝承における仲哀天皇は、そうした〈聞く〉者の位置に立つ存在でありながら、聞くことに失敗して神の怒りを受けて死んだのである。

　神懸かりという行為をこのように眺めると、それは〈夢〉という現象と大いにつながっているようにみえる。夢は、古代ではユメではなく〈イメ〉と呼ばれていた。イメの語源は、

「イ（寝）・メ（目）」で、夢とは、現実の目に対するもうひとつの目と考えられていたらしい。[7] つまり、イメとは、現実の視覚では見ることのできない〈現実〉そのものであり、「タマ（魂）」の関与する〈うつつ〉だと考えられていたのである。それゆえに、夢を見ることは日常的な眠りとは別の、仕組まれた眠りの装置（猪股ときわのことばを借りて言えば「夢見の技術」）が必要だったのであり、誰もが見ることのできるものではなかった。それゆえに、本章の冒頭に述べたように、古事記や日本書紀においては、「天皇は夢想において神々と交通する特権者」（西郷信綱）になってゆくのである。

そこで次に、古事記や日本書紀にみられる天皇の夢の事例を具体的に取りあげながら、そのあり方を確認してみたい。

夢に聞く天皇

先にふれたように、古事記や日本書紀に出てくる夢は、そのほとんどが天皇が見たものであった。それは、両書が天皇を中心にして語っているからだと言うこともできるが、夢が天皇によって独占されたものであるということも示している。そして、夢というと映像を見るものだとわれわれは思い込んでしまうが、天皇の夢は、映像よりも声がだんぜんに優位だということは強調しておいてよい特徴である。そこに、「聞くヒト」としての天皇の本質が見いだせるのではないか。それら、天皇が夢のなかで神の教えを聞いたという伝承を列記すると次のようになる。

【神武天皇】

①山の中嶮絶《さが》しくて、復《また》行くべき路無し。乃ち棲遑《しじま》ひて、その跋《ふ》み渉《ゆ》かむ所を知らず。時に夜夢みらく、天照大神、天皇に訓《をし》へまつりて曰はく、「朕、今し頭八咫烏《やたのからす》を遣さむ。以ちて郷導者《くにのみちびき》としたまへ」と。（日本書紀、神武即位前紀戊午年六月）

②故、道路《みち》絶え塞《ふさが》りて、通ふべき処無し。天皇悪《にく》みたまひ、是の夜、自ら祈《うけ》ひて寝《みね》ませり。夢に天つ神有りて訓《をし》へて曰はく、「天香山《あめのかぐやま》の社の中の土を取りて、天平瓮《あめのひらかや》八十枚《そち》を造り、幷せて厳瓮《いつへ》を造りて、天神地祇《あまつかみくにつかみ》を敬《ゐや》び祭れ。亦、厳呪詛《いつのかしり》をせよ。如此《かくのごとく》せば、虜《あた》自づからに平《む》き伏《したが》ひなむ」と。（同右、神武即位前紀戊午年九月）

【崇神天皇】

①この天皇のみ世に、役病《えやみ》多に起り、人民尽きなむとす。しかして、天皇愁へ歎きて、神牀《かむどこ》に坐す夜、大物主大神、御夢《みいめ》に顕れて曰らさく、「是は我が御心そ。故、意富多々泥古《おほたたねこ》を以ちて、我が前を祭らしめば、神の気《け》起らず、国も安平《やすら》けくあらむ」と。
（古事記、崇神天皇条／日本書紀、崇神天皇七年にも同一の説話あり）

②天皇の夢に神人《かみま》有して、誨《をし》へて曰はく、「赤盾八枚・赤矛八竿《やさを》を以ちて、墨坂神を祠《まつ》れ。亦、黒盾八枚・黒矛八竿を以ちて、大坂神を祠れ」と。
（日本書紀、崇神天皇九年三月）

【垂仁天皇】天皇患《うれ》へ賜ひて、御寝《みね》ませる時、御夢に覚《さと》して曰らさく、「我が宮を天皇の御《み》舎《あらか》の如修理《ごとをさ》めば、御子必ず真事《まこと》とはむ」と。（古事記、垂仁天皇条）

【応神天皇】建内宿禰命、その太子《ひつぎのみこ》を率て、禊《みそぎ》せむとして、淡海《あふみ》と若狭国とに経《へ》歴し時、高志《こし》の前《みちのくち》の角鹿《つぬが》に、仮宮《かりみや》造りて坐《いま》せき。しかして、其地《そこ》に坐す伊奢沙和気《いざさわけ》大神之《の》命、夜の夢に見えて云らさく、「吾が名を御子の御名に易へむと欲《おも》ふ」と。（同右、仲哀天皇条）

【仁徳天皇】茨田《まむた》堤を築く。是の時に、両処《ふたところ》の築かば乃ち壊《くづ》れて塞《ふさ》ぎ難き有り。時に天皇、夢みたまはく、神有《ま》しまして誨《をし》へて曰したまはく、「武蔵人強頸《こはくび》・河内人茨田連衫子《ころものこ》二人を、以て河伯《かはのかみ》に祭らば、必ず塞ぐこと獲《え》てむ」と。（日本書紀、仁徳天皇一一年一〇月）

【欽明天皇】天皇幼《わか》くましましし時に、夢に人有りて云《まう》さく、「天皇、秦大津父《はだのおほつち》といふ者《ひと》を寵愛《めぐ》みたまはば、壮大《をとこさかり》に及《いた》りて、必ず天の下を有《し》らさむ」と。（同右、欽明天皇即位前紀）

【天武天皇】夢の歌を聞きて業《わざ》を纂《つ》がむことを相《おも》ひ、夜の水《かは》に投《いた》りて基《もとゐ》を承《う》けむことを知りたまひき。　（古事記、序）

引用と重複することになるが、これらの夢の内容を整理して表2に掲げておく。そして、

表2

	夢に聞く契機	託宣する神	方法・場所	夢の内容
神武①	山険しく進めず	天照大神	夜の山中	道案内の烏を派遣する
神武②	強敵に手こずる	天神	祈ひて寝る	天神地祇を祀り厳呪詛せよ
崇神①	疫病が蔓延する	大物主大神	神牀に坐す	オホタタネコに祭祀させよ
崇神②	（記載なし）	神人		墨坂神と大坂神を祀れ
垂仁	皇子が物言わず	（出雲大神）	患へて寝る	神の宮を立派に修理せよ
応神	（幼時）	イザサワケ	禊／仮宮	御子と名を易えよう／予祝
仁徳	河が氾濫する	神		二人の人に河神を祀らせよ
欽明	（幼時）	人（実は狼）		秦大津父を重用せよ／予祝
天武				夢の歌（内容不明）を聞く

そこから了解できることは次のようなことどもである。

天皇に即位する前に見た応神と欽明の夢の場合は、将来を予祝する神の言葉を夢に聞くのだが、他の天皇たちの夢は、いずれも困難な状況に直面して憂え悩んだ状態において神の教えを聞いたという点で共通する。猪股ときわが指摘するように、「うれひ」の状態に追い込まれているというのが、「他の占いの技術にはない、夢に固有な要件」だったと言ってよかろう[8]。そして、その答えとして与えられる夢に見る「神の訓《をし》へ」は、いずれの場合も具体的な対処法である。夢の内容に疑いや質問を差し挟む余地のない「ことば」をもって神は夢にあらわれる。天皇は、その教えを忠実に実行しさえすればよいのである。それが〈聞く〉夢の大きな特徴である。夢に聞いた天皇たちは、聞きとった言葉のままに行動し、神の意志は実現され、天皇の憂いや悩みは解消されるのである。

いずれの事例も単純といえばきわめて単純な夢ばかりである。しかし、夢に〈聞く〉というのは、けっこう困難なものだったらしいということは、追いつめられた天皇が、ウケヒをしたり神牀に坐り続けたり禊ぎをしたりしなければならないということに示されている。おそらく夢に聞くためには手続きが必要だったのであり、天皇が夢に聞くことができるのは、闇の空間「サニハ」に坐して、神懸かるシャーマンの発する「神の言」を聞こうとするのと同じく、天皇が聴き耳をもつ呪的な存在だからである。

眠っているあいだは視覚が遮断されているから、もうひとつの目であるイメ（寐目＝夢）が活動しやすくなるのに対して、聴覚器官は睡眠中でも外部に対してはたらいているので、夢に音や声は入り込みにくいのだとすれば(9)、夢にお告げを聞くために、ある種の技術や訓練が要求されるという構造は理解しやすい。

不思議を見る夢

古事記・日本書紀に記された夢の説話は、〈神の声〉を聞くというのが大部分を占めるのだが、そこから外れた次の三話は注目してよい内容をもっている。いずれも要約して掲げる。

A　崇神天皇が豊城命《とよきのみこと》と活目尊《いくめのみこと》の二人の皇子のうちどちらを跡継ぎの天皇にしようかと迷い、二人に夢を見させてその内容で判断しようとした。そこで、二人が体を清め神に祈って寝たところ、兄の豊城命は、「自ら御諸山（三輪山）に登り、東に向かって槍や刀を振り回す」という夢を見る。一方、弟の活目尊は、「自ら御諸山に登り、縄を四方に張って粟を食べる雀を追い払う」という夢をみた。（日本書紀、崇神天皇四八年正月）

B　垂仁天皇が皇后サホビメの膝を枕に昼寝をしていた時、「沙本《さほ》の方からにわか雨が降ってきて顔に落ち、錦色の小さな蛇が自分の首に纏わりついている」という夢を見て、驚いて飛び起きた。（古事記・日本書紀、垂仁天皇）

C　菟餓野《とがの》に夫婦の鹿が棲んでおり、牡鹿が牝鹿に、「白い霜がたくさん降って自分の体を覆う」という夢を見たと語る。（日本書紀、仁徳天皇三八年七月）

先の〈神の声〉を聞く夢と違い、これら三つの夢がいずれも不思議な映像を見ているというのが興味深い点である。しかも、その夢に見た像は、どれも自分自身の姿であるというのも共通している。また、見た夢が、別人によって解き明かされる「夢合わせ」のかたちになっているというのも三者に共通するのである。〈神の声〉を聞く場合には、その内容は具体的・現実的な「ことば」によって示されるから解き明かす必要などなかった。しかし、映像を見る夢においては、顕れた映像はそのままでは何が暗示されているのか判断できないから、夢を見たのとは別の人によって説明される必要が生じてくるのである。

Aでは、天皇が、「兄は東ばかり向いているから東国を治めよ。弟は四方に目配りしているから天下を支配しろ」と〈相夢《ゆめあわせ》〉をする。Bでは、サホビメが、「兄のサホビコの言葉に従って夫である天皇を殺そうと短刀を振りかざしたが、哀しみの情が生じて果たせず涙が天皇の顔に落ちた」と白状し、夢はその〈表《しるし》〉だろうと答える。また、Cでは、一緒に寝ていた牝鹿が、「あなたは近く人間に殺されるだろう。白い霜はあなたの肉に塩が塗られることの〈応《しるし》〉である」と〈相夢〉をする。そして、その通りに翌朝、牡鹿は猟師に射殺されてしまう。いずれの場合も、暗示的に示された夢の映像は、〈未来〉あるいは眠っていて知ることのできない〈現在〉の自分の姿なのである。夢を見る者は、自分自身のもう一つの姿を見ていることになる。しかし、その映像の意味は、夢合わせがなされるまでわからない。

神や恋人の魂が依り憑くのではなくてもう一人の自分が見えてしまうという点でも、それがことばではなくて映像をもつという点でも、神の声を聞く夢とは異質だといえよう。しかも、BやCの夢は色彩までついている。ついでにいえば、他の天皇たちとは違って、垂仁は映像を見ることのできる天皇である。Aの雀を追う夢を見て天皇になった活目尊とは、じつはBの夢を見た垂仁天皇のことであり、夢に限っていえば、垂仁天皇は他の天皇たちとはちょっと異質な能力をもった人物として描かれているようだ。

なお、夢には言葉を聞くものと映像を見るものとの二類があるという点については、すでに早く菅原昭英が論じている[10]。氏は、古代中国史書にでてくる夢の記事を踏まえながら古事記・日本書紀・風土記の夢を「言葉を軸とする夢」と「言葉のない夢」（視覚的イメージが優先し一切の言葉を伴わないもの）とに分け、古代日本の宗教性について論じ、前者は「五世紀ごろの歴史的現実において実際に社会的意味をもっていた」のに対して、「六世紀なかばの原旧辞には、言葉のない夢はひとつもなかった可能性」が大きく、古代中国の影響によって生じたものではないかと指摘し、両者の関係を歴史的な問題として認識するのである。中国の影響といえるか否かは判断を保留するが、お告げを聞く夢が天皇の役割からみても用例の多さからみても古いものであったというのは間違いないことであろう。

憑霊と脱魂と

以上のように天皇の夢を確認した上で、改めて神と交わる天皇のシャーマン性について考えてみたいのだが、その前に、古代のシャーマンについて整理しておく。

神も異界のモノたちも人に宿る魂もすべてをタマと呼んでおけば、そのタマにかかわることのできる能力をもつのが巫者（シャーマン）である。そのシャーマンのタマとの交流を「神懸かり」と呼ぶが、佐々木宏幹が論じているように、神懸かりには、外部のタマをシャーマンに依り憑かせる〈憑霊〉型と自分のタマを身体から遊離させ外部に行かせる〈脱魂〉型との二通りがあるというふうに整理すると理解しやすい。[11] そして、この二つは、古代の魂へのかかわり方とも対応しているようである。それはタマフリ（魂振り）とタマシヅメ（鎮魂）と呼ばれるが、この両者は混乱し錯綜していて区別しにくい。それを乱暴にも単純化して言えば、前者のタマフリは、肉体の内部のタマにはたらきかけて活性化させる呪術、後者のタマシヅメは、遊離したタマにはたらきかけて肉体に鎮定させる呪法だと理解できる。物言わぬ皇子ホムチワケの言語を回復させるために、船に乗せて揺さぶり（魂振り）、また白鳥を捕まえて遊ばせる（鎮魂）という二つの方法を試みているのは、この二通りのタマへの対処法の説話化であると読める。[12]

こうした憑霊型のシャーマニズムと脱魂型のシャーマニズムとに〈夢〉の伝承を重ねてみると、古代の天皇の夢に神の声を聞く夢と映像を見る夢があることや、その二種類の夢には違いがあるということも理解できるのではないか。

神のお告げを聞きとる天皇たちの夢は、神を内部に憑依させることによって神に出会おうとする憑霊型の呪法に属するものであり、自己の現在の状況や未来の姿を暗示的な像として浮かばせる夢は、タマを遊離させ時間や空間を超えて飛行させる脱魂型のシャーマニズムに接近している。ただ、この二つの夢が時代や地域や個体によって区別されていたのかどうかはわからない。タマフリとタマシヅメはすでに古くから混じり合っているし、夢の場合にも垂仁天皇のように両方の夢を見ることができると語られる者もいる。

ある人が巫者になる場合、巫病《ふびょう》とよばれる病気を契機とすることがどの民族でも多いようだが、たとえば、奄美・沖縄の民間巫者ユタも、巫病の折に見た夢によってユタになってゆくのが一般的である。そこでユタが見る夢は、依り憑いてきた神のお告げを聞くとともに、神の世界に自分が飛んで行ってさまざまな体験をしたり教えを受けたりする映像を見るのであり、一人のユタの内部に憑霊型と脱魂型と、二つの夢が混在しているのがふつうである(13)。ただ、ユタが神懸かりの際に唱える呪詞「おもいまつがね」などを読むと、天上界への飛行を伴う叙事的な内容をもつ呪詞が多く、それら説話的な呪詞の背後にユタの脱魂型の夢見体験を認めることができれば、ユタの夢は聞くよりも見ることに中心があったといえるだろう。当然のことながら、単純で即物的なお告げよりも、映像をもち解き明かしを必要とする夢のほうが断然おもしろいわけで、物語化されやすいはずだ。

こうしたあり方は、日本霊異記（九世紀初頭に編纂された仏教説話集）に多い夢の中での見仏体験や黄泉帰りを語る蘇生譚にも繋がっている(14)。とくに蘇生譚では、冥界への飛行とそこでの閻羅王との出会いなどを目覚めたのちの夢見体験として具体的に語るというパターンがあり、脱魂型の夢と修行者（巫者）との繋がりを窺わせるのである。それは、日本霊異記の編者である景戒という私度僧の夢見体験にもはっきりと現れている。ある時、景戒は自分が死んだときの夢を見るのだが、それは次のような映像だったと自ら語っている。

死んだ景戒を火葬にしているのを自分の「魂神」がそばで見ているのだが、うまく焼けない。そこで棒をとって焼かれている自分の肉体をつついて串刺しにして裏返しにして焼いた。そばにいた人にも焼き方を教えていると、焼けている自分の体の手足や頭の骨がばらばらになって落ちてゆく。大声で叫び遺言を伝えようとするが、側に立っている人の耳にはその声がまったく聞こえない。（日本霊異記、下巻三八縁）

この夢を景戒は、後に自分が伝燈住位という位を授けられたことの「答」だと解いているが、そのあり方は、時間を超えて飛翔した魂が未来を見るという脱魂型シャーマンの体験の典型的な事例とみなしてよい。

また、珂是古《かぜこ》という巫者が祟りなす神を祭り鎮める伝承では、巫者カゼコは、「臥機《くつびき》と絡垜《たたり》（ともに機織りに使う道具）とが舞い遊び来て、自分の体に押しかぶさってくる」という夢を見たという（肥前国風土記、基肄《き》郡）。それによって祟り神が女神だということを知るのだが、これなども、暗示的な映像を夢に見るという点で脱魂型の夢見とみてよかろう。神の声を聞くための「夢見の技術者」である天皇に対して、脱魂や飛行体験につながる異界の映像を見る巫者の系列が一方で存在したらしい。

聴き耳をもつ天皇

先に紹介したオキナガタラシヒメにもどると、表1に紹介した四つの事例に共通するのは、オキナガタラシヒメの担う役割である。神を依せる巫女として彼女は存在する。その肉体を神の宿る器として提供する巫女オキナガタラシヒメは、神懸かりした途端に神の側の存在となる。少なくとも、自らの口をついて出る「神の言」を巫女自身は解釈し判断しようとはしない。なぜなら、解釈し判断するという行為は人の側にこそ必要だからである。それが可能なら、はじめから人に了解できることばによって託宣は発せられるだろうが、そうなったら、「神の言」にまとい付いた呪性を喪失してしまう。だから、神懸かり状態にあるシャーマンの発する言葉や所作は、それを解釈し判断するサニハ（的存在）という通訳回路を経て、人の側にもたらされなければならないのである。

一方、琴を弾く者は、(a)では仲哀天皇であり、(c)では武内宿禰、(d)ではオキナガタラシヒメとなっていて一定していない。琴をはじめ笛や太鼓などの楽器が神を降ろすための呪具だということはさまざまに指摘されている通りだが、それは神懸かるシャーマン自身が奏でてもいいし、サニハが担当してもいいものだったらしい。

おそらく、琴を弾く人に神が降りてくるのではなく、琴の音に呼び寄せられるようにして、神は、神と人との境界を越えて神懸かりするシャーマンに依り憑くことができるということなのだろう。当然、祭祀が大がかりになって役割分担が明瞭になれば、演奏技術を要求される琴弾きはシャーマンやサニハから分離し専門化されることになるはずである。ただし、常に琴を弾く（あるいは楽器を演奏する）という行為が必要だったとはいえないということは、(b)の事例をみればわかる。

　オキナガタラシヒメ伝承では神の言葉を聞く者が天皇と祭官とに二重化されていてわかりにくくなっているが、神の教えを託宣として聞き取るためには、「神の言」を発する者（シャーマン）と発語された「神の言」を聞く者（解釈し判断するサニハ）とがいればよい。仲哀天皇は聞く能力を喪失した天皇として登場するゆえに、もう一人の聞く者が置かれているが、もともと、天皇とは〈聞く〉力をもつ存在でなければならなかったのだということも、この伝承は示している。そのことは、次のような事例によって確かめることができる。

　故、大毘古《おほびこ》命、高志《こし》国に罷り往く時、腰裳《こしも》服《けせ》る少女《をとめ》、山代の幣羅坂《へらざか》に立ちて歌ひて曰はく、

　　御真木入彦《みまきいりひこ》はや　御真木入彦はや　己《おの》が緒《を》を　窃《ぬす》み殺《し》せむと　後《しり》つ戸よ　い行き違
　　ひ　前つ戸よ　い行き違ひ　窺《うかが》はく　知らにと　御真木入彦はや

　是に、大毘古命、恠しと思ひ馬を返し、その少女を問ひて曰はく、「汝が謂へる言は、何の言」と。しかして、少女答へて曰はく、「吾は言はず。唯、詠歌《うた》ひつるにこそ」といひて、即ちその所如《ところ》も見えずて忽ちに失せぬ。故、大毘古命、更に還り参上り、天皇に請ふ時、天皇答へて詔らさく、「此は山代国に在る我が庶兄《ままあに》建波邇安《たけはにやす》王、邪《きたな》き心起せし表《しるし》とするにこそ。伯父、軍《いくさ》を興して行《いでま》すべし」と。（古事記、崇神天皇条）

大和と山城との境にあるヘラ坂（奈良坂の一つ）に顕れた少女の発した「歌」＝「神の言」を耳にした大毘古は、その神意を理解できなかった。そして、それを伝えられた崇神天皇は、ウタの内容を、腹違いの兄タケハニヤスの邪心を教える「表」と判断したのである。ここでの崇神天皇は、「神の言」を〈聞く〉力をもつゆえに、ウタによる神の託宣を受信することができたということになる。天皇とは、神の声を聞くヒトでなければならなかったのであり、仲哀天皇は、それができなかったから天皇としての資格を奪われてしまったのだということになる。

峠にとつぜん顕れた女性が不思議な「言」を口走る話は履中天皇条にも記されている。

故、大坂の山口に到り幸す時、一《ひとり》の女人《をみな》遇ひたまへり。その女人白さく、「兵《つはもの》を持てる人等、多にこの山を塞へたり。当岐麻道《たぎまち》より、廻りて越え幸すべし」と。しかして、天皇歌ひたまひて曰はく、

大坂に　遇ふやをとめを　道問へば　直《ただ》には告《の》らず　当芸麻道《たぎまち》を告《の》る

故、上り幸して石上《いそのかみ》神宮に坐しき。

ここでも、「女人」の発した言葉は「告《の》る」と呼ばれている通り、託宣なのである。大坂山の登り口でタギマ道を行けと言うこと自体が不思議なことであるわけで、それを聞いて危

険を察知し、遠回りをして大和に入った履中天皇もまた、聴き耳をもつ存在だということになる。もちろん、〈聞く〉という行為は、異界からもたらされる「神の言」の内容を理解し判断するということを含んでなりたつ。それゆえに、天皇（王）の判断や行動は個体を超えたものとして国家（共同体）を掌握しうるのである。

このように天皇の〈聞く〉力を理解すると、たとえば、天皇が、しばしば皇子や群臣たちに問いかけて答えを求めたり、「神牀」に坐して「神の言」を聞こうとしたりすることの意味も了解できる。天皇にはならなかったが、

> 生れましながら能く言《ものい》ふ。聖の智《さとり》有り。壮《をとこざかり》に及《いた》りて、一《ひとたび》に十人《とたり》の訴へを聞きたまひて、失《あやま》たず能く弁《わきま》へたまひ、兼ねて未然《ゆくさきのこと》を知ろしめす。
>
> （日本書紀、推古天皇元年四月）

と語られる聖徳太子も、〈聞く〉天皇の力を象徴化した存在なのである。だから、彼は厩戸《うまやとの》豊聡《とよと》耳《みみ》皇子と呼ばれる。もちろん、トヨトミミのミミが、もとから聴覚器官としての耳を表していたと結論するのはむずかしいが、少なくとも、右に記した聴き耳のエピソードが、その名前「豊聡耳」と呼応しあっているというのは間違いないだろう。

神名や人名の末尾に、ミあるいはミミをもつ名は多いが、この「ミ」は、「神秘的な力をもったもの、奇しい力をもったもの」の意で、「巫を意味する一種の神霊観」であり、ミミ

は、その「ミ」を重ねた語だと解釈されている。[16] あるいは、ミミは「ミ（御）・ミ（巫／霊）」で、聴覚器官「耳」の語源も、この「ミミ」に発するとみることもできるのではないか。[17] だからこそ、ミミを末尾にもつ神や人にしばしば「耳」の字が宛てられ、豊聡耳のように、鋭敏な耳をもつ人物が讃えられたりすることになるのだ。少なくとも、稲田宮主須賀之八耳・布帝（太）耳・鳥耳（以上、古事記上）や太耳（垂仁紀）・豊耳（神功紀）、大耳・垂耳（肥前国風土記松浦郡）、味耳（『新撰姓氏録』久米直の条）などの神人名は、「神の言」を聞く力を「耳」によって象徴化した名前に違いないのである。村山道宣が言うように、「耳たぶの垂れ下がった大きく立派な耳が、ある種の呪力を象徴するもの」[18] だったのではないか。

2　女性天皇の出現――推古と持統の呪性

天皇とはいかなる存在かということを考えると、祭祀王としての性格を抜きにしてその役割を論じることはできない。そのことは、前節で取りあげた「聞く」力に端的に示されていたことである。そうした天皇という存在と、七、八世紀に女性天皇が集中的に登場するという事実とのあいだには何らかの相関性が存するのであろうか。なぜ、その時期だけに女性の天皇が出現するのかということも含めて、この時期に見られる天皇のうち八代六名（同一人物が二度天皇となる重祚《ちょうそ》が二名）が女性であるというのは、男系を基本とする天皇制のなかでは大いに注目されなければならないことであろう。

何らかの事情があって男性が天皇に就くことがむずかしい場合の中継ぎとして女性天皇は置かれたという説明だけでは納得しにくいというのはだれもが感じることで、女性のもつ呪性がそこに関与しているのではないかと考えるのはわかりやすい。ところが、即位した女性天皇たちに天皇となるにふさわしい呪性が見いだせるかというと、それほど簡単に抽出して見せることができるわけではない。そこで、女性として最初に即位して長期にわたって天皇の位にあった推古天皇と、三人目の女性天皇として即位し有能な指導力を発揮して藤原京遷都を果たした持統天皇を取りあげ、天皇としてのどのような性格や役割が見いだせるかを考えてみたい。

欽明天皇と蘇我稲目《そがのいなめ》の女・堅塩姫《きたしひめ》とのあいだに生まれ、推古三六年（六二八）に天皇として七五歳で没した豊御食炊屋姫《とよみけかしきやひめ》（推古天皇）は、三七年ものあいだ、正式に即位した最初の女帝として君臨した（日本書紀によれば即位は崇峻紀五年〈五九二〉一二月で、古事記にも「天の下を治むること、卅七歳ぞ」とあり、在位期間は足掛け三七年にわたる）。その推古天皇のあと、皇極（斉明）・持統・元明・元正・孝謙（称徳）と、七世紀から八世紀にかけて女性の天皇がつぎつぎに即位することになる。ところが、九世紀以降には女帝はまったく登場せず、遠く離れて江戸時代に明正・後桜町の二人が即位したのが例外的な事例として見いだせるだけである。

欽明天皇（書紀によれば五三八年即位）から桓武天皇にいたる二二代（弘文天皇を含む）の天皇のうちで八代もの女帝が誕生した日本列島における七、八世紀は、女帝の時代といってても過言ではない。それは、東アジア諸国のなかではきわめて特殊な状況だということができる。

歴史学に従えば、不安定な政治状況から生じた「中継ぎ」として女帝を位置づけるのが一般的な見解である。たしかに、持統や元明・元正の場合には中継ぎという説明もあるいは可能かもしれないが、右の二二代の天皇たちのなかでも最長の三七年間皇位にあり、しかも正式の天皇としては初めて女性の天皇として君臨した推古の場合、「中継ぎ」という説明だけでは説得力をもたない。

では、なぜ推古は天皇になりえたのか。あるいは天皇とはいかなる存在であったのか。最初の女帝・推古が登場する意味を考察してみたい。

女帝の出現

近年の歴史学の大勢としては、「天皇」という称号の最初の使用は七世紀後半の天武朝頃とみなされ、それは「日本」号の使用と対応すると考えられている。ただ、わたしには「天皇」と「日本」が対のようなかたちで生じたとは考えにくい。なぜなら、古事記には「天皇」は頻繁に出てくるが「日本」は一度も使われず、日本書紀では「天皇」も「日本」も多用されるからである。順序からすれば「天皇」のほうが古いと考えるべきで、以前から言われていたように推古朝あたりまで「天皇」号は遡らせてもいいのではなかろうか。ただし、豊御食炊屋比売命が「天皇」と呼ばれていたかというと、確証はない。むろん「推古」という漢風諡号は八世紀後半にならないと出てこないのは明確で、豊御食炊屋姫という名前をもつ女帝は、大臣（蘇我馬子）が献上したという寿歌にもあるように（日本書紀、推古天皇二〇年正月）、「おほきみ（大君）」と呼ばれていたのだろう。

また、「天皇」位の継承が、「大嘗祭」という即位儀礼によって制度化されてゆくのはこれまた天武・持統朝以降と考えられており、古事記や日本書紀に伝えられている天皇たちの継承順位がいつ固定したかは明らかではない。つまり、天皇と呼ばれるヤマトの支配者＝「大君」が、現在知られている通りの順序でずっと以前から存在したとは断言できない。という点で言えば、最初の女帝という肩書で取りあげられる推古天皇という存在も、古事記や日本書紀の歴史認識ではその通りだが、歴史的に、最初の女性天皇であったかという問題になると、それほど確かなものではなく、じつはあやふやなものだということは認識しておく必要があるのかもしれない。

ただ、天皇であろうと大王《おおきみ》であろうと、豊御食炊屋比売命という女性が六世紀末から七世紀初めにかけてのヤマト王権に頭領として君臨した女性であったというのは疑う余地がない。そして、そのことは、日本列島における「天皇＝大王」という存在を考える場合には、重要なことであったのは確かだ。

最初の女帝という言い方にこだわるのは、推古以前に「大君」と呼ばれていたかもしれない女性が存在するからである。いうまでもなく、これは戦後間もなく書かれた折口信夫「女帝考」（一九四六年）に論じられている問題につながってゆく。

中つすめらみこと（中天皇・中皇命）を、「宮廷にあつて、御親ら、随意に御意志をお示しになる神」と「天皇との間に立つ仲介者なる聖者、中立ちして神意を伝へる非常に尊い聖語伝達者」である「高巫」とみる折口は、女帝の役割を次のように論じている。

中天皇が神意を承け、其告げによつて、人間なるすめらみことが、其を実現するのが、宮廷政治の原則だつた。さうして、其両様並行して完備するのが、正常な姿であつたのが、時としては、さうした形が行はれずに、片方のなかつすめらみこと制だけが行はれることがあつた。さうして、其が表面に出て来ることが、稀にはあつた。此がわが国元

来の女帝の御姿であつた。(1)

折口信夫の巫女論の中核ともいえる、天皇と皇后との二人三脚的な統治構造による女帝の巫女性についての主張に対して、どちらかといえば歴史学は否定的な反応を示している。たとえば井上光貞は、「女帝たちのシャーマン的な性格」を認めつつも、「六、七世紀は、はるかに文明化され、世俗化した時代」であり、女帝登極の動機は「皇位継承上の困難を予想しておこなわれた」ものであり、そういう場合に中継ぎとして、「先帝あるいは前帝の皇后が即位するという慣行」があったのだとみなしている。(2) たしかに、歴史書にみえる女性の天皇たちの即位は、不安定な政治状況とからまっているように見えるし、女帝＝中継ぎ天皇説は、現在もっとも有力な見解であるとみてよいだろう。(3)

一方、すべての女帝を中継ぎと見なすことはできないとする上田正昭は、女帝の巫女性を踏まえつつ三段階の展開を想定する。その一は、卑弥呼・台与《とよ》・神功皇后・飯豊王女における「巫女王の段階」、その二は、推古・皇極・斉明・持統における「巫女王から女帝の段階」、その三は、元明・元正・孝謙・称徳における「女帝の段階」である。(4) 歴史書の「天皇」に限定せず、邪馬台国の卑弥呼以降の巫女的存在を視野に入れ、八世紀の女帝の役割をも含めて考えると、上田の三段階論はたしかに説得力をもっている。

井上光貞も上田正昭も、折口信夫の「女帝考」にある種の共感を示しつつ巫女性から距離を置いて女帝論を構築してゆくのは、二人の歴史家と折口とが、「天皇」という存在に対して、まったく対立的な認識をもっているところに原因があるだろう。一方、折口の「女帝考」を分析した中村生雄は、折口論を次のように読み解いている。

つまり、政務を執行する人間天皇よりも、天皇と神とを取り次ぐ中皇命のほうが格段に重要な意味をもっていた、と折口は見なしたわけだ。それゆえに、天皇の欠位のさいに中皇命が女帝として即位する事態も生まれたわけだし、そもそもは中皇命単独の制度が本来のかたちで、実務執行者である天皇は二次的・副次的な存在にすぎなかったことになる。折口の論を敷衍して言えば、宮廷祭祀の原則にしたがうかぎり、天皇は断じて宮廷の主役ではなく、中皇命の補助者にすぎないのだ[5]。

おそらくこれは、何ゆえに皇祖神アマテラスは「女」神であったのかという問いにまで遡らなければならない問題であり、折口学でいえば、「神の嫁」としての巫女論につながってゆく。そもそも天皇が男系による万世一系を主張しえたのは、事実としては光仁天皇（七七〇年即位）以降でしかないというのは重要なことだ。ヤマト国（九州説・大和説のいずれをとるかは別にして、邪馬台をヤマタイと訓むのは誤りである）の卑弥呼を持ち出すまでもなく、風土記や日本書紀には、各地に巫女性の濃厚な女性支配者が存した痕跡があり[6]、いわゆる「欠史八代」に載せられた系譜からは、母系（女系）継承をとる氏族が古い時代に存在したという痕跡も明らかに見いだせるのである（第四章、参照）。

家族史の流れとしては、男系も女系もありえた時代があり、それが六世紀以降になると次第に男系へと傾斜することになり、律令制度の導入が列島の男系優位を決定づけることになった[7]。その男系の中心に位置する天皇家でさえ、男系の血筋を主張しながら女帝を擁立するのには、政争を理由とした中継ぎというだけではすまない、女性の力能の顕在化を認めなければならないはずである。

推古天皇の役割

推古天皇の場合、日本書紀を読むと、たしかにその皇位は政治的な状況によってもたらされたようにもみえる。欽明天皇のあとを継いで皇后・石姫とのあいだに誕生した敏達天皇が即位し、敏達皇后・広姫の死を受けて豊御食炊屋姫が皇后となり、二男五女をもうける。したがって、次に皇位を継ぐべき皇子は、順当にいけば用明紀に「太子」と記された広姫とのあいだの子・彦人大兄《ひこひとのおほえ》皇子か、豊御食炊屋姫とのあいだに生まれた竹田皇子であったはずだ。それが、欽明の皇子（敏達の異母弟）である用明、続いてその同母弟・崇峻へと皇位が譲られていったのは、物部守屋と蘇我馬子とのあいだの対立を原因とみなすのがわかりやすい。用明と崇峻はいずれも蘇我氏出身の妃（堅塩姫《きたしひめ》と小姉君《をあねのきみ》）が生んだ皇子であった。こうした氏族出身の妃から生まれた皇子たちが即位するという事態が異例だとすれば、そこに蘇我氏の力が関与していたというのは間違いなかろう。しかし、一方の物部守屋が、彦人大兄皇子が没したためかどうかは定かではないが、泊瀬部皇子（崇峻）の対抗馬として同母兄の穴穂部皇子を擁立し、闘いに敗れて殺され、崇峻もまた皇位にありながら母方の叔父である蘇我馬子に暗殺されるという事件の後に豊御食炊屋姫が担ぎ出されるというのは、最初の女性天皇の出現を政治的な理由だけで語るにはあまりにも異常な事態だと言わざるをえない。

しかも、崇峻のあと皇位に就くのにふさわしい皇子が存在しなかったわけではない。用明天皇の皇子であり、蘇我系の穴穂部皇女を母とする厩戸《うまやと》皇子、いわゆる聖徳太子がその人である。日本書紀、推古天皇巻によれば、元年（五九三）四月に皇太子となり、「摂政」として大臣・馬子とともに推古朝の政治の実権を掌握しているかのように描かれる厩戸皇子が、そのまま皇位に就いたとしても、誰も異議を唱える状況にはなかったはずだ。皇太子になった二〇歳という年齢が若すぎるというのであれば、数年後に即位してもよかった。それが三〇年間も皇太子に留まり、そのまま没するのだが、そこには、推古が皇位にあることに、政争とは別の何らかの必然性があったからだと考えたほうがいい。

つけ加えておけば、推古天皇巻に描かれた厩戸皇子の事績は、その多くが聖人「聖徳太子」を描こうとする書紀編者の歴史認識によって構想されたもので、歴史的事実とはみなせない部分が多い(8)。しかし、実在の厩戸皇子についていえば、蘇我氏の勢力を背景に皇位に就くことには何らの支障もなかったはずだし、その子・山背大兄皇子も田村皇子（舒明）と皇位を争う資格をじゅうぶんに備えていたということは、推古天皇巻の末尾や舒明天皇巻即位前紀条の記事によって窺うことができる。そういう状況のなかで、推古は三七年間も天皇として君臨したのである。

その理由を探ろうとしても、推古天皇巻の記事には、天皇自身の事績と呼べるものはほとんど記されず、その多くは聖徳太子を称揚する記事で占められている。ましてや、推古の巫女性を示す記事など何もなく、推古はまさに傀儡としか読めないのだが、そのなかで唯一、天皇としての推古が姿を見せる部分がある。それは、七五歳で没する前日、推古天皇三六年（六二八）三月六日の記事である。

天皇、病《やまひ》甚だしくして、諱《い》むべからず。則ち田村皇子を召して謂《かた》りて曰はく、「天位《たかみくら》に昇りて鴻基《こうき》を経綸《をさ》め、万機を馭《し》らして黎元《れいげん》を亭育《ていいく》することは、本より輙《たやす》く言ふものに非ず。恒に重みする所なり。故、汝《いまし》慎《つつし》みて察《あきらか》にせよ。輙く言ふべからず」と。即日《そのひ》に、山背大兄《やましろのおほえ》を召して教へて曰はく、「汝は肝稚《きもわか》し。若し心に望むと雖も、諠言《けんげん》すること勿れ。必ず群《まへつきみたち》の言を待ちて従ふべし」と。

死の床にあって自らの最期を悟った時、推古は、のちに舒明天皇となる田村皇子（敏達天皇の孫であり彦人大兄皇子の子）に対して、「天位のことは軽々しく口にすることではない。重大なことなので、慎重に行動し、たやすく口にしてはいけない」と諭し、聖徳太子の子である山背大兄に対しては、「おまえはまだ未熟だ。望むことがあっても自ら口にしてはいけない、群臣に従え」と諭すのである。

この、いささか曖昧な物言いは、後に混乱を招く原因にもなるのだが、皇位にある者の最後になすべき重大事が後継天皇の決定だという意味で、老いたる推古がなした唯一ともいえる天皇の仕事であった。日本書紀の崇神天皇四八年条に記された夢による後継者撰定の伝承が象徴している通り、次帝の決定は現実の事情はいかなるものであったかということとは別に、神意によって定められるものであった。そして、推古の言葉どおり、山背大兄皇子の「誼言」により、皇位は田村皇子（舒明）が受け継ぐことになった。その一点において、推古天皇巻に描かれた推古天皇は、神意を体現することのできる存在なのである。

中村生雄がいうように「天皇は断じて宮廷の主役ではなく、補助者にすぎない」（前掲書）とまで折口信夫が考えていたかどうかは措くとしても、聖徳太子称揚のために中抜きになってしまった推古天皇巻において、折口のいう女帝（中天皇）の役割を推古もまた発揮していたのである。

推古天皇の巫女性

死を目前にした老女帝に窺える巫女性は、微かな痕跡としてしか見いだせないが、即位前の、敏達皇后であった豊御食炊屋姫にはその巫女性を示すエピソードが語られている。それは、敏達天皇の殯宮が営まれている最中の出来事であった。

夏五月、穴穂部皇子、炊屋姫皇后を姧《をか》さむとして、自ら強ひて殯宮《もがりのみや》に入る。寵臣三輪《みわ》君逆《きみさかふ》、乃ち兵衛《つはものとねり》を喚して宮門《みかど》を重璅《さしかた》め、拒《ふせ》きて入れず。（略）

（日本書紀、用明天皇元年）

次の皇位を狙う異母弟によって企てられた皇后の略奪強姦作戦は、三輪君逆の勇敢なはたらきによって阻止されるのだが、穴穂部皇子が炊屋姫を標的としたのは、次の皇位に就くために必要な存在として皇后があったからである。

この事件は、初代神武天皇の没後、別腹から生まれた神武天皇の子・当芸志美々《たぎしみみ》命が、適《おほ》后《きさき》（皇后）伊須気余理比売《いすけよりひめ》を妻にしたという古事記の伝承を思い起こさせる。初代天皇の没後の事件であり神話的な事例に属するが、伊須気余理比売を手に入れた当芸志美々は、伊須気余理比売の実子である三人の異母弟を殺そうとする。その危難は、母伊須気余理比売のうたう歌謡によって察知した神沼河耳《かむぬなかはみみ》命によって回避される。

何も語られてはいないのだが、つまりは当芸志美々は皇后伊須気余理比売を手には入れたが、彼女から皇位を約束する神意を聞き出すことはできなかったのだ。そして、伊須気余理比売は実子である三人の皇子たちに、神の声としての歌を聞かせることで危機を伝え、皇位はそれを聞き知ることのできた神沼河耳命へと譲られることになったのである。

前帝の皇后を手に入れることを、天皇の財産を継承することの象徴であるとみなすことも可能だが、それは、古代的な皇后の役割からいえば、彼女たちのもつ巫女性が皇位継承に際して必要だったためである。穴穂部皇子も、炊屋姫を通して神の声を聞かなければならなかったから、殯宮に侵入するという暴挙を企てるしかなかったのである。そして、こうした炊屋姫の力能は、用明の次の崇峻（泊瀬部皇子）擁立の際にも求められている。

用明天皇が没すると、物部守屋は穴穂部皇子の擁立を企て、一方の蘇我馬子は穴穂部の同母弟にあたる泊瀬部皇子を擁立しようとするのだが、その際にも、皇后の言葉が重要な役割を果たす。


蘇我馬子宿禰等、炊屋姫尊を奉りて、佐伯連丹経手《にふて》・土師《はじ》連磐村・的臣《いくはのおみ》真嚙《まくひ》に詔して曰はく、「汝等、兵を厳《かざ》りて速《と》く往きて、穴穂部皇子と宅部《やかべ》皇子とを誅殺《ころ》せ」と。

（日本書紀、崇峻天皇即位前紀六月）


蘇我馬子と物部守屋との雌雄を決する闘いの幕開けを告げる記事である。そして、ここに描かれた炊屋姫の言葉（詔）によって、馬子側の勝利は約束されたのである。この言葉が皇后によって発せられた「神の声」であることによって、佐伯連以下の出陣は聖戦となるからである。そしてそれが先帝の皇后の言葉であるのは、皇后＝炊屋姫のもつ巫女性こそが重要であったということを示している。このことは、程度の差こそあれ、皇極（斉明）以降の女帝の場合も同様であったはずである。

推古天皇は歴史書に最初に登場した女帝であった。それに続いて、皇極（斉明）以下の女帝が出現し、平安遷都とともに女帝は姿を消してしまう。それは、律令制度によってもたらされた父系制社会（男系皇権）の確立を意味してもいた。

推古天皇のあとの限られた時期への女帝の集中は、その時期が、母系も父系もありえた双系的な社会から父系的な社会へと転換する過渡期にあったからである。政治的な理由はあくまでも付随的なことでしかなかった。

夢に「聞く」持統天皇

万葉集には「夢（イメ）」の語をもつ歌は九八首にものぼるが、そのうちで、明確にことばを聞くとうたわれている歌は数首しかない。ほとんどが、夢は、「見えこそ」「見えむ」など「見る」という語と結ばれてうたわれている。ただし、その夢の映像が具体的に描写されている例は意外に少なく、歌われていても、

　秋の夜の霧立ちわたりおぼほしく夢にそ見つる妹が姿を　（巻一〇・二二四一）

のように、相手の「姿」が見えたというばかりで、具体的な像はつかみにくい。それゆえに、

　常ならぬ人国山の秋津野のかきつばたをし夢に見るかも　（巻七・一三四五）

　現《うつつ》にと思ひてしかも夢のみに手本《たもと》枕き寝《ぬ》と見るはすべ無し　（巻一九・四二三七）

のように、具体的な花の名が出てきたり、共寝の所作をことばにしてうたう歌はめずらしいのである。

一方、数少ない事例だが、夢に聞いたとうたう歌は、

梅の花夢に語らく「風流《みや》びたる花とあれ思ふ酒に浮かべこそ」　（巻五・八五二）

という、梅の花の精が夢に顕れるという幻想的な歌と、具体的な声を聞いているかどうかは定かではないが、

直《ただ》に逢はずあるは諾《うべ》なり夢にだに何しか人の言《こと》の繁けむ　（巻一二・二八四八）

の二首を除くと、神のお告げを聞いたとうたうのは、大伴家持の、「放逸せる鷹を思ひて夢に見、感悦《よろこ》びて作れる歌」という題詞をもつ長歌と反歌だけである。それは、可愛がり大切にしていた鷹を、鷹飼いの老人が逃がしてしまったのを怒り嘆きながらうたった歌で、お告げの言葉が次のようにうたわれている。

……けだしくも　逢ふことありやと　あしひきの　彼面《をても》此面《このも》に　鳥網《とあみ》張り　守部を据
ゑて　ちはやぶる　神の社に　照る鏡　倭文《しつ》に取り添へ　乞ひ祈《の》みて　吾が待つ時に

少女《をとめ》らが　夢に告ぐらく　「汝《な》が恋ふる　その秀《ほ》つ鷹は　松田江の　浜行き暮し　つなし取る　氷見《ひみ》の江過ぎて　多古の島　飛び徘徊《たもとほ》り　葦鴨の　多集《すだ》く古江に　一昨日《をととひ》も昨日もありつ　近くあらば　今二日だみ　遠くあらば　七日のをちは　過ぎめやも　来なむわが背子　懇《ねもこ》ろに　な恋ひそよ」とそ　夢に告げつる　（巻一七・四〇一一）

古事記や日本書紀において天皇が夢に聞くのと同様に、歌い手も「うれひ」の状態に置かれており、神に供え物をして祈り待つという手続きも行っている。その結果、夢に少女が登場して、お告げを下すのであるが、その内容はきわめて具体的で、それもまた、天皇が聞く夢の場合とおなじである。まさに失せ物の在り処を教えるシャーマンの託宣といったところだが、大伴家持という人物がここに描かれているような「少女」の言葉を夢の中でつぶさに聞いたのかどうかは疑わしい。

むしろ「少女」のことばこそ、まさに前節でふれた脱魂型シャーマンの特徴を示しており、ありありと逃げた鷹を見ているといった内容である。そこから考えると、あるいは家持が巫女に頼んで占ってもらって得た託宣を、歌では家持が聞いたという夢の出来事に仕立てているのかもしれないと勘ぐってみたくなるような内容である。

ところで、万葉集における夢についてみてゆくと、歌詞のなかに夢という語はないが、天武天皇の没後八年目（持統天皇七年九月九日）の命日に行われた「奉為《おほんため》の御斎会の夜」に、持統天皇が、「夢のうちに習ひ給へる御歌」という題詞をもつ長歌が見つかる。天武天皇の皇后であった持統が、夢のなかで習ったという歌があるのは女性天皇の夢として興味深い。その長歌は以下の通り。

明日香の　清御原《きよみはら》の宮に
天の下　知らしめしし
やすみしし　わご大君
高照らす　日の皇子
いかさまに　思ほしめせか
神風《かむかぜ》の　伊勢の国は
沖つ藻も　靡《なび》ける波に
潮気《しほけ》のみ　香《かを》れる国に
味《うま》ごり　あやにともしき　高照らす日の皇子
（巻二・一六二）

五七音数律からみれば整わない表現も多いが、長歌の形式には添っている。そして、おそらくその表現の整わなさも含めて、この長歌は、祈りによって意志的に求めて得た夢だったはずである。命日の夜に持統が夢に歌を聞き習うのは、はじめは中継ぎとして位を継いだと思われる皇后持統が、正式に「天皇」になるために必要な手続きだったのではないか。

日本書紀によれば、持統はすでに四年（六九〇）正月に即位儀礼を行なって「称制」を脱して正式に位に就いているが、万葉集からみれば、まさに「天武」を受け継いだことの証しとなるのが、この夢によって教えられた歌だったのである。

女帝である持統の夢が「聞く」夢であったというのが特殊な印象を与えるのは、巫女的な性格をもつ皇后や妃たちは、どちらかといえば「見る」シャーマンに傾斜しているのではないかと思うからである。夢とは言い切れないが、天智殯宮挽歌群（万葉集、巻二・一四七〜一五五）に並べられた女たちの挽歌を読むと、そこには、殯宮に籠もる女たちが、「もう一つの目」で見た映像がさまざまに歌われている。

「天足ら」した「大君の御寿《みいのち》」（一四七）、「青旗の木幡の上をかよふ」天皇（一四八）、「飛び立つ鳥」（一五三）などの映像がそれである。これらの映像は、光を遮断された殯宮に死者とともに籠もり続けるなかで得られたものであり、意志的に見る夢と同質のものだと見なすことができるはずだ。それを、天智天皇の「婦人」の一人は、「わが恋ふる君」が「昨《きそ》の夜」の「夢」に見えたとうたっている（一五〇）。殯宮に女たちが籠もるのは、このようなかたちで死者を見るためなのである。そしてそれは当然、死の世界に向かおうとする天皇の魂を呼び返そうとする呪法だった。そのとき女たちが見るのは映像であり、だれも、声を聞いたりはしない。

そこから考えると、夢の中で「歌」を聞いたという持統天皇は、まさに天皇の系列につながる存在であったということができるのではないかと思う。

第二部　歴史としての起源神話

第一章　起源としての笑い

1　ゑらく神がみ――ヱムとワラフとのあわい

笑いのある団欒が家族にしあわせを呼び込み、無邪気な笑顔が刺々しい関係をなごませるとわたしたちは思い込んでいる。現代社会のなかで、笑いは人間関係を円滑にする潤滑油の役割を果たしているのはたしかだ。一方で、その笑いが、別の場面では笑われた人を仲間から排除し傷つけるものだということも知っている。

私は思ふ。笑とは何であるかを知る為には、現在我々が何を笑ひつゝあるかを、明らかにしたゞけではまだ足りない。曾て如何なるものを笑つて居たかといふ問題から始めなければならぬ。(1)

柳田国男のこの発言は、日本語における「ゑむ」と「わらふ」という二つの動詞が、ともに「笑又は咲」という漢字を宛てられることによって混同し、両者が「古くから使ひ分けられて居た」ことを忘れてしまったという指摘[2]に繋がっている。

この論法は、人が感情を顔面にあらわす身体表現としての、「笑う」の対になる「泣く」を論じて、「感動の最も切なる場合を表はす言葉」であったカナシが、悲や哀という漢字を宛てられることで「不幸な刺戟」に限定されるようになり、それが泣く範囲を狭めていったという、よく知られた「涕泣史談」の発言[3]と同じだが、古代文学における笑いを考えようとする場合に、最初に確認しておかなければならない重要な示唆を与えてくれる。そして、この二つの動詞ヱムとワラフについて、柳田国男は次のように述べている。

ワラフは恐らくは割るといふ語から岐れて出たもので、同じく口を開くにしても大きくあけ、やさしい気持を伴なはぬもの、結果がどうなるかを考へぬか、又は寧ろ悪い結果を承知したものとも考へられる。従つて笑はれる相手のある時には不快の感を与へるものときまつて居る。ヱムには如何なる場合にもさういふことが無い。是が明らかなる一つの差別であつた。

それよりも一層はつきりして居るのは、ワラヒには必ず声があり、ヱミには少しでも声は無い。従つてヱミは看るものであり、ワラヒは又壁一重の隣からでも聴ける。[4]

すでに、わたしたちはヱムという動詞を単独で用いることはなく、エ・がお（笑顔）、ほほ・エミ（微笑）などのように複合語として使うばかりで、今や、エクボ（靨）がエ・窪だということさえ忘れようとしている。そして、現代語では「え顔」と「わらい顔」もあまり区別されないわけで、ヱムという語がもっていた概念は、ワラフという語彙にほとんど吸収されてしまったらしい。

もちろん、柳田の言うようにヱムとワラフとを截然と区分できるかどうかは検討の余地があるし、ワラフを「悪い結果」や「不快の感」に限定してよいかどうかも用例の跡づけが必要だが、少なくとも、単純に音声の有無によって両者を区別しようとする辞書類の説明や、笑いに喜びや快感ばかりをみようとする楽天的な理解では古代の笑いに接近できないのは明らかだ。

親和するヱム

漢字表記された古代の文献では、ヱムもワラフも同一の漢字「咲」が宛てられることが多く、どのように訓読するかがまず問題となる（「咲」は、「笑」の古字）。ということは、文字表記が一般化する八世紀の段階から、すでにヱムとワラフとは混同されていたとみなすこともできるし、柳田の言うようにはヱムとワラフは厳密に区分された語ではなかったのかもしれない。そこでまずは、音仮名で表記された事例などヱム（ヱマフ）と訓読されていたのが明らかな語の検証から始めてみよう（以下、いずれもカッコ内に示したのが原文表記である）。

(1) 青山に　日が隠らば　ぬばたまの　夜《よ》は出でなむ　朝日の　ゑみ（恵美）栄え来て
栲綱《たくづの》の　白き　腕《ただむき》　沫雪の　若やる胸を　そ手抱《だた》き　手抱《ただ》きまながり　真玉手　玉手差
し枕《ま》き　股長《ももなが》に　寝《い》は寝《な》さむを　あやに　な恋ひきこし　八千矛《やちほこ》の　神の命　事の　語
り言も　こをば
（古事記、上巻）

八千矛神から求婚された高志《こし》国の沼河比売《ぬながはひめ》は、すぐにはその求婚に応じず、「夜になったらあなたはやって来て、私の白い肌を抱いて寝るでしょうから、今はむやみに恋い焦がれなさいますな」と、はやる八千矛神をなだめ焦らしている歌である。

ここでは、夜になって男が自分のもとに通ってくるさまを、朝日が昇ってくるように「ヱミ栄え来て」と表現するのだが、「栄え」はそのもの（ここでは八千矛神）の最高の状態が表にあらわれるのをいう語である。[5] そして、ヱミという顔面の状態がその「栄え」の具体的なあらわれだということになる。つまり、ヱムとは、対象に依り憑かれて満ち足りた喜びが顔面に溢れ出るさまをいう語である。一方、そのヱミを受けとった側もまた相手に吸引され、両者は一体化し親和することができるのである。万葉集相聞歌に用いられたヱム（ヱマフ）も、そうした男女の親和状態をあらわしていると読むことができる。

(2) 思はぬに妹《いも》がゑまひ（咲儛）を夢に見て心のうちに燃えつつそをる
（万葉集、巻四・七一八）

(3) 石竹花《なでしこ》が花見るごとに少女らがゑまひ（恵末比）のにほひ思ほゆるかも
（同右、巻一八・四一一四）

(4) 道の辺の草深百合の花ゑみ（咲）にゑまひしからに（咲之柄二）妻といふべしや
（同右、巻七・一二五七）

(5) はね蘰《かづら》今する妹がうら若みゑみみ（咲見）慍《いか》りみ着けし紐《ひも》解く
（同右、巻一一・二六二七）

(6) 蘆垣《あしかき》の中の似児草《にこぐさ》にこよかに我とゑまして（咲為而）人に知らゆな
（同右、巻一一・二七六二）

ヱムの継続形がヱマフ、(2)や(3)のヱマヒはその名詞形で満ち足りたえがおをいう。原文に「咲」という漢字を用いた例も多いが、音数や他の用例からみてヱム（ヱマフ）と訓むのは動かない。(2)(3)は相手のヱマヒに吸引されてしまった男の歌で、(3)の「にほひ」は美しさが外部に発散するさまをいう語だから、ヲトメの美しいえがおに魅せられ包み込まれてしまった状態を表している。そのヲトメがなでしこの花を比喩にとって表現されるのは、(4)に「花ゑみ」とあることからもわかるように、ヱムとは花が咲いている状態と同じだと考えられていたからである。「咲く」という語は、「枝の先の、神が寄りつきその霊力が最高に発動している状態」を表現することばで[6]、それと同様に、人が最高のものに依り憑かれた状態をヱム（ヱマフ）という。ただし、(4)は、女のちょっとした笑顔でその気になってしまった男を撥ねつけている歌である。もちろんそれを男の早とちりとばかりは言えないわけで、伝説の美女、周《す》淮《ゑ》の珠名娘子《たまなのをとめ》や勝鹿の真《ま》間娘子《まのをとめ》がそうであるように、男たちはすべて、女のほほえみの虜になってしまうのである。

(7)　腰細《こしぼそ》の　すがる娘子《をとめ》の　その姿《かほ》の　端正《きらきら》しきに　花の如《ごと》　ゑみて（咲而）立てれば
玉桙《たまほこ》の　道行く人は　己《おの》が行く　道は行かずて　召《よ》ばなくに　門《かど》に至りぬ
（同右、巻九・一七三八）

(8)　望月の　満《た》れる面《おも》わに　花の如　ゑみて（咲而）立てれば　夏虫の　火に入るがごと
水門《みなと》入りに　船漕ぐごとく　行きかぐれ　人のいふ時　（同右、巻九・一八〇七）

東茂美が指摘するように、(7)や(8)のヱミは（原文「咲而」だが、音数からワラヒテとは訓めない）、たんに「媚態・コケットリー」と解釈したのでは足りないわけで、もともとヱマヒとは「神女の容貌」としてあり、「神迎えの在り様を装ってうたわれている」と考えるべきだろう[7]。だからこそ男たちは珠名娘子や真間娘子のヱミに吸引されてしまうのであり、(1)〜(6)の相聞歌の場合も、ヱミ（ヱマヒ）によって、男と女とは最高の状態で親和することができるのである。なお、(5)は初めての共寝（親和状態）の喜びと恥じらいのさまをヱミとイカリとを対句的に並べることによって表現し、(6)は二人の関係が外部に漏れることをたしなめる歌で、「蘆垣の中の似児草にこよかに」と譬えられているように、ヱミは秘められた関係にある二人が和らぎ満たされた状態にあることを象徴的に示している。内側に潜んでいる充足した生命力や喜びを外部に放出する所作がヱム・ヱマフであり、そうなった状態がヱミ・ヱマヒである。それはもちろん恋には限らない。

(9)　五月蠅《さばへ》なす　騒《さは》く舎人《とねり》は　白栲《しろたへ》に　服《ころも》取り着て　常なりし　ゑまひ（咲比）振舞《ふるま》ひ　いや日異《ひけ》に　変らふ見れば　悲しきろかも　（同右、巻三・四七八）

(10)　常なりし　ゑまひ（恵麻比）眉《まよ》引き　咲く花の　移ろひにけり　（同右、巻五・八〇四、一二六）

(11)　これを除《を》きて　またはあり難し　さ並べる　鷹は無けむと　情《こころ》には　思ひ誇りて　ゑまひ（恵麻比）つつ　渡る間に　（万葉集、巻一七・四〇一一）

ヱマヒは、(9)の満たされた日々の生活、(10)の少女の時代のみなぎる生命力、(11)の最高の鷹を手に入れた喜び、などによってももたらされる。相聞歌のように特定の相手を吸引してしまうわけではないが、(9)や(10)では満ち足りたヱマヒが周りの人びとを魅了してしまうのだし、独りほくそえんでいるようにみえる(11)では、最高の鷹と親和した状態、逆に言えば鷹にとり憑かれた状態をあらわしている。

万葉集には、これらのほか十数首の歌にヱム（ヱマフ）が歌われているが、右の説明から逸脱する事例は認められない。一方、古事記・日本書紀など漢文体で表記された散文資料の

場合、原則としてヱムとワラフの用字を区別していない上に、音数などでは判断できないために訓読が問題になるが、

⑿ 豊玉姫の侍者《まかだち》、玉瓶《たまつるへ》を以て水を汲む。終に満つること能はず。俯して井の中を視れば、倒《さかしま》に人の咲之顔映《て》れり。

（日本書紀、神代紀第一〇段一書一、一云）

⒀ 天皇、采女の面貌《かほ》端麗《きらぎら》しく、形容《すがた》温雅《みやびか》なるを見はして、乃ち和顔悦色《うれし》びたまひて曰はく、「朕、豈汝が妍咲を観《み》まく欲《ほり》せじや」とのたまひて、乃ち手を相携《あひたづさは》りて、後宮《きさきのみや》に入りましぬ。

（同右、雄略天皇二年一〇月）

⒁ 既に故き恋の積もれる疹《やまひ》を釈《と》き、還《また》、新しき歓びの頻《しきり》なる咲を起こす。

（常陸国風土記、香島郡・童子女の松原）

などに用いられた「咲」は、いずれも男女の親和的な状態を表現しており、⑿咲之顔は「ゑみし（ゑめる）かほ」、⒀妍咲（妍は美しいの意）は「ゑまひ（よきゑまひ）」、⒁の咲は「ゑまひ」と訓むべきだろう。

攻撃するワラフ

柳田国男が「割るといふ語」から出たというワラフという事例を古代の文献に見てみよう。たしかに、柳田がいうように、ワラフという語には声があり、ワラフことによって「悪

い結果」や「不快の感」を与えるものとみてよさそうである。

万葉集の歌にはワラフという語はまったく用いられていないが、題詞や左注にはワラフの用例がみられる。それは巻一六のいわゆる戯笑歌に集中するのだが、たとえば、

(1)　嗤咲黒色歌一首
ぬばたまの斐太《ひだ》の大黒見るごとに巨勢《こせ》の小黒《をぐろ》し思ほゆるかも
（万葉集、巻一六・三八四四）

といった例がそれで、この「嗤咲黒色」はふつう「黒き色をわらふ」と訓読されている。このからかいに答えた歌（三八四五番）に付された左注によれば、大舎人の役職にあった土師《はじ》宿禰水通《みみち》という人物が、同僚の巨勢朝臣豊人と巨勢斐太朝臣（名は未詳）の二人の顔が黒かったのを「嗤咲」したものだという。

ここに用いられた「嗤笑」という熟語はあざけりわらう意をもち、歌の内容からみても、題詞と左注とに用いられた「嗤咲」が揶揄・皮肉を込めた嘲笑とみるのは動かない。もちろん、敵意を剝き出しにした「嗤咲」というわけではなく、答歌もあるわけだから、からかった水通と笑われた豊人とのあいだにはある種の親密さがあるのは明らかだが、それを、ヱム（ヱマフ）における親和状態と同じにみることはできない。

巻一六から同様の題詞と左注とを抜き出してみると、「児部《こべ》女王嗤歌」（三八二一）、「嗤咲

彼愚也」(同、左注)、「池田朝臣、嗤大神《おほみわ》朝臣奥守歌」(三八四〇)、「大神朝臣奥守、報嗤哥」(三八四一)、「平群《へぐり》朝臣嗤歌」(三八四二)、「戯嗤僧歌」(三八四六)、「嗤咲痩人歌」(三八五三)などがあり、いずれも相手の容貌や行為をからかう歌で、この、嗤・嗤咲・戯嗤は、ワラフと訓むしかないだろう。そして、ワラフという行為が相手を見下したりさげすんだりするものだということは、以下の資料から読めてくる。

(2) 天皇、病《みやまひ》弥留《おも》りて、大殿に崩りましぬ。是の時に、殯宮を広瀬に起つ。馬子宿禰大臣、刀を佩きて誄《しのびごと》たてまつる。物部弓削守屋《ゆげのもりや》大連、听然而咲曰はく、「猟箭《ししや》中《を》へる雀鳥の如し」と。次に弓削守屋大連、手脚揺《わなな》き震ひて誄たてまつる。馬子宿禰大臣、咲ひて曰はく(咲曰)、「鈴を懸くべし」と。是に由りて、二の臣、微《やくやく》に怨恨《うらみ》を生す。

(日本書紀、敏達天皇一四年八月)

政治的に敵対する物部守屋と蘇我馬子とが、天皇の殯宮儀礼の最中に、互いに相手の容姿や行為を軽蔑し中傷し合っているのである。「听然」は笑うさまを表す語で、この「听然而咲」は『文選』上林賦の「听然而笑曰」をそのまま借用したものらしく、[8] 古典大系本日本書紀はこの四字をアザワラヒテと訓読している。アザケリワラヒテなどの訓も考えられるが、それが体軀の小柄な馬子に対する侮蔑的な笑いであることは言を俟たない。もちろん、百官の面前で恥辱を受け、それに報復する馬子の「咲」も同様のワラヒであるのは当然で、この結果、反目しあっていた両者は互いに「怨恨」を抱くようになったというのである。

このワラヒは修復不能の断絶を生じさせる行為としてあり、親和的な関係をもたらす〈ゑむ〉とは正反対のことばだということになる。そして、(1)の例もそうだったが、ワラヒにはこうした嘲笑的な性格が濃厚で、ワラフことによって、〈笑う者〉と〈笑われる者〉とが対立的な関係に置かれてしまうのがふつうである。

(3)　我が天皇の御子、いろ兄《え》の王《みこ》に、兵《いくさ》をな及《や》りたまひそ。若し兵を及りたまはば、必ず人咲はむ（必人咲）。僕捕へて貢進《たてまつ》らむ。（古事記、允恭天皇）

(4)　汝、若し使を遣して来り告ぐること無からましかば、殆に天下に蚩はれなまし（殆取蚩於天下）。（日本書紀、継体天皇元年正月）

日本書紀には、同様の事例が他にも、「今、汝、頓《ひたぶる》に先祖が名を屈《くじ》かば、必ず後世の為に嗤はれなむ（必為後世見嗤）」（舒明紀九年是歳）、「汝等兄弟、……爵位を争ふこと勿れ。若し是の如くにあらずは、必ず隣に咲はれむ（必為隣咲）」（天智紀三年一〇月）とあって、これが様式化した表現だということがわかる。いずれも、笑う側は共同体＝世間（人・天下・後世・隣）であり、その倫理観や秩序に違反する行為が笑いの対象になる。つまり、笑われることは恥ずべきことだと認識されているのである。

呉哲男によれば、〈恥〉は「人間の普遍的な感情」ではなく、「古代の共同体の分割の論理によって生成した」もので、「共同体存続に不可欠な感情」だという。[9] 右の事例は、笑われないようにする（恥をかかない）ことで共同体（世間）からの疎外を避けよう（共同体を護ろう）とするのであり、笑いが相手（世間）との疎外関係を生じさせる行為だということを示している。

　こうした関係は、身分の上下や身なり、あるいは容姿の優劣を対象としてあらわれることも多いが、そこに生じるワラヒに軽蔑や嘲笑の気分が込められるのは当然である。

(5)　故、火焼《ひた》きの少子《わらは》二口、竈《かまど》の傍に居り。其の少子等に儛はしむ。其の一の少子の曰はく、「汝兄先づ儛へ」と。其の兄も曰はく、「汝弟先づ儛へ」と。如此《かく》相譲る時、其の会《つど》へる人等、其の相譲る状を咲ふ（咲其相譲之状）。（古事記、清寧天皇）

(6)　〔敵の兵に取り巻かれた天皇は〕乃ち椎根津彦《しひねつひこ》をして弊《いや》しき衣服及び蓑笠を著せて、老父の貌《かほ》に為《つく》る。又、弟猾《おとうかし》をして箕を被せて、老嫗の貌に為《かへ》りて、勅《みことのり》して曰はく、「汝二人、天香山に到りて、潜《ひそ》かに其の巓《いただき》の土を取りて、来旋るべし。……」と。……時に、群虜《あたども》、二人の人を見て、大きに咲ひて曰はく（大咲之曰）、「大醜《あなみにく》の老父・老嫗なる」と。則ち相与に道を闢りて行かしむ。（日本書紀、神武天皇即位前紀戊午年九月）

(7)　大汝命《おほなむぢ》曰はく、「我は屎下《くそま》らずして行かむ」と。小比古《すくなひこ》尼《ね》命曰はく、「我は堲《はに》の荷を持ちて行かむ」と。かく相争ひて行きき。数日逕《へ》て、大汝命曰はく、「我は忍び行くこと能はず」と。即《やが》て坐て屎下りし時、小比古尼命、咲ひて曰はく（咲曰）、「然苦《しかくる》し」と。

亦、其の聖を此の岡に擲《なげう》ち。故、聖岡《はにをか》と号《なづ》く。（播磨国風土記、神前郡聖岡里）

事例(5)では、賤しい少年（実は王子）が、高貴な者が備えるべき互譲の徳目を示すから笑いの対象になっているのであり、決して人びとは二人の少年の行為をほほえましく感じているのではない。この行為が嘲笑であることによって、次の場面での高貴な血筋への逆転が可能になるわけである。(6)は、敵の兵士が扮装しているのに気づかずに、二人の老人の醜い姿を侮蔑しているのであり、(7)では、もともと力持ちでハニ（赤土）を運ぶべき巨神オホナムヂがクソを選んだばかりに我慢競争に負けてしゃがみ込んでしまった、その滑稽さと知恵の足りなさとが笑いの対象になっている。[10]

笑いには必ず「笑ふ人」と「笑はれる者」とがあり、「笑ひは最も多くの場合に於て、笑はれる者の不幸を予期して居る。刃物では傷けない一種の闘諍、又は優劣の露骨な決定を免れ難い」と言ったのは柳田国男だが[11]、これらに描かれている笑いはきわめて残酷なもので、たしかに、ワラフという行為は相手を傷つけずにはおかないのである。しかも、両者は対立的・対照的な位置にあり、(7)のように笑いがその関係を逆転することはあったとしても、それによって両者が親和することはありえない。ゆえに、

(8)　人をして樹に昇らしめて、弓を以て射墜して咲ふ（以弓射墜而咲）。（日本書紀、武烈天皇七年二月）

というような残虐な行為も笑いの対象になるのである。

ワラヒとヱミ（ヱマヒ）との決定的な差異は、ワラヒが一方的な行為としてあり、相手と親和することがないという点である。だから、ワラヒは敵を威嚇し屈伏させる力をもつことにもなる。

(9)　宇陀の　高城に　鴫罠《しぎわな》張る　わが待つや　鴫は障らず　いすくはし　くぢら障る
前妻《こなみ》が　肴《なこ》乞はさば　立そばの　実の無けくを　こきしひゑね
後妻《うはなり》が　肴乞はさば　いちさかき　実の多けくを　こきだひゑね
ええしやごしや　此は伊能碁布《いのごふ》そ
ああしやごしや　此は嘲咲ふそ（此者嘲咲者也）　（古事記、神武天皇）

強敵を倒したあとの宴の場で歌われたという戦闘集団久米部《くめべ》の歌謡である。最後の「ええしやごしや」「ああしやごしや」は囃し詞で、それぞれ「いのごふ」「嘲咲」の意味だと注記されている。あまり例のないイノゴフは、日本霊異記に「期尅〈伊乃古不〉」の訓注があり（上巻二縁）、はげしい敵意を見せて相手を威嚇する意をもつ（期尅は勝利を期すこと）。そのエエとアアに意味の違いは認められず、「ええしやごしや」と「ああしやごしや」とは繰り返し句とみてよいから、ここに注記されている「嘲咲」は、イノゴフと同様に、敵を威嚇し罵倒することで味方の気分を高揚させる行為だとみてよい。とうぜん敵は萎縮し戦闘意欲をなくしてしまうわけで、まさに鬨の声あるいは豪傑笑いとでも言えようか。ちなみに、日本書紀にも同様の伝承があり、「今、来目部《くめべ》が歌ひて後に大きに哂ふは（歌而後大哂）、是其の縁なり」（神武即位前紀戊午年一〇月）と記されている。一方、

⑽　高麗《こま》の使人、羆《しくま》の皮一枚を持ちて、其の価を称《とな》へて曰はく、「綿六十斤」と。市司《いちのつかさ》、咲ひて避去りぬ（咲而避去）。（日本書紀、斉明天皇五年是歳）

　これもワラフと訓むべきだろうが、意味の判然としない部分がある事例である。あるいは、高麗人が羆の皮に法外な値を吹っかけたので、市司は相手にせず、商談は不成立だったということか。おそらく、この「咲ひ」も侮蔑的な意味をもっているのだろう。

　ここまで、古代の文献にみられる「咲」「嗤咲」「嘲咲」「哂」「听」などワラフと訓読できる用例のほとんどを検討してきたのだが、ひとつの例外もなく、笑いは、相手を拒絶し、笑う者と笑われる者との関係を遮断する行為だということが確認できる。それによって、笑う側は優位な状況に立つことができ、自らを活性化することができるのだ。「ゑまひ」が相手と親和し、自他を充足させるのに対して、「わらひ」は笑う側だけが満たされる行為であるという点で、両者は、顔面にあらわれる表情としては接近しながら、まったく対照的な表現行為だと言わなければならない。

充足するヱラク

以上、柳田国男『笑の本願』に引かれて、古代におけるワラフとヱムを検討してきた。いわゆる「笑う」の範疇に含まれる言葉が、柳田のいうように「ヱム」と「ワラフ」とであるならば、その両者はまったく別の語だと言ってもいいような違いをもっているのは明らかである。一方は人を和ませ互いに親和する行為であり、一方は両者の関係を断裂させるような軽蔑的な性格をもっていることは、古代の用例を検証しても言えることであった。

ところが、古代の用例を見ていると、ヱムとワラフのほかにもうひとつ、類概念に含めることのできる語が存在していることに気づかされる。「ゑらく」である。きわめて用例の少ない語だが、ヱラクという語をぬきにして古代の「笑い」、いや日本語の「笑い」を論じることはできないのではないかと思う。

このヱラクは『続日本紀』宣命に仮名書き資料を二例、検出することができる。

(1)　由紀《ゆき》・須伎《すき》二国の献れる黒紀・白紀（黒酒《くろき》・白酒《しろき》の意で酒の讃めことば）の御酒を、赤丹《あかに》のほに賜へゑらき（恵良伎）、常も賜ふ酒幣《さかまひ》の物を賜はり以ちて……（天平神護元年〈七六五〉一一月二三日）

(2)　故、是を以て黒記・白記の御酒食《みきたま》へゑらき（恵良伎）、常も賜ふ酒幣の物賜はれとして、御物《みもの》給はくと宣りたまふ。（神護景雲三年〈七六九〉一一月二八日）

この表現は、宣命の定型表現の一つであったらしい。そして、ここに出てくるヱラクは、天皇から下賜された酒に酔って心が高揚した状態をいう語である。具体的に言うなら、それは顔面をやわらげ赤らめ、声をあげて喜び笑うという、陽気に酔っぱらったさまである。そして、その語幹ヱラは、万葉集に、

(3)　あをによし　奈良の都に　万代《よろづよ》に　国知らさむと　やすみしし　わご大君の　神ながら　思ほしめして　豊の宴　見《め》す今日の日は　（略）　千年寿《ちとせほ》き　寿きとよもし　ゑらゑらに（恵良々々尓）　仕へ奉るを　見るが貴さ　（巻一九・四二六六）

とみえるヱラヱラニのヱラと同じである。(3)の長歌は宣命の表現を踏まえて作られたものだが、ヱラクという語は、語源から言えば、「物自体に潜む〈たま（魂）〉が自ずから発動する状態を示すことばであり、具体的には揺れる状態をさす語」ユラク（揺らく）が擬態語ユラ（ユラユラ）から派生した動詞であるのと同様に、[12]擬態語ヱラ（ヱラヱラ）から派生した動詞であろう。したがって、(3)のヱラヱラニも、宣命のヱラクと同じく、宴の酒に酔って歓喜し満ち足りた状態をあらわしている。そして、神から与えられた酒に依り憑かれた具体的な状態が顔面にあらわれれば歓喜をともなったヱマヒになるのだから、ヱムとヱラクとは同一の概念をもつ語にちがいない。また、

(4)　須々許理《すすこり》が　醸《か》みし御酒《みき》に　われ酔《ゑ》ひにけり　事無酒《ことなぐし》　ゑぐし（恵具志）に　われ酔ひにけり
（古事記、応神天皇）

のヱグシは「咲酒」（クシは酒の古称）で、このヱも、ヱムやヱラ（ヱラク）のヱと同じである。

もうひとつ、ヱラクという訓を確定することはできないが、文意からみて、ワラフやヱムではなくヱラクであろうと思われる事例を次に引く。

(5)　橿《かし》の生《ふ》に　横臼《よくす》を作り　横臼に　醸める大御酒　甘《うま》らに　聞こし持ち飲《を》せ　まろが父《ち》

歌既に訖《をは》りて、則ち口を打ちて仰ぎて咲（則打口以仰咲）。今、国樔《くにす》、土毛《くにつもの》献る日に、歌訖りて即ち口を撃ち仰ぎ咲は（撃口仰咲者）、蓋《けだ》し上古《かみつよ》の遺則《のり》なり。
（日本書紀、応神天皇一九年一〇月）

吉野の国樔たちによる服属儀礼において、献上した酒を前にして、祝福の歌謡をうたった後に、「口を打ちて仰ぎて」なされる「咲」は、声を伴い喜びを表現する行為であるはずだから、通説のようにワラフと訓むべきではなく（ワラフと訓むと、国樔たちが天皇を侮蔑する行為になってしまう）、ヱラクと訓読しなければならない。その、口を打ち仰ぎ「咲」という所作には、自分たちの醸したおいしい酒に酔って歓喜しているさまが感じとれるからである。とすればそれは、先にふれた宣命に見いだせる「ゑらき」やススコリの歌謡（4）における「ゑ酒《ぐし》」などと同様、充足した喜びをあらわすヱラクなのである。また、「咲」の字は使われていないが、次の事例もヱラクと訓めそうである。

(6)　皇太后、天皇の悦びたまふを観して、歓喜盈懐。（同右、雄略天皇二年一〇月）

天皇の怒りを解くことができたのを悦んでいる場面だが、ここで天皇の悦ぶさまを見て「歓喜」が「懐」にみちたというのだから、まさにヱラクそのものだということができ、「みゑらきます」（古典大系）と訓むのが正しい。

確かめられる用例はごくわずかしかないが、ヱムとワラフとを考えてゆく場合、ここに示したヱラクがきわめて重要だということはわかるはずだ。柳田ふうにいえば、ヱラクは、人を魅惑し満ち足りた気分にさせるという点でヱムと接近し、大きく口を開けて声をともなうという点ではワラフに接しているのである。柳田によって分断されたヱムとワラフとのあいだに、ヱラクを置いてみることによって、古代における「笑い」の総体は十全に把握することができるのである。そうした点については、以下の論述によって明らかにされてゆくはずである。

踊るウズメと笑う神がみ

以上の用例と語義の検討を踏まえながら、古代の笑いを論じる場合に誰もが注目する、スサノヲの乱暴を恐れて天の石屋《いわや》にこもったアマテラスを招き出すために行われた、暗闇の中でのアメノウズメ（天宇受売命）の舞踏と神がみの笑いについて考察する。

我々はしばしば、天の石屋神話に古代における笑いのおおらかさや笑いの呪力を見いだそうとする。たしかに、笑いにはある種の呪力があるから敵を威嚇することもできるわけだが、先に試みた分析は、「笑ひ」に肯定的な行為や明るさを見いだそうとする立場に対する違和感を生じさせるのである。そもそも神がみは「笑った」のかということが疑問にもなる。笑ったのだとすれば、それはどのような笑いなのか。

(1)〔光を失って困り果てた八百万の神がみは、思慮の神である思金神《おもひかね》に命じてアマテラスを天の石屋から引き出そうとする。思金神は、夜明けを告げる長鳴鳥を鳴かせ、神がみに分担させて鏡と珠とを作らせ、占わせ、榊の枝に鏡や珠や幣を付け、祝詞を唱えさせて〕天の手力男《たぢからを》神、戸の掖に隠り立ちて、天の宇受売《うずめ》命、天の香山の天の日影を手次《たすき》に繋けて、天の真析《まさき》を縵《かづら》として、天の香山の小竹葉《ささば》を手草に結ひて、天の石屋戸《いはやと》にうけ伏せて、踏みとどろこし、神懸かりして、胸乳《むなぢ》を掛き出で、裳の緒《を》、番登《ほと》に忍垂《おした》れつ。
尓して、高天原動《とよ》みて、八百万神、共咲。
ここに、天照大御神、恠《あや》しと以為《おも》ほし、天の石屋の戸を細く開きて、内より告らさく、「吾が隠《こも》り坐すに因りて、天の原自ら闇く、亦、葦原中国皆闇けむと以為ふを、何の由にか、天の宇受売《うずめ》は楽為、亦、八百万《やほよろづ》の神、諸咲」と。尓して、天の宇受売、白言《まを》さく、「汝命《いましみこと》に益して貴き神坐す故に、歓喜咲楽」と。如此《かく》言す間に、天の児屋《こやね》命・布《ふ》刀《と》玉《たま》命、その鏡を指し出し、天照大御神に示し奉る時、天照大御神、逾奇《いよよあや》しと思して、稍《やや》く戸より出でて、臨《むか》ひ坐す時、その、所隠《かく》り立てる天の手力男《たぢからを》神、その御手を取りて引き出しまつる即《すなは》ち、布刀玉命、尻くめ縄を以ちて、その御後方《みしりへ》に控き度《わた》して白言さく、「此従《ここよ》り以内《うち》、還り入り得ず」と。故、天照大御神出で坐しし時、高天の原と葦原の中つ国と、自ら照り明し得たりき。　（古事記、上巻）

訓みが問題になるところは原文のままに表記して傍線を付したが、参考までに現行の代表的な注釈書類[13]の訓みを列記すると以下のようになる。まずいずれの注釈書も、「共咲」は「共にわらひき」、「諸咲」は「諸わらふ（わらへる）」とあり、「咲」をワラフと訓読するという点で共通している。また、「楽為」「歓喜咲楽」のほうは次のようになっている。

「楽為」＝あそびをし（古典大系／古典集成／西郷注釈／新編全集）
　　ゑらきし（思想大系）

「歓喜咲楽」＝「よろこび（歓喜）わらひ（咲）あそぶ（楽）」（古典大系／古典集成／新編全集）

「よろこび（歓喜）わらひ（咲）ゑらく（楽）」（思想大系）
「ゑらき（歓喜咲）あそぶ（楽）」（西郷注釈）

西郷注釈の「ゑらき（歓喜咲）」を別にすると、この神話全体で三ヵ所に用いられている「咲」にはいずれもワラフの訓が宛てられ、「楽」の訓はヱラクとアソブに分かれている。

この神話を理解する上で重要な点は、ここに描かれたもろもろの準備や行為が、思金神《おもひかね》によって仕組まれたものだということである。思金神は脚本家兼演出家の役割を果たしているわけで、それが思慮の神であるゆえんだと言えよう。そして、そこでの、巫女の装いをして神懸かりしたアメノウズメの、「胸乳《むなぢ》を掛き出で、裳の緒《を》、番登《ほと》に忍垂《おした》れつ」という所作によって、神がみは「共咲」した。その行為に松村武雄は、鎮魂祭を基盤とした、「陰所を露出してその猥舞によつて『自然』若くは『神』を笑はせ、かくしてその萎え衰へた活力を刺衝し回復させるといふ積極的な意図」を読み[14]、松本信広は、「冬期における祭儀」の、「笑わせることを主眼」とした喜劇的行為であり、ウズメの所作を、「俳優の状をなし、日神を笑わ」せるためのものとみる[15]。おそらくこれが天の石屋神話の解釈としては通説となっており、その方向は大筋としては是認されるべきだが、気になるのはワラフという行為である。

性器の露出に呪性を認めるとして、裳のひもを露出したホトに押し垂れるというウズメの所作は、まちがいなく性的な挑発であり、卑猥とも言える行為である。そして、そうであるがゆえにウズメの舞踏は呪力をもつのだ。それこそが、日本書紀や『古語拾遺』で「俳優《わざをき》」

と呼ばれるヲコ（善悪、美醜などの両義性をもち滑稽なふるまいをする道化的存在。トリックスター）なる神ウズメの役割である。自らと自らの行為とを卑しめ貶めることによって、それを観る神がみを優越的な位置におくことができるのである。つまり、ウズメが自らを笑われる側に置くことで、八百万の神がみは、ウズメのホトと卑猥な所作（挑発）とを観て一方的に満たされ、貶められた者ウズメを笑うことができるのである。他の事例を踏まえて「共咲」や「諸咲」の咲をワラフと訓もうとするかぎり、そこには嘲笑にちかい滑稽さがみえてくるのであり、決して、おおらかで明るい笑いで片づけることはできない。諸注釈書のように咲をワラフと訓むと、ウズメと神がみの関係をこのように理解しなければワラフの語義に合わないことになる。

それでも無理に訓もうとすれば訓めないことはないが、同様に「歓喜咲楽」の咲をワラフと訓もうとすると、歓喜という語とのあいだに矛盾を来たしてしまう。この歓喜はヨロコブと訓むべきで、それは満ち足りた喜びをあらわすことばである。そこで、この矛盾を解決するために、古事記のワラフ（咲）を分析し、そこに「あざけり笑う」悪意を敏感に嗅ぎとった間瀬智代は、この「歓喜咲楽」を、「あなた様より貴い神がいらっしゃるので喜んでおり、また（須佐之男命の暴虐に恐れて逃げ隠れてしまったあなたを）あざけり笑っているのです」と解釈している。[16] ただ、文脈的にみて、「歓喜」と「咲楽」とを分断し、それぞれが別の相手（目的格）をもった動詞であると解釈する点には無理があり、間瀬説をそのまま支持するのはためらわれる。しかし、この場面の「咲」を現代語の語感で単純に「笑う」と解釈することへの疑問から間瀬説が出発しているという点は大いに評価すべきである。

さて、ではどのように解釈するかということになるが、先に論じた「咲」の解釈を踏まえて、わたしの見解は次のようになる。

天の石屋神話に用いられた三例の「咲」はいずれも、ワラフではなくヱラクと訓むべきで、傍線部分の語句はそれぞれ、

「共咲」＝ともにゑらく
「諸咲」＝もろもろゑらく
「楽為」＝あそびをし
「歓喜咲楽」＝よろこびゑらきあそぶ

と訓読するのが正解だと考える。(17)

「咲」をヱラクと訓読すると、この場面は、ウズメのいささか滑稽で卑猥な性的挑発に依り憑かれた神がみが、酒に酔ったように歓喜し満ち足りた状態になったというふうに解釈できる。そこでは、ヲコとして振る舞うウズメと、それを見て充足したヱラク神がみとは親和し、天の石屋にこもっているアマテラスを除いた高天原のすべての神は一体化したことになる。そして、ヱマヒがそうであるように、神がみのヱラキに吸引されてアマテラスは石屋の戸を開けてしまうのである。(18)

なお、日本書紀の天の石窟《いわや》神話には、「巧に俳優《わざをき》す」とあるだけで、ウズメの性器露出や性的な挑発は描かれていない。しかし、石窟の戸の外の賑やかな声を聞いたアマテラスは、

(2)　吾、比《このごろ》、石窟《いはや》に閉《こも》り居り。豊葦原の中つ国は、必ず長夜《とこよ》ゆくらむと謂《おも》へるを、云何《いかに》ぞ天の鈿女《うずめ》命、かく嘘楽（嘘楽如此）。　（神代紀第七段正伝）

と思って戸を開けてしまう。この「嘘楽」の嘘という漢字は「大笑」の意で、古典大系本も新編全集本も「嘘楽」を「ゑらく（や）」と訓読している。(19) また、『古語拾遺』でも、日本書紀と同様にウズメの所作は、「庭燎《にはび》を挙げて俳優《わざをき》を巧作《なし》て、相与《とも》に歌ひ舞はしむ」とあり、その声を聞いたアマテラスは、「群神《かむたち》何に由て此の如くに歌楽」と思って石窟の戸を開けてしまうのである（この「歌楽」も、「ゑらく」あるいは「ゑらきあそぶ」と訓読されている）。そして、天の手力男神によって引き出されたアマテラスを見た神がみは、

(3)　あはれ　あなおもしろ　あなたのし　あなさやけ　をけ

と歌いながら舞ったと『古語拾遺』は伝えている。囃し詞らしい「をけ」を除くといずれも歓喜や充足をあらわす語で、そのような状態はウズメの所作とアマテラスの出現とによってもたらされたのだから、神がみはウズメとアマテラスに吸引され依り憑かれたのだというこ

とになる。とすれば、暗闇の中での歌舞も光明の中での歌舞も、ともに神がみのヱラキであり、それはワラヒとは異質な行為だったとみなければならないのである。

ヲコなる者たち

ところで、天の石窟の前では性器を露出しなかった日本書紀の天の鈿女《うずめ》命は、天孫ニニギの地上降臨を妨害して衢《ちまた》を遮る神に立ち向かって、その威力を示すことになる。

(1) 故、特に天の鈿女に勅して曰はく、「汝は是、目、人に勝ちたる者なり。往きて問ふべし」と。天の鈿女、乃ち其の胸乳《むなち》を露《あらは》にかきいでて、裳《も》帯《ひも》を臍《ほそ》の下に抑れて、咲噱向きて立つ(咲噱向立)。(神代紀第九段一書第一)

その所作に圧倒された衢の神は自らの威力を誇示できないままに、「天照大神の子、今、降行《くだりま》すべしと聞く。故に、迎へ奉りて相待つ。吾が名は是、猿田彦大神」と名告り、ウズメに屈伏してしまう。つまり、ウズメは性器の露出と「咲噱」とによって、サルタビコの威力を封じ込めてしまったのである。それは、久米部がワラヒによって敵を威嚇し屈伏させようとするのと同じことであり、この「咲噱」はワラフと訓まなければならない(噱は、先の嘘と同じく「大笑」の意味である)。

古事記の天の石屋神話とは違って、ここでウズメは居丈高な笑う神になっている。そのことは、「目、人に勝ちたる者」とあるように、顔面（目）の力が誇示されていることからもわかる。ウズメはシコ（醜）なる顔をもつ女神で、サルタビコもまた醜い顔の神だと語られているように、両者はシコくらべをしたのである。とすれば、ここのウズメは貶められた身体をもつヲコ神であった。そして、その威力としてのワラヒと性器の露出は、ウズメがシコメ（醜女）であることによって、容易に侮蔑される行為にも転換しうるわけで、笑う神が笑われる神になった時、その所作は滑稽であざけりの対象にもなってしまうのである。

おそらく、ウズメは(1)にあるような姿と威力とをもつのが原形で、古事記の天の石屋神話にみられるウズメは二次的な存在だったのではないか。しかも、そこではウズメのシコ性は薄らいで、妖艶な肢体がイメージされているようにみえる。だからこそ神がみは、ワラフのではなくヱラクことができたのである。そして、その二面性にヲコなる神の性格が濃厚に窺えるのである。

積極的に笑われ者になることによって自らを貶め、相手を優位にみちびくことで相手を和らげてしまう、それがヲコの役目である。日本書紀や『古語拾遺』のウズメが「俳優」と表現されているのはそのためだろう。そして、ヲコによって招来されるワラヒは、相手を懐柔する（吸引する）力をもつという意味で、ヱラクやヱムに接近してしまうのである。柳田国男が言ったように「笑」という漢字がワラフとヱムとを混淆してゆくとともに、ヲコなる者がワラフの範疇を押し広げ、ヱム（ヱラク）とワラフとの境界を曖昧なものにしていったのではなかったか。その点で、トリックスター的な性格をウズメはもっているとみてよい。

いうまでもなく、ヲコ者に笑いの文学の発生をみたのは柳田国男であった。(20) そして、その柳田も小さ子譚との関連でしばしば言及した小子部蜾蠃《ちいさこべのすがる》は、ウズメに続く古代文学史のヲコ者であった。

(2) 天皇、后妃《きさき》をして親ら桑こかしめて、蚕《こかひ》の事を勧めむと欲す。爰に、蜾蠃に命《おほ》せて、国の内の蚕《こ》を聚めしめたまふ。是に、蜾蠃、誤りて嬰児《こ》を聚めて、天皇に奉献る。天皇、大咲、嬰児を蜾蠃に賜ひて曰はく、「汝、自ら養へ、と。蜾蠃、即ち嬰児を宮の墻《かき》の下に養《ひだ》す。乃りて姓《かばね》を賜ひて、少子部連とす。(日本書紀、雄略天皇六年三月)

スガルは、蚕と子とをわざと取り違えて、天皇を「大咲」させるヲコ者だったのである。これと同一の記事は『新撰姓氏録』(左京皇別)にもあって、そこでは「天皇大哂」と記されている。古典大系本は(2)の「大咲」を「大きにミヱラギ(咲)タマヒテ」と訓読しているが、大咲も大哂も、「大きにワラヒテ」と訓んでいっこうにかまわない。ここのスガルは侮蔑される存在としてあるのだから、大いに笑われなくてはいけないのである。

ところが一方で、自らを笑われ者に貶めるスガルは、三諸岳《みもろやま》の神を見たいという天皇の命令で、大蛇を捕らえて天皇に見せて畏まらせたり(日本書紀、雄略天皇七年七月)、雄略天皇が后と交接している最中に大安殿に入って天皇に「恥」をかかせたり、雷神を招き降ろすために、「緋《あけ》の縵《かづら》を額《ぬか》に着け、赤き幡桙《はたほこ》を擎《ささ》げて」明日香の大通りを馬に乗って走り廻ったりする人物でもある（日本霊異記、上巻第一縁）。ここでのスガルは、笑う者であるとともに呪力をもつ存在として描かれている。ウズメがそうであったように、スガルもまた、笑う側と笑われる側とを往還しているのである。笑われるヲコは、天皇に恥をかかせるほどの威力を兼ね備えた笑う者であり、神を依せることのできる巫者でもあったのだ。

ウズメやスガルのような神話化されたヲコに対して、実在するヲコ者たちが古代にも存在した。たとえば、のちに大化の改新と呼ばれるクーデターの折、蘇我入鹿の殺害が企てられた日に、大極殿に参内した入鹿が腰に佩いている剣をはずす場面を、日本書紀は次のように描いている。

(3)　中臣鎌子連、蘇我入鹿臣の、人と為《な》り疑ひ多くして、昼夜剣持《たちは》けることを知りて、俳優《わざをき》に教へて、方便《たばか》りて解《ぬ》かしむ。入鹿臣、咲ひて剣を解く（咲而解剣）。

（皇極天皇四年六月）

用心深い入鹿の腰から剣を外させるワザを、「俳優」は持っていた。この「咲」を通説のままに「わらひて」と訓んだが、入鹿は「俳優」のワザ（方便り）に依り憑かれて剣を外すことになったのだから、「ゑらきて」と訓んだほうがいいかもしれない。少なくとも一方的で侮蔑的なワラヒではないし、相手を吸引してしまう力を内在するのが「俳優」のワザであったということは明らかだ。そして、工藤隆が指摘するように、この記事の背後には宮廷に奉仕する「わざひと（わざをき）」を実体として認めてよかろう。[21] そのことは、同じく日本書紀の、次のような記事によって確認することができる。

(4)　所部《くにのうち》の百姓の能く歌ふ男女、及び侏儒《ひきひと》・伎人《わざひと》を選びて貢上《たてまつ》れ。（天武天皇四年二月）

(5)　天皇、東の庭《おほば》に御《おはしま》す。群卿侍《さぶら》へり。時に、能く射《い》ふ人及び侏儒・左右舎人等を召して射はしむ。（天武天皇一三年正月）

(6)　朝庭《みかど》に大きに酺《さけのみ》す。是の日に、御窟殿《みむろとの》の前に御《おは》して、倡優《わざをき》等に禄《もの》賜ふこと差《しな》あり。（天武天皇・朱鳥元年正月）

貶められた身体をもつ侏儒と並べられた(4)の伎人は笑われる者として存在するはずだし、「能く射ふ人」とともに弓を射させられる(5)の侏儒も、笑われるための射手でなければならない。そして(6)の倡優からわかるように、宴席にはそうしたワザヒトたちが侍り、時々にそのワザを披露していたはずである。増井元によれば、ワザとは「人間の思惑を超えた力や意図」であり、また、「好ましからざる霊力・威力あるいは所行」であった。しかもそれらは「悪・負性の向きに方位付けられた行為」であるから、ワザの行為者ワザヒトにはいつもある種の「いかがわしさ」がまとわり付くことになるのである。[22]

侏儒が身に受けた異形性やワザヒトのもつワザの力は、呪性であるとともに忌避される力でもあった。それは、笑いが力であるとともに忌まれるものだというのと同じことである。

すでに別に述べたことだが、こうしたあり方は、ホカヒビトと呼ばれる芸能者たちに重ねることができよう。迎えられ忌避されるという二重性を運命づけられた者としてホカヒビトは共同体を超えてさすらうのである。そして、彼らはまた、ワザヒトとして「〈この蟹や〉歌謡」（古事記、応神天皇条）や万葉集の「乞食者詠《ほかひびとのながめごと》」（巻一六・三八八五、六）など、〈笑い〉の芸謡を担う者たちでもあった。[23]

三つの笑い

古代には三つの笑いがあった。ヱムとヱラクとワラフがそれである。声があるかないかで分ければ、ヱムには声がなく、ヱラクとワラフとには声がある。そして、ヱムとヱラクとが親和する笑いであるのに対して、ワラフは相手を遮断した笑いである。そして、先駆的な柳田国男の笑い論の欠点は、ヱムとワラフとを猶予なく分断しすぎたことだろう。[24] その原因は、ワラフとヱムとのあいだに横たわる根源的な溝を繋ぐようにしてあったヱラクという語をつかみそこねたからではなかったか。用例は少ないが、おそらくヱラクという語をつかまない限り、古代の笑いをただしく見通すことはできないのである。

　そして現代では、ヱムとヱラクとワラフという三語が、〈笑う〉というたった一つのことばに括られてしまったのである。わたしたちのワラウが、ヱムとヱラクとワラフとによって表現されていたすべてを抱え込んだ多義性をもち、しかもそこに抱え込まれてしまった三つのことばが、似て非なる部分をもつ語であったというところに、日本人の笑いがきわめて曖昧な身体表現にならざるをえない一因があったに違いない。少なくとも、現代語のワライ（ワラウ）という語は、このような出自をもつゆえにとても曖昧な言葉なのである。

最後に付記すれば、ここでは、「咲（笑）」という語をもたない笑いの文学について論じることはできなかった。たとえば、古事記のイザナキ・イザナミの交接を語る神話、口を裂かれたナマコの話、溺れるさまを演じるホデリ命（海幸彦）の服属譚（以上、上巻）、八つ当たりされて土地を奪われた玉作りのエピソード（垂仁天皇条）など、さまざまな場面でわたしたちは微笑みを浮かべ、あるいは笑いに誘われる。そうした笑いについてはすでに神田秀夫や岡田喜久男によって論じられており、[25]阪下圭八が、ヒルコと葦船の神話やツヌガの神と太子との名易えの伝承（仲哀天皇条）などを、「言葉の遊び――地口・駄洒落・掛言葉のたぐい」として論じている。[26]

それらの表現は音声の語りに淵源をもつものであり、古事記の伝承を考える場合にあだやおろそかにはできない表現なのである。なぜなら、古事記の文学性という点から言うと、それは、享受者としての、語りを〈聞く〉側、文字を〈読む〉側に視点を据えた文学論を構築しうる可能性をもち、なかなかに興味深い問題を潜めているからである。

2　笑われる者たち――古代民間伝承の笑話性

民間伝承研究や昔話研究のなかでは、本格昔話とか完形昔話と呼ばれる昔話が正統的な語りとして重んじられ、笑話というのはどちらかというと等閑に付されることが多いのだが、そのような態度は考え直したほうがいいのではないかと思う。前節では、古代の文献にみられる「咲（笑）」ということばにワラフでもヱムでもないヱラクという表現行為を見いだすことによって、古代の「笑い」が豊かなかたちで存在することを見てきたわけだが、そのあり方は、風土記など古代の民間伝承のなかにも多様に存在する。ここでは、そうした古代の民間伝承に語られている笑い話について考えておきたい。

王権を保証するための神話は、たとえば王の即位式など儀礼的な場において、王の語りを占有する語り部＝シャーマンが、韻律をともなう様式化された詞章を語り継ぎ唱え継ぐことによって伝承される。そうしたカムガタリあるいはフルコトの姿は、出雲国風土記、意宇郡条に遺された「国引き」詞章などから想定することができるし、それら〈晴〉の場の語りの表現や様式などについては、さまざまに論じられてきた(1)。しかし、古代の口頭伝承の総体を考えようとするとき、儀礼的な場をもつ晴れがましい語りとは別の、日常的な語りの場とその表現が想定されなくては十全とはいえない。もちろん、両者を分断してよいかどうか、具体的な表現を追究できるかどうかは問題だとしても、韻律的・定型的な詞章だけが古代の

「語り」だったわけでは決してない。日常的なケの語りの場に支えられて、儀礼的なハレの語りも存在しうるはずなのである。

ところが、それら日常的な場における語りについては、今まであまり論じられることはなかった。もちろん、資料的な制約の中でどのように論じればよいかという難題があるし、本来、語り捨てられてゆくのが日常の語りなのだから、そう簡単に古代の〈褻《け》〉の語りが姿をみせてくれるはずもない。しかし、それら取るに足りないような伝承の群れの発掘は、古代の語りの全貌を知るためには欠かせない作業であり、その第一歩は、遺された風土記の断片的な地名起源譚を的確に読みぬくことから始めなければならない。

ここでは、風土記の地名起源譚のいくつかを取り上げながら、日常的な場における古代の口頭伝承の一端を、とくに笑話性に焦点を据えながら論じてみたい。そして、そこに人びとの日常の営みとしてのハナシが見えてくれれば成功である。

地名起源譚の笑話性

風土記の記事を読み解くための第一の関門は、そこに記された伝承群を、わたしたちはどこまで正当に理解できるかということにある。そして、その作業ははなはだ心許ないというのが現状で、そもそもわたしたちの理解の方向がずれているのではないかという危惧を抱かせる場合も少なくない。たとえば、出雲国風土記、大原郡条に収められた次のような地名起源譚を読んでみよう。

(1)　阿用《あよ》の郷（略）古老の伝へて云へらく、昔、或人、此処に山田を佃《つく》りて守りき。その時、目一つの鬼来りて、佃《たつく》る人の男《をのこ》を食ひき。その時、男の父母、竹原の中に隠りて居りし時に、竹の葉動けり。その時、食はるる男、「動動《あよあよ》」といひき。故、阿欲《あよ》といふ。

阿用（阿欲）という地名の起源譚で、その地名アヨは「佃る人の男」の発した言葉から名付けられたというのだから、原文「動動」と表記された「食はるる男」の声が「あよあよ」という音声だったというのは疑う余地がない。また、そのアヨアヨは、「動」という用字からみても内容から考えても、揺れ動くさまをあらわす「アヨク」という動詞とかかわる語だというのも容易に想像がつく。まちがいなく、(1)の伝承と阿用という地名とは、鬼に喰われた「男」の発したアヨアヨという音声によって繋がれている。[2]

この「アヨ」という語について秋本吉郎は、「ア・ヨ共に感嘆の辞。アーアーという嘆声」と解釈するが、それはおそらく、秋本がこの「男」を幼児とみているためである。それゆえに続けて、「父母の隠れているあたりの竹葉の揺れ動く故に鬼に見付けられるかと歎く声」と注している。[3] それに対して、秋本の解釈を踏まえながら、瀧音能之は、「その男の父母は竹林の中に隠れたが風で竹の葉」がアヨアヨと音を立てたので、「鬼に両親をみつけられまいとする男によるそよぐ竹の葉に似せた必死の擬音的叫びともとれよう。いずれにしても残酷な説話ではある」と読む。[4]

こうした秋本や瀧音の解釈は、(1)の伝承を、両親を守るために鬼に喰われてしまったけなげな幼児（男）の行為と心情とに対する共感や顕彰、あるいは哀切さを表現する感動的な話として受け取ろうとするところから出てくる。しかし、果たしてその読みは正しいのか。もし、この伝承をかわいそうな幼児の話として読むと、もう一方の当事者である幼児の父母が、山の田圃に連れていった我が子を見捨てて自分たちだけが隠れてしまったように読めてしまうのをどう説明するのか。

いったい、この男児の両親はなぜ隠れたのか。とつぜん鬼が現れたために、子供を助ける余裕もなくとっさに竹原に逃げ込んだとでもいうのだろうか。そうだとしても、とても誉められた両親ではないはずだ。そして、もし子を置いて逃げたのだとすれば、父母の隠れている辺りの竹の葉が揺れ動くのを教えながら鬼に喰われてしまう幼な児の行動に感動する一方で、逃げてしまった両親への非難や、その軽率な行動に対する軽蔑ないしは嘲笑を、(1)の伝承に読みとらねばならないのではないか。あるいは、それこそがこの伝承を語り継いだ人びとの真意だったのではないか。

いささか不謹慎だが、「竹原の中に隠而居りし時に」の「隠而」を、「かくりて」ではなく「こもりて」と訓読したとすると、この夫婦は、子供を放って山田の脇の竹原の中で、性的な行為にでも耽っていたことになる。それを、何も知らない幼児の「あよあよ」というカタコトと重ねて話を構成しているとすれば、哀切さや同情からは遥かに隔たった、滑稽で猥雑な伝承になるだろう。唐突な発言にみえるかもしれないが、このように読み解いたほうが、

(1)の伝承の奥にある日常的な民間伝承の場と表現とのありようを正しく射当てているのではないか。

たとえば、性的な笑いについていうなら、日本霊異記の、評判の美女「万《よろづ》の子」が、迎え入れた男（じつは鬼）に喰われてしまうという説話を思いだす（中巻第三三縁）。その初夜の晩に、娘の「痛きかな」という声が三度も聞こえたのに、両親は、「未だ効《なら》はずして痛むなり」と言って放っておいた。ところが、朝になって娘の部屋を覗いてみると、頭と指一本だけが残されていたというのである。そこでは、鬼に喰われる娘の悲痛な叫びを初夜の痛みと誤解した両親の間抜けさと、言外に想像できるその卑猥さや残酷さが笑いの対象になっているのである。[5] 前節で論じたように、おそらく、笑いというのは、そうした残酷さや猥雑さをつねに持っているに違いない。

(1)の伝承でいえば、喰われる「男」の、親を思う心情の哀切さやいとけない幼児への感動を引き出そうとするだけでは、日常のハナシがもつ猥雑さやたくましさを摑みとることができないのである。生き残った、あるいは子供を見殺しにした両親への視線を抱え込むことで、伝承は成立する。そして、伝承は残酷な笑いをこめて語られ、享受されてゆく。

ただし、そのように理解した場合に、(1)の伝承が、神聖であるべき「阿用（阿欲）」という土地の地名起源譚になりうるのかという疑問が生じるかもしれない。それに対しては、風土記に記された地名起源譚のレベルは多様で、こうした笑いを抱え込んだ伝承もまた立派な地名起源譚だったのだと答えておこう。一つしか言葉を知らないオウムのように、いつも起源譚は神聖だなどとは考えないほうがよい。そうでなければ、『竹取物語』の語源譚が登場する隙がないではないか。

間抜けなオホナムヂ

日常のハナシの世界の猥雑さや活気といったものを現存する風土記に求めるとしたら、播磨国風土記がいちばん好適な材料だろう。そこにはタキシードを着こんだ紳士やきれいに化粧をした淑女は見いだせないが、そのぶん、普段着のままの人びとが息づいているようにみえるからである。

播磨国風土記では、人びとばかりか神もまた普段着で登場する。先ほど親と子を語る伝承を引いたので、ここでもまずは親子の神にお出ましいただこう。

(1)　昔、大汝《おほなむぢ》命のみ子、火明《ほあかり》命、心も行《しわざ》も甚強《いとこは》し。ここを以ちて、父の神患へて、遁れ棄てむと欲ひき。すなはち、因達《いだて》の神山に到り、その子を遣りて水を汲ましめ、未だ還らぬ以前《さき》に、やがて発船《ふなだち》して遁れ去りき。ここに、火明命、水を汲み還り来て、船の発《た》ち去《ゆ》くを見て、すなはち大きに瞋《いか》怨る。よりて波風を起して、その船に追ひ迫まりき。ここに、父の神の船、進み行くこと能はずして、遂に打ち破られき。（餝磨《しかま》郡）

不良息子に手を焼いたオホナムヂが、船に息子を乗せて因達の神山に水を汲みに行き、息子を置き去りにしたまではよかったが、息子に見つかって怒りを買い反対にひどい目に遭ったという話で、今でもありそうな親子関係が語られている。島や山中に我が子を置き去りにするというパターンは継子いじめ譚などにしばしば語られるもので、話型の伝承性を考える上でも興味深い話だが、何よりも楽しいのは、不良息子に手を焼く父親オホナムヂの滑稽さである。

引用は省略したが、この伝承の末尾は、船を壊されほうほうの体で家に帰りついたオホナムヂが、妻のノツヒメに向かって、「悪《あし》き子を遁れむとして、返りて波風に遇ひ、太く辛苦《たしな》められつるかも」と嘆く言葉で締め括られている。もちろん例によって、その「辛苦められつるかも」が地名「辛《たしなみ》の斉《わたり》」の起源になっているのだが、そのこと以上に、(1)の伝承を支える根拠になっているのは、偉大な神オホナムヂが息子に乱暴されて嘆くという点にあるはずである。「あんなに力持ちで立派なオホナムヂも人（神？）の子、息子には手を焼いているね」といった共感や笑いがなければ、こうした語り口は成り立たないはずだ。

古事記には葦原中国の王者として語られ、出雲国風土記では「天の下造らしし大神」と呼ばれる英雄神オホナムヂは、播磨国風土記においても国作りの神として語られているが、その「国」は、国家としての国というよりは、クニの原義に近い大地といった意味で用いられている。それゆえに、そこで語られるオホナムヂ像は、国土を統一した威厳のある英雄神というよりは、民間伝承の主人公ダイダラ坊（ダイダラボッチ）と同様の、ちょっと間抜けな大男といった性格を帯びてしまうのである。だから、凶暴な息子に手を焼いて棄てようとしながら、逆に手ひどい逆襲を食らってしまうことにもなる。

このようにちょっと間が抜けていて愛嬌のある神が語られるところに、民間における日常の語りの真骨頂があるということができそうである。そして、その代表的な事例は、よく知られた次の伝承である。

(2)　聖岡《はにをか》の里　(略)　土は下の下。聖岡と号くる所以《ゆゑ》は、昔、大汝命《おほなむぢ》と小比古尼命《すくなひこね》と相争ひて云はく、「聖の荷を担ひて遠く行くと、屎下《くそま》らずして遠く行くと、この二つの事、何《いづ》れか能く為《せ》む」と。大汝命曰はく、「我は屎下らずして行かむ」と。小比古尼命曰はく、「我は聖の荷を持ちて行かむ」と。かく相争ひて行きき。数日逕《ひかずへ》て、大汝命曰はく、「我は忍び行くこと能はず」と。即《やが》て坐て屎下りし時、小比古尼命、咲ひて曰はく、「しか苦し」と。また、その聖をこの岡に擲《なげう》ちき。故、聖岡と号く。また、屎下りし時、小竹、その屎を弾き上げて、衣に行《は》ねき。故、波自賀《はじか》の村と号《なづ》く。

その聖と屎とは、石と成りて、今に亡せず。　(神前郡)

ハニ岡と呼ばれる赤土だらけの痩せ地がどうして生じたのかを説明する地名起源譚である。一般的なダイダラ坊伝説なら、赤土(ハニ)を担いでやって来た巨人の天秤棒が折れたので、巨人はその土を残したまま行ってしまった、だからここに赤土の山ができたのだと語られる。ところが(2)の伝承では、それが小人神スクナヒコネとの我慢競争に仕立てられることによって滑稽性をはらみ、笑い話に仕立てられることになった。

二神の競争や対立によって地名や事物を説明しようとする手法は、ことに播磨国風土記に多くみられるパターンで、二者の葛藤や闘争という伝承的モチーフによって物語性を抱えこんでゆく語り口である。ダイダラ坊伝説の類型でいえば赤土を担うのは巨人の役割だから、元来、この土地にもそうしたオーソドックスな伝承が存在していたと想定してみたほうがよい。そして、(2)では、もともと重いハニを担うべきオホナムヂに糞を我慢させ、相棒の、小さくて力のなさそうなスクナヒコネにハニを担わせて競争させることによって、両者の本来的な関係を逆転させ、下《しも》がかった滑稽さを語る笑話に仕立てあげているのである。

いくら大男で力持ちの神様でも便意には勝てないよ、というちょっと下品なからかいと笑いとが、赤土と糞との連想によって引き出されてくる。今にも漏れそうな糞を必死で我慢しながら冷汗をたらして歩く滑稽なオホナムヂの姿が語られるのは、共同体における日常的な語りのなかでは、国作りの英雄神も、ある時にはパロディ化された主人公に変身させられてしまうという、ハナシの場が本来的に抱え込んでいる過剰さによってである。しかも、ハニ岡伝承における笑話性は、つけ足しとも思えるハジカという地名の説明によって補強されている。

この伝承では、あくまでもハニ岡と呼ばれる地名の起源を語ることに中心はあるのだが、二者の競争譚になったために付加的にハジカが要求され、それが説明における「さげ」の役割を果たすことになったのである。そこでは、衣の裾に自らの糞を弾き付けてしまったオホナムヂが道化の役割を演じることになる。それは、もともとこの土地ハジカが笑話性を孕む場所だったということと無縁ではなかろう。ハジカという地名は「端処《はじか》（端っこの土地）」の意であり、ハニ岡と呼ばれる丘陵地帯の端っこに位置する土地であった。だから、その地名には「おこぼれ」といった軽蔑的な視線が込められ、昔話における〈愚か村〉話のような笑話性を内包していったのである。そのことは、同様の伝承が別に存在するということからも確かめられる。

(3)　端鹿《はしか》の里（略）右、端鹿と号くるは、昔、神、諸村に菓子《このみ》を班《あか》ちしに、この村に至りて足らず。故、よりて、「間《はし》なるかも」と云ひき。故、端鹿と号く。この村、今に至るまで、山の木に菓子なし。（賀毛郡）

この伝承によれば、ハシカという村は、神にさえ見放された辺境（不毛）の場所として軽蔑の対象になっている。[6]おそらくこうした地名起源譚は、〈愚か村〉話がそうであるように、共同体の外部から語られているはずである。とすれば、先にふれたように、地名起源譚は必ずしも、土地に貼りついた聖なる神話などではないということになる。当たり前のことだが、からかいや嘲笑を交えて起源譚は語られもするのである。

滑稽で間抜けな性格を発揮する神はほかにもいる。

(4) 筌戸《うへと》 大神、出雲国より来し時、嶋の村の丘を以ちて呉床《あぐら》と為て、坐して、筌《うへ》をこの川に置きき。故、筌戸と号く。魚入らずして、鹿入りき。こを取りて膾《なます》に作り、食《を》ししに、口に入らずして、地に落ちき。故、此処を去りて、他に遷りき。（讃容郡）

この「大神」は伊和大神のことだとされているが、出雲国から来たと語られているところからみるとオホナムヂ（大汝命）と考えたほうがいいのではないかと思う。どうやら民間伝承のオホナムヂは間抜けな大男という性格を与えられているらしい。

そして、いずれにしても、岡の上に座って川に筌（魚を取る道具）を仕掛けるというから巨軀をもつ神であることは明らかだ。(7) この神が川に仕掛けた筌に、「魚」ではなく、とんでもないことに「鹿」がかかったというのである。

この伝承は、久米部の戦闘歌謡、「宇陀《うだ》の　高城《たかき》に　鴫罠《しぎわな》張る　我が待つや　鴫は障らず　いすくはし　くぢら障る」（古事記、神武天皇条）の、シギを捕るためのワナをかけたらとんでもないことにクヂラが掛かったと歌うのとまったく同じ発想をもっている。このクヂラを鷹とみる説もあるが、通説のように海の鯨とみるのがよい（「いすくはし」は枕詞で意味はわからないが、「磯《いそ》もすばらしい」の意で鯨にかかるか）。つまり、一方は岡に鳥網を張ったら鯨がかかり、一方は川に筌をかけたら山の鹿がかかったというわけで、ともに、思いがけない獲物を得た驚きと笑いが描かれる。播磨国の民間伝承と戦闘集団久米部の歌謡との発想はきわめて接近している。

両者の違いは、⑷の伝承が、鹿を手に入れた大神をピエロに仕立て上げている点である。予想外の獲物を手に入れ、せっかく膾に料理したのに口からこぼれてしまい、うんざりした大神は、いやな土地だとばかりによそへ行ってしまうのである。あるいは、こぼれた鹿の肉の破片に命が吹き込まれてたくさんの〈鹿〉が誕生したというふうにでも語られれば、アイヌ神謡にありそうな鹿の起源神話になるのだが、ここの語り手たちは、少しばかり動作がのろくて不器用な巨神に親しみを感じて語りを楽しんでいたらしい。

笑われる品太天皇

人びとにとって、恐ろしく厳めしい神だけが笑いの対象になるのではない。見たこともない侵略者である天皇もまた、間抜けで滑稽な貴種として笑い飛ばされる。

播磨国風土記にもっとも頻繁に登場するのは品太《ほむだ》（応神）天皇だが、彼もまた笑話の主人公として播磨国にしっかりと根づいている。

⑴　英馬野《あがまの》と号くる所以は、品太天皇、この野に狩りし時、一つの馬走り逸《に》げき。勒《の》りて云はく、「誰が馬そ」と。侍従等《おもとびとら》、対へて云はく、「朕が君の御馬なり」と。すなはち、我馬野と号く。（餝磨郡）

⑵　小目野《をめの》　右、小目野と号くるは、品太天皇、巡り行きし時、この野に宿り、すなは

ち、四方《よも》を望み覧《み》て、勅りて云はく、「その観ゆるは、海か、河か」と。従臣《おもとびとたち》、対へて曰はく、「こは霧なり」と。その時、宣りて云はく、「大き体《かたち》は見ゆれども、小目なきかも」と。故、小目野と曰号《なづ》く。（賀毛郡）

自分の乗馬が走り去ったのを見て「誰が馬ぞ」と尋ねる品太天皇は、決して利口だとは言えないだろう。だから、臣下たちはあきれ顔で、「ご自分の馬でしょう」と言うしかないのである。一方、⑵の伝承でも、品太天皇は霧に囲まれて、「海か、河か」と聞いて臣下たちに呆れられ、「大体はわかるが、細部はなあ」と、わけのわからないことを口走る。これは、神の託宣を信じないで、「宝の国なんて見えない、海だけだ」と言って神の怒りに触れて死んだ仲哀天皇とおなじだ。むろん、神の怒りを買うより臣下に馬鹿にされるほうが滑稽さが増すのは当然だし、愛敬もある。これらの伝承の語り手にとって天皇を諫める神など語る必要はなかった。遠いヤマトから乗り込んできた相手をからかって笑い飛ばせばそれでよかったのである。

そういえば、遠い旅をしてわざわざやってきて、求婚相手の印南別嬢《いなみのわきいらつめ》に拒まれて逃げられたのもヤマトの大帯日子《おほたらしひこ》（景行天皇）であった（賀古郡）。あのイナビ妻（求婚を拒んで逃げる女性のパターン）の根底には中央に対する地方の側の抵抗の姿勢が脈打っており、古事記や日本書紀では景行天皇の后となって小《を》碓《うす》命（ヤマトタケル）を産んだ印南のヲトメは、播磨国風土記では求婚を拒んで入水するという伝承を背後に隠しもっていた[8]。同様に、品太天皇の滑稽さを語る(1)(2)の伝承にもまた、征服する中央に対する地方の側のレジスタンスが込められているとみてよいだろう。

播磨国風土記には、品太天皇の狩猟にかかわる伝承が多い。そして、天皇の狩猟や巡行を語る伝承は、天皇家の地方支配や敵対者の制圧を語る服属伝承と軌を一にするものだというのは、誰がみても想像はつくし、

(3)　伊夜丘《いやをか》は、品太天皇の獦犬《かりいぬ》（名は、まなしろ）、猪《ゐ》とこの岡に走り上りき。天皇、見て云はく、「射《い》よ」と。故、伊夜岡といふ。この犬、猪と相闘ひて死にき。すなはち、墓を作りて葬《かく》しき。故、この岡の西に犬墓あり。（略）

目前田《まさきた》は、天皇の獦犬、猪に目を打ち害《さ》かれき。故、目割《まさき》といふ。

阿多加野《あたかの》は、品太天皇、この野に狩りしに、一つの猪、矢を負ひて、阿多岐《あたき》しき。故、阿多賀野といふ。（託賀郡）

のような連続した地名起源譚をみると、品太天皇の狩猟伝承が播磨国に深く根づいていたのは明らかだ。しかも、それらは単に穏やかでのどかな伝承ばかりではなく、

(4)　臭江《くさえ》　右、臭江と号《なづ》くるは、品太天皇の世、播磨国の田の村君、百八十《ももやそ》の村君ありて、己が村別《むらごと》に相闘ひし時、天皇、勅りて、この村に追ひ聚めて、悉皆《ことごと》に斬り死《ころ》しき。

故、臭江といふ。その血、黒く流れき。故、黒川と号く。　（賀毛郡）

といった、巡行の途中の血生臭い伝承も含んでいる。そしてそこには、ヤマトから来た天皇に対する征服される側の心意の一端が明瞭に窺えるだろう。だからこそ、求婚を拒んで逃げるヲトメや間抜けな天皇の伝承が語られもするのである。

播磨国風土記の品太天皇は、ある時は凶暴な、ある時は穏やかな貌をした天皇なのだが、その一方で、(1)や(2)のように、どこか滑稽で間抜けな性格を払拭することができない。そして、次に引く伝承も同様の笑話性を内包しているとみてよさそうである。

(5)　上鴨の里・下鴨の里　（略）品太天皇、巡り行きし時、この鴨飛び発ちて、修布《すふ》の井の樹に居りき。この時、天皇、問ひて云はく、「何の鳥ぞ」と。侍従、当麻《たぎま》の品遅部君《ほむぢべのきみ》前玉《さきたま》、答へて曰はく、「川に住める鴨なり」と。勅りて射しめし時、一矢を発ちて二つの鳥に中《あ》てき。すなはち、矢を負ひて、山の岑より飛び越えし処は、鴨坂と号け、落ち斃《たふ》れし処は、すなはち鴨谷と号け、羹《あつもの》を煮し処は、煮坂と号く。　（賀毛郡）

狩猟の好きな天皇が「鴨」を知らないというところがまず滑稽で間抜けな品太天皇らしいのだが、照れ隠しかどうか、臣下に矢を射させる。するとどうだ、従者のサキタマは一本の矢で二羽の鴨を射抜いてしまう。まるで、のちの昔話の主人公「鴨取権兵衛」のような名人ぶりである。もちろん、権兵衛さんが射抜いたカモの数はもっと多くて、鉄砲の尻を震わせたり筒を曲げて撃ったりした一発の玉で、七羽とか一二羽とかのカモを打ち落としてしまう。サキタマの射た鴨は二羽だが、その鴨は串刺しになったまま山を越えて飛んでおり、ここでは鴨も笑話風の超能力をしっかりと発揮している。しかも、この話が地名を重ねながら語られているところをみると、元来は、最後の煮坂という地で鴨汁を作って食べたという結末まで連続した話として、おもしろおかしく語られていたにちがいない。

わからなさの奥に

オホナムヂにしろ品太天皇にしろ、播磨国風土記には笑話的な語り口をとる伝承がずいぶん目につく。そして、そのいずれもが地名起源譚として語られているのだが、これらの伝承では、地名自体が伝承に対して絶対的な拘束力をもっているとはいえない場合が多い。つまり、播磨国風土記が地名起源譚として記載している、その編纂意識とは別に、これらの伝承の多くは、日常的な語りの現場では個々の土地から離れて、話し捨てられる笑い話として人びとのあいだで語られていた可能性がつよいということである。

ある場合には次々と変化しながら、あるいは別の内容を添加したり削ったりしながら、伝承は語り継がれ再生産されて人びとのあいだを流れてゆく。播磨国風土記に遺された文字表現だけではどう理解してよいのかわからない伝承が多いのも、そうした日常的な場における口頭伝承が抱えこんだ自在さ＝不安定さにその原因の一つはあるのではないか。

(1)　佐々の村　品太天皇、巡り行きし時、猿、竹葉《ささば》を囓《か》みて遇ひき。故、佐々の村といふ。（揖保郡）

(2)　宍禾《しさわ》と名づくる所以は、伊和大神、国作り堅《かた》め了へし以後《のち》、山川谷尾を堺《さか》ひに、巡り行きし時、大きなる鹿、己が舌を出して、矢田の村に遇へりき。ここに、勅りて云はく、「矢はその舌にあり」と。故、宍禾の郡と号け、村の名を矢田の村と号く。（宍禾郡）

(3)　三重の里　三重といふ所以は、昔、一《ひとり》の女ありき。䈕《たかむな》を抜きて、布もて裹《つつ》み食ふに、三重に居て起き立つこと能はざりき。故、三重といふ。（賀毛郡）

猿が「竹葉」をくわえて品太天皇の前に出てきたから、「佐々」という地名になったというだけの話なのか、その背後に、わたしたちの了解できない何か、たとえば猿と竹の葉とのかかわりや竹の葉の象徴性が潜められているのか。おそらく、ただ竹の葉だから佐々の村だというのではない何かがあるにちがいない。品太天皇との結びつきにも「いわれ」は伴っているはずだが、遺された文字資料からは何も見えてこない。

(2)でいえば、舌を出した鹿の寓意性は何か。あるいは、舌（シタ）の下（シタ）に矢が隠されているとでもいうことなのか。舌を矢で射抜かれているということだけではない何かが「矢はその舌にあり」という伊和大神の言葉にはあるはずだ。また、ヤマトタケル伝承の地名起源譚に似た⑶の伝承では、なぜタケノコを食う女の足が三重になって立てなくなってしまうのか、何の説明もなされていない。布に包んで食べるという描写から、それは食べることを許されない「禁忌」のタケノコだったに違いないと想像するだけである。

これらの伝承を語り継いでいた人びとはもちろん、播磨国風土記の編纂者にも了解できたはずの共同性がわたしたちには見えなくなっている。おそらく、文字には記されていない何か、隠され忘れられた何かが、これらの伝承を支える根拠になっていたはずなのである。今となってはそれを追うことは不可能に近いが、こうしたわたしたちにとっては不可解とも思える伝承にこそ、音声のカタリの真相が見いだせるのではなかろうか。断片化されることもまた、語り継がれる伝承の本質と言えるのだから。そして、外部性を持ちにくい日常的な語りのほうが、当事者たちの内部で完結しやすいから、語りの場や時間を隔てた途端に、了解不能に陥るのはむしろ当然だったのである。

国家の歴史のように改まったものでもなければ威厳のある起源を語るものでもないが、これらの伝承が共同体における起源（歴史）を支え保証するのだ。ここに挙げた雑多な伝承から、われわれは、語り継がれ消え続けてゆく口頭伝承の場とハナシの世界とがたしかに存在したということの片鱗を窺うことができる。もちろん、古代の伝承を考える場合には、なまの語りなど探りようがないから、漢字という表記手段が可能にした記録だけをたよりに、口承の痕跡を辿ろうと試みたにすぎない。

第二章　イケニヘ譚の発生──農耕の起源

　イケニヘについて考えながら、中央自動車道沿いにある遺跡や博物館を巡ってみた。自動車道の建設工事にともなって発見された釈迦堂遺跡群は破壊されてパーキングエリアになってしまったが、そこで発掘された膨大な遺物は釈迦堂遺跡博物館（山梨県笛吹市）に収められている。そこから自動車道を下り小淵沢インターチェンジを降りると、八ヶ岳南麓の縄文遺跡群から発掘された遺物を収蔵する井戸尻考古館（長野県富士見町）があり、さらに北に向かうと、八ヶ岳西麓一帯に広がる縄文遺跡群の象徴ともいえる尖石遺跡とその発掘品を展示する尖石縄文考古館（長野県茅野市）を見学することができる。

　いずれの遺跡も縄文時代中期を中心とした住居跡で、縄文時代の生活が山麓・丘陵を基盤として営まれていたということがよくわかる場所であった。そのことは、発掘された石鏃や石器類、イノシシやシカの骨・木の実などをみてもわかるように、縄文時代の人びとが狩猟採集の民であったということを示している。また、発掘された土器類に施されたヘビやイノシシやカエルなどの紋様や抽象的な図案は、彼らの生活が狩猟や採集にかかわる信仰や神話に支えられたものであったに違いないと思わせる迫力をもっている。それは、釈迦堂遺跡から発掘された一〇〇〇個以上もの土偶の破片にみられる多くの顔面や、棚畑遺跡から完全なままの姿で発掘され〝縄文のヴィーナス〟と呼ばれる見事な曲線をもった妊婦の土偶（尖石縄文考古館所蔵）などを見ても感じられることである。

ただ残念ながら、祭祀用とされる装飾性のつよい土器類や土偶あるいはその他の発掘品から縄文時代の祭祀や信仰あるいは神話を具体的に想定することはむずかしい。しかし、それゆえにかえって、縄文時代はわれわれにとって憧憬と幻想とをかきたてる世界でもあり続ける。大規模集落が発掘されて話題を呼んだ青森県の三内丸山遺跡が示しているように、縄文という時代が今まで想像されていた以上に広い交易圏や文化圏をもち、大きな集落を構成するものだということもわかってきた。おそらく、そこで営まれていた生活も、彼らがもっていたであろう祭祀や神話なども、素朴未開といったイメージとはかけ離れたものであったに違いない。

一方、歴史的にみて、弥生時代の到来が稲作に代表される穀物や芋の栽培をもたらし、それが現在のわれわれの文化の根源を形成しただろうという大まかな見取り図は認められるだろう。そして、狩猟採集を基盤として形成された縄文時代における生活や信仰が弥生以降のそれと大きく隔たっていただろうということも容易に想像することができる。しかも、形質人類学的にみた場合、縄文と弥生とのあいだには相当大きな落差があると言われている。[1] ただ、農耕や栽培という側面だけを取り出してみれば、縄文と弥生という区切りが不分明になってしまうということも、最近の考古学の指摘するところである。[2]

博物館に並べられた縄文土器や土偶の魅力に圧倒されながら、わたしはイケニへ（生贄）あるいは動物供犠について考えていた。その多くが壊された状態で出土する土偶は〝殺された女神〟なのか、それは栽培や農耕に繋がるのか、それとも狩猟や採集に遡るものなのか、再生のために犠牲となる女神と神に捧げられる少女は同じ存在なのか、動物たちはなぜ捧げられるのか、と。(3)

さまざまに語り継がれているイケニへ譚の発生について、どのような道筋を立てることができるのかということを、ここでは考えてみたいのである。それはわたしの予想では、縄文と弥生との隔たりと連続とに視座を据えることによって可能になりそうである。

話型と語義

イケニへには動物供犠にかかわる伝承や習俗もあるが、それとは別に、生きた人間が神や魔物に捧げられるという伝承が、英雄神話や昔あった実話として今も各地に伝えられている。そうした伝説や古代の神話・伝承に語られるイケニへ譚をながめていて気づくのは、それらの伝承群が大きく二つのタイプに分類できるということである。

その一つのタイプは、おおよそ次のような内容で語られる話型である。

ある村の山奥に恐ろしい魔物が棲んでおり、その魔物は毎年決まって村に住むヲトメ（少女）をイケニへとして要求してきた。村人たちは魔物を恐れ、その被害から村を守るために魔物の要求通りにヲトメを捧げていたが、ある時、その村を訪れた若者（宗教者）が魔物を退治することを約束し、自分がヲトメの代わりにイケニヘとなって魔物がやってくるのを待ち受け、連れていた犬などの援助をえて勇敢に闘い（あるいは宗教者は呪術的な力を発揮して）、魔物を退治し、村人たちを長年の苦しみから解放する。宗教者の場合はそうではないが、魔物を退治した若者はイケニヘから救出したヲトメと幸せな結婚をするという結末をもつ場合が多い。

これは、後に改めて分析することになる古事記のスサノヲ（須佐之男命）によるヤマタノヲロチ（八俣遠呂知）退治をはじめ、古くから語り継がれている英雄神話の一類型として広く分布する「猿神退治」[4]と呼ばれる伝説や昔話でよく知られている。この話型にイケニヘとして登場するのは、いずれの場合も〈選ばれたヲトメ〉である。そのヲトメはイケニヘに指名されながら犠牲になる直前に救出されるのであり、イケニヘ譚と呼んではいるが、イケニヘにならずにすんだヲトメの物語ということになる。

イケニヘ譚のもう一つのタイプは、イケニヘとして神に捧げられてしまった悲劇や犠牲的精神を称える話型である。いろいろなバリエーションをもつが、そのおおよその内容は次のようなものである。

村の中を流れる暴れ川の堤防や橋が洪水のたびに流出して村人は困っている。あるいは城を築こうとするが難事業で工事が捗らない。困り果てた人びとは相談の結果（占い師や宗教者の助言によって）、川の神の怒りを鎮めるためにイケニヘを捧げて橋桁や堤防の底に埋めようということになる。そこで村のために自ら志願したり、占いに当たったりしたヲトメや村長や通りがかった乞食の親子などが犠牲となって生き埋めになる。そのお蔭で頑丈な橋や堤防や城を築くことができ、人びとの苦しみは救われたというのである。

この系統の伝承も古くから伝えられており、日本書紀、仁徳天皇巻に記された河内国の「茨田《まむた》の堤」の記事や、土木事業ではないが古事記のヤマトタケル伝承において海峡の神に自ら身をまかせて波間に沈んでいったオトタチバナヒメ（弟橘比売命）の逸話などが有名である。伝説としても各地の橋や堤防の造営にかかわる人身御供の話は枚挙にいとまがないといった状態だが、なかでも『神道集』以来の古さと広い伝承圏をもつ「長柄の人柱[5]」はよく知られた伝説である。

この系統の話では、前のタイプとは逆に、選ばれた主人公は必ずイケニヘ（人身御供・人柱）として神に捧げられ、その犠牲的な精神が讃め称えられるとともに、残された者の嘆きが語られることになる。また、選ばれる人もヲトメとは限定されておらず、話の設定に応じていろいろな人物が人柱に指名されるという点でも前者とは違っている。

ここでは、動物供犠も含めて、イケニヘ譚の発生について考えようとするのだが、まずは、その前提となる「イケニヘ」という語の確認からはじめることにする。

現存する文献のなかで、イケニヘという語の初出例は一〇世紀前半に源順によって編纂された『和名類聚抄』（一〇巻本、巻五）で、そこには「犠牲」という漢語に「伊介邇倍《いけにへ》」という和語が記されている。この和語イケニヘについては、折口信夫や柳田国男などの発言を踏まえながら、西郷信綱が詳細に論じている[6]。結論だけをいえば、イケニヘとは、生きた贄

（ニヘとは神に供えるごちそう）という意味ではなく、「年毎の祭りに差され、次の年の祭りが来るまで」大切に「活け飼い」し、祭りになると神の贄として「殺して捧げる」もの、それがイケニヘである。それはもともと獣類をさすものであって、「人身御供はその説話的転調である」と西郷はいう。そして、『和名抄』で「犠牲」という漢語にイケニヘという訓が与えられているのは、それらの漢字が「たんなる日常の牛ではなく、五体全くして神を祭るに用いる牛」を表しているからであり、犠牲という漢語とイケニヘという和語とが同義化されるのは偶然ではないとも述べている。

　イケニヘ（生贄）という語が伝承に登場するのは、西郷の指摘にもあるように『今昔物語集』[7]が上限であり、それ以前の文献にはイケニヘという語が用いられた例はない。ただし、ヤマタノヲロチは捧げられたクシナダヒメ（櫛名田比売）を「喫《く》」うためにやって来るのだし、両親の名前「足ナヅチ・手ナヅチ」は西郷の指摘するように「娘を撫でいつくしむものという意[8]」とみるべきだろうから、クシナダヒメはまさしく〈生け贄〉の典型とみてよく、「表にはあらわれぬがこれは久しい伝来をもつ語と思われる」という西郷の指摘は認めてよい。しかし、古事記のヲロチ退治神話にイケニヘという語が用いられていないということは確認しておきたい。なぜなら、始源的にいえば、クシナダヒメは「贄＝神に捧げられるごちそう」としてあったのではないからである。

　また、「特定の動物を活け飼いし、いつくしむことは、それを自然の状態から文化の状態へと転換させ、神との関係においてその動物を共同体の象徴たらしめるという意味をもつ」

という西郷の発言は、イケニへの本質を考える上できわめて重要な示唆を含んでいるが、「犠牲というものの性格を典型的に示した例」として、子グマの飼育をともなうアイヌの熊祭りを取り上げるのは、この祭儀（イヨマンテ）の本質を誤解しており[9]、新たな検討なしに従うことはできない（この点については後述する）。

捧げられるヲトメ

神に捧げられるヲトメたちの中でもっともよく知られているのは、先にもふれたスサノヲのヤマタノヲロチ退治神話に登場するクシナダヒメであろう。その神話の前半部分を、古事記では次のように語っている。

> 故、避り追はえて、出雲国の肥の河上、名は鳥髪《とりかみ》といふ地に降りましき。この時、箸その河より流れ下りき。ここに、須佐之男命、人その河上に有りと以為《おも》ほして、尋ね覓ぎ上り往でませば、老夫《おきな》と老女《おみな》と二人在りて、童女《をとめ》を中に置きて泣けり。
> しかして、問ひ賜はく、「汝等は誰ぞ」と。故、その老夫答へて言さく、「僕は国つ神大山津見の神の子ぞ。僕が名は足名椎《あしなづち》と謂ひ、妻が名は手名椎《てなづち》と謂ひ、女《むすめ》が名は櫛名田《くしなだ》比売《ひめ》と謂ふ」と。また問ひたまはく、「汝の哭く由は何ぞ」と。答へて白言さく、「我が女は、本より八稚女《やをとめ》在りしを、この、高志《こし》の八俣《やまた》の遠呂知《をろち》、年毎に来て喫《く》ひき。今、そが来べき時なるが故に泣く」と。しかして、問ひたまはく、「その形は如何に」と。答

へて白さく、「そが目は赤加賀智《あかかがち》（今のホオズキのこと）の如くして、身一つに八頭《やかしら》八《や》尾《を》有り。また、その身に蘿《こけ》と檜・椙《すぎ》と生ひ、その長は渓八谷《たにや》峡八尾《たにをやを》に度りて、その腹を見れば、悉《ことごと》に常に血《ち》爛《ただ》れたり」と。

しかして、速須佐之男命、その老夫に詔らさく、「この、汝の女は、吾に奉らむや」と。答へて白さく、「恐《かしこ》し。また、御名を覚《し》らず」と。しかして、答へて詔らさく、「吾は天照大御神の同母弟《いろと》そ。故、今、天より降り坐しぬ」と。しかして、足名椎・手名椎の神白さく、「然坐《しかま》さば恐し。立奉《たてまつ》らむ」と。

この後、スサノヲはクシナダヒメを櫛（クシ）に変えて髪に刺し、老夫婦に強い酒を作らせてヲロチの登場を待ち、酒に酔って寝てしまったヲロチを切り裂いて殺し、約束通りにクシナダヒメと結婚するのである。

この神話は、ヨーロッパから東アジアまで世界的に分布し、ペルセウス＝アンドロメダ型と名づけられた英雄神話の一類型である。大林太良によれば、それは、多頭の龍や大蛇が定期的に人身御供を要求し続けるのに悩まされる村人たちが、最後にのこった王の娘を捧げようとしていたちょうどその時、ひとりの若者が現れてその怪物を退治し、王の娘と結婚するという共通の内容をもって語られている神話である[10]。この内容はスサノヲのヲロチ退治神話とともほぼ一致するわけで、スサノヲは、知恵と勇気とを兼ね備えた文化英雄の典型として地上での第一歩をしるすのである。

ところで主人公スサノヲは、親であるイザナキからも姉アマテラスからも追放された神として、高天原から地上に降りてきたと語られている。ヲロチ退治の英雄スサノヲは、父親イザナキの海原を支配せよという命令を拒んで泣き続けることによって世界を混沌に陥れ、さまざまな乱暴によってアマテラスの支配する高天原を汚し、天上と地上とを無秩序な闇の世界に陥れてしまう。しかも、神がみから楽園追放を命じられて地上に降りる途中ではオホゲツヒメという食物の女神まで殺してしまうのである。

そうした横溢する力を抑えきれない文化英雄スサノヲによって、ヲロチに喰われそうになっていたクシナダヒメは救われる。そして、その二人の結婚によって地上には新たな秩序がもたらされることになったのだが、スサノヲが、神の世界で犯した数々の罪を背負った存在として地上に降臨したと語られているということは記憶しておく必要がある。

この神話に登場する怪物の名ヲロチは、もともと「大蛇」という意味をもつことばではない。得体の知れない恐ろしい怪物がヲロチなのである。だから古事記ではずっとヲロチ（原文は遠呂知）という名称で語られ、切り殺される場面になってやっと正体がわかるから、そこにいたって「蛇」ということばが用いられるのである。[11] そのヲロチの語義だが、ロは古格の助詞（連体助詞「の」と同じ働きをもつ）、チは霊格を表す語で、この神話の結末に「尾」から宝剣が出てきたと語られているところをみると、ヲロチのヲは「尾」の意とみるのがよい。つまり、ヲロチの威力をもっとも象徴する部分が尾であるとみてよいから、ヲロチとは、「尾の霊」という意味をもつ正体不明の恐ろしいモノの呼び名だったのである。

その怪物ヲロチが何を象徴しているかということは、足ナヅチの語るヲロチの姿がどこから連想されているかということにかかわる。多頭の大蛇や龍がペルセウス＝アンドロメダ型神話に共通したイメージだというだけでは、ヲロチ像が構想される理由を説明することはできないだろう。そしてその姿は、ヲロチ退治神話の舞台になっている肥の河（出雲国で最大の河川、斐伊川）を象徴しているとみるのがもっとも理解しやすい。ホオズキのような真っ赤な目というのは恐ろしい怪物の不気味さを表すものだが、それ以外の、八つの頭と八つの尾はたくさんの支流を加えてうねうねと流れる大河の姿を、体に生えた草や樹木は川をはさんだ両岸のさまを、たくさんの渓谷や尾根を越える巨大な姿は川そのものの雄大な流れを、腹から爛れる血は両岸から川に崩れ落ちた山肌の状態を、それぞれ象徴化しているとみれば、ヲロチのイメージは明らかに斐伊川そのものの姿を写しているということが納得できるはずである。

ヲロチは、毎年老夫婦のもとにやってきて娘を一人ずつ喰ってゆく（原文では「年毎に来て喫ひき〈毎年来喫〉」）と語られている。そこから言えることは、足ナヅチ・手ナヅチに象徴された共同体の側と異界のヲロチとは、ヲトメを差し出すことによって契約関係を結んでいるということである。つまり、足ナヅチの側は年毎にヲロチに娘を捧げることによって、ヲロチ（川）の被害から免れヲロチの力を授けられているのである。これは、両者のあいだに神と人との契約関係があったということ、ヲロチに対する祭祀が行われていたということを示している。こうした点から、人びとに恐れられ退治されるヲロチとは、水の恵みをもたらしてくれる川と、洪水によって命や財産を奪う川との、川という自然のもつ威力の二面性を抱えこんだ〈自然神〉の姿だということが見えてくる。そして、それを退治するスサノヲは、そうした自然神に対立するもうひとつの神としてここに登場するのである。

図式的にいえば、〈自然〉を象徴したヲロチに対して、スサノヲは〈文化〉を象徴する神である。それは、混沌に対する秩序というふうに言い換えてみてもよい。たとえば、スサノヲが自らをアマテラスの弟だと名告るのも、「高志」という混沌の異界に本拠を置くヲロチに対して、スサノヲが秩序化された世界（高天原）から来訪した高貴な神であることを明かすためである。自然の力とは別の、もうひとつの力としての〈文化〉をもつ神というのが、ヲロチ退治神話においてスサノヲが与えられた役割なのである。[12]

また、そのことは次のように説明することもできる。足ナヅチの側からいえば、スサノヲに娘を奉ったということは、スサノヲの正体を知ることによってヲロチからスサノヲへと祭祀対象を移したのだということになる。異界から訪れる者に娘を与えてしまうという点からみれば、ヲロチに喰われるのもスサノヲに与えるのも同じことなのである。しかしスサノヲの登場によって、両者はイケニへとして喰われてしまうことと、結婚という人の側の秩序（文化）に組みこまれることとの違いとして認識されることになった。

別の言い方をすれば、スサノヲの登場する以前、クシナダヒメをヲロチのごちそう（贄）として捧げられるかわいそうなイケニへとみる認識はなかったはずである。スサノヲという新しい神の登場が、「ヲロチに喰われる足ナヅチのむすめ」＝「〈生贄〉として捧げられるかわいそうなヲトメ」を誕生させたのである。

足ナヅチは、登場した新たな神との契約関係を選んだ。それを可能にしたのは文化英雄スサノヲの正体であった。だからそのスサノヲの姿は、奇怪なヲロチに対して人間と変わらない姿をもつ神としてイメージされているはずである。この神話は、結婚して子を生むことこそが人間の文化を生み出す根源であるという意味において、人間の結婚の起源神話だというふうにも読める。[13] しかし、考えてみれば、ヲロチに捧げることとスサノヲの求めに応じて娘を差し出すこととのあいだに本質的な差異はないということからいえば、ヲロチと捧げられるヲトメとの関係もまた、ひとつの〈結婚〉として神と人とを繋ぐものだということができるのである。

地上に秩序をもたらしたスサノヲは、その横溢する力と過去に犯した罪とを秘めたままにクシナダヒメと結婚し、共同体を護る神として祀られることになった。クシナダヒメの名前は物語的なクシ（櫛）から連想されているとともに、クシ（奇し＝霊妙な力をもつ）イナダ（稲田）ヒメ（女神）、つまり農耕神を祭る巫女の性格をもっている。そうした巫女とスサノヲとが結婚するのは、スサノヲが農耕神的な側面をもっているからである。そのことは、後にふれるように、スサノヲがオホゲツヒメ殺しによって五穀を誕生させた神だという神話にも示されているだろう。スサノヲは自らが殺したオホゲツヒメの死体に生じた五穀の種を取り、それを地上にもたらした神でもあった。ここからも、スサノヲの地上への降臨が、農耕の起源にかかわっているということがわかる。だからこそ稲田の女神クシナダヒメとの結婚が、農耕の始まりとして語られる必要があったのである。スサノヲのもつ〈文化〉こそが、稲作をはじめとした農耕を可能にする力であり、同時に彼のもつ罪や凶暴性こそが、農耕が始源的に抱え込まなければならなかった〈負性〉を象徴しているに違いないのである。

　ここに語られているヲロチからスサノヲへの共同体の祭祀対象の移行を、自然神から文化神（人文神）への転換として位置づけることができるとすれば、ヲロチに喰われるヲトメについても、説明し直すことができる。それは、喰う（喰われる）ことの神話的な意味とは何かという問題である。

「クフ（食）」の尊敬語「ヲス（食）」は、周知のとおり天皇の天下（地上世界）の支配を表すことばである。[14] それは、食べるという行為が外部をもっとも確かに所有することとして認識されているからである。ヲロチがヲトメを「喰ふ」のは、ヲトメを自己のものとして所有することにほかならない。したがってそれは、スサノヲがクシナダヒメを妻として所有することと等しい行為なのである。ところが、そのヲロチと足ナヅチ・手ナヅチとのあいだの契約関係は、スサノヲのクシナダヒメへの求婚によって断たれてしまった。そこでは、ヲトメ（人の側）とヲロチ（自然神）とのあいだに交わされていた従来の関係性が、蛮行としての「喰ふ」行為となって〈文化〉の外に追い遣られることになったことを意味している。

　これと同様の関係は、他にも見いだせる。たとえば、出雲国風土記、意宇郡安来郷条に伝えられている語臣《かたりのおみ》猪《ゐ》麻呂《まろ》のワニ退治の伝承もその一つである。猪麻呂の娘は毘売《ひめ》埼《さき》と呼ばれる「神を迎える場所」でワニ（鰐・鮫をいう）に出会い、喰い殺されてしまった。この伝承は、父の猪麻呂が神に祈願し、呪術的な能力を発揮して娘を殺したワニを見つけて殺すという父親による敵討ちの伝承になっているのだが、その伝承の基層には、ワニを自分たちの始祖神として祀る漁撈の民の、神とヲトメとの神婚を語る始祖神話が存在したと考えるべきである。[15]それは、同じく出雲国風土記、仁多郡条に伝えられる恋山《したいやま》の、ワニが玉日女命という女神を慕って川を遡って来訪したけれども、玉日女は石を積んでワニの溯上を拒んだという伝承や、肥前国風土記、松浦郡条の、弟日姫子《おとひひめこ》と呼ばれるヲトメが山の上にある沼の神（蛇）に魅入られ、沼に引き込まれて死んだという伝承など、さまざまに語られている。それらはいずれも神婚神話のバリエーションで、神の子の誕生を語る始祖神話であるとともに、一方で、神に殺され神を拒んだヲトメたちの伝承としてもずっと語り継がれていくことになるのである。[16]

神の妻になるべきヲトメ（巫女）は、一方で神に捧げられるヲトメだったのである。しかし、その両者のあいだには、大きな隔たりと落差を認めなければならない。

農耕と供犠

クシナダヒメがイケニへから救出されることによって、農耕（稲作）の繁栄は約束されることになった。そして、矛盾しているようだが、それがイケニへ譚の発生である。イケニへが回避されたと語ることがイケニへ譚の発生なのである。[17]この構造は、起源神話の問題としてみれば普遍的なことである。ある始まりを語る時、起源神話ではいつも、始まりの前の混沌あるいは無秩序から語り出されるのが常だからである。[18]

農耕、ことに稲作は、はげしく自然と対立するものであった。それは、常陸国風土記、行方郡条の、夜刀神《やとのかみ》の伝承に象徴的に語られている。共同体と国家とにおける稲作の始まりが二重化されて語られているヤト神の伝承では、神の領域である湿地に棲む角のある蛇（ヤト神）は、共同体の首領マタチ（箭括《やはず》の氏の麻多智《またち》）による稲作のための湿原の開墾とともに追い払われる。そして、天皇の霊威を振りかざした壬生連麿《みぶのむらじまろ》によって虫ケラのごとくに追討されてしまうのである。[19] このヤト神も、スサノヲによって切り刻まれてしまうヤマタノヲロチと同じ運命を辿った自然神である。

稲作は人びとに文化をもたらした。そしてそれは、自然（異界）と対立し自然を破壊することによって成り立つものであった。ヲロチもヤト神もその犠牲となって死んだ。だから、彼らの死こそが、農耕の始まりにあたって要請されたイケニヘだったと見なすこともできるのである。

事実、稲作はイケニヘを要求するものだったらしい。たとえば、次のような伝承がそのあたりの事情を語っている。

(1)　讃容《さよ》といふ所以《ゆゑ》は、大神妹妋《いもせ》二柱、各、競ひて国占めましし時、妹玉津日女命《いもたまつひめ》、生ける鹿を捕り臥せて、その腹を割きて、その血に稲種《ま》きき。仍《よ》りて、一夜のあいだに、苗生ひき。即ち取りて殖ゑしめたまひき。　（播磨国風土記、讃容郡）

(2)　右、雲潤《うるみ》と号くるは、丹津日子《につひこ》の神、「法太《はふだ》の川底《かはじり》を、雲潤の方に越さむと欲ふ」と、爾云《しかい》ひし時、その村に在《いま》せる太水《おほみづ》の神、辞《いな》びて云りたまひしく、「吾は宍《しし》の血を以ちて佃《たつく》る。故、河の水を欲りせず」と。　（同右、賀毛郡）

(3)　群臣相語りて曰はく、「村々の祝部《はふりべ》の所教《をしへ》の随《まにま》に、或いは牛馬を殺して、諸の社の神を祭る。或いは頻りに市を移す。或いは河伯《かはのかみ》を禱《いの》る。既に所効《しるし》無し」と。蘇我大臣報《こた》へて曰はく、「寺々にして大乗経典を転読《てんどく》しまつるべし。悔過《くゑくわ》すること、仏の説きたまふ所の如くして、敬《ゐや》びて雨を祈《こ》はむ」と。　（日本書紀、皇極天皇元年七月）

古代の日本では動物によるイケニヘの風習は行われておらず、これらの事例は中国の習俗が反映しているのだと言われることが多いようだが、稲作にかかわる動物供犠を否定することはできないだろう。鹿や猪を殺し、その血を撒いて稲を植えたり(1)(2)、雨乞い（これも稲作にかかわる儀礼）において動物供犠が行われたりした(3)ということは、稲作が自然に立ち向かう営みであるかぎり、必然的なことであった。

稲作の起源神話にはいくつかのタイプがあるが、各地に残る鳥の穂落としや、神の世界にあった稲種を盗んできたという伝承が象徴的に示しているように、稲種は神の世界からもたらされたものであった。そして、稲作は神＝異界への侵犯という根源的なタブーを抱え込んでいるものだから、「盗み」といった人間の側の負性を起源神話は抱え込まなければならなかったのである（稲作のタブー性については、このあとの第五章参照）。それゆえに、自然に対立する稲作は、自然（神）をどのように和め、どのようにして自然の力を人間の側に引き入れるかということが問題となるのである。

　そしてそれは、具体的な祭祀の場では、自然と人間との相互補完的な関係性としてあらわれる。人は神に供え物を捧げ、神は人に実りを約束する。その関係が農耕の充足を保証するのであり、祭祀によってそれは果たされてゆく。ある場合に、祝詞の文句が条件句をともなった脅迫的な物言いになるのも、そうした神と人との関係性の本質を示しているだろう。そして、神のもっとも喜ぶ捧げ物として「生け贄」は準備されたのである。それは、人の側が農耕の始まりとともに抱え込んだ〈負い目〉への代償だったということもできる。それゆえに、神話ではそのもっとも高価な代償として、選ばれたヲトメがイケニヘとして捧げられることになったのである。ヲトメたちの、神の妻から神のごちそうへの変貌は、非農耕（狩猟採集）から農耕への過渡において生じたのである。

　スサノヲによって始源の稲作がもたらされたとする神話は、そうした根源的な神への犯しという負性を象徴的に語っているだろう。したがって、そのスサノヲが、オホゲツヒメ殺しという罪を犯すことによって〈文化〉としての稲作（農耕）をもたらす神となって地上に降臨したという神話は、本節のテーマにとってきわめて興味深い出来事である。

　また、食物《をしもの》を大気都比売《おほげつひめ》神に乞ひき。しかして、大気都比売、鼻口と尻とより、種々の味物《うまつもの》取り出でて、種々《くさぐさ》作り具へて進《たてまつ》る時、速須佐之男命、その態《しわざ》を立ち伺ひ、穢汚《けが》して奉進《たてまつ》るとして、乃ちその大宜津比売《おほげつひめ》神を殺しき。

故、殺さえし神の身に生れる物は、頭《かしら》に蚕《こ》生り、二つの目に稲種生り、二つの耳に粟生り、鼻に小豆生り、陰に麦生り、尻に大豆《まめ》生りき。

故、是に、神産巣日《かむむすひ》の御祖命《みおやのみこと》、これを取らしめて、種と成しき。（古事記、上巻）

蚕と五穀の起源が、オホゲツヒメという食物の女神を殺害することによって語られている。日本書紀ではそれが、月夜見尊《つくよみのみこと》（月神）による保食神《うけもちのかみ》殺しとして語られており（神代紀第五段一書一一）、食物を司る神の殺害によって五穀が生じたという神話が普遍的な広がりをもっていたということを示している。そしてそこにも、農耕のもつ負性が象徴的に描かれていると見なすことができるはずである。もちろん、死と再生という構造は起源神話の安定した語り口だということはできるが、神の殺害が五穀を誕生させたという語りは、稲作に象徴される農耕が自然への犯しというタブーを抱え込んでいるという観念に支えられたものだとみなければならない。しかも、その役割を高天原から追放されたスサノヲや夜の世界に置かれたツクヨミが担っているというのも象徴的なことである。

殺されたオホゲツヒメ（ウケモチ）とはどのような存在なのか。起源神話の問題としていえば、始まりの前に位置づけられた混沌であり、自然である。彼女（どちらも女神とみなしてよい）の産みなす食べ物は、五穀のように「栽培」という行為を経てもたらされるものではなくて、排泄されるもの・湧き出してくるものである。向こう側から訪れる動物たちや大地から芽吹き実る植物を育む神、それがオホゲツヒメでありウケモチだったのではないか。自然そのもの、大地そのものとみなせば理解しやすい。

オホゲツヒメの死体から蚕や五穀の種は生まれた。古事記ではそれを、「神産巣日の御祖命、これを取らしめて（令取玆）、種と成し」たという。カムムスヒは誰に命じて種を取らせたのかが、この文脈では明確ではない。ここにカムムスヒが登場するのは、西郷信綱が言うように、「穀物の種が高天の原伝来であることを示そうとするもの[20]」とみなしていいかどうかも考慮の余地があると思うが、異界からもたらされたというのは間違いない。

日本書紀一書では、ツクヨミが殺害した地上のウケモチの体から生じた五穀の種は、アマテラスが視察を命じた「天の熊人《くまひと》」によって高天原に献上され、神の種になったと語られている。それに従えば、カムムスヒも誰かにそれをさせたはずである。そして、それが可能な神は、古事記の文脈の中ではスサノヲしかいない。カムムスヒはオホゲツヒメを殺したスサノヲに命じて、死体から生じた種を取らせ、それを神の種となし、改めてスサノヲに託して地上にもたらしたのである。それゆえに、稲種をもって異界から訪れたスサノヲは水田の女神であるクシナダヒメ（奇シ稲田ヒメ）と結婚することができるのである。

日本書紀に登場するウケモチは葦原中国（地上）にいると明記されているが、古事記のオホゲツヒメがどこにいたかは語られていない。地上かもしれないし、高天原かもしれないし、そのどちらでもないある場所かもしれない。また、カムムスヒも元は高天原にいたとは考えにくく、海のかなたの原郷にいるとされていたらしい。そこから考えると、高天原を追放されたスサノヲは、高天原から地上に来るあいだに立ち寄った某地において、オホゲツヒメを殺し、その体から五穀が生えてきた。それを知ったカムムスヒが、スサノヲに命じてその種を自分の許に持ってこさせ、それを浄化したうえでスサノヲに託して地上に持たせた。そのように理解するのがよいのではないかと今は考えている。[21]

ことさらに触れる必要がないほどによく知られていることだが、このオホゲツヒメ殺しの神話は、イェンゼンが『殺された女神』のなかでハイヌヴェレ神話素として紹介した世界的な分布を示す穀物起源神話に繋がっている。イェンゼンは、この神話を芋類の栽培民文化層に発生したものであるといい、そこに供犠がともなうのは、「最初の死が殺害であり、この最初の死が生殖を、したがって生命の持続をもたらしたのだから、あの最初の死を最も生き生きと《想い出す》ことが大切なのだ。だから、殺害が肝要な一連の祭儀が存在する」ので あり、それは、「人が神を自分で体験」し、「神的性格を意識」することだと述べている。[22] これによれば、いかなる供犠（イケニヘ）も、農耕の始まりとともに生じたものであるということはあきらかである。そして、この認識はまちがっていない。

このイェンゼンの指摘を受けてオホゲツヒメ神話を分析した大林太良は、日本においてもその起源は稲作にあるのではなく、粟など雑穀類と豆類の栽培を中心とした焼畑耕作文化にあることを主張し、「これらの神話は単に農耕の起源を語っているばかりでなく、宇宙の秩序の設定も語っており、文化と自然との関連についても発言している宇宙論的側面ももっている」と述べている。[23] この点については、本節で述べてきたこととも重なることであり、起源神話を考える場合には重要な指摘だといえよう。ただし、オホゲツヒメ神話が焼畑にかかわるのか稲作にかかわるのかという点は、それほど大きな問題だとは考えられない。もちろん、縄文的な狩猟採集生活が、ある時いっきに稲作に転換したとは考えられないし、地域や環境によって栽培作物の種類に違いや変化があったのは当然だろう。

重要なことは、人びとの生活の狩猟採集から農耕栽培への転換と、オホゲツヒメ神話の発生とはかかわっており、そこに供犠という観念が必然として生じてきたということである。そのことは、根源的な、人と自然（神）との関係性の変貌と対応しているはずだ。八ヶ岳山麓の民でいえば、縄文中期において山麓一帯の丘陵地帯に濃密に居住した人びとが、後期になると急激に減少し、それにともなって低地における居住痕跡が多くなっていくといった考古学的な事実とも見合っているだろう。

縄文の神話

縄文時代にはイケニヘ譚は存在しなかったし動物供犠も行われていなかったということは、断言してもよい[24]。もちろん、縄文も後期になれば、すでに稲作もふくめて雑穀類の栽培が行われていたというのは今や考古学の常識に属すことだし、野生植物を住居の近くに植えたり群落に手を入れたりするような半栽培をも視野に入れれば、その上限は縄文のそうとう古いところまで遡るだろうから、縄文時代をすべて均質に考えることは適切ではない。ここでいう縄文とは、狩猟採集によって生活する人びとの時代と限定しておかなければいけないし、一応の目安として縄文中期までを念頭において考えている。

イケニヘ譚は存在しないとして、では、どのような神話が存在したのかと問われても、今は答えようがない。ただ、イケニヘ譚との繋がりでいえば、間違いなく始祖神話は存在したとみてよい。それは、われわれが現在文献によって知ることのできる、縦に繋がる系譜をもった神婚型始祖神話とはちがう。系譜をもつのは、明らかに王権や氏族が意識された後のものだからである。縄文時代にありえた始祖神話は、動物（神）と人間との繋がりを語る神話だろう。彼らは動物＝神の子孫だったのである。

あくまでも想定するだけで、縄文時代の神話を示すことはできない。せいぜい、中期の装飾性のつよい土器類に描かれたヘビやイノシシなどの紋様が、そうした痕跡を示しているといえるくらいだ。だからここでは、記録の残る狩猟採集民に伝えられた伝承を参照しながら想像力を働かせてみるしかない。

たとえばトーテム信仰の強いオーストラリア原住民アボリジニーは、それぞれの氏族によってトーテムが決まっており、「カンガルー・トーテムの氏族の人々は、自分たちの魂がカンガルーの精霊から出ていると信じている。ゆえに、年に一度儀式としてカンガルーの肉を食べるほかは、決してカンガルーを殺さないし、その肉を食べない」という[25]。逆にいえば、彼らは一年に一度カンガルーの肉を食べることによって自らがカンガルーになるのである。また、アメリカ先住民たちも、クマびと・シャチびと・サケびとなどさまざまなトーテムによるグループに分けられているというし[26]、オホーツク＝エベンキ人は自分たちを「クマと人間の女性との結婚から生まれてきた」と伝えているという[27]。

こうしたあり方は、アイヌの場合にも指摘できる。この種の伝承は採集者の耳に入りにくく、すでに忘れられてしまったものが多いようだが、藤村久和によれば、「男女両系を示す家紋と下紐は、血縁集団別に違った形をしており、その形ははるかに遠い昔に自分たちの祖先と婚姻関係を結んだとされる神に由来し、神の全体または特徴ある一部を抽象的に表現したものである」といい、ヒグマを祖先神にもつ由来譚をピウスツキの採集資料として紹介している[28]。アイヌの男たちが用いる祭具や道具類にほどこされた細かな彫刻の紋様に、クマやシャチなどの家紋（イトクパ＝家系を表す刻印）が彫られているのはよく知られていることである。

アイヌは、自分たちが狩ったり採集したりする動物や植物はすべて神（カムイ）だというアニミズム信仰をもっている。そして、その神がみと自分たちとの関係は次のように認識されている。

たとえばヒグマでいえば、彼らはふだんは神の世界にいて、人間とまったく変わりのない生活、男なら宝刀の鞘に彫刻をし、女たちは縫い物をするといった生活をしている。そして、人間の世界を訪れて歓待してもらいたくなると、家の中に掛けられた毛皮をかぶり、肉を土産にもって（つまりヒグマの姿になって）、神の世界からやってくるとアイヌは考えるのである。彼らは自分たちが狩りをすることのできるそれぞれの領域（神と人とが共有する場で、〝イウォル〟と呼ばれる）をもっているが、ヒグマはそこに出てきて、人間に射られるのである。けっして人間がクマを射るのではなく、神が人間の家を訪れたいがために射られるのだと考えている。そして、クマを射た人間は相手を神として丁重に扱い、土産の毛皮と肉をいただき、その代わりにカムイを酒食や踊りで歓待して喜ばせ、また来たいと思わせてから、準備した土産をもたせ、その魂を神の世界に送り返す。そうすると、神は自分の家に帰り、周りの者たちに土産を分け与え、人間の世界での楽しかった出来事を語って聞かせ、また人間の村を訪れてみたいと思いながら、もと通りの生活をしているのだという。(29)

こうした認識はかなり合理的すぎる説明のように聞こえるが、これこそが狩猟民にとってもっとも本質的な神と人との関係を表しているとみなければならない。狩猟や採集による獲物や収穫はすべて神の側に委ねられているわけで、技術や知識が大きなウエートを占めるとしても、それは人間の側の主体的な営みとは認識されないのである。というより、人間の力が主体的に働いていると考えるほどに自然はあまくはないということだ。彼らの生活そのものが神に委ねられていたのである。そのために、彼らは動物の子孫になることが必要だったのであり、その象徴的な祭儀として、子グマ飼育をともなうイヨマンテ（熊の霊送り）は存在するのである。

イヨマンテの語源は、「イ＝それ・オマンテ＝（神の国に）送る」で、イは、日本語の「もの」と同じように、貴く恐ろしい相手の名を直接呼ばずに敬い遠ざける表現で、ここは神である動物の魂をさす言葉である。その祭儀は、一定期間（ヒグマならふつう一年間）育てた動物の魂を神の世界に送り返す儀式なのだが、飼育しているあいだは、「自ら母乳を与え」たりしながら家族のようにかわいがって育て、盛大にとり行われる送りの日には涙を流して別れを悲しむのである[30]。

動物の飼育をともなう霊送りは、北シベリアの原住民たちのあいだにも認められることだが、それがどのような意味をもつかという点については明確な説明がなされていないように思う。わたしは、今までの論述から考えて、アイヌの飼育をともなうイヨマンテについて次のように認識している。

先に、西郷信綱の、「それを自然の状態から文化の状態へと転換させ、神との関係においてその動物を共同体の象徴たらしめる」という魅力的な発言に留保を表明したのは、西郷が文化（農耕的な神観念）の側からイヨマンテを認識しようとしているためである[31]。そして、この見解はたぶん間違っている。なぜなら、動物の飼育は、動物を「文化の状態」にすることではなく、逆に、人間が「動物（自然）の状態」になることだと思うからである。トーテム信仰のなかで自分たちを神の子孫とする始祖神話が語られるのと同様に、人は子グマを育てることによって〈クマ〉になるのだ。それは、始祖神話の実習だといっても構わないだろうし、オーストラリア原住民アボリジニーにおける「カンガルー・トーテム」の一族が一年に一度だけカンガルーの肉を食べて自分たちが「カンガルー」として再生するのと等しい行為だとみなすこともできよう。

厳重な手順のもとで執行される動物の解体は、それが狩猟によってえた動物であろうと儀礼的に行われる飼育された動物であろうと、農耕儀礼として行われる動物供犠とは本質的に別個の行為なのである。狩猟民にとって動物は神なのだから、動物神に動物を捧げ物として供えるなどということは生じるはずがない。

また、ヲトメの場合も始祖神（トーテム）の結婚相手なのであって、「贄」として捧げられる存在にはなりえない。もちろん、悪い神が人間の娘にちょっかいを出して懲らしめられるというふうな伝承はあるが、それは結婚（性）の対象であって、ごちそうとしての食べ物にはならないのである。もし、ヲトメが神のごちそうなら、神（動物）の子孫である人間を誕生させることもできなくなる。

共同体を象徴するヲトメは神と結婚し、そこに〈神の子〉が誕生する。その子を始祖として、共同体や氏族は、自分たちの起源を語ることができるのである。起源をもつことは存在を保証することだから、始祖神話が彼らを存在させることになると言ってもかまわない。そして、時々に、彼らは自分たちの始まりを確認することによって、自分たちの〈現在〉を〈始源の時〉に回帰させ、それによって永遠の〈未来〉を確信し続ける。これが、直線的な時間とは異なる、神話的な時間である。始祖神を迎え祀るのはそのためだし、始祖神と一体化するために動物を飼育し、儀礼的にその肉を食べなければならないのである。

そこに登場する神の嫁としてのヲトメは、神と人との関係性の変貌や歪みとともに、捧げられるヲトメへと姿を変え、神のごちそうになってゆくのだし、動物神は、人と区別されたただの動物になってしまうことによって、新たに登場した神に〈贄〉として捧げられるのである。動物たちが神としてあり、その神の子孫であることによって人がその存在を保証されているという社会のなかでは、ヲトメや動物を〈贄〉とみる認識は生じようはずがないのである。そして、縄文とはそういう、人と神（動物）とが一体として共存する社会だった。それこそが、人が人であるための唯一の選択であった。

縄文人の神話を想定しながら、アイヌの神話や儀礼をそこに重ねるというのは、たいへんに危うく乱暴な方法であることは自覚している。このように論じてきたからといって、アイヌを縄文人の末裔だと主張しようとしているのではない。ここでは、ともに狩猟採集を基層にもつ人びととして、両者をおなじレベルに置いてみた時、何が見えてくるかということを考えてみたかったのである。農耕栽培、ことに稲作以降の神話しかもたない古代ヤマトの伝承の向こう側にある世界を窺うための一つの仮説として読んでもらいたい。

共同体の供犠

イケニヘ譚のもう一つのタイプ、橋や堤防の築造にかかわる人身御供（人柱）譚について簡単にふれておこう。

その最古の事例は日本書紀、仁徳天皇一一年条に記された伝承である。河内国にある茨田の堤を築こうとするが二ヵ所だけすぐに決壊してしまう場所がある。困っていると天皇の夢に神が登場し、武蔵人・強首《こはくび》と河内人・茨田連衫子《まむたのむらじころものこ》という二人の人間を河の神に捧げたら堤は完成するだろうというお告げがあった。そこで、その二人を探し出し、まず強首を沈めたらお告げの通りに堤は完成した。次いで衫子を沈めようとすると、彼は瓢箪二つを河に投げ入れて、もしこれが沈んだらイケニヘになろうと言挙げする。すると神はつむじ風を起こして瓢箪を沈めようとしたが沈まず、瓢箪はそのまま流れていってしまった。そのために衫子は死をまぬかれ、堤を完成させることができたという伝承である。

瓢箪が水に沈まないというモチーフは、昔話「蛇婿入り・水乞い型」などにも用いられており、それは、人間の側の知恵を示すための類型的な語り口であるが、その伝承が日本書紀の仁徳天皇巻にあるということは象徴的なことである。というのは、この種の人身御供譚は国家の成立に見合うかたちで生じたと見てよいからである。古事記や日本書紀における応神天皇や仁徳天皇の記事には、池の築造や堤防の造営にかかわるものが数多く見いだされる。そしてそれらは、国家の、あるいは天皇のもつ力＝文化を語ろうとする方向に収斂されている。古代王権にとって、それらの土木事業を語ることはすぐれた天皇の証しとして必要だったのであり、歴史的にみれば、こうした人身御供譚は、農耕の開始とともに語られるもう一つのイケニヘ譚、魔物に捧げられるヲトメたちの伝承に遅れて発生したものであることは明らかである。

考えてみれば、仁徳天皇一一年条の記事は奇妙な伝承である。一方の男はイケニヘになることで堤は完成し、一方はイケニヘにならずに堤は完成したというのである。天皇の見た夢の権威はどうなるのだということにもなるが、そのことを措いて言えば、堤の築造にとって、イケニヘはあってもなくてもかまわないのだということをこの伝承は語っているように読める。だから堤を築く際にはイケニヘを捧げるのだという起源神話でもあるし、だからイケニへはなくなったのだという起源神話でもあるという矛盾を抱え込んだ伝承が、人身御供譚の最古の伝承なのである。それは、この系統の伝承の曖昧さを象徴してもいるだろうし、国家の側の狡さを露呈させているともいえそうである。

伝説として各地に遺る人身御供譚は、多くの場合、人柱になった男や女たちの悲劇を事実として伝えている。本当に人柱に捧げられた人がいたと思わせるような語りぶりをとるものも多い。しかし、その人柱のお蔭で堤や橋が決壊することはなくなったのだから、その時から人身御供を捧げる必要はなくなったということになる。だから、伝説の人身御供譚もまた、人柱の起源を語る話であるとともに、人柱が行われなくなったことの起源を語る伝承だということもできるのである。また、共同体や国家は、そうした昔の犠牲に支えられて〈今〉を保証されているのだという点からみれば、魔物に捧げられるはずのヲトメが英雄の登場によって救われたと語る、もう一つのイケニヘ譚と同じ構造だとみることも可能だろう。そして、人身御供譚のもつ暗さは、人間が抱え続けなければならない〈負い目〉が影を落としているからだとみなければならない。

高木敏雄や柳田国男などイケニヘ譚を論じた人たちに共通するのは、人柱など伝承の世界のものであって現実にはありえなかったという主張が鮮明だということである(32)。たしかにそれらは伝承の問題であって事実の問題ではないとみるのは正しい認識だろう。しかし気になるのは、それらの発言が、外国にはあるが日本にはそんな残酷な行為など考えられないという捩じ曲げられた愛国心から発想されているように見えるという点である。逆に、外国にあるなら日本にもあっただろうし、日本にないなら外国にもなかっただろうと考えてみるべきだ。もちろん、このように言ったからといって、すべての世界でイケニヘが行われていたとか、どこにもイケニヘなど存在しなかったとかという、一方的な判断を下そうというのではない。日本という場所を特別視することは避けるべきだということである。

南方熊楠の「人柱の話」に示された事例はそのあたりの問題を明らかにしている。そこに引かれた外国の事例も有りそうで無さそうな話ばかりである。[33]逆説めいた言い方になるが、そうした曖昧さがイケニヘ譚や人身御供譚のリアリティを保証しているのである。この曖昧さが、今は存在しないけれども、いつまた生じるかもしれないという恐怖心を人びとに与えることによって、お話のレベルを超えてゆくのである。

たしかに、イケニヘ譚や人身御供譚は農耕の始まりや国家の成立にかかわる伝承として発生した。とくにヲトメのイケニヘ譚が「親棄て伝説[34]」と同様に、イケニヘが行われなくなった起源を語るという共通性をもつことからみて、その発生は起源神話の問題として説明することが可能である。ヲトメがイケニヘから救出されるという出来事によって、〈今＝未来〉に続く共同体の秩序の始まりが神話的に保証されているのだから。

ところが人身御供譚の場合、そのあたりが曖昧なのである。もともと伝承として発生しながら、常に生じる自然の猛威によって堤防や橋が壊された時には、語り継がれている人柱（人身御供）が想い起こされ、そうした伝承を根拠として、逆に現実の人柱を要求してしまい、ついには共同体の犠牲となって沈められる男や女たちがある時に生じたとしても、いっこうに不思議ではないという気がしてしまうのである。それが、この種の伝承のもつ曖昧さであり不気味さであるということができる。そして、それはどうやら、国家や共同体に対して誰もが感じる残酷さやある種の胡散臭さに支えられて、人びとの恐怖感やリアリティを増幅させてゆく装置だったのではなかろうか。

＊

わたしのイケニヘ譚の筆は、ここでひとまず措かれることになるが、最後にひとつだけ、壊された縄文の土偶が〝殺された女神〟ではなかったということだけは記しておこう。滅んでいった縄文への感傷的な憧憬をもっているわけではなく、縄文とはイケニヘ譚を発想しえない時代だったのだということを確認しておきたいだけである。しかし、なぜ発掘された土偶が多く壊されているのか。

そもそも、バラバラになった状態を「壊された」というふうに認識してよいかどうかが問題である。現代のわれわれには壊されたと見えるが、じつはそれは、「解体された＝送られた」状態としてあるのではないか。土偶が何らかの意味で宗教的・信仰的な性格をもつものであるという点は動かないだろう。そうした呪術的な意味をもつ神像を、そのままの状態で人間の世界に置いておくのは恐ろしいことだったに違いない。だから、祭儀が終了すれば、神（土偶）は神の世界にもどす必要があり、そのために、動物神がそのようにして送られたのと同様に、神像は解体され、その魂は神の世界に送られたのではなかったか。(35)

土偶がバラバラにして埋められている理由を、今はそのように想像している。

【付記】 この論文を発表したのは一九九二年であったが、その後、この論文を評価してくれた中村生雄氏が呼びかけ人となって組織された供犠論研究会が発足し（一九九八年）、赤坂憲雄氏とともに発起人に加わったわたしは、境界を越えて集まった異分野の研究者たちの刺激を受けながら、「殉死と埴輪」「人、鉄柱となる」などの論文を書いた。ともに『古代研究――列島の神話・文化・言語』に収めている。お読みいただければ幸いである。

余白に付け加えておくと、供犠論研究会のメンバーからは、多くの成果が世に出た。たとえば、六車由実『神、人を喰う　人身御供の民俗学』（新曜社、二〇〇三年）、松井章『環境考古学への招待　発掘からわかる食・トイレ・戦争』（岩波新書、二〇〇五年）、平林章仁『神々と肉食の古代史』（吉川弘文館、二〇〇七年）、中村生雄『日本人の宗教と動物観　殺生と肉食』（吉川弘文館、二〇一〇年）、同『肉食妻帯考　日本仏教の発生』（青土社、二〇一一年）、原田信男『なぜ生命は捧げられるか　日本の動物供犠』（御茶の水書房、二〇一二年）、同『神と肉　日本の動物供犠』（平凡社新書、二〇一四年）、赤坂憲雄『性食考』（岩波書店、二〇一七年）、中澤克昭『肉食の社会史』（山川出版社、二〇一八年）など、近年の動物供犠や生贄に関する論考の多くが、中村さんの主導していた供犠論研究会での成果を主要な核として生み成されたとみなせる業績である。また、中村生雄・三浦佑之・赤坂憲雄編『狩猟と供犠の文化誌』（森話社、二〇〇七年）は、研究会メンバーが結集した論文集であった。

第三章　青人草――人間の誕生と死の起源

日本人における「春は桜」という季節観の成立は、和歌的美意識の確立する平安時代以降のこととみてよかろう。そして、その萌芽はすでに万葉集に見いだせるが、古事記や日本書紀の神話のどこにも、「桜」という語を見つけることはできない。そもそも神話には季節感そのものが希薄で、季節の移ろいを語るといった神話を見いだすことさえ困難である（古事記の応神天皇条に、秋山之下氷壮夫《あきやまのしたひをとこ》と春山之霞壮夫《はるやまのかすみをとこ》による兄弟対立譚が語られる話はある）。おそらく、和歌が選びとる景物と神話が描こうとする風景とではまったく別の方向を向いているためかと想像される。世界の始まりや〈今〉の根拠を語ろうとする神話にとって、春の訪れとか秋の深まりとかいった、現にくり返される安定した自然の運行はそれほど大きな関心事ではなかったらしい。

コノハナノサクヤビメ

「さくら（桜）」という語が神話には登場しないと言ったが、では「桜」は描かれていないかというとそうではない。「桜」を象徴すると考えなければならない女神がいる。いうまでもなくそれは、コノハナノサクヤビメである。古事記に木花開耶姫と記される女神が象徴する「木花」の開花とは、そのように描かれてはいないが、まちがいなく「桜」の花である。そしてそこには、この列島に住む人びとが桜の花に見いだした、あるいは託した美意識そのものの神話的な起源が込められているのではないか。

　高天原から地上に降りた邇々芸能命《ににぎのみこと》は、山の神・大山津見《おほやまつみ》神の娘、木花のサクヤビメに求婚する。それをたいそう喜んだ大山津見神は、サクヤビメの姉の石長比売《いはながひめ》を副えて嫁がせる。ところが、ニニギ命は石長比売の醜い姿に恐れをなして送り返し、サクヤビメだけを留めて結婚した。すると、姉娘を送り返された父の大山津見神はひどく恥じて次のように呪詛した。

我が女二《むすめふた》りを並《とも》に立奉《たてまつ》る由は、石長比売を使はさば、天つ神の御子の命は、雪零り風吹くとも、恒に石のごとくして、常《ときは》に堅《かきは》に動かず坐さむ。亦、木花之佐久夜毘売を使はさば、木の花の栄ゆるがごと栄え坐さむ、と宇気比《うけひ》て貢進《たてまつ》りき。此《かく》、石長比売を返さしめて、独り木花之佐久夜毘売のみを留めたまひつ。故、天つ神の御子の御寿《みいのち》は、木の花の阿摩比能微《あまひのみ》坐さむ。

　そのために、今に至るまで「天皇命等の御命」は長くなくなったのだと古事記は語っている。一方、これと同様の神話を伝える日本書紀第九段第二の一書においては、返された磐長《いはなが》姫《ひめ》自らが、「(略)其の生めらむ児、必ず木の花の如く、移落《ちりお》ちなむ」、同一書のなかに引かれた「一《ある》に云はく(一云)」では「顕見蒼生《うつしきあをひとくさ》は、木の花の如く、俄《にはか》に遷転《うつろ》ひて衰去《おとろ》へなむ」と呪詛したことが、「世の人の短折《いのちみじか》き縁《えに》」だと語っている。

このよく知られた神話に語られているのは、天皇あるいは人間が短命になったことの起源である。すでに早く松村武雄や大林太良が指摘しているように[1]、この神話はインドネシアからニューギニアに広く伝承され、バナナ・タイプと呼ばれる死の起源神話のひとつである。それを古事記では人間一般ではなく、永遠であるはずの「天つ神」の子孫「天皇」の寿命に限定して語っているが、それは、永遠の命をもつ天つ神の子孫が地上に降りて限られた命になったことを、ここで語らなければならないからである。それに対して人間は、最初から限られた命をもつ存在であることが古事記では前提になっているのである(本章後半の、「青人草の起源」および「人間の元祖ウマシアシカビヒコヂ」の項参照)。

しばしば論じられていることだが、この神話では、木の花のような繁栄(「木の花の栄ゆるがごと栄え坐さむ」)を象徴する木花のサクヤビメと、岩石のような永遠(「恒に石のごとくして、常に堅に動かず坐さむ」)を象徴する石長比売との対比によって、人間の肉体に与えられた有限性(「木の花の阿摩比能微坐さむ」)を語るのだが、死すべき人間の繁栄と有限なる命とを象徴するのが、ともに「木花」だというのは注目してよいことだろう。その木の花のサクヤビメが象徴する「花」の種類を限定する必要はないという見解が有力だが[2]、ここに描かれた「木花」は、どうみても「桜」でなければならないはずだ。しかし、「桜」説を支持する西宮一民のように、桜を「稲の豊饒を占う神木」であったとみることでサクヤビメの「木花」を桜に比定しようとする民俗学的な解釈[3]をしたのでは、それこそ「花」であれば何でもよいということにもなってしまい、「桜」であることに説得力を与えることはできない。

繁栄と有限とを象徴化した木の花のサクヤビメが「桜」でなければならないのは、「桜」こそがその象徴たりうる唯一の「木花」として存在するからである。その点について積極的に論を展開しているのが中西進である[4]。

桜の花をめぐる死の幻想は根強く日本人にあったらしいが、その反映がこの説話にも認められる。木花之佐久夜毘売の「木花」は何の木とも語られないが、古代人は桜をもって咲くものの代表と考えていた。桜の花は、人々に落花の紛れを感じさせる。すでに桜の咲いている姿の中に、人々は散る影を感じ取る。そうした桜を見る目がこの話を支えているといえよう。

ここにいう「桜の花をめぐる死の幻想」や「落花の紛れ」は、別に書かれた論文「命のまがい」から引かれた言葉だが、その論文を、大伴家持の短歌、

世間《よのなか》は数なきものか春花の散りのまがひに死ぬべき思へば

（万葉集、巻一七・三九六三）

から語り出した中西は、家持のうたう「春花」を桜だとみて、「落花の頃悪《あ》しき怪《け》が世の中に満ちるという考え方をわれわれの祖先は伝統的にもってきた。桜の落花が危うい死のかたちを含んだものであるという考え方である」と述べている。(5)

サクラは「咲く＋ラ（接辞）」で、「咲く」は、サキ（崎・先）やサカ（坂）と語源を共通にし、「枝の先の、神が依り憑きその霊力が最高に発動している状態」を言い、神の依り憑いたしるしが「花」だからこそ逆に、「花の散る時は、人にとってもっとも危険な状態」にもなる。(6)その「咲く」という語を名にもつ唯一の花であるサクラが、伝統的な美意識としての華やかさ（生）と不安（死）とを併せもつのは、それが仏教の無常観に裏付けられて平安時代以降に生じたものではなく、その木がサクラと呼ばれたときから始まるのだと考えなければならない。そして、木花之佐久夜毘売の「木の花」がサクラ以外の花であったとすれば、人間のひとときの繁栄と限られた時間ののちの死の起源を語ることなどできなかったはずである。

繁栄する桜花と木の花のアマヒ

桜の花が繁栄を象徴するものだということは、日本書紀、履中天皇巻に記された磐余稚《いわれわか》桜宮《ざくらのみや》の宮名起源譚によって確認することができる。

三年の冬十一月の丙寅の朔にして辛未に、天皇、両枝船《ふたまたぶね》を磐余の市磯《いちし》の池に泛《うか》べ、皇妃《みめ》と、各《おのもおのも》、分ち乗りて遊宴《あそ》びたまふ。膳臣余磯《かしはでのおみあれし》、酒を献る。時に桜花、御盞《おほみさかづき》に落つ。天皇、異《あや》しびたまひて、則ち物部長真胆《ながまい》連を召して、詔して曰はく、「是の花や、非時《ときじく》にして来《きた》る。其れ何処《いづく》の花ぞ。汝、自ら求むべし」と。是に長真胆連、独り花を尋《もと》めて、掖上室山《わきがみのむろやま》に獲《え》て献る。天皇、其の希有《めづら》しきことを歓びたまひ、即ち宮の名としたまふ。故、磐余稚桜宮と謂《まを》すは、其れ此の縁《えに》なり。是の日に、長真胆連の本姓《もとつかばね》を改めて、稚桜部造と曰ひ、又、膳臣余磯を号けて稚桜部臣と曰ふ。

履中天皇が皇妃とともに乗ったという「両枝船」とは、舳先が二俣に分かれたY字型の丸木舟で、それは特別に設えられた呪的な乗り物であった。同様の船は、古事記中巻にも「二《ふた》俣小《またを》舟《ぶね》」とあり、垂仁天皇が物言わぬ御子ホムチワケの言語を回復させようとして作らせ、倭の池に浮かべて御子を乗せたと語られている。別に論じたように、その行為は、船に乗せることで御子の身体を揺らし、そこに宿る衰弱した魂を活性化させるためである。[7]この垂仁天皇条の伝承から考えると、履中天皇巻に描かれている船乗りも、天皇と皇妃の魂を活性化させるための儀礼だということがわかる。だからこそ、「冬十一月の丙寅の朔にして辛未（六日にあたる）」に行なわれるのである。神祇令の規定に従えば、それは冬至の季（上の卯の日の次にくる寅の日）には宮中で鎮魂祭が行なわれるわけだが、節であり、衰微した太陽とともに衰弱した天皇の魂を活性化する祭祀が執行される日である。つまり、天皇と皇妃とが両枝船に乗ることで果たされる魂への働きかけは、後の鎮魂祭に通じる儀礼的行為なのである。そして、その船乗りによって活性化された証しとして冬に咲いた「桜花」が天皇の「御盞」に落ちたということになる。

季節外れの桜の開花は、瑞祥として履中天皇と皇妃との繁栄を寿ぐものであり、それは冬至が過ぎるとともに訪れる新たな生命力のしるしでもあった。そのことは、時代はずっと下るが、次のような資料によっても確認することができる。

> 嘉応二年九月上旬、京中、桜・梅・桃・李、花開きて、春の天のごとくなりけり。延喜九年八月にも、かゝること侍りけるとかや。そのたびは、藤・柚・柿なども咲きたりけり。聖代にこの事あり。いかなる瑞《しるし》にか侍らん。（『古今著聞集』巻一九）

嘉応二年（一一七〇）の出来事は、『百錬抄』巻八の九月二七日条の次に、「近日」として出ているから下旬のことらしく、太陽暦に換算すれば一〇月中旬から下旬となる。また、延喜九年（九〇九）の開花は、『日本紀略』後篇一の閏八月条に「此月」として、東西両京の「桃・桜・李・柚・柿・藤」がみな花咲き実ったと記されている。どちらの年も気候が不順だったらしく（『日本紀略』や『百錬抄』の当該年には、春から夏にかけての旱魃や長雨の記事がいくつか見いだせる）、それにともなういわゆる狂い咲きであったらしいのだが、『古今著聞集』では、それら春の花の開花を、聖代に生じる「瑞」と認識しているのである。
これは、先に引いた履中天皇巻の冬に咲いた桜花にも通じよう。現実に桜の花が冬に咲くか否かということよりも、「桜」が繁栄と生命力を象徴する花（瑞）としてあるということを示している。そしてその起源は、おそらく木の花のサクヤビメ神話にまで遡るのである。

はじめに、木の花のサクヤビメには、華やかさや美しさによって象徴された繁栄とあふれる生命力があり、その裏側に、「木の花」の「阿摩比能微坐さむ」というもう一方の属性としての有限性が潜められているということを指摘しておいた。その「アマヒ」は意味の判然としない語だが、「脆く、はかなく、堅固ならぬ意[8]」で、命短いことをいうとみてよさそうだが、あるいは開花の短かさを示す「あはひ（間）」が転訛して「アマヒ」になったのかもしれない。いずれにしても、この神話における桜花（木の花のサクヤビメ）には、繁栄とともに「短い命」が象徴され、それは桜花＝木の花のサクヤビメの属性としてはじめから担わされていたものであった。

木の花のサクヤビメ神話とは別の場所に置かれているが、古事記には、おなじ大山津見神を父とする女神・木花知流比売《このはなのちるひめ》が存在するということも、繁栄と死（短い命）とが一体のものであるということを示している。それは、木の花のサクヤビメの「咲く」が同時に「散る」を内包したものであることをも明かしている。須佐之男命の子孫の系譜に登場する木花のチルヒメは、八嶋士奴美《やしまじぬみ》神と結婚して布波能母遅久奴須奴《ふはのもぢくぬすぬ》神を生んだと記されているが、中西進は、この「木の花の散る女神」は「落花の禍々しき霊」であり、生まれた子神フハノモヂクヌスヌは、それに「みせられた邪神」であり「不具の子」ではなかったかと推論している。[9]その当否はともかく、サクヤビメがチルヒメを抱え込んでしか存在しえない女神だというのは間違いなくいえるだろう。

ここでもうひとつ、神話に描かれた「花」についてふれておく。それは、イザナミの死を語る日本書紀の神話に見いだせる花である。

一書に曰はく、伊奘冉尊《いざなみのみこと》、火神《ひのかみ》を生みたまふ時、灼かれて神退《かむ》去《さ》ります。故、紀伊国の熊野の有馬村に葬《はふ》りまつる。土俗《くにひと》、此の神の魂《たま》を祭るには、花の時には亦花を以ちて祭る。又、鼓・吹《ふえ》・幡旗《はた》を用ちて、歌ひ舞ひて祭る。(神代巻、第五段一書第五)

有馬村に作ったというイザナミの葬所は、今、三重県熊野市有馬町の熊野灘に面した海岸の崖「花の窟」と呼ばれる巨岩をそれであると伝えている。女陰の形をした巨大な岩石は古くからの祭祀遺跡だろうが、現在は、毎年二月二日と一〇月二日に、右の神話に描かれているように幡旗や花が供えられ、[10]巨岩の頂から海岸へと長い綱を渡す「御綱渡しの神事」(お綱掛け、とも)が行なわれる。古事記や日本書紀本文には見られない記事だが、黄泉国の起源神話であるイザナミの死を語る神話に、こうした「花」を祭る祭祀が語られるということは、死の起源を語る木の花のサクヤビメ神話を考える上で興味深い。

もちろん、ここに登場する「花の時には亦花を以ちて祭る」という「花」を桜花とみる根拠は何もないし、現在の二月二日に行なわれるという祭日も、いくら暖かな熊野地方といえども、桜の開花にはいささか早すぎる（もとは旧暦の二月二日に行なわれていたとすればちょうど桜の開花時期に重なるのだが）。しかし、この「花」が桜ではないとしても、「花」がイザナミの死に際して供えられるというところには、繁栄と衰微、あるいは再生と死が、「花」によって象徴化されるということが示されているはずだ。つまり、繰り返される「生と死」あるいは「死と再生」は、「花」（限定すれば「桜花」）そのものの現れなのであり、それは、「花」が人間の起源にかかわることと無縁ではないという想像を可能にする。

青人草の起源

神話には桜あるいは花がほとんど見いだせないということを述べてきたが、それ以上に登場しないのが「人」である。もちろん、神話とは神がみの活躍を語る話だから人間が登場しないのを不審に思うことはないのかもしれないが、少なくとも、人間がどのように誕生したかということは、『旧約聖書』創世記を持ちだすまでもなく、起源を語ろうとする神話にとっては大きな関心事であったはずだ。それなのに、古事記や日本書紀の神話には人間の誕生を語る神話は伝えられていない。そして唯一、「青人草」という語が人間を表す言葉として登場する。

黄泉国にイザナミを迎えに行ったイザナキが逃げ帰る場面で、桃の実を投げて「千五百《ちいほ》の黄泉軍《よもついくさ》」を追い返した時、桃の実に対するイザナキの言葉として、

汝、吾を助けしが如く、葦原中国に有らゆる宇都志伎《うつしき》青人草の、苦しき瀬に落ちて、患へ惚《なや》む時、助くべし。（古事記上）

と語られ、それに続く「千引の石《いは》」を挟んだイザナキとイザナミとの「事戸度《ことどわた》し」の場面のイザナミの言葉にも、「如此為《かくせ》ば、汝の国の人草、一日に千頭《ちがしらくび》絞り殺さむ」とあって、人間は「ウツシキ青人草」「人草」と呼ばれている。この語は日本書紀に「顕見蒼生」（ウツシキアヲヒトクサという訓注がある）とあり、諸注釈書は、漢語「蒼生」の翻訳語が「青人草」だろうとみる。たとえば西郷信綱は、「ウツシは、現にある、この世に生きているの意。アヲヒトクサは蒼生という漢語の訳語ではないかと思われる。草木の青々として衆《おお》いことから比喩的に人民・百姓を蒼生と称したもの(11)」と述べる。

青人草が蒼生の翻訳語だという点は留保して言うが、「草木の青々として衆いこと」から比喩的に人間を表すのだとすれば、日本語の語構成からみて「青草人」とならなければいけないのではないか。つまり、人を草に譬えているのではなく、人と草とを同格とみなし、人は草だというのが「青人草」「人草」ということばなのではないのか。したがって、青人草とは「青々とした（＝生きている）人である草」という意であり、それは、人が大地から誕生した（萌え出た）草だったゆえの名称なのではなかろうか。

「青人草」という語は、大林太良がサクヤビメ神話の南方起源論を展開しながら、「不死の起源に関するバナナ伝承が、実は、植物から最初の人間が発生した神話と密接に結びついている」と指摘していることを思い出させる。たとえば、「東部インドネシアのセラム島民は、最初の人間がバナナから生まれたと考えている」という。そして、そこから大林は、古事記・日本書紀神話の木の花のサクヤビメ神話の原型として、「人類は元来、コノハナから生まれたために寿命が短いのだが、もし石から生れたならば、不死であったろうという神話」を想定している。[12] あるいは「青人草」という語は、そのような、人間は植物（木あるいは草）から誕生したと語る起源神話の痕跡として残されているのではないか。

現在には伝わらないが、古く日本列島において語られていた人間の起源は、別に大林太良が想像したような、「人類が土から創造され、息を吹き込まれたモチーフ[13]」としてではなく、土から生える「植物」としてあったはずである。その痕跡が、古事記の神話に出てくる「宇摩志阿斯訶備比古遅《うましあしかびひこぢ》」と呼ばれる神に遺されている。この神は、葦原の中つ国（地上世界）に最初に成り出た神なのだが、その出現のさまは次のように語られている。

　次に、国わかく浮けるあぶらの如くして、クラゲナスタダヨヘル時、あしかびの如くもえあがる物によりて成りませる神の名は、ウマシアシカビヒコヂの神。
　（次、国稚如浮脂而、久羅下那州多陀用弊流之時、如葦牙因萌騰之物而成神名、宇摩志阿斯訶備比古遅神）

訓読と原文を並べて示したが、原文の表記を見ればわかる通り、この部分は、漢文で表記された部分と和語を生かすために漢字を用いた音仮名（読み下し文のカタカナ表記）を用いた部分とが、交互に組み合わされている。しかも、「国稚如浮脂」の言い換えが、和語のクラゲナスタダヨヘル（海月のように海面を漂っている）であり、「如葦牙因萌騰之物」の言い換えがウマシアシカビヒコヂ（立派な葦の芽の男神の意）という神名になっているということに気づくだろう。ただし、これは説明の仕方が逆で、クラゲナスタダヨヘルを漢文に訳すと「国稚如浮脂」になり、ウマシアシカビヒコヂという神様の名前を漢文で説明すると「如葦牙因萌騰之物」になるといったほうが正しい。

古事記のすべてがこのような調子で書かれているわけではないが、和語を最大限に生かしながら漢文で書こうとする工夫がこうした文体を選びとったとみてよい。そして興味深いのは、この一つの文章で書かれたウマシアシカビヒコヂの誕生は、背後に、人の起源神話を抱えこんでいるらしいという点である。

人間の元祖ウマシアシカビヒコヂ

古事記には人間の誕生が語られていないというのが一般的な見解だが、わたしは、このウマシアシカビヒコヂこそ、最初に生まれた人を語っていると考えている。そのことは、先に取りあげた「うつしき（宇都志伎）青人草」や「人草」ということばと重ねてみればわかる。

つまり、青人草とは「青々とした人である草」の意であり、古代の人びとにとって、人はまさに「草」そのものだった。とすると、泥の中から芽吹いてくるアシカビ（葦の芽）そのものをあらわすウマシアシカビヒコヂこそ、最初に地上に萌え出た「人」だったというのも領けるのではないか。この神はアダムなのである。

「創世記」（旧約聖書）では、アダムは、絶対神が「地の土くれ」をこねて造った土人形で、それに神が息を吹き込むことで命を与えられ人となった。乾燥した砂漠地帯に生まれた神話らしい語り方である。そして、一方のウマシアシカビヒコヂは湿潤なモンスーン気候の日本列島にふさわしい語られ方だし、自然に泥の中から萌え出してきたというのも作為がなくていい。大地に萌え出た植物の芽は成長し、そして枯れてゆく。人もまた土から生まれ成長し、子孫を残して死んでゆく。仏教的な輪廻転生のような哲学的な思惟としてではなく、ごく素朴な循環する自然観のなかでウマシアシカビヒコヂは語り出されたに違いない。

文字（漢字）の関与と中国思想の影響とを受けて、元にあったはずの音声の世界の大半が消されてしまったようにみえる古事記の、その冒頭部の描写の中に、ここにふれたような古層の神話世界が抱えこまれているのを見つけるとホッとする。そして、このように人の起源を語る人びとの健全さをうらやましくも感じるのである。ただ、そのとき注意したいのは、そうした発想は日本人固有のというのではなく、熱帯モンスーンから温帯モンスーンの影響によって生じる湿潤な気候帯をもつ太平洋西岸域に住む人びとに共通する心性としてあったと考えたほうがいい。古代の神話のなかに日本人だけを見いだそうとするような態度では、いかなる成果もえることはできないだろう。

ウマシアシカビヒコヂは漂う泥の大地から葦の芽のように萌え出したと語られている。およそ地上に誕生した生命は、アシカビヒコヂに限らずすべて、大地の中から萌え出した草であり木であったのではないか。イザナキが妻の死を悲しんで嘆く「愛しき我が那《な》邇《に》妹《もの》命《みこと》や、子の一つ木に易へむと謂へや」に見いだせる「一つ木」という呼び方も、福島秋穂が指摘するように、「我国には古く、最初の人間が超自然的存在態により植物を用いて創られたとする話、或いは其れが植物から自然発生的に出現したとする話が存在していた[14]」からだと考えると理解しやすい。そしてわたしは、「自然発生的に」というほうを断然支持したい。

このように古事記のなかの断片のようにみなされる神話の表現を掘り込んでゆくと、そこから人間の起源も、人間がいかなる存在かということも、ちゃんと読み出すことができるのである。人間の元祖は、高天原に誕生した最初の神とともに、大地の始まりの時に命を受けたのだと古事記は語っている。絶対神が息を吹き込んで命を与えたのではなく、大地の中から芽吹いた草として。そのことは、この日本列島に生きる人びとの生命感や神観念を考える場合にたいそう重要なことではないかと思う。

そうであるのに、古事記や日本書紀の神話のなかには、表だって人が出てこないのはなぜかといえば、神話は神がみの活躍する物語だからである。しかし、その時、地上に人はいないのではない。人は生きて生活しているのだが、神の話だから人は登場しない、ただそれだけのことである。そのことを逆に言えば、中巻や下巻の人間（天皇）の時代になると、神はほとんど姿を見せなくなる。だからといって神はいなくなったわけではなく、神は神として存在すると考えなければならない。しかし、人の世界を語るところに神はほとんど姿を見せることはないのである。

最後に青人草という語に戻っておきたい。

先ほどは、青人草を「蒼生」という漢語の翻訳語だとする西郷信綱の見解に留保したまま論を進めてきた。その点に関して、ここまで述べた上で考えると、翻訳語としなければならない必然性はどこにもないのではないかと思う。ウマシアシカビヒコヂを起源の人とみなす古代の列島人にとって、アヲヒト草こそが自分たちを端的にあらわす語であると考えるべきだからである。人は草であるという認識から、人ははじまっているのである。

第四章　交わる人と神――境界としての〈坂〉

接触する空間

境界という概念は、共同体において「外部」を認識することによってはじめて存在する。ということは、逆に、境界が「内部」を存在させるということでもある。そういう意味で、境界を論じるということは共同体そのものを論じることになる。

　上代文献において境界という漢語は、「諸王五位伊勢王（略）を遣して、天下に巡行《めぐりゆ》きて、諸国の境堺を限分《さか》ふ」（日本書紀、天武天皇一二年一二月）のように用いられているが、普通は、「国々之境」（古事記、成務天皇条）、「諸国の堺」（日本書紀、天武天皇一三年一〇月）、「標《しめ》の梲《うだち》を堺の堀に置《た》て」（常陸国風土記、行方郡）、「唐の遠き境に」（万葉集、巻五・八九四）のように境・堺の一字で表され、それらはいずれも「さかひ」と訓読されている。

　そのサカヒという語は、サカ（坂）がフを伴って生じた動詞サカフの連用形名詞化だと言われたりするが、「サカ（坂）・アフ（合）」の約音による動詞サカフの名詞化、あるいはサカ＋アヒ＝サカヒという名詞だと考えた方がよさそうである。だから、坂合黒彦皇子は境黒彦皇子、坂合部王は境部王と両様に表記されるのである。いずれにしても、サカヒとは、〈サカ〉ということばに重なる語であるのは動かない。なお動詞サカフは、万葉集に、

(1)　大君のさかひたまふと（界賜跡）山守《やまも》り据ゑ守《も》るとふ山に入らずは止まじ

（巻六・九五〇）

のような用例を見いだすことができるが、その用例はきわめて少なく、仮名書きの確例もみられないから、複合名詞サカヒ（サカ＋アヒ）からの転成とみたほうが理解しやすい。つまり、もともとサカフという行為としてではなく、サカヒという場所を認識する概念が先行する言葉としてあったということである。

サカヒという語は、多く「国境」という意味で用いられている。それは、諸国の境界であり、外国（唐）とのサカヒでもある。その範囲は広くても狭くてもよい。というより、幾層にも重なっており、(1)のように特定の山を他から仕切る場合でもよい。あちら側とこちら側との確認だといえる。そうした境界＝サカヒの認識は、〈さか〉ということばで示される概念と同じである。というより、サカヒということばは語源的にもサカから出たことばであり、そのサカ自体がサカヒ（境界）という概念をもつ語なのである。

(2)　故、その大刀と弓とを持ちて、その八十神《やそかみ》を追ひ避《さ》くる時、坂の御尾《みを》毎《ごと》に追ひ伏せ、河

の瀬毎に追ひ撥ひて、始めて国作りましき。

（古事記、大国主神話）

対句的に表現された「河の瀬」に対する「坂の御尾」は、領域としての「国」の端であり、八十神たちは、オホナムチの建てた国の外に排除されたのである。この「坂」や「瀬」は象徴化された境界であるが、地形的にいっても坂や瀬が共同体の境になっていることが多いから、対表現として固定化しやすかったのである。

境界としての「さか」のあり方を象徴的に読むことのできる資料が、黄泉国訪問神話における「黄泉《よもつ》比良《ひら》坂《さか》」であり、「殿の縢戸《さしど》」である。この神話の最後の部分で、イザナミ（伊耶那美命）に追われたイザナキ（伊耶那岐命）が大岩で境界をつくって向かい立ち、訣別の言葉を交わすことになるが、それは次のように語られている。

(3)　最後《いやはて》に、その妹伊耶那美命、身自ら追ひ来たり。しかして、千引の石《いは》をその黄泉比良坂に引き塞へ、その石を中に置き、各、対《むか》ひ立ちて、事戸《ことど》度《わた》す時、（略）

故、その伊耶那美命を号けて、黄泉津大神と謂ふ。また云はく、その追ひしきしを以ちて、道《ち》敷《しき》大神と号《なづ》く。また、その黄泉の坂に塞《さや》りし石は、道反之《ちがへしの》大神《おほかみ》と号け、また黄泉戸《よみと》に塞り坐す大神とも謂ふ。故、その謂はゆる黄泉比良坂は、今に出雲国の伊賦夜《いふや》坂《さか》と謂ふ。

（古事記、黄泉国訪問神話）

　ここに描かれた「黄泉比良坂」のヒラは地形としての崖をあらわす言葉であり、「坂」も単に傾斜した道という意味のことばではないから、このヒラサカには「境界」という認識が強く存するとみなければならない。「黄泉比良坂（黄泉の坂）」に置かれた境界の象徴としての「千引の石」が「黄泉戸に塞り坐す大神」と呼ばれているところからみて、ヒラサカは「戸」という認識とつながっているのである。つまり、この神話では「比良坂」あるいは「戸」によって、内部と外部（生者の国と死者の国）が仕切られているということになる。そして、その「戸」の役割については、この神話の発端部分の、イザナキ・イザナミの対面の場面とタブーを犯した覗き見の場面に象徴的に描かれている。

(4)　ここに、その妹伊耶那美命を相《あひ》見むと欲ほし、黄泉国に追ひ往きましき。しかして、殿の縢戸《さしど》より出で向ふる時、伊耶那岐命、語りて詔らさく、「愛《うつ》くしき我が那邇妹《なにも》の命、吾と汝と作れる国、未だ作り竟へず。故、還るべし」と。ここに伊耶那美命答へて白さく、「悔しきかも、速《と》くは来まさずて。吾は黄泉戸《よもつへ》喫為《ぐひし》つ。然あれども、愛くしき我が那勢《なせ》の命、入り来坐《きま》せる事、恐《かしこ》し。故、還らむと欲ふを、且《しまら》く黄泉神《よもつかみ》と相論《あげつら》はむ。我をな視ましそ」と。かく白して、其の殿の内に還り入りし間、甚《いと》久しくて待ち難し。故、左の御美豆良《みみづら》に刺させる湯津々間櫛《ゆつつまぐし》の男柱一箇《をばしらひとつ》取り欠きて、一つ火《び》燭《とも》して入り見たまひし時、宇士多加禮許呂呂岐弖《うじたかれころろきて》、（略）

　自分を迎えにきたイザナキと「戸」を挟んで対面したイザナミの姿は、イザナキの目には見えていないはずだが、声などから生前のままの状態であると思っていたはずである。そうでなければ、イザナキはその場面で仰天してしまっただろう。ところが、黄泉神と相談を終えてもどるまで見ないで欲しいというイザナミの言葉を犯して、「戸」の奥の「殿の内」に入り、火を灯してイザナキが見たのは、ウジ（蛆）虫の這いまわる腐乱したイザナミの死体であった。その姿は、すでにイザナミが死者の世界である黄泉国の住人であるということをあらわしている。

「殿の縢戸」の外と内とに隔てられていた時、両者は別の空間にいるわけだから、イザナミは元の姿でイザナキに対面できたのである。恐ろしい死の姿＝境界の向こう側の真実を、「戸」あるいは「坂」が隔てているという認識がここには存するのである。実際に見えたか見えなかったかということではないと言ってもよい。

たぶん、境界の向こう側＝外部は、このように幻想されるところであり、「坂」とは、本質的な差異をもたらす内部と外部との接点というべき空間なのである。つまり、サカヒとは、単に内部と外部とを仕切る（外部から防禦する）だけの場所ではなく、外部と内部とが接触する場所だという認識が始源的に存したと考えなければならないということになる。

神の寄りつく場所

(1)　すなはち、北の海浜に磯あり。（略）磯より西の方に窟戸《いはやと》あり。高さと広さと、各、六尺ばかりなり。窟の内に穴あり。人、入ることを得ず。深き浅きを知らず。夢にこの磯の窟の辺りに至れば、必ず死ぬ。故、俗人《くにひと》、古より今に至るまで、黄泉《よみ》の坂・黄泉の穴と号く。（出雲国風土記、出雲郡）

(2)　すなはちその御子を生み置きて白さく、「妾、恒に海つ道《ち》を通して往来《ゆきき》せむと欲《おも》ひき。然《しか》あれども、吾が形《かた》を伺ひ見たまひし、これ甚怍《いとは》づかし」と。すなはち海坂《うなさか》を塞《さ》へて返り入りましき。（古事記、海幸山幸神話）

(1)に引用した出雲国風土記、出雲郡の「脳の磯《なづき》」の西にある洞窟（今、猪目《いのめ》洞窟と呼ぶ）は、「夢《いめ》にこの磯の窟の辺りに至れば、必ず死ぬ」とあって人びとに恐れられているところだが、それは、夢が魂の浮遊ととらえられ、窟の夢を見るのは自分の魂がその洞窟に吸い寄せられているためだと考えられているからである。この窟は、もともと洞窟葬に用いられた場所で、魂がそこに近づくということは、死の世界に引き寄せられていることを意味した。そのために、人びとはその洞窟を「黄泉の坂・黄泉の穴」と呼んで恐れていたのである。洞窟（穴）は、異界と地上との出入り口であった。それは、昔話「ねずみ浄土」のネズミの国に通じている穴を思い出せばわかる。そして、この「黄泉の穴」は「黄泉の坂」とも呼ばれていたのだから、「坂」という言葉は、異界＝外部との出入り口としての「穴」と同じ意味をもっているということが理解できる。

このように、「坂」という語が異界と地上とをつなぐ接点といった意味をもつということは、⑵にみえる「海坂」からも確認することができよう。

ワニになって子供を生む姿を夫ホヲリに覗き見られて恥じた海神の女トヨタマビメ（豊玉毘売）は、「海坂を塞へ」てワタツミの宮へ帰ってゆく。この「海坂」もワタツミの宮と地上との通路「海つ道」の途中にある出入り口＝境界をさしている。そのことは、浦島子をうたった万葉集の長歌に、「堅魚《かつを》釣り　鯛釣り矜《ほこ》り　七日まで　家にも来ずて　海界《うなさか》を　過ぎて漕ぎ行くに」（巻九・一七四〇）とある「海界」をみてもわかるだろう。そこは、人がワタツミ（海神）の宮に入り、またワタツミの女神が現れてくる場所なのである。

共同体の内側からみれば「坂」は端っこにある出口なのだが、外側＝異界からいえば入り口でもあるわけで、当たり前のことだが、サカ＝境界とは外から何かが示現する場所となる。だから、そこには不思議な少女が突如として出現することにもなる。

⑶　故、大毘古《おほびこ》命、高志《こし》国に罷《まか》り往く時、腰裳《こしも》服《き》たる少女《をとめ》、山代《やましろ》の幣羅《へら》坂に立ちて歌ひて曰はく、「御真木《みまき》入彦《いりひこ》はや　御真木入彦はや　己《おの》が緒《を》を　……」と。

（古事記、崇神天皇）

⑷　故、大坂の山口に到り幸す時、一《ひとり》の女人《をみな》遇ひたまへり。その女人白さく、「兵《つはもの》を持てる人等、多にこの山を塞《さ》へたり。当岐麻道《たぎまち》より、廻りて越え幸《いでま》すべし」と。

（同右、履中天皇）

前者は、高志の国（北陸道の諸国）に向かっていた将軍オホビコが、不思議な少女の歌を聞いて天皇の危機を察知し、都に引き返してその危難を救うことができたという話である。少女が身に付けていた「腰裳」は巫女の装いであり、そこで発せられたことばが「歌」であるということからみて、そのことばが「神の声」であったというのは間違いない。また、(4)にあるように、履中天皇も「大坂の山口」で「女人」に出会い、自らの危機を知る。坂の麓に突然あらわれた女がただの人であるわけはなく、何も記されてはいないが、この女人もまたオホビコが出会った少女と同じく、神のことばを伝える存在である。

坂は二つの世界を繋ぐ場所だから、そこに神（あるいは神の使者）が現れるのはしごく当然のことだった。それゆえに、〈坂〉は神に出会い神を迎える場所、神の霊力がもっとも烈しく発動する場所となる。

(5)　三坂《みさか》に坐す神は、八戸《やと》挂須《かかす》御諸《みもろ》命なり。大物主葦原志許《あしはらしこ》、国堅《くにかた》めましし以後《のち》、天より三坂の岑に下りましき。（播磨国風土記、美嚢《みなぎ》郡）

(6)　俗《くにひと》いへらく、美麻貴《みまき》の天皇のみ世、大坂山の頂に、白細《しろたへ》の大御服《おほみそき》服まして、白桙《しらほこ》の御杖取りまし、識《さと》し賜ふ命は、「我がみ前を治めまつらば、汝が聞こし看《め》さむ食国《をすくに》を、大国小国、事依さし給はむ」と識し賜ひき。時に、八十の伴緒《とものを》を追集《めしつど》へ、この事を挙げて訪《と》問ひたまひき。ここに、大中臣の神聞勝《ききかつ》命、答へけらく、「大八島国は、汝が知ろし食《め》さむ国と事向け賜ひし香島の国に坐す天つ大御神の挙教《さと》しましし事なり」と。天

皇、これを聞かして、すなはち恐《かしこ》み驚きたまひて、前の件の幣帛《みてぐら》を神の宮に納めまつりき。（常陸国風土記、香島郡）

右の二例は、〈坂〉が神の寄りつく場所であるということを示している。それは、坂が神の世界＝外部と共同体とが接する場所であり、神が共同体に出現するための空間であったということを示している。古事記の雄略天皇条で一言主が出現した「向へる山の尾」や、大国主神話で、「波の穂より天の羅摩船《かがみ》に乗りて、鵝《ひむし》の皮を内剝《うつは》ぎに剝ぎて衣服《きもの》に為て」やって来たと描かれているスクナビコナ（少名毘古那神）が寄りついた「出雲の御大《みほ》の御前《みさき》」も同じである。陸地のサキである「尾」や海に飛び出した「御前（崎）」は神を迎える場所であり、そこもまた、坂と同じく、異界と接触する場所としてあり、神が寄りつき、その霊力を発動させる場所であった。このサキとサカとはおなじ言葉で、その語源はサキ（先）とみてよい。坂も崎も先端の部分をさしている。

(7)　また山河の荒ぶる神等を平和《やは》して、還り上り幸す時、足柄の坂本に到り、御粮食《みかりてを》す処に、その坂の神、白き鹿に化《な》りて来立ちき。しかして、即ちその咋《く》ひ遺したまへる蒜《ひる》の片端を以ちて待ち打ちたまへば、その目に中《あた》りてすなはち打ち殺したまひき。故、その坂に登り立ち、三たび歎かして、「吾妻《あづま》はや（阿豆麻波夜）」と詔云《の》らしき。（古事記、景行天皇）

(8)　その国より科野《しなの》国に越えて、すなはち科野の坂の神を言向けて、（略）　（同右）

(9)　紀の国の昔《むかし》弓雄《さつを》の響矢《なりや》用《も》ち鹿《か》とり靡けし坂の上《へ》にそある（万葉集、巻九・一六七八）

(10)　御坂山　（略）すなはち、この山に神の御門《みと》あり。故、御坂といふ。〈備後と出雲との堺なり。塩味葛《えびかづら》あり〉　（出雲国風土記、仁多郡）

(11)　鳥が鳴く　東の国の　恐きや　神の御坂に　和霊《にぎたま》の　衣寒《ころもさむ》らに　ぬばたまの　髪は乱れて　国問へど　国をも告《の》らず　家問へど　家をも言はず（略）

（万葉集、巻九・一八〇〇「足柄の坂を過ぎて死《みまか》れる人を見て作れる歌一首」）

ここに掲げた(7)〜(11)の資料からは、坂が神の坐す場所であったということが読みとれる。たとえば最初の二例では、英雄ヤマトタケルによって坂の神が討伐されることで、外部は内部に組み込まれてゆく。ところが、そのように王権＝国家の側によって討伐され内側の世界に組み込まれたはずの足柄の坂は、資料(11)において「神の御坂」と呼ばれているように、人びとにとっていつまでも神の坐す恐ろしい場所であり続ける。

ここには、国家の側の境界と村落的な共同体の側の境界との差異が現れていよう。国家の境界は、支配領域の拡大とともにどこまでも広がってゆく。しかし一方、共同体の側にとっては、たとえば足柄の坂はいつまでも境界であり、異界と接触する空間であり続けるのである。それは、(10)の御坂山についてもいえることで、国家の側の制度としての国境（「備後と出雲との堺」）でもある御坂山は、共同体においては神の坐すところと認識される聖なるサカでもあったわけである。ミト（御門）の「ト」は狭くなった出入り口をいう日本語で、漢字を宛てれば、「門」であり「戸」である。

つけ加えておけば、(9)にうたわれている坂は、何らかの伝承を背後にもつ場所であったに違いない。たぶんそこには、(7)や(8)と同様の、英雄（(9)では「弓雄」とある）による坂の神の討伐譚が伝えられていたはずであり、そこにうたわれている鹿はただの鹿ではない、神の化身としての鹿なのである。ヤマトタケルが国家の側の英雄として伝えられているのに対して、サツヲと呼ばれる英雄は共同体の側のヒーローとして語られていたということになる。

祭祀空間としての坂

坂が神の坐す場所であり、異界と接触する場所であるとすれば、そこは当然、祭祀の場所となる。たとえば、次のような事例がそのことを明らかにする。

(1) すなはち意富多々泥古《おほたたねこ》命を以ちて神主と為て、（略）また、宇陀《うだ》の墨坂《すみさか》神に赤色の楯《たて》矛《ほこ》を祭り、また、大坂神に黒色の楯矛を祭りたまひき。また、坂の御尾《みを》の神と河の瀬の神とに、悉《ことごとく》に遺忘《わす》るること無くて幣帛《みてぐら》を奉りたまひき。これに因りて役《え》の気《け》ことごとに息みて、国家《くに》安平《たひら》けくありき。（古事記、崇神天皇）

(2) 甕坂《みかさか》は、讃伎日子《さぬきひこ》、負けて逃去《に》ぐるに、建石《たていは》命、この坂に逐《お》ひて、「今より以後《のち》は、更《また》、この界《さかひ》に入ること得じ」といひて、すなはち、御冠《みかげ》をこの坂に置きき。一家《あるひと》いへら

く、昔、丹波と播磨と、国を堺ひし時、大甕《おほみか》をこの上に掘り埋めて、国の境と為しき。故、甕坂といふ。（播磨国風土記、託賀郡）

どちらの事例も、疫病神や侵入者を境界の外に追放し、サカヒにおいてその侵入を防ぐ祭祀を行っているという記事である。(2)では、敵対者を〈坂〉の向こう側に追い払い、そこに占有のしるしとしての「御冠」を置くことによって、呪的な力を期待しているわけである。そしてここでは、共同体の側の境界と国家の側の境界とが本伝と異伝（「一家いへらく」）とによって重層的に示されている。

この御冠や大甕は、(1)の赤や黒に塗られた楯矛と同じで、当然、そこでは何らかの祭祀が行われたはずである。堺に置かれている楯矛やカヅラ（冠＝カゲ）や大甕は、単なる標識ではなく、(1)の「幣帛」がそうであるように、境界における祭祀に用いられる祭具であったとみなければならない。

(3)　琴坂と号くる所以《ゆゑ》は、大帯比古《おほたらしひこ》の天皇のみ世、出雲の国人、この坂に息《いこ》ひき。一《ひとり》の老父《おきな》ありて、女子《むすめ》と倶に坂本の田を作れりき。ここに、出雲人、その女を感《かま》けしめむと欲ひて、すなはち琴を弾きて聞かしめき。故、琴坂と号く。（播磨国風土記、揖保郡）

なぜ坂で琴を弾くというちょっと不思議な伝承が伝えられているのかといえば、琴は神下ろしの楽器であり、境界（坂）で神下ろしの祭祀が行われていたからだろう[1]。たとえば近代の事例だが、『遠野物語』や『遠野物語拾遺』に出てくる笛吹峠に伝えられた伝承では、笛を吹きながら火に焼かれて死んでゆく継子の少年や笛を吹きながら峠を越える駄賃付けの話が語られているし、深沢七郎の小説『笛吹川』で有名な山梨県の笛吹川にも笛を吹く青年の死が伝説として語られている。川で笛を吹くというのは、古く日本書紀の歌謡に、

(4)　枚方《ひらかた》ゆ　笛吹き上る　近江のや　毛野《けの》の若子《わくご》い　笛吹き上る（継体天皇二四年是歳）

ともあって、峠（坂）や川を「笛」を吹きながら通過するという習俗は広く行われていたということがわかる。そして、これら笛や琴という名を含む地名の多くが、神の出現する境界としての峠や川や山であることを考えれば、その地名の由来を語る伝承は、そこで行われていたであろう祭祀における奏楽とかかわるものであり、そうした場所は霊威の充満する場所としていつまでも恐れられる土地であり続けたということを物語っている。だから、継子や親思いの若者が吹く笛にまつわる悲しい死が地名の由来として語り継がれたのだとみなければならない[2]。

(3)に語られている琴坂も、そこがもともと境界における祭祀空間であったために、奏楽にかかわる伝承が伝えられるようになったと見なすことができるはずである。また、(4)の事例は葬送にかかわる笛とみられているが、それよりも境界を通過する折に吹く笛とかかわって

いるとみるのがよいのではないかと思う。

坂（峠）が祭祀の場所であるということは、万葉集に「手向《たむ》け」をうたう歌が多いことからも確認できる。

(5)　朝霧の　乱るる心　言《こと》に出でて　言《い》はばゆゆしみ　礪《と》波山《なみやま》　手向《たむ》けの神に　幣《ぬさ》奉り
吾が乞《こ》ひ祈《の》まく　愛《は》しけやし　君が正香《ただか》を　ま幸《さき》くも　あり徘徊《たもとほ》り　月立たば　時もか
はさず　石竹花《なでしこ》が　花の盛りに　相見しめとそ　（巻一七・四〇〇八）

(6)　佐保《さほ》過ぎて寧楽《なら》の手向けに置く幣《ぬさ》は妹《いも》を目離《めか》れず相見しめとそ　（巻三・三〇〇）

(7)　百足《ももた》らず八十《やそ》隅坂《すみさか》に手向けせば過ぎにし人にけだし逢はむかも　（巻三・四二七）

(8)　周防《すは》なる磐国山《いはくにやま》を越えむ日は手向けよくせよ荒しその道　（巻四・五六七）

いうまでもなく、〈峠〉という語の用例は室町時代以降にしかみられないが、それはここにうたわれている「手向《たむ》け」の音転で、神に手向けをする場所だから「峠《たうげ》」と呼ばれることになった。

(8)の歌は、無事に峠を越えられるようにと旅の安全祈願のために手向けを求める歌で、手向けが旅に関して行われるというのは(5)も(6)も同様である。峠（坂）は人びとが通過する場所だから、「手向け」は多く旅の安全を祈る行為としてうたわれることになる。それは境界としてのサカを越えるという危険な状況に身を置いているためだが、(5)(6)ではその時「相見しめとそ」と、隔てられた妹（君）を希求する表現をとる。はやく妹（5）では旅に出ている「君」）に会いたいとうたう。これも旅の安全を祈る表現といえば言えるが、なぜ「妹に」という表現をとるのかといえば、サカヒは、隔てられた者が相手を呼び出すことのできる場所だったからではないか。つまり、旅にあって「妹」につながることのできる唯一の場所が〈坂〉＝境界だから、妹に会いたいとうたうことができるのだ。

手向けによって相手を引き出すことのできる場所がサカヒだから、（7）に引いた挽歌のように、死者（「過ぎにし人」）に会いたい、あるいは会えるかも知れないとうたうことも可能なのである。だから逆に、行路死人歌の多くがそうであるように（たとえば前項（11）の巻九・一八〇〇）、旅人は「坂」で死ななければならないのである。坂は死者を向こう側に送り出す場所であるとともに、こちら側に引き寄せる場所でもあるからである。

呼坂と逢坂

坂を越える者が、具体的にどのような祭祀を行ったかということは、資料からは明瞭に引き出せない。ただ、そこで「幣帛」を供えて手向けをするという表現なら数多く見いだせる。いずれも万葉集の歌である。

（1）　そらみつ　倭の国　あをによし　奈良山越えて　山代の　管木《つつき》の原　ちはやぶる　宇治の渡り　滝《たぎ》つ屋の　阿後尼《あごね》の原を　千歳に　闕《か》くる事無く　万歳《よろづよ》に　あり通はむと

山科《やましな》の　石田《いはた》の社《もり》の　すめ神に　幣帛《ぬさ》取り向けて　われは越え行く　相坂山を
（巻一三・三二三六）

(2)　あをによし　奈良山過ぎて　もののふの　宇治川渡り　少女《をとめ》らに　相坂山に　手向草
綵《ぬさ》取り置きて（略）　（巻一三・三二三七）

(3)　大君の　命《みこと》畏《かしこ》み　見れど飽かぬ　奈良山越えて　真木《まき》積む　泉の川の　速き瀬を
竿さし渡り　ちはやぶる　宇治の渡りの　滝《たぎ》つ瀬を　見つつ渡りて　近江道《あふみぢ》の　相坂山
に　手向けして　わが越え行けば（略）　（巻一三・三二四〇）

(4)　父君に　われは愛子《まなご》ぞ　母刀自《ははとじ》に　われは愛子ぞ　参上《まゐのぼ》る　八十氏人《やそうぢびと》の　手向けする
恐《かしこ》の坂に　幣奉《ぬさまつ》り　われはぞ追へる　遠き土佐道《とさぢ》を　（巻六・一〇二二）

(5)　ちはやふる神の御坂に幣奉り斎《いは》ふ命は母父《ははちち》がため　（巻二〇・四四〇二）

(6)　足柄の　み坂たまはり　顧りみず　あれは越《く》え行く　荒《あら》し男《を》も　立《た》しや憚《はば》かる　不破《ふは》
の関　越《く》えて我《わ》は行く　馬の蹄《つめ》　筑紫の崎に　留《ちま》り居て　あれは斎はむ　もろもろは
幸《さけ》くと申す　帰り来《く》までに　（巻二〇・四三七二）

(1)〜(3)の三首はいずれも地名を重ねた道行き的な表現をとっているが、これらの歌で手向けをしながら祈るのは旅の安全であり、無事に境界を越えることができるようにという願いである。(5)の防人歌では、「母父」のために無事を祈るのだが、先に「相見しめとそ」と歌われていた（前項(5)(6)の歌）「手向け」の場所と同じく、「神の御坂」が隔てられた故郷の相手と通じ合うことのできる場所だからである。もちろんそれは坂ばかりでなく、関であり崎であり瀬であり、あらゆる「境界」であったということを、(3)や(6)の資料は示している。

(7)　帰る廻《み》の道行かむ日は五幡《いつはた》の坂に袖振れわれをし思はば　（巻一八・四〇五五）
(8)　足柄の御坂に立《た》して袖振らば家《いは》なる妹《いも》は清《さや》に見もかも　（巻二〇・四四二三）
(9)　色深く背《せ》なが衣《ころも》は染めましを御坂《みさか》たばらばま清《さや》かに見む　（巻二〇・四四二四）

〈坂〉が故郷＝共同体＝内部にいる相手に会える場所であるということを、(7)〜(9)の歌は示している。これらにうたわれている「坂」が、現実に妹＝村を見下ろせる場所だったというのではない。あらゆるサカヒは故郷の妹を呼び寄せることのできる空間であり、また家にいる妻が旅先にいる男に会える場所だったのである。袖を振るという行為は招魂のための行為であり、境界である坂で袖を振ることによって、相手の魂を引き寄せることができた。

このように考えると、坂で妻の名を呼ぶという行為は、絶対的なタブーではなかったはずである。もし妻の名を口にすることがいかなる場合にも許されないならば、

(10)　足柄の御《み》坂《さか》畏《かしこ》み曇り夜《よ》の吾《あ》が下延《したば》へを言出《こちで》つるかも　（巻一四・三三七一）
(11)　恐《かしこ》みと告《の》らずありしをみ越路《こしぢ》の手向けに立ちて妹が名告《の》りつ　（巻一五・三七三〇）

とうたわれるような〈言挙げ〉はタブーを犯していることになり、「妹」や旅人は危険な状態に置かれるはずだ。もちろん、そうした危険をともなっていることは間違いないが、名を告ることを許された場所や方法があり、そこでは隔てられている二者は出会うことができると考えられていたとみたほうがよい。事実、これらの歌では意志的に妹の名は呼ばれているようにみえる。別のいい方をすれば、妹は、異界と接触できる場所〈坂〉で呼び出されているのである。もっといえば、他の場所ではタブーだが、そうした場所に着いたら妹は呼び出される必要があったのではないか。そういえば、走水の海で入水したオトタチバナヒメ（弟橘比売命）に向かってヤマトタケルが「吾妻《あづま》はや」と言挙げしたのは、「足柄の坂」（古事記、景行天皇）であり、「碓日《うすひ》の坂」（日本書紀、景行天皇巻）であった。

名を呼ばねばならなかったということは、たとえば、坂ではないが、

⑿　吾妹子《わぎもこ》を夢《いめ》に見え来《こ》と大和路《やまとぢ》の渡り瀬ごとに手向けそわがする　（巻一二・三一二八）

とうたわれているように、坂と同じ性格をもつ「渡り瀬」にわざわざ出かけて行って、吾妹子が夢に見えてほしいと手向けをするとうたう表現が存することからも想像できるのである。こうした表現や行為は、境界で妻（妹）の名を呼ぶのが絶対的なタブーであるならば考えられないことである。逆に、境界だからこそ祈りは通じ、隔てられている相手に会えるのだと考えていたとみるとわかりやすい。とすれば、坂をはじめとする境界は、旅人たちにと

って妹に会うことのできる唯一の場所だったということになる。そして、故郷の妻にとっても、旅に出ている夫につながることのできる場所として坂はあった。だから、(9)のような歌がうたわれるのである。もちろんそれは現実の視覚というより、もうひとつの目で会うことのできる男の姿だった。

当たり前のことだが、〈坂〉は、旅に出ている者にとっては内部＝共同体を、故郷で待つ者にとっては外部＝坂の向こう側を意識化させる場所だったということになる。

(13)　ひな曇り碓氷《うすひ》の坂を越えしだに妹が恋しく忘らえぬかも　（巻二〇・四四〇七）
(14)　吾妹子に逢坂山を越えて来て泣きつつ居《を》れど逢ふよしも無し　（巻一五・三七六二）
(15)　あしひきの　山坂越えて　ゆき更《かは》る　年の緒《を》長く　しなざかる　越《こし》にし住めば　大君の　敷きます国は　都をも　ここも同じと　（略）　（巻一九・四一五四）

坂は、(13)や(14)では「妹」＝故郷を、(15)では鄙＝異界に対する「都」＝故郷を思い出させる場所なのである。それは、坂がそうした思いを引き出してしまう場所と認識されているからである。付け加えておけば、(14)の「逢坂山」は原文では音仮名表記だが、アフサカという地名が、「相坂」「逢坂」などと表記されるのは、地名アフと「逢ふ」とのイメージの連想による「懸け詞」的な表現技巧から生じているというだけではなく、事実としても、〈坂〉が相手に会うことのできる場所だったからであるにちがいない。それは、

(16)　東路《あづまぢ》の手児《てこ》の呼坂《よびさか》越えがねて山にか寝《ね》むも宿りは無しに　（巻一四・三四四二）

(17)　東路の手児の呼坂越えて去《い》なば吾《あれ》は恋ひむな後《のち》は逢ひぬとも　（巻一四・三四七七）

における「手児の呼坂」という地名のばあいも同じである。そこは妹を呼ぶべき場所であり、妹の声が聞こえてくる場所だったのである。また逆に、共同体の側にいる者が、旅に出ている相手（男）を案じあるいは思い出す場所が〈坂〉であるのも、〈坂〉がそれを可能にする空間だったからである。

　神の寄りつく、あるいは神に出会う場所、境界としての〈坂〉について述べてきたが、それは、先にふれたように〈崎〉も同じである。語源的にいえば、このサカあるいはサキは先端という意味の〈先〉に繋がるであろうし、そこからみれば、花が咲くという意味のサキも、同じ言葉である。木の先端についた〈花〉は、神が寄りついた、もっとも充足した状態である[3]。だから、

(18)　い行き会ひの坂の麓《ふもと》に咲きををる桜の花を見せむ児もがも　（巻九・一七五二）

のような状態は、もっとも素晴らしい世界なのだということになる。そして、一方、

⒆　吾妹子に相坂《あふさか》山のはだ薄穂《すすきほ》には咲《さ》き出《い》でず恋ひわたるかも　（巻一〇・二二八三）

のような歌は、もっとも不安で危険な状態となる。この歌の上三句は比喩表現で、「咲き出でず（顔色に出さない）」を引き出しているのだが、単に自分の顔色に出さずにというだけではなく、故郷の妹が出てこない＝通じるはずの坂で会えないことを嘆く（恋ひわたる）といった気分を含んでいるとみなければならないのである。

第五章　起源としての生産・労働・交易

すでに第二章でもふれたように、狩猟や採集で得ることのできる食料としての動物や植物は、人が自らの力で手に入れたものではなく、向こう側＝異界から与えられるものだと考えられていた。人はそれを授かることによって生きることができた。その構造は、基本的には、農耕においても変わりがない。種を蒔き、見守り、収穫するのは人間だが、それを可能にする力は異界の側にゆだねられている。だから、人は豊作を神に祈願するのである。あらゆる交易も、物を、向こう側の世界と交換する行為だということからみれば、同じ構造のなかでとらえなければならないということになる。

稲作と養蚕の起源

稲作は、養蚕や畑作などと組み合わされながら、日本列島におけるもっとも主要な生業となった。ずいぶん長い歴史をもち、いくつもの起源神話をもっている。そのうちのひとつが、古事記に伝えられているオホゲツヒメ（大気都比売神）殺害の神話である。すでに前に引いたことがある（二五四〜二五五頁）ので簡略に紹介するが、高天原から追放されたスサノヲ（須佐之男命）がオホゲツヒメに食べ物を乞う場面である。スサノヲの求めに対して、オホゲツヒメが、鼻・口や尻から食べ物を出して差し出しているのを知ったスサノヲは、わざと汚して差し出したと言って怒り、オホゲツヒメを切り殺してしまう。すると、殺された食べ物の女神の、「頭《かしら》に蚕《こ》生り、二つの目に稲種生り、二つの耳に粟生り、鼻に小豆《あづき》生り、陰《ほと》に麦生り、尻に大豆《まめ》」が生り出た。そこで、カムムスヒの御祖《みおや》（神産巣日御祖命）は、それらを持ってこさせて浄化し、改めて種と成してスサノヲに託して地上に蚕と五穀がもたらされた。古事記は、五穀の起源をこのように語っているのである。

頭からカイコが生まれるというイメージには、髪の毛と生糸という連想のほかに、カイコの幼虫とシラミ（虱）との連想が働いているのではないかと想像するが（虱は根の堅州の国のスサノヲの頭にいるが、じつはそれはムカデだったとある）、ここに語られているのはハイヌヴェレ型の穀物起源神話とみてよかろう。ハイヌヴェレ型神話というのは、殺された大地の女神の死体から新しい生命、新しい穀物や食べ物が生まれ、そのすばらしい食べ物を人は手に入れることができたと語る神話をいう。ここでは、そうしたハイヌヴェレ型の起源神話が、五穀と養蚕の起源として古くから日本列島で語られていたという点に注目したい。

この話型は、おそらくインドネシアなど南太平洋方面に源をもつもので、それがユーラシア大陸東岸を伝わって北上してきたものらしい。

古事記の神話では、血にまみれて誕生した蚕と五穀の種は、カムムスヒ（神産巣日命）によって浄化され、スサノヲ（須佐之男命）に託されることで地上にもたらされた。それゆえに、出雲に降りたスサノヲは、高志《こし》のヤマタノヲロチを退治し、クシナダヒメ（櫛名田比売）と結婚したと語られるのである。なぜなら、クシナダヒメという女神は、「クシ（霊妙な）＋イナダ（稲田）＋ヒメ（女神）」つまり田んぼの女神だからである。したがって、ヲロチ退治神話というのは、たんに生贄にされそうな少女を助けて結婚するという退治譚だけではなく、クシナダヒメとスサノヲとが結婚することによって地上に稲作が開始されたことを語る、農耕の起源神話になっているとみなければならない（ヲロチ退治神話の解読は、第二部第二章「イケニヘ譚の発生」参照）。それは同時に、養蚕の起源神話にもなっている。

一方、日本書紀の場合は、「大地の母神＝生産の女神」殺しは、スサノヲではなくツクヨミ（月夜見尊）によってなされたと伝えている。神代巻の第五段にあるのだが、その神話は正伝にはなく第一一の一書（この段の最末尾）に載せられている。そしてそこでは、月の神ツクヨミがウケモチ（保食神）と呼ばれる食物の女神を殺し、古事記と同じように女神の亡骸からは蚕と五穀の種が誕生する。カイコが生まれるのは、「眉《まよ》の上に繭《まよな》生り」とあって、古事記と同じように、眉毛と蚕糸の連想があり、加えて、マヨ（眉）とマヨ（繭）との語呂合わせがはたらいている。

日本書紀の場合、女神ウケモチを殺したツクヨミの行為を憎んだアマテラス（天照大神）が、弟ツクヨミを嫌って昼と夜とに分かれてしまったという日月分離起源の神話を伝えたあと、アメノクマヒト（天熊人）に命じて、ウケモチの死体から生まれた五穀の種と蚕を持ってこさせて高天原で育てたと語っている。そして、稲は、「天狭田《あまのさなだ》と長田《ながた》」に植え、蚕から

できた繭については、

　口の裏《うち》に繭を含《ふふ》み、すなはち糸を抽《ひ》くことを得たり。これより始めて養蚕《こかひ》の道有り。

と伝えている。

　このようにして高天原で育てられた稲や蚕は、天孫降臨の際に、地上に降りたニニギ（瓊瓊杵尊）に託され、地上にもたらされることで、日本列島に養蚕や稲作（穀物栽培）が開始されることになったというのが日本書紀の生産起源神話になっているのである。

　ただし、その地上への降下も、日本書紀の正伝には伝えがなく、第九段の第二の一書のなかで伝えられている。しかもそこに出てくるのは、高天原で育てられた「斎庭《ゆには》の穂《いなほ》」だけで蚕のことは記されていないのだが、当然、他の五穀とともに養蚕もここに起源があると日本書紀は考えているはずである。それゆえに、近代天皇制のなかで、稲作をする天皇と養蚕を担当する皇后という対の関係が強調されることにもなったと考えてよかろう。

　このように、古事記と日本書紀とでは、稲作や養蚕の起源が別のかたちに展開して伝えられているのだが、そのことは、これらの起源神話が多様なかたちで存在したということを教えてくれるだろう。重要なものであればあるほど、その起源は多様になっていくのだと思う。そしてここから、稲作と養蚕が天皇＝国家に独占されたものではなく、スサノヲを起源として語られる神話も存在したということを確認できるのは貴重なことである。

稲作の起源とタブー

たとえば、定例の国家祭祀について記す『律令』や『延喜式』の四時祭《しじさい》をみると、その多くが稲作にかかわる祭祀であるということに気づく。それは、古代律令国家の基盤を支えていたのが稲作であり、公民《おおみたから》としての水田耕作民であったという現実的な問題ばかりではなく、稲作が、もっとも強く異界と対峙する行為であったということに起因するはずである。常陸国風土記行方郡の夜刀《やと》の神伝承に象徴的に語られているように、自然＝神の領域に侵入し、それに立ち向かうのが稲作だから、いつも神に向きあっていなければならなかったのだと言い換えてもよい。その意味で、稲作は神への侵犯という根源的なタブーを抱え込まなければならなかったのである。

古事記や日本書紀に語られているハイヌヴェレ型の起源神話そのものが、大地の女神殺しによって語られているのを見ればわかるとおり、稲作は始まりから、神殺しというタブーを背負っているのである。それは人類の最初の自然破壊と言ってもよいのが稲作だということを考えれば、必然的に孕まれてくる罪でありタブーであったと考えなければならない。

神の世界に起源をもつ稲種は、スサノヲによって、あるいはニニギによって地上にもたらされたと語られるのだが、そこから地上に繁茂することに関しては、次のような神話を見いだすことができる。もともと民間伝承として伝えられていたとみなせる、出雲国風土記に載せられた伝承である。

多禰《たね》の郷（略）天の下造らしし大神、大穴持命《おほなもち》と須久奈比古命《すくなひこ》と、天の下を巡り行でましし時、稲種を此処《ここ》に堕《おと》したまひき。故、種といふ。（飯石郡）

オホナモチとスクナヒコの二神が各地を巡行している途中、この郷に稲種を堕したと語られている。この二神は播磨国風土記では稲種を山に積んでいるから（揖保郡稲種山）、異界から稲種をもたらした神として広く伝えられていたとみてよい。そして、ここからわかることは、稲種は神の世界から、神によってもたらされたものだということである。しかもそれは、神が人に授けたものなのではなくて、神が「堕す（落とす）」ことによって人のものになったのだというふうに、その起源が不安定な要素を内包して語られているということに注目したい。ここに、神への犯しという負性を内包した、神の世界の稲種を手に入れた側が必然的に抱え込むことになった稲作のタブー性を読みとることができるだろう。

豊後国風土記の速見郡には、的餅《いくはもち》伝承（豊作で心が奢り、収穫した米を粗末にしたために、穀霊が白鳥になって飛んでいってしまったという伝承）も伝えられており、そこからも、稲が神の側のものであるということがよくわかる。ちょっとの油断が、人間から稲を奪ってしまうのである。それは、稲が本来、人のものではないからである。

また、白鳥になった穀霊は、山城国風土記（逸文）によれば、飛んで山の峯に降りると、そこで稲になったと語られている。ここからは、白鳥が稲種をもたらす神でもあったのだということを教えられる。世界的にひろがる穂落とし神話のパターンで、民間伝承として各地に遺っているのだが、その構造は、先のオホナモチ・スクナヒコの巡行による稲種落としの場合と同じである。

古代の文献には見当たらないが、神の世界に漂着した人間が、そこから稲種を盗み出してくると語られる〈盗み〉による稲作起源神話（沖縄などで広く語られているほか、弘法大師伝説としても各地に伝えられている）には、稲作のタブー性がより鮮明に現れている。そして、そのような始源をもつからこそ、稲作には、厳重な祭祀が要求されるのである。

なぜ稲種は耕した田に直接蒔かれないで、苗代（苗代田）で育てられるのか。たぶん、稲種のタブー性を解消し、それを人の側に移す場所として苗代が作られるのである。苗代における育苗期間は、神のものを人のものにするための試練の期間であり、その意味で、苗代は神の世界と人間の世界との中間的な場所になる。だから、苗代の期間はことさらに厳しいタブーが課せられることになるのだ。

苗代に蒔かれる種は〈斎種《ゆだね》〉と呼ばれる。万葉集には、

　　青柳《あをやぎ》の枝きり下ろし斎種（原文「湯種」）蒔きゆゆしき君に恋ひ渡るかも
　　　　　　　　　　　　　　　　　　　　　　　　　（巻一五・三六〇三）

とうたわれている。この歌自体は恋歌だが、上三句の景は、種下ろしの儀礼にかかわる表現

とみて誤りがないだろう。苗代に種を蒔くときに、芽吹きの予祝行為として柳の枝が挿し木される。それによって、タブーを背負った神の稲種は、浄化され生命力を回復して苗になる。だから、その斎種の蒔かれる苗代は、特別な空間でなければならないのである。なお、「ゆ（斎）種」という語は、先に引いた日本書紀第九段第二の一書の神話にみえる「斎庭の穂」につながっているだろう。そこでは、アマテラスが育てた聖なる種を意味していたが、ここでは、もっと一般的な「神の種」を指す語として用いられている。そのことは、同じく万葉集の、

斎種（湯種）蒔く新墾《あらき》の小田を求めむと足結《あゆ》ひ出《い》で濡れぬこの川の瀬に　（巻七・一一一〇）

という歌が示している。幻想としては、「斎種」は新しく開墾された田に蒔かれなくてはならないのである。斎種を苗に育てる苗代が、始源の田としての「新墾の小田」であるために、この歌では川を遡ってその場所を探すというのである。(1) 言うまでもなく、川の上流は異界に繋がる場所だから、この歌は、理想の苗代を求める歌になる。

播磨国風土記には、玉津日女命《たまつひめ》が生きている鹿を捕まえ腹を割き、その血で種を蒔くと一夜で苗になったという異常成長を語る伝承（讃容郡）と、太水の神《おほみづ》が水を用いず宍《しし》（鹿・猪）の血で田を作ったという伝承（賀毛郡雲潤里《うるみ》）を載せている。そこに認められるのは、

苗代田の水がただの水ではないという認識である。つまり、苗代が神の領域であることの証しが、水に代わる生贄の血だとみればよい。それゆえに、一夜の成長も可能になる。また、同じく賀毛郡の河内里には、草を敷かずに稲種を下ろすという伝承がみられるが、それを保証しているのは、巡行してきた神である住吉神とその従神たちであった。他とは異なる苗代を語ることにおいて始源性を保証し、それが苗の成育を約束するのである。

苗代で成長した稲は、田に植え換えられることによって、ようやく人の側に近づくことになる。そして、それを行うことのできるのが早乙女《さおとめ》と呼ばれる女性たちである。いつも、早乙女たちは田植えのための装いをして田を植える。それがハレの行為だからである。万葉集に、「吾妹子《わぎもこ》が赤裳《あかも》ひづちて植ゑし田」（巻九・一七一〇）とうたわれている赤裳は神に仕える女性の装いであった。早乙女は、赤裳を着ることによって神を迎えることのできる女性になるのであり、田植えとは、苗代という神の領域から、苗を人の側の田に迎える儀礼なのである。そこで、早乙女は稲と神婚するのだといってみてもかまわない。だから、田植えが行われるまでの一定期間は、早乙女には厳重な物忌みが科せられたのである。

金門田《かなとだ》を荒掻《あらが》きま斎《い》み日が照《と》れば雨を待《ま》とのす君をと待《ま》とも　（巻一四・三五六一）

この東歌は、田植えまでの期間の早乙女たちの物忌みの状態と、男への思いを歌っている。そして、その「君」は、当然、神と重なってもゆくのである。

万葉集には「小山田の鹿猪田守《ししだも》るごと」（巻一二・三〇〇〇）とか、「新墾田《あらきだ》の鹿猪田の稲」（巻一六・三八四八）とか、〈鹿猪田〉という表現がでてくる。これは、鹿猪に荒らされるような山深い田をさすのだろうが、単に鹿猪の被害を受けやすいというだけではない。稲が成育するまでのあいだにはさまざまな苦しみがあるわけで、旱魃や水害や冷害など今日でも各地でみられることである。そして、それらは、神のものとしてのタブーの稲が、人のものになるための試練として存在する。だから、それを克服するための祭祀が行われるのだが、鹿猪による被害もそうした試練の一つとみるべきなのである。それを経て、実りは、はじめて人のものとなるのだから。

豊後国風土記によれば、鹿が苗を食い荒らすのに困った田主が柵を作って防いだところ、その柵のあいだに鹿が首を挟んで抜けなくなっていた。そこで田主が殺そうとしたところ、鹿が、命を助けてくれたら子孫に苗を食わないように教え諭すと詫びたので許してやった。それ以来、苗は食われず豊作になったという（速見郡頸峯）。この鹿は、稲作を妨害するものであるとともに豊作を約束することのできる力をもつものとして語られている。稲種が異界のものであり、タブーを背負うものであったということが象徴的に語られているのだが、それは、水にしろ日照りにしろ風にしろ、同じ構造の中で考えられていたはずである。

また万葉集には、収穫に際して田のそばに建てられる「仮廬」をうたう歌が多い。

秋田刈る仮廬《かりほ》の宿のにほふまで咲ける秋萩見れど飽かぬかも　（巻一〇・二一〇〇）

秋の田を仮廬《かりいほ》つくり廬《いほり》してあるらむ君を見むよしもがも　（巻一〇・二二四八）

これらの歌をみると、仮廬は稲の収穫のための建物であるが、

春霞たなびく田居《たゐ》に廬築《いほつ》きて秋田刈るまで思はしむらく　（巻一〇・二二五〇）

ともあって、春から作ってそこに住みつくこともあったらしい。ただし、

秋田刈る仮廬もいまだ壊《こぼ》たねば雁が音《ね》寒し霜も置きぬがに　（巻八・一五五六）

とあるところからみて、年を越して使用するものではなかった。毎年建て替えられるからこそ「仮廬」なのである。そのように更新され続ける建物であるということから考えて、仮廬は収穫のための作業小屋というだけではない特別な空間として設けられた建物であったとみるべきである。どのように使われたのかはわからないが、興味深いのは、仮廬にいることを〈旅〉と表現しているところである。

秋田刈る旅の廬《いほり》に時雨《しぐれ》降りわが袖濡れぬ乾《ほ》す人無しに　（巻一〇・二二三五）
鶴《たづ》が音《ね》の聞ゆる田居に廬《いほり》してわれ旅にありと妹《いも》に告げこそ　（巻一〇・二二四九）

旅とは共同体を離れて異界に身を置くことをいうことばだから、そこからいえば、「仮廬」は異界の建物であった。もちろん、律令の班田がかなり遠くに与えられるということもあったらしいが、仮廬が建てられ、そこにいることが「旅」と呼ばれるのは、実態的な距離を反映しているというよりも、稲が神の側のものであり、それを得るために神を祀り籠もる空間が仮廬だったからだとみたほうがよさそうである。

収穫を感謝する新嘗祭は、稲を与えてくれた神に感謝するとともに次の年の実りを祈願する祭りでもある。それは神を迎え神に贄を捧げることなのだが、より正しく言い換えるなら、収穫した稲を神の側に戻すことであり、人が得ることのできるのはその残りだということになる。有名な万葉集東歌の一首、

鳰鳥《にほどり》の葛飾《かつしか》早稲《わせ》を饗《にへ》すともその愛《かな》しきを外《と》に立てめやも　（巻一四・三三八六）

によれば、神前に饗されるのは早稲である。なぜ稲には早稲と晩稲《おくて》とがあり、それが作りわけられるのか。

わが業《な》れる早稲田の穂立ち造りたる蘰《かづら》そ見つつ思《しの》はせわが背　（巻八・一六二四）

「蕵」は神に捧げられる呪物だが、それを作るのも早稲であることからみて、神に捧げる（返す）稲である早稲と人が食べることのできる稲とは区別されていたのではないか。

かる臼《うす》は田廬《たぶせ》のもとにわが背子《せこ》はにふぶに咲《ゑ》みて立ちませり見ゆ　（巻一六・三八一七）

稲《いね》舂《つ》きは田廬（仮廬）で行われるものであったらしい。もちろん、すべてがそうであったわけではなく、日本霊異記によれば、美濃国の家長《いえおさ》に雇われた稲舂女たちは、「碓屋《うすや》」で働いており（上巻第二縁）、これは、屋敷の一隅に設けられた建物である。右に引いた万葉歌によれば、田廬の唐臼で稲を搗く女たちのもとには、男が訪れてくる。そのことは、神楽歌の、

細波《ささなみ》や　滋賀の辛崎《からさき》や　御稲《みしね》搗く　女《をみな》の佳《よ》さ　さや　それもがな　かれもがな　愛子夫《いとこせ》に　ま愛子夫《いとこせ》にせむや

という歌謡からも明らかである。解釈に疑問もあるが、全体を男の側の歌とみて、おれを愛人にしないかとうたっているのであろう。そして、稲舂き女の側は、

稲《いね》舂《つ》けば皹《かか》る吾が手を今夜《こよひ》もか殿の若子《わくご》が取りて嘆かむ　（巻一四・三四五九）

と、訪れる男（願望としての御殿の若様）を思い描くのである。それは、新嘗で神を迎えて屋内に籠もる女たちの幻想（先の「鴫鳥の～」の歌）とひとしいわけで、稲舂女もまた神を迎える女だから、殿の若子を引き寄せてしまうのであり、世の男たちを魅惑しつづけるのである。

養蚕

カイコ（蚕）は「こ」と呼ばれるが、コは、子であり卵《こ》であり、蚕《こ》である。小さくて丸いもののなかに籠もり、そこから出てきた小さなもの、それが「こ」である。

養蚕の起源が、古事記と日本書紀とでは別のかたちで伝えられていることについては先にふれた。ただし、別の話になってはいるが、両者はともにハイヌヴェレ型の神話として大地の女神の殺害と、その死体からの化生が語られていた。しかし、蚕に関して言えば、起源神話はその系統とは別のかたちでも語られている。

女神の死体から生まれるという点では同じだが、蚕の話はほかにも存在し、漂着した継子の死体から蚕が誕生したと語る蚕影《こかげ》神社（茨城県つくば市神郡）の養蚕起源神話がよく知られており、それはおおよそ次のような話である。

昔、インドにいたお姫様が継母に苛められ、家を追い出され捨てられるが、援助者が現れたりして何度か助けられる。そして最後には、父である王が姫のことをあまりに不憫に思い、船に入れて流しやると筑波山のふもとの豊浦《とゆら》の湊に漂着した。それを村人が助けたが、お姫様はインドからの長い船旅で疲れはてて死んでしまう。その亡骸から小さな虫が生まれたが、その虫こそが蚕であった。それが蚕影神社の起源神話である。

この伝承は、常陸・甲斐・信州を中心として、各地に伝承されている。この話には腐乱した体にわき出すウジ（蛆）と蚕とのあいだにみられる形態的な連想があり、そのために殺された女神の死体から蚕が生まれると語るのである。たとえば、古事記の黄泉の国の神話では、イザナキ（伊耶那岐命）がイザナミ（伊耶那美命）の死体を見ると、「蛆たかれころろきて」という状態で、体中に蛆虫がわき出してコロコロ鳴っている。イザナミの場合は、腐乱を恐ろしいものの出現として語っているが、ここでは、蚕というもっとも大事な虫が、蛆虫と結ばれた。

また、『遠野物語』に載せられていることでもよく知られた馬と少女との恋物語として伝えられる「オシラ様」の伝承も、養蚕起源神話のひとつである。おそらく中世の修験者たちによって広まったと考えられるが、青森県を中心として、イタコ（盲目の宗教者）たちのあいだで木の棒に彫られた神像とともに伝えられている。そして、そこで唱えられるオシラ祭文は、馬娘婚姻譚《ばじょう》のかたちをとるのだが、その馬と女性（女神）との関係は、古事記や日本書紀に語られているアマテラスの機織りと、スサノヲの乱暴を語る高天原神話のなかに類型を見いだすことができる。

よく知られている神話だが、古事記では次のように語られる。

天照大御神、忌服屋《いみはたや》に坐して、神御衣《かむみそ》織らしめます時、（スサノヲは）其の服屋の頂を穿《うか》ち、天の斑馬《ふちうま》を逆剝《さかはぎ》に剝ぎて、堕し入るる時、天の服織女《はたおりめ》見驚きて、梭《ひ》に陰上《ほと》を衝きて死にき。故、是に、天照大御神見畏み、天の石屋《いはや》の戸を開きて刺しこもりましき。

この神話では、天の服織女、つまりアマテラスに仕える神女が梭（機織りで横糸を通す道具）にホト（女陰）を衝いて死んだと語られている。死ぬのがアマテラスではなく天の機織女になっているのは、アマテラスが天皇家の祖先神になったこととかかわるはずで、元は、アマテラス自身が機を織る女神としてあり、ホトを衝いて死んだと語られていたはずである。それは、日本書紀の神話からも想像できる。

則ち天の斑駒《ふちこま》を剝《さかはぎ》にし、殿の甍を穿《うか》ちて投げ納《い》る。是の時に、天照大神驚動《おどろ》き、梭を以ちて身を傷ましめたまふ。（第七段正伝）

ここではアマテラスは傷ついたとしか語られていないが、死んだというのが基本にあると考えていいはずだ。それが、至高神アマテラスを殺すことはできないために日本書紀では傷ついたというかたちになり、一方の古事記ではアマテラスに仕える機織女が死んだというかたちになっていったのである。

ここに語られている機織りも、養蚕にかかわっており、それは、高天原が養蚕（稲作もだが）の起源の場だと考えられていたからである。古事記の場合は、先に紹介した通り、オホゲツヒメ殺しで生じた五穀の種や蚕は、スサノヲによって地上にもたらされたと語るが、それとは別の伝えとして、日本書紀と同様の、高天原で育てられる蚕の神話が存したことを、この神話は教えている。さらに、それとは別に、オシラ神の神話とつなげて考えれば、馬と女神との交接からはじまる養蚕の起源神話も古くから伝えられていたのだということが想定できるのである(2)。

また別に、養蚕に関しては、古事記の仁徳天皇条にも、興味深い伝承が伝えられている。それは天皇の后イハノヒメ（石之日売命）の嫉妬物語のなかの一挿話として置かれているのだが、難波の海を船で航行していたイハノヒメは、天皇がほかの女性に手を出したのを知って怒り、宮殿にもどらず山代（京都府）の筒木《つつき》に住む韓人《からひと》ヌリノミ（奴理能美）の家に入ってしまう。天皇と后との仲を修復させようとしたまわりの者たちが、天皇をヌリノミの家に行かせて二人を対面させようとするのだが、その時、使いは天皇に、

　大后の幸行《い》でましし所以《ゆゑ》は、奴理能美が養《か》へる虫、一度《ひとたび》は匐《は》ふ虫に為《な》り、一度は鼓に為り、一度は飛ぶ鳥に為りて、三色《みくさ》に変はる奇《あや》しき虫有り。此の虫を看行《みそな》はしに入り坐ししにこそ。更に異心《ことごころ》無し。

と言わせるのである。それで仁徳は、「然らば吾も奇異しと思ふ。故、見に行かむと欲《おも》ふ」

と応じて、后の元に出かけたという話である。

これは起源神話ではないが、養蚕というのが渡来人の手によって大きく発展したらしい消息を伝える伝承になっている。それとともに蚕という虫が三度の変態を遂げる不思議な虫として珍重されていたということを窺わせる伝承にもなっている。

そうした驚きにかかわるのだろうか、万葉集には、次のような歌が何首か見いだせる。

たらちねの母が養《か》ふ蚕《こ》の繭隠《まよごも》り隠《こも》れる妹《いも》を見むよしもがも　（巻一一・二四九五）
たらちねの母が養ふ蚕の繭隠りいぶせくもあるか妹に逢はずして　（巻一二・二九九一）

いずれも、繭にこもった蚕《こ》が比喩となって、その下にうたわれる心情を引き出してくるという類型的な表現をもっている。ここには、稲作とともに重要な生業である養蚕が、三度の変態という不思議な出来事によってもたらされることの神秘性が表現されているとみてよいだろう。まさに、蚕とは神であり、大事に育てるべき子（「飼《か》ひ子《こ》」）なのである。そしてそれは、人の子と同様に、母なる女性によって育てられるものであった。それゆえに、国家の儀礼としては皇后の役割にもなるのである。

そのほか、養蚕にかかわる伝承としては、日本書紀の雄略天皇巻に伝えられた、小子部《ちいさこべ》一族の氏姓由来譚もよく知られている（すでに第二部第一章で紹介した）。それは、雄略天皇六年の記事として伝えられているのだが、ある時、スガル（蜾蠃）という側近が、皇后や妃たちに桑の葉を摘ませて養蚕事業を推進させようとした雄略天皇の命令を受けて、国中から「蚕《こ》」を集めることになった。するとスガルは、何を勘違いしたか、「嬰児《こ》」を集めて天皇に差し出した。それを見た天皇は大笑いして、この児《こ》たちは、お前が自分で養えと命じたので、スガルは、嬰児たちを宮殿のそばで養育したという。

たわいもない笑い話であるが、性役割として養蚕が女性であり母である皇后に割り振られてゆくということが示されている点で興味深い話である(3)。

古代律令国家の税制が、班田に対して課せられる租と、成人男子に課せられる庸及び調によって成り立ち、その庸・調の中心が「布」であることをみると、稲作と養蚕・機織りが主要な生業であったことは言を俟たない。そして、その布は、麻布も含まれるが多くは絹糸であり絹の布であった。しかも、庸布や調布は、税としては成人男子に課せられるものでありながら、それを家族のなかで実際に育て、織り上げるのは女性たちの役割であった。男への税が、女性たちの労働である養蚕と機織りによって納められるというところに、古代律令国家における、あるいは日本列島における男女関係の、根源的な矛盾が孕まれているように思えるのはわたしだけか。

その養蚕にかかわる歌も万葉集には載せられているが、ここには代表的な一首のみを掲げておく。

多摩川に曝《さら》す手作《てつく》りさらさらに何そこの児《こ》のここだ愛《かな》しき　（巻一四・三三七三）

畑作・採集・開墾

畑作や採集については資料が限られてしまうために、言えることは断片的にならざるをえない。すでにさまざまに論じられていることだが、粟・稗などの穀物が稲以上に主要な食料であった時代や地域の拡がりは、十分に認識しておいたほうがよい。ただし、稲は苗代を作り水田に植えるといった特殊な過程を経るという意味で他の穀物や野菜などとは区別されたものであったはずだが、それらが神から授かるものだという認識は共通していた。

常陸国風土記によれば、福慈神《ふじのかみ》のもとに宿を請うた神祖尊《みおやのみこと》は、「新粟《わせ》の初嘗《にひなへ》して、家内《やぬち》諱忌《ものいみ》せり」という理由で断られ、筑波の神の許にゆくと、「今夜《こよひ》は新粟嘗《にひなへ》すれども、敢へて尊旨《みこと》に奉らずはあらじ」と言って迎え入れる（筑波郡）。この「新粟の初嘗」「新粟嘗」を稲の新嘗ととる説もあるが、粟の収穫祭とみていっこうに問題はない。というより、素直に文字から読めば粟の収穫祭であろう。また、備後国風土記（逸文）では、武塔《むと》神の宿りを受け入れた貧しい蘇民将来《そみんしょうらい》は、粟柄を座として粟飯でもてなしたと語っている。これも粟の収穫儀礼の説話化とみればいいわけで、ことさらに稲の新嘗と区別する必要はなかろう。

豊後国風土記によれば、豊《とよ》国の国名起源は不思議な芋によって語られている。飛来した白鳥が餅になったかと思うとたちまち「芋草数千許株《いへついもいくちもと》」に変化し、その花と葉はすべて繁栄したという（総記）。この芋も、稲の場合がそうであったように、異界からもたらされたという起源をもつことによって、人の授かる食べ物になったのである。

布の原料となる麻は栽培されるものだが、これも、起源としては五穀や芋と同じく異界からもたらされたものであった。出雲国風土記によれば、麻は、スサノヲの子アヲハタノサクサヒコ（青幡佐草日子命）によって山の上に蒔かれたのが始まりであると言い（大原郡高麻山）、常陸国風土記によれば、古昔《いにしえ》、沢の水際に一丈に余る大きな竹のような麻が生えていたとある（行方郡麻生里）。水辺の木はまさに豊饒なる異界の映像化だから、麻生里は豊かな始源に保証された土地になるのだし、神によって植えられた麻は、言うまでもなく異界からの贈り物であった。

果物も異界からもたらされたものであるということは、有名な、トキジクノカクノ木の実を求めて常世の国に渡ったタジマモリ（多遅摩毛理）の伝承に語られている（古事記、垂仁天皇）。その実は地上では橘であったが、不老不死を可能にする木の実として異界からもたらされた。蒲子《えびかずら》（山葡萄）や桃が異界の果物であるということは、イザナキの黄泉国訪問神話が語っている。だから、果物には呪力が籠められている。播磨国風土記に、菓子《このみ》（木の実）を分かちながら村々を巡行する神が語られているのも（賀毛郡端鹿里）、それが異界に起源をもつものだからである。

野草の採集は、若菜摘みという儀礼によって異界の呪力を身につける行為であることが明らかになる。丘や野に出ることによって神の呪力を浴びるわけで、その象徴的な行為が若菜を食べることである。そして、その若菜摘みの場としての丘や野が恋の場になるというのは、そこに行くことで人は神になることができるということを現している。野蒜《のびる》を摘みに行く嬢子への誘い歌（古事記、応神天皇）や雄略天皇の求婚歌（万葉集、巻一・一）がそれを示している。

神の領域を人の側に引き入れるのが開墾だから、そこは、もっとも危険な場所であるともにもっとも聖なる場所となる。それゆえに、先にでてきた万葉歌にあった「新墾田《あらきた》」は理想の苗代になりうるのである。常陸国風土記行方郡の夜刀《やと》の神伝承において、田を開墾した代わりに永代の祭祀を誓ったマタチ（麻多智）のように、谷間の奥の神と人との境界の地は、もっとも激しく神と人とが交わる場所であった。それゆえに、神による妨害も激しい。祭祀によって神を和めるしかないし、漢人や筑紫の田部など、稲作に長じた特別の存在が開墾しなければならないのである（播磨国風土記、揖保郡佐比岡、同郡佐岡など）。それは当然、村建て神話として語られてゆくことになる。たとえば、播磨国風土記の大田里の伝承では、呉《くれ》の勝《すぐり》が韓国《からくに》から渡来し、紀伊国名草郡の大田村に住みつき、それが分かれて摂津国に移り、後に播磨の地に定住したというかたちで、異界から繰り返される遍歴と定住を語っている（揖保郡）。村は、いつもそのようにして始まりの地をもつことによって、今の安定と豊饒を保証しようとするものなのである。

漁撈と狩猟

海の幸は常世波《とこよのなみ》とともに、海のかなたから寄りついて来るものであった。人は、それを漁によって手に入れるのだが、それは決して人の力や技術ではない。海の幸を領するのはあくまでも、ワタツミ（海神）の側なのである。

　万葉集では「勇魚取り《いさな》」が海の枕詞として用いられている。勇魚はクジラのことだが、「勇魚取り」が海の枕詞になるのは、クジラが海の幸の象徴的存在であったからだ。古代の漁業技術からみてクジラが日常的な獲物であったとは考えにくいわけで、それが主要な食料であった可能性は少ない。でありながら、海の幸の象徴になりうるのは、クジラは、自ら浜に寄りついてくるものだと幻想されていたからではないか。

　万葉集に、「鯨魚取り《いさな》浜辺を清み」（巻六・九三一）と、クジラと「浜」とをつなげた表現があるが、それは、常陸国風土記の鯨岡の地名起源が、上古の時に「海鯨」が「匍匐《はらば》ひて来り臥せ」ったからだと語られている（行方郡男高里）のと重ねて考えることができよう。また、海辺の丘がクジラの形に似ているといった伝承もある。壱岐国風土記（逸文）には、ワニに追われたクジラが隠れ伏したところがあり、今にそのワニとクジラとが石となって残るという伝承を伝えている。

　これらの伝承から言えることとは、クジラとは、浜辺に寄りつく、つまり海の神が人に与えてくれる幸であり、人が海に出て主体的に捕獲するものではないということである。そして、このあり方は、狩猟民アイヌの寄り鯨の伝承を想起させる。アイヌの場合、レプン・カムイ（海の神）と呼ばれるシャチに追われて浜にあがってくるのがクジラである。漁撈《ぎょろう》とは、本来、そのように幻想されるものであった。

　アイヌのシャチに対応するのが、古代の日本語文化圏ではワニ（サメのことをさし、表記は「和爾」が多い）である。古事記でワタツミの女豊玉比売《とよたまびめ》がワニになって地上に現れるように、ワニは、海の神が人の前に姿をあらわす時の姿であった。そして、そのワニは始祖神的な性格をもつものとして風土記には語られている。出雲国風土記意宇郡の語臣《かたりのおみ》猪麻呂《ゐまろ》の伝承がそうであり、仁多郡の恋山《したいやま》や肥前国風土記佐嘉郡の世田姫《よたひめ》の伝承にも女とワニとの神婚が語られている[4]。それらの伝承では、人とワニとの関係の断絶（遮断）が語られるが、その背後には、神と人との神婚による始祖誕生を語る神話を想定することが可能で、そこでは、海の神であるワニと人との血縁を語ることによって、海の幸がかれらのもとにもたらされる根拠をもつことになるのである。

もちろん、待っていても海の幸は手にはいらない。浜に出、海に漕ぎ出して異界と交わることで、海の神の寄せてくれる幸を授かることができる。その手段が、銛で突くことであり、釣ることであり、網を打つことなのである。そして、それらは単に道具ではない。返してもらった釣り針にワタツミの不漁の呪詛を籠められてしまったウミサチビコ（海幸彦）は弟のヤマサチビコ（山幸彦）に服属したと語る古事記の神話にも明らかなように、海の幸を釣るための道具である釣り針は、海の神の呪力に支えられて海の幸を釣ることができるのである。ということは、釣る（突く）魚は、海の神の側にしか存在しないということを意味している。

海の中に生えている藻もまた、「か青なる　玉藻沖つ藻　朝はふる　風こそ寄せめ　夕はふる　浪こそ来《き》寄せ　浪の共《むた》　か寄りかく寄る」（巻二・一三一）、「沖つ波辺つ藻巻き持ち寄せ来《く》とも」（巻七・一二〇六）、「神風の　伊勢の海の　朝凪ぎに　来寄る深海松《ふかみる》　夕凪ぎに　来寄る俣海松《またみる》」（巻一三・三三〇一）などと万葉集にうたわれているように、異界から寄せてくるものであった。そして、それを採るのが波に裳を濡らす海未通女《あまをとめ》たちである。ワタツミに身をゆだねることで、海の神の贈り物を人の世に引きよせる。だから、藻を刈る海未通女と苗を植える早乙女は同じ存在なのである。

真珠は「海神《わたつみ》の手に纏き持てる玉」（巻七・一三〇一）だから、それを得るために海人《あま》は、「沖つ御神にい渡りて潜《かづ》き採る」（巻一八・四一〇一）のであり、ワタツミの領有する異界に入ってゆかなければならない。もっとも恐ろしく神秘的な空間である海という神の領域に入ることのできる存在であるゆえに、海に潜く海人や海未通女は、神に交わる存在として地の民と区別された存在となる。律令制度のなかで、海人が公民と隔てられた部民《べのたみ》として天皇に隷属する贄人《にえびと》となり賤民化してゆくのは、彼らが神に交わり、タブーにふれる存在だからである。

「年魚《あゆ》」釣りの起源は、神功皇后の新羅征討の際のウケヒによって語られる（古事記、仲哀天皇条および日本書紀、神功皇后摂政前紀）。縫い針を曲げた釣り針と裳の糸と飯粒とによって遠征の成否を問うのは、年ごとに川を遡上するアユもまた神の領するものだからである。アユは、神の意志として針にかかる。なぜ、アユなのかといえば、それが年毎にワタツミが領する海から川を遡る魚だからである。

古事記では、毎年四月上旬に女が裳の糸と飯粒でアユを釣るという習俗を伝えているが、それは肥前国風土記の松浦郡にも語られていて、こうした伝承の背後には、その年初めて遡るアユを迎える豊漁儀礼があったのではないかと思わせる。そして、それを行うのが女性なのは、神を迎え交わる存在でなければならないからである。現在でもアユはもどしのない掛け針で釣るのだが、それは友釣りというアユの習性にかかわる特殊な漁法に由来すると理解されている。しかし、神話的にいえば、起源としての「年魚釣り」が実習されているのだとみなければならないのである。[5]

アユとともに川を遡る魚の代表は「サケ（鮭）」だが、サケにかかわる伝承は古代の文献には少ない。常陸国風土記に、鮭の祖を「助《すけ》」と呼ぶという記事があり（久慈郡助川の駅屋）、そこから考えれば、この魚も異界から寄りつく神であったということは明らかである。民間習俗では、秋になって初めて川を遡るサケを迎える祭祀と、それを見てはいけないというタブーが各地に伝えられ、それにかかわって「鮭の大助」の伝承が語られ、サケと娘との神婚による始祖神話も伝えられている。[6]間違いなく、アユやサケは捕るものでありながら、幻想としては神から授かるのを待つ幸であった。

山の幸の狩猟は海の幸の漁撈と対をなすものであった。だから、その構造はほとんど重なってしまう。猟師は山の神の領域に入り、神から幸を与えられる存在である。神と交わるものは、海人がそうであるように、特別な人となる。

神功皇后が新羅から凱旋し産んだ子とともにヤマトに戻ろうとするのを待ちうけ、戦いを挑んだ忍熊《おしくま》王と香坂《かごさか》王は、斗賀野《とがの》に出かけて狩りをし、事の成否を占った。それを古事記・

日本書紀ではウケヒガリと呼んでいる（仲哀天皇条・神功皇后摂政前紀）。狩猟がなぜ占いになりうるのかといえば、獲物は神の領するものであり、何が捕れるかは神の意志にかかわっているからである。たとえば、天皇が淡路島で狩りをしたが一匹の獣も捕れないので占いをしたところ、島の神が「獣を得ざるは、是《これ》、我が心なり」と託宣するが（日本書紀、允恭天皇一四年）、ここには、獲物が神の側にあるということが明確に示されている。

そこから展開すれば、猟師が犬を連れている理由も明白である。犬は、神の側の獲物をこちら側に呼びよせる力を持つからである。白鳥になって飛来した天女の水浴びを見たイカトミ（伊香刀美）という男が、天女の衣を盗ませるのは「白い犬」である（近江国風土記「逸文」）。犬は、異界のものをこちら側にもたらすことができるのである。そのことは、昔話「花咲爺」の犬をみてもわかるだろう。犬養部《いぬかいべ》は、その犬を使って猟をする部の民である。犬と一体になれるから獲物を捕ることができるのだといったほうがよいかもしれない。そして、異界に繋がる犬を飼うという点でタブーを抱えこんだ存在にもなるのである。

鷹が狩猟に使われるというのも同じことだし、川漁における鵜飼も同様の存在である。鷹や鵜という神の側の存在を自在に操る力は〈恐ろしき力〉である。だから、それを操る者は特別な存在として扱われる。神や天皇が巡行や狩猟をするとき犬を連れ、鷹狩りをするのも、彼らが〈恐ろしき力〉をもつ存在だからである。鳥養部《とりかい》と鳥取部の起源譚は、物言わぬ皇子ホムチワケ（本牟智和気）にかかわって語られている（古事記、垂仁天皇条）。ホムチワケは母サホビメのタブーを背負った御子であり[7]、そこに彼らがかかわってゆくというのは当然のことである。

　また、日本書紀によれば、「鳥官《とりのつかさ》の禽《とり》」（鷹狩りの鷹）が菟田《うだ》の人の飼う犬に喰い殺されたのを怒った雄略天皇が、菟田の人の顔面に入れ墨をして鳥養部に貶めたという起源譚がある（雄略天皇一一年一〇月）。黥面は賤民の証しなのだが、それは〈恐ろしき力〉の象徴でもあるのだ。しかも、この記事で注意しておくべきことは、鳥養部が犬を飼う人でもあったということである。犬養部と鳥養部とが同一の存在であるということを、この記事は示している。

　狩猟とは離れるが、牧畜についてもふれておく。馬や牛や猪（ブタを呼ぶらしい）を飼育するという行為も、それらが異界のものであるという点で、犬養や鳥養と同じ存在として位置づけることができる。日本書紀には、狩りに出た履中天皇の馬の轡《くつわ》をとる黥面の飼部《かいべ》が語られているし（履中天皇五年九月条）、古代のシンデレラ・ボーイであるオケ（意祁）、ヲケ（袁祁）二王子の物語には、苦難の時に二人から食事を盗んだ黥面の老人「山代《やましろ》の猪甘《ゐかひ》」の一族が、その報いとして膝の筋を斬られるという猪飼《いかい》のタブー性を強調した挿話が記されている（古事記、安康天皇条）。また、この物語で、貧しい少年に身をやつした二人が、播磨国の志自牟《しじむ》の屋敷に「馬甘《うまかひ》・牛甘《うしかひ》」となって隠れ棲んだと語られるのも、飼部の性格を示すものである。そこでは、もっとも高貴な存在がもっとも賤しい者と一体化されている。また、肥前国風土記によれば、値嘉《ちか》の島の海人がたくさんの牛馬を飼育しているのだが（松浦郡）、そこからは、海人と飼部との共通性も見通せるはずである。

商いの起源

最後に「商い」について取りあげてみたい。

商いとは、異界の品物をこちら側に引き込む行為である。それは、こちら側の物との交換というかたちで行われる。だから、行商人は異界から訪れる神でもあるわけだし、市は特殊な空間にもなるのである。

播磨国の印南別嬢《いなみのわきいらつめ》に求婚するために出かけた景行天皇は、摂津国高瀬の済《わたり》で河を渡ろうとして、渡守に「度《わたり》の賃《つぐのひ》」を要求される。そこで、道行のために準備しておいた「弟縵《おとかづら》」を与えると、その縵が船のなかで光り輝いたという。そこで渡守は「賃」を得たと考え、天皇を対岸に渡したのである（播磨国風土記、賀古郡）。

この伝承は、「朕君《あぎ》の済《わたり》」と呼ばれるところの地名起源譚になっており、表むきには「朕《あ》君《ぎ》、然《しか》はあれど、猶《なほ》度《わた》せ」という天皇のことばによって説明しているのだが、一方で、「商《あきな》ひ」の〈アキ〉と重ねてもいるわけで[8]、「朕君の済」の地名起源譚は「商い」の起源神話にもなっているのである。そして興味深いのは、「度の賃」を要求する渡し守が、天皇に、「我は天皇の贄人たらめや」（わたしは天皇の奉仕人であろうか）と言っていることである。渡し守＝商人は、王権の埒外にいるから渡し賃を要求するのである。ここでは、天皇は、外部の力を得て淀川を渡ることができたのである。

ここから言えることは、〈商い〉とは、異界を手に入れる行為であり、そこに介在する商人は、外部性を内包する存在になるということである。それゆえに、交易の場である〈市〉は異空間となり、アジールともなってゆくのである。[9]

丹後国風土記（逸文）に遺された天女伝説では、和奈佐《わなさ》の老夫婦の子になった天女が万病に効く酒を醸し、老夫婦はそれを売って長者になったと語られている。「一杯《ひとつき》の直《あたひ》」として得られた富は、神の酒を商うことによって可能になった。あらゆる品物は、商われることによって、理想の商品となるのである。

酒を水増しして売る人間（日本霊異記、下巻第二六縁）や、盗品を市で売る人間（同、上巻第三四縁）が語られるが、それらが可能になるのは、物は、商われることによって神の側の品物になるからである。だから、あとになって、

西の市にただ独り出でて眼《め》並べず買ひにし絹の商《あき》じこりかも（万葉集、巻七・一二六四）

と、見比べもしないで買い物をしてしまったことを、あとになって悔やんでみても遅いのである。「商じこり」とは商いに失敗することをいう。

「正月の物」を買いに深津の市（備後国、広島県福山市）に出かけた男が、途中で野宿したところ竹に目を貫かれて転がる髑髏を見つけて供養し、「福」を願った。そして、市に行って買い物をすると「買ふ毎に意のごと」くになったという話が日本霊異記に語られている（下巻第二七縁）。その後の展開は昔話「枯骨報恩」（大成話型二三六番）に近似している

が、この話では、男の〈商い〉は髑髏に護られて成功したのである。商いが神の側に属しているということを示している話だと言えよう。しかも、男は正月の買い物に出かけているわけで、それは昔話に多いモチーフだが、神を迎える準備が、商いによって得た品物でなされるというところにも、商われることによって、品物はただの物ではなくなるのだということが明白に示されている。それは、贈与とか交換と同様の性格をもっていると言うことができるのである。

日本霊異記に、寺院や僧が商いにかかわる説話がいくつか見受けられるのも（上巻第七縁、中巻第六・二四・三二縁など）、そうしたあり方とつながるのかもしれない。それは、縁日の境内に並んだ屋台がかもし出すある種の異界性に、商いの源郷が感じられるということにもつながっているのではないか。

注および初出

第一部第一章「『日本書』から日本書紀へ——史書の構想と挫折」
（原題「法と歴史と地誌——史書の構想」、古橋信孝・三浦佑之・森朝男編『古代文学講座10　古事記・日本書紀・風土記』勉誠社、一九九五年四月）

（1）呉哲男「狂心の渠・古代王権論(1)」

（2）日本書紀の成立について論じた主要な著作として、折口信夫「日本書と日本紀と」（『古代研究（第二部国文学篇）』）、小島憲之「日本書紀の述作」（『上代日本文学と中国文学』上巻・第三篇）、神田喜一郎「『日本書紀』という書名」、粕谷興紀「『日本書紀』という書名の由来」、呉哲男「日本書紀」、などがある。

（3）神田喜一郎、注2同論文

（4）こうした聖徳太子の役割については、呉哲男「古代文学の変革・断章——聖徳太子説話に関連して」に多くのヒントを得ている。

（5）斎藤英喜「勅語・誦習・撰録と『古事記』——「序」の神話的読みから」
　斎藤のこの発言は、古事記「序」そのもののいかがわしさを端的に示している。そこからわたしは、古事記「序文」偽書説を展開したのである。ただし、斎藤が古事記「序」を偽書とみているわけではない。

（6）「日本紀」奏上が舎人親王によってなされ（資料A）、天武の勅命が川嶋皇子・忍壁皇子以下に出されて（資料H）、両方の責任者に違いがあるが、それは、川嶋皇子が持統五年（六九一）九月、忍壁皇子が慶雲二年（七〇五）五月に没したという事情に原因がある。つまり、舎人親王は川嶋・忍壁皇子の事業を継承した責任者だったというに過ぎないのだが、象徴的に読めば、それは、天智の皇子（川嶋）から天武の皇子（忍壁・舎人）への事業の継承でもあった。

（7）和田英松『国史国文之研究』二七四頁

（8） 嵐義人「［覚書］新字についての補考」
同様の主張は、新しく発表された「最古の漢和字典『新字』をめぐって」でもなされている。
（9） 坂本太郎ほか校注『日本古典文学大系　日本書紀』下、補注
（10） 「記紀をどう読むか」と題された横田健一・黛弘道との鼎談における神田秀夫の発言（『歴史公論』4―1、一九七九年一月）。同様の指摘は、神田「古事記・上巻」にもみられる。
（11） 呉哲男「日本書紀」
（12） 神田秀夫は、「十八氏の墓（纂）記も、列伝とまではいかないけれど、はじめはそれに近いものを考えていたんじゃないですか」と述べている（注10における鼎談）。
（13） 坂本太郎「六国史と伝記」（『日本古代史の基礎的研究・上』）
（14） 神田秀夫「古事記・上巻」
（15） 藤井貞和「語は○○に在り」（『物語文学成立史』）
（16） 以下の論述は、三浦「浦島子伝ノオト――古代小説論のために」、および、それを展開させた『浦島太郎の文学史〈恋愛小説の発生〉』と重複するところがある。
（17） 現在知ることのできる伊預部連馬養の経歴は、「律令」撰定や「撰善言司」の一員となったほか、「皇太子学士」に任じられ、『懐風藻』に漢詩も遺している。また時期は不明だが、「宰（国司）」の経験もあり、位は従五位下でそれほど高くはないが、中国の法や文学に通じた学者であったことは明らかである。しかも、神仙思想にかなり深く傾倒していたらしいことは、「浦島子伝」や漢詩からみて間違いなかろう。後世の文献だが、『大同類聚方』（九世紀初め頃の成立）巻一五に、「伊与陪薬、伊与部連馬養ノ家ノ方」とあるのも、こうしたことと関わっているのかもしれない。
（18） 梅沢伊勢三は、「この二書は共通の文献資料に拠りながら、別々に成立したという、極めて身近な関係にある二書だ」と述べているのが参考になる（『古事記と日本書紀の成立』吉川弘文館、一九八八年）。
（19） 西郷信綱「稗田阿礼」（『古事記研究』）

第一部第二章「日本書紀の歴史叙述」

（原題「歴史叙述の展開」、久保田淳・藤井貞和ほか編『岩波講座日本文学史』第1巻、岩波書店、一九九五年一二月）

（1）高天原におけるアマテラスとスサノヲとのウケヒの場面における古事記と日本書紀の違いやその意味については、三浦「神語りの表現と構造」（『古代叙事伝承の研究』）で詳しく分析した。

（2）古事記の大国主神話については、三浦「大国主神話の構造と語り」などで論じてきたが、その集大成として、最近『出雲神話論』を上梓した。

（3）小島憲之『上代日本文学と中国文学・上』四一〇頁

（4）中西進『古事記をよむ3　大和の大王たち』二二一頁

（5）梅山秀幸「宇治　暗闇の祭り」（『かぐや姫の光と影』）

（6）山田英雄『日本書紀』一九七頁

（7）『柘枝伝』については、中西進「仙柘枝歌」（『万葉集の比較文学的研究』）、小島憲之「失はれた柘枝傳」（『上代日本文学と中国文学・中』）など参照。なお、吉野に伝えられていた神婚伝説を強調する見解が一般的だが、『柘枝伝』が土地の伝説を元にして成立したものだったとしても、神仙伝奇小説として書かれたという側面を積極的に評価すべきだと思う。

（8）野家啓一『物語の哲学——柳田國男と歴史の発見』一一五頁

（9）小島憲之、注3同書、三四〇頁

（10）小島、注3同書、第三篇「日本書紀の述作」など。

（11）森博達『古代の音韻と日本書紀の成立』

第一部第三章1「中巻の技法——系譜と累積」

（原題「中巻の技法」『国文学　解釈と鑑賞』47—1、至文堂、一九八二年一月）

（1）川田順造『無文字社会の歴史』八七頁

残る。

(2) 西郷信綱「ヤマトタケルの物語」(『古事記研究』)

(3)「帝紀」は「神武天皇以下の記事のすべて」であり、「旧辞(本辞)」は「神代の物語」とみる西郷信綱の見解(『古事記注釈』第一巻、四五頁)に魅力をおぼえるが、そう言い切ってよいかどうかはためらいが残る。

(4) 混沌と秩序とを単に二元論的にとらえるのではなく、秩序という側から混沌が意識されるのだというとらえ方は、古代文学会一九八一年夏期セミナーの呉哲男の発表「天地開闢・国(神)生み神話の構造——制度論から」と、それに対する討論とに示唆を受けている。また、神話と王権の〈秩序〉については、スサノヲ神話などをもとに、別に論じたことがある(「神々の秩序——王権と神話」。後に、「神話と王権——スサノヲ」と改題して、『古代叙事伝承の研究』所収)。また、起源神話における混沌から秩序への構造が、秩序の側から発想されたものであるという点については、『村落伝承論——『遠野物語』から』(増補新版あり)第一章「村建て神話——始まりはどう語られるか」などにおいて詳しく論じているので参照ねがいたい。

(5)『住吉大社神代記』には、「是に皇后、大神と密事あり〈俗に、夫婦の密事を通はすと曰ふ〉」という記事がある。古事記や日本書紀ではそのようには描かれていないが、神功皇后と住吉大神との「密事」によって神の子ホムダワケ(応神)が誕生したという伝承があったらしいことを窺わせるのである。

(6) 古橋信孝「歴史意識の変容」(中西進編『上代日本文学史』。後に、『神話・物語の文芸史』所収)

第一部第三章2「説話累積としての倭建命伝承」

(原題「説話累積としての倭建命説話——『古事記』表現史試論」、古事記学会編『古事記研究大系1 古事記の成立』高科書店、一九九七年三月)

(1) 高木市之助『吉野の鮎』三三頁

(2) 都倉義孝『古事記　古代王権の語りの仕組み』一一一頁

(3) 高木、注1同書、四三頁

(4) 都倉、注2同書、一三四頁

（5）英雄のもつ知恵とそこからの逸脱については、三浦『昔話にみる悪と欲望』（増補新版あり）において論じた。

（6）クマソタケルとイヅモタケル討伐譚を「ヤマトタケル（ヲウス）の原西征伝説」とみる砂入恒夫は、④冒頭の「然而還上之時、……参上」の部分が後の段階に加筆されたと想定しているが（「ヤマトタケル伝説の成立に関する試論——言向和平の表記をめぐって」）、クマソタケル討伐譚とイヅモタケル討伐譚とを同じレベルでヤマトタケル説話の原型に置くことは出来ないと考えるべきだろう。

（7）坂本太郎ほか校注『日本古典文学大系　日本書紀』上巻、補注

第一部第三章3「大雀から仁徳へ——中巻と下巻」

（原題「仁徳天皇——〈英雄〉との別れ」、講座日本の神話編集部編『講座日本の神話6　古代の英雄』有精堂出版、一九七六年一二月）

（1）日本書紀では他に、木菟・鷦鷯の飛来（元年正月）、倶知という異鳥の捕獲（四三年九月）、「両の歴木」の記事（五八年五月）などが祥瑞譚として加えられている。

（2）中西進「万葉の古代」（『万葉史の研究』）、吉井巌「応神天皇の周辺」（『天皇の系譜と神話』）、など。

（3）直木孝次郎「応神天皇の実在性をめぐって」（『飛鳥奈良時代の研究』）。たとえば、景行天皇に対する大碓（古事記、景行天皇条）、仁徳天皇に対する速総別（古事記・日本書紀ともに、女は手に入れるが天皇に殺される）、履中天皇に対する住吉仲皇子（日本書紀、履中天皇巻）、など。

（4）神田秀夫が、日本書紀の自殺という記事から、「対立して年を越した太子が仁徳に攻め滅ぼされたと見るべき」だ（『古事記の構造』二九頁）としたのが歴史的事実に近いだろう。

（5）石母田正が四、五世紀に比定した英雄時代（「古代貴族の英雄時代——古事記の一考察」）を、藤間生大は、三、四世紀頃を背景にもつ歴史的事実とみなし、六、七世紀はそれを叙述する時代、「五世紀はそうした二つの時代の過渡期をな」す時代とみている（「日本に於ける英雄時代」）。

（6）伊藤博「古事記における時代区分の認識」

(7) 注6論文の改稿後の「追記」(『万葉集の構造と成立』上、一四五頁)
(8) 吉井、注2同論文
(9) 直木、注3同論文
(10) 西郷信綱「ヤマトタケルの物語」(『古事記研究』)
(11) このことは、古橋信孝が英雄譚のパターンを神話のパターンのくり返しとして把握しているのが参考になる(「古代英雄物語と歌謡——「祭式と神話」と「英雄の物語」そして歌謡」)。また、各氏族の始祖譚が中巻に集中し、下巻にはほとんどみられないという指摘(伊藤博、注6同論文。直木孝次郎「応神王朝論序説」『日本古代の氏族と天皇』)も参考になろう。中巻と下巻との歴史認識の差異は、神話的性格をもっているか否かに一つの基準を置くことができる。

第一部第三章4「潔い男の物語——下巻の方法」
(原題「潔い男の物語——マヨワとツブラノオホミ」、国学院大学国文学会編『日本文学論究』第六三冊、二〇〇四年三月)新規追加。

(1) 戯曲『ハムレット』は一六〇〇年前後一、二年に初演された作品だが、この時代にスコットランドの王であったジェームス六世の母メアリ女王をめぐるスキャンダラスな事件が、この戯曲の背後には影響しているのではないかと、英国史が専門の近藤和彦は指摘している(「『悲劇のような史劇ハムレット』を読む」)。時代はまったく違うが、目弱王をめぐる伝承においても、そうした現実に生じた事件を背負った「史劇」的な性格をもっているとみてよいのではないかと思う。
(2) 奈良盆地南西部に本拠をもった豪族・葛城氏は、五世紀後半にヤマト王権に滅ぼされただろうと考えられている。その本拠地とされる極楽寺ヒビキ遺跡(奈良県御所市)から、居館跡が発掘されたのだが、その屋敷跡に建っていた建物は焼けていたことがわかった。おそらく、焼き滅ぼされたと伝える日本書紀の記事にはある事実が埋め込まれていると見てよいのではないかと思う。

第一部第四章「母系残照——古事記・日本書紀の婚姻系譜」

（原題「母系残照——記紀の婚姻系譜を読む」、古代文学会編『古代文学』三七号、一九九八年三月）

（1）トメはトベと音が交替するが、たとえば西郷信綱『古事記注釈』第三巻では、開化天皇条の「苅幡刀弁」の項に、「トベは荒河刀弁（垂仁記）、名草戸畔（神武紀）等とあり、必ずしも男女を問わぬが、女をさす場合の方が多いようである」と解説している（一五五頁）。なお、文庫版『古事記注釈』では、「（垂仁記）」を「（崇神記）」と訂正している（第五巻、二〇七頁）。

（2）用例については、先に引いた古事記の開化天皇条の二例を除いて、古事記、日本書紀・風土記を網羅したつもりだが、あるいは見落としもあるかもしれない。検索の際に、池辺弥「彦姫制史料集成」を参照した。

（3）坂本太郎ほか校注『日本古典文学大系　日本書紀』上、一九四頁頭注

（4）小島憲之ほか校注・訳『新編日本古典文学全集　日本書紀』①、二〇一頁頭注

（5）飯田武郷『日本書紀通釈』第二、一一〇五頁

（6）この中には、名前から判断して必ずしも男親とは断定できない事例もいくつかあるが、一般的な見解に従って男親と見なしている。したがって、女性を親とする事例はもっと多くなる可能性がある。なお、日本書紀には「一云」「一書云」として「神代紀」と同様の異伝形式の后妃記載があるが、以下、とくに注記せずに本文と同列に扱っている。

（7）倉塚曄子「皇統譜における「妹」——古代女性史序説」

（8）明石一紀『日本古代の親族構造』二三七頁

（9）明石、注8同書、二三四頁

（10）倉塚曄子『巫女の文化』二四一頁

（11）直木孝次郎『日本古代の氏族と天皇』二一六頁

（12）直木、注11同書、二三五頁

（13）小林敏男「所謂『欠史八代』における県主后妃記載——記・紀におけるその意味」

(14) 歴史学の分野の発言にふれておけば、前之園亮一は、欠史八代の后妃は「物部氏の同族や物部氏とつながりの深い氏族」であり、それは「后妃の撰定や創作が、物部氏の主張にもとづいて行なわれた」ためで、時期は「六世紀中葉の欽明朝における『帝紀』『旧辞』の編纂時」だという(『古代王朝交替説批判』一〇二頁)。通説と時代はずれるがやはり造作を主張するのに対して、吉井巌は、「継体、欽明の皇統において、六の県はいずれも前王朝そのもの、または前王朝を形成していた豪族の、きわめて重要な遺産の地」であり、「磯城県主、十市県主出身の女が、崇神以前の天皇の后妃としてみえるのも、これら女性が由緒ある県の神の祭祀を司るものと理解すれば、后妃伝承の生ずる理由はあきらか」だと述べている(『天皇の系譜と神話』二、一八〇頁)。

(15) 古事記の系譜を読むと、継体朝以前と以後とでは、その系譜認識が大きく違っているという印象を受ける。これは日本書紀についても言えそうだが、「皇女」(先代天皇のムスメ)が次の天皇の后妃(とくに皇后)になるというかたちは、継体朝前後から顕著になっており、そうした婚姻関係の成立(つまり天皇家の「血」の純血への観念の成立)がそれほど古いものではないということも示している。

(16) 明石、注8同書、二三四頁

(17) 倉塚の見解については、『巫女の文化』(注10同書)参照。

(18) 佐伯有清『新撰姓氏録の研究』考証篇 第四、六頁

(19) ④カハマタヒメは「磯城県主が女」とあって父の名を記さない。この「磯城県主女、川派媛」という記述は、『古事記』の「師木県主之祖、河俣毘売」の「祖」を「女」に書き換えたようにもみえるが、今は深入りしない。

(20) 小林、注13同論文

(21) 西條勉「オホタタネコの登場――ヒメ・ヒコ制はいかに終焉したか」

(22) シキ氏は、大和のほかに、「志幾之大県主」(古事記、雄略天皇条)として登場する河内国の志紀県主や和泉国の志紀県主などが『新撰姓氏録』に記載されているが、佐伯有清は、別氏族だとみなし(注18同書、二九九頁)、吉井巌は、「大和、河内、和泉三国に分布するシキ氏一統はもと同族」で、大和の磯城県主は

「物部連氏とともに河内より大和に入った、仁徳王朝支配下の豪族の一つ」であったと推定している（注14同書、一四四頁）。

(23) 日本書紀の場合、安寧天皇が、「事代主神の少女」である「五十鈴依媛命」を母とすると語られながら（綏靖紀二年正月条には、「五十鈴依媛を立てて皇后としたまふ。一書に云はく、磯城県主が女、川派媛といふ」とある）、「磯城津彦玉手看天皇」と呼ばれているのも、古事記と同様に、「川派媛」を「母」とするという伝えのほうが由緒正しいものだったのではないかと想像させる。おそらく日本書紀は、「祖」を「女」に書き換えた（注19参照）のと同様に、「川派媛」の結婚を一書の伝承に追いやり、安寧を、神武・綏靖と同じく「神の子」とする系譜を選んだのではなかったか。

(24) 子の帰属と所有に関しては、三浦『万葉びとの「家族」誌』で論じた（現在、『平城京の家族たち　ゆらぐ親子の絆』と改題）。そこでもとり上げたが、古墳埋葬骨の歯冠計測値をもとに古代の親族構造を解明した田中良之『古墳時代親族構造の研究』は、この辺りの問題を考える際に重要な示唆を与えてくれる。

(25) ここに言う「母祖」とは、いわゆる宗教的な力だけをもつ者をいうのではない。祭政ともに母系によって担われているような状況や段階における始祖的な存在を想定している。それは、風土記や日本書紀に数多くみられる女性首長の伝承に痕跡を窺うことができそうである。用例などについては、高野正美「女酋」に詳しい。

第一部第五章1「神に聞く天皇——聞く夢と見る夢」

（この節は、原題「聞く夢と見る夢をめぐって」〔日本民話の会編『民話の手帖』46号〈特集・夢と民話〉国土社、一九九一年一月〕と、原題「聞く天皇」〔日本文学協会編『日本文学』44—5〈特集・「音」の古代〉一九九五年五月〕という二本の論文を組み合わせた）

(1) 柳田国男『昔話と文学』（一九三八年）三三八頁

(2) 西郷信綱『古代人と夢』四六頁

(3) 西郷、注2同書

（4）猪股ときわ「『物知り人』と天皇の夢」
（5）西郷信綱『古事記注釈』第三巻、三九六頁
（6）古橋信孝「〈聞く〉ことの呪性」（『古代和歌の発生』）
（7）イメ（夢）の語源については、「イ（斎）・メ（目）」とみて、聖なる見るものと理解する見解もある。イの解釈に違いがあるのだが、どちらもそれが現実とは違うもう一つの目であり、それゆえに神秘的な力をもつとみる点では共通している。
（8）猪股、注4同論文
（9）私的な会話のなかで、同僚だった言語学者滝浦真人氏に教示をえた。
（10）菅原昭英「古代日本の宗教的情操——記紀風土記の夢の説話から」（1）（2）
（11）佐々木宏幹『シャーマニズム』
（12）三浦「話型と話型を超える表現——物言わぬ子と兄妹の説話」（後に、『古代叙事伝承の研究』所収）
（13）こうしたユタの成巫体験については、山下欣一『奄美のシャーマニズム』に多くの事例が紹介されている。
（14）三浦「霊異記説話の〈夢〉——〈こもり〉幻想における仏との出会い」（後に、『村落伝承論』所収）
（15）すでに早く今井俊哉は、論文「『聞き手』としての天皇」において、「朕聞」などの用例を分析しながら「聞き手」としての天皇について論じ、「まさに『聞く』ことによって外界の『語り』を収斂していく王者」が天皇だったと述べているのは興味深い。
（16）溝口睦子「記紀神話解釈の一つのこころみ（上）——「神」概念を疑う立場から」
（17）古橋信孝は、「耳は御霊」で、「霊そのもの、霊の宿る所」だと述べている（注6同論文）。
（18）村山道宣「耳のイメージ考」

第一部第五章2「女性天皇の出現——推古と持統の呪性」
（この節は、原題「推古天皇——最初の女帝」[『国文学　解釈と鑑賞』65—8〈特集・古代文学に見る

女性たち〉至文堂、二〇〇〇年八月」に、原題「聞く天皇」［前節に掲載］の一部を付け加えた）新規追加。

（1）折口信夫「女帝考」（一九四六年。折口博士記念会編『折口信夫全集』第二〇巻、中央公論社、一九五六年）

（2）井上光貞「古代の女帝」（『日本古代国家の研究』）

（3）たとえば、『国史大辞典』第七巻の「女帝」（関晃、執筆）には、「皇位継承上の困難（皇嗣の幼弱をも含む）を一時回避するために、中継の天皇として即位したものとみるのが妥当であろう」とある。また、高橋紘・所功『皇位継承』も、女帝によってそれぞれに事情は違うが、「中継ぎ」を主要な役割として認めている。

（4）上田正昭『日本の女帝』二二頁

（5）中村生雄『折口信夫の戦後天皇論』一九頁

（6）高野正美「女酋」

（7）このあたりの問題については、三浦『万葉びとの「家族」誌』（改題して『平城京の家族たち　ゆらぐ親子の絆』）で論じた。

（8）大山誠一『〈聖徳太子〉の誕生』など、参照。

第二部第一章1「ゑらく神がみ——ヱムとワラフとのあわい」

（原題「古代文学にみる笑い——『ゑむ』と『わらふ』をめぐって」、『日本の美学』20号〈特集・笑い〉ぺりかん社、一九九三年一一月）

（1）柳田国男『笑の本願』（一九四六年）一五五頁

（2）柳田、注1同書、二三一頁

（3）柳田国男『不幸なる芸術』（一九五三年）三三七頁

（4）柳田、注1同書、二三一頁

（5）三浦「さか」
（6）三浦、注5同論文
（7）東茂美「ゑむ」
（8）坂本太郎ほか校注『日本古典文学大系　日本書紀』下、一五三頁頭注
（9）呉哲男「はぢ」
（10）知恵の問題については、三浦『昔話にみる悪と欲望』（増補新版あり）で論じた。また、(7)の伝承については次節で分析する。
（11）柳田、注1同書、一三五頁
（12）三浦「ゆら」（後に、『古代叙事伝承の研究』所収）
（13）参照した注釈書は、『日本古典文学大系　古事記　祝詞』（倉野憲司・武田祐吉校注、古典大系）、『日本思想大系　古事記』（青木和夫ほか校注、思想大系）、『新潮日本古典集成　古事記』（西宮一民校注、古典集成）、西郷信綱『古事記注釈』（西郷注釈）、『新編日本古典文学全集　古事記』（山口佳紀・神野志隆光校注・訳、新編全集）である。本文で用いた略称をカッコ内に示した。
（14）松村武雄『日本神話の研究』第三巻、一〇七頁
（15）松本信広『日本神話の研究』（一九三一年）一一五頁
（16）間瀬智代「『古事記』のワラヒとヱミ」
（17）この場面を除くと、古事記では他に「咲」の字が三例（「攻撃するワラフ」の項に掲げた(3)(5)(9)）見いだせる。それらは先に分析したように、いずれもワラフに宛てられた文字である。ただし古事記の用字には厳密な統一性はなく、同一の漢字に複数の訓が与えられる例は多いから、「咲」がワラフとヱラクという二様の訓をもっていてもかまわない。ただし、同一の場面での訓は統一されるべきだから、天の石屋神話に用いられた「咲」の字三例に関しては同一の訓を宛てるのがよい。なお、日本書紀や万葉集、風土記でも「咲」はヱム（ヱマヒ）とワラフとの二様の訓読文字として用いられており、それが八世紀の文献に共通した用字法だったと考えられる。

(18) 付記しておくと、天の宇受売命とは別に、至上神アマテラスは笑われる神という一面をもっている。差し出された鏡に映った自分の姿を「汝命に益して貴き神」と思ってしまうような間の抜けたところがあるからである。このモチーフは世界的な分布をもつ笑話「尼裁判（松山鏡）」（『日本昔話大成』話型番号三一九）と共通し、そこでは、馬鹿者や田舎者などが初めて目にした鏡に映る像を見て勘違いし、大いに笑われるのである。この神話ではワラフとは表現されていないが、アマテラスこそが神々に笑われているのだと解釈できよう。この点に関しては、三浦『古事記講義』に収めた「天の岩屋神話——仕組まれた祝祭」で詳述した。

(19)『日本書紀私記（乙本）』では「噱楽」を「わらひさかゆる」と訓んでいる（『新訂増補国史大系』第八巻、吉川弘文館、一九三二年、七五頁）。ただし、「さかゆ」に繋げるなら、古事記の歌謡にあったように「ゑみさかゆる」か、または「ゑらきさかゆる」がよいと思うが、楽をサカユとは訓めないから、「噱楽」を二語に分けて訓読するのなら「ゑらきあそぶ」と訓むのが穏当であろう。

(20) 柳田国男「笑の文学の起原」（一九二八年。『笑の本願』所収）、同「嗚滸の文学」（一九四七年、『不幸なる芸術』所収）、など。

(21) 工藤隆『日本芸能の始原的研究』七五頁

(22) 増井元「わざ」

(23) 三浦『古代叙事伝承の研究』

(24) 柳田国男の一連の笑い論が、H・ベルクソン『笑い』を意識して書かれているということは、『笑の本願』の自序の冒頭に、「まだベルグソン氏等の言はなかつた笑が、色々こちらには有るやうに思ふのだが」と述べていることから想像できよう。柳田がヲコ者を取り上げたのは、ベルクソンの論じた喜劇的な笑いに対応しているとみることができるし、ワラフに対するヱムを強調するのは、「ベルグソン氏の言はなかつた笑」を意識していると見なすこともできる。ちなみに、柳田文庫には、一九一三年刊の英訳本（ロンドン・マクミラン社）が所蔵されている（成城大学編『柳田文庫蔵書目録』）。

(25) 神田秀夫「記紀の笑わない可笑しさ」、岡田喜久男「『古事記』の笑い」上・下

(26) 阪下圭八「『古事記』における遊びと笑い」

第二部第一章2「笑われる者たち――古代民間伝承の笑話性」

(原題「フルコトの中央・地方――『播磨国風土記』にみる笑話性」、江本裕・徳田和夫・高橋伸幸編『講座日本の伝承文学・第4巻　散文文学〈説話〉の世界』三弥井書店、一九九六年七月)

(1) 神語りについては、三浦『古代叙事伝承の研究』、フルコトについては、藤井貞和『物語文学成立史』がまとまった仕事である。

(2) 『新編日本古典文学全集　風土記』(植垣節也校注・訳)によれば、アヨアヨという語は他例がないという理由から、「動動」を「あよくあよく」と訓読している。内容的な違いはないが、地名アヨの説明であることや、幼児語として用いられていることなどからみて、従来の訓をあえて改める必要はなかろう。

(3) 秋本吉郎校注『日本古典文学大系　風土記』二三八頁頭注

(4) 瀧音能之『風土記説話の古代史』一三八頁。なお、瀧音のこの伝承に対する興味は「目一つの鬼」にあって、この異形の鬼を、例の製鉄集団の祀る一目の神とみて製鉄集団の存在を想定し、先住者である「農耕集団」と侵入した「製鉄集団」との「対立の象徴」として理解しようとしている。

(5) 三浦『村落伝承論』第八章「血筋――嬰児殺し」(増補新版あり)

(6) (3)の伝承の背後に、「山野に対する村の採集権」が認められ、川筋ごとに生活圏の存したことを関和彦が指摘している(『風土記と古代社会』)。これは、アイヌの生活圏〝イウォル〟に通じよう。

(7) 同様の伝承が、常陸国風土記、那賀郡条にあり、岡の上に座ったままで海辺のハマグリをほじり取って食べたという巨人伝承を語っている。

(8) 播磨国風土記によれば、大帯日子といったん結婚した印南別嬢は、死後、その「尸」が川の中に巻き込まれ、流れ着いた匣と褶とを墓に収めたという後日譚をもっているが(賀古郡)、これは天皇の求婚を拒んで入水した別嬢の伝承が存在したことを想像させる。なお、イナビ妻伝承については、阪下圭八「イナビツマ――播磨風土記の聖婚説話」参照。

第二部第二章「イケニヘ譚の発生──農耕の起源」
（原題「イケニヘ譚の発生──縄文と弥生のはざまに」、赤坂憲雄編『叢書史層を掘る・第Ⅳ巻　供犠の深層へ』新曜社、一九九二年二月）

（1）このあたりの問題については、埴原和郎ほか『〈シンポジウム〉アイヌ──その起源と文化形成』、梅原猛・埴原和郎『アイヌは原日本人か』などにおける形質人類学者、埴原和郎の発言に詳しい。また、縄文人と弥生人との関係については、埴原和郎『日本人の誕生』のなかで簡潔に整理されている。

（2）縄文がいかなる時代であったかという点については、佐々木高明『日本の歴史①日本史誕生』が最新の成果と数多くの図版や写真を使ってわかりやすく論じており、さまざまな示唆を与えてくれる。

（3）佐々木高明は、後述する「ハイヌヴェレ型神話」における〝殺される女神〟の儀礼と土偶とのかかわりを指摘している。また、発掘された骨からイノシシを犠牲とした祭儀の存在などについても言及している（注2同書、二〇四頁）。

（4）関敬吾『日本昔話大成』第7巻では、「猿神退治」と題して本格昔話の〈愚かな動物〉に分類され（大成話型番号二五六）、全国の類話が紹介されている。また、伝説としても各地に伝えられており、その採話総数は一五〇話をこえるという。そこで退治され正体を明かされる動物は、猿のほか蜘蛛・狼・古狸・狒々などさまざまである。

（5）この伝説の舞台となっている「長柄の橋」は、淀川の支流、長柄川に架けられていた橋で、古く弘仁三年（八一二）に築造されたと『日本後紀』に記されている。そして、この系統の人柱伝説には、「物言へば長柄の橋の橋柱鳴かずば雉のとられざらまし」（『神道集』）という類いの歌が一緒に伝えられている場合が多い。なお、日本書紀の茨田の堤も淀川にあり、こうした人柱伝説が淀川水系一帯に古くから伝えられていたものであったといえそうである。

（6）西郷信綱「イケニヘについて」（『神話と国家』）

（7）『今昔物語集』巻二六には、「美作国の神、猟師の謀によりて生贄を止めし事」（第七話）、「飛騨国の猿神、生贄を止めし事」（第八話）という二つの「猿神退治」系のイケニヘ譚が並べられている。

（8）「足名椎」「手名椎」を足や手を撫でいつくしむという解釈は西郷信綱だけではなく、一般的な解釈になっているが、今（文庫刊行時点）、わたしはその解釈は間違いだと考えている。その神名は、「足（手）＋な（接辞）＋つ（格助詞の重複〜の）＋ち（霊力）」という構成で、足や手の霊力、つまり、足や手を用いて労働する神（働き神）の意味とみるのが正しいと思う。だからこそヲロチ退治神話は、稲種をもって地上に降りたスサノヲが田んぼの女神（クシナダヒメ）と結婚するという稲作起源神話として読むことができるのである。その稲作労働を象徴するのが、アシナヅチ・テナヅチという老夫婦なのである（三浦『古事記神話入門』）。

（9）イヨマンテにおける動物送りは、決して供犠として行われるものではない。この点については後述する。なお、イヨマンテという呼称は一定期間飼育した動物の霊を神の世界に送る場合に用いられる。飼育される動物はヒグマが有名だが、それ以外にも、コタンコルカムイ（村を守る神）と呼ばれるシマフクロウなど、アイヌの人々にとって重要な神がイヨマンテの対象となる。山で仕留めた獲物の場合にも霊送りはなされるが、それはイホプニレ（カムイホプニレ）と呼んでイヨマンテとは区別されている。

（10）大林太良『日本神話の起源』。この神話は、昔話や伝説として広く伝えられる「猿神退治」（注4、参照）と同一の話型に属している。

（11）このことを的確に指摘しているのは、西宮一民校注『新潮日本古典集成　古事記』である。なお、ヲロチ（尾の霊力）という語が「大蛇」という意味を表す普通名詞として用いられるようになったのは、この神話が人々に周知のものとなった後のことであり、もともとヲロチという語が「大蛇」という意味をもっていたわけではない。

（12）八俣のヲロチは「高志の八俣の遠呂知」と記されているが、コシは越国をさすとみてよい。この神話の舞台である出雲にとって「越」は、共同体の外側の未開の地と認識される異界である。そのことは、古事記の出雲神話や出雲国風土記の各所から窺える。出雲を中心として日本海沿いの東の果てにある野蛮な異界が「高志（越）」であり、恐ろしいヲロチはそこから共同体を訪れると幻想される怪物でもあった。川を象徴する怪物と恐ろしい異界とが重層しているのである。

(13) ヲロチ退治のあと、古事記ではスサノヲとクシナダヒメとの結婚と子孫の系譜が語られている。そこには、スサノヲが歌ったという祝婚歌「八雲立つ　出雲八重垣　妻隠みに　八重垣作る　その八重垣を」が伝えられており、地上（人の世界）における結婚の起源を語ろうとする意図は明らかである。

(14) 支配を表すことばには、「ヲス（食）」のほか、「シラス（知）」「キコス（聞）」という尊敬語がある。知ることや聞くことは、食べることと同様に、自己のものとして所有することをあらわす言葉である。

(15) 猪麻呂のワニ退治伝承については、三浦「古代説話論・試論――語臣猪麻呂の〈事実譚〉」（説話・伝承学会編『説話伝承の日本・アジア・世界』。後に、『古代叙事伝承の研究』所収）で論じた。

(16) この問題は、たとえば『遠野物語』などにみられる里の娘たちの「神隠し譚」にも繋がっている。そうした伝承群については、三浦『村落伝承論――『遠野物語』から』で論じた。

(17) 赤坂憲雄「人身御供譚の構造」は、「人身御供譚が例外なしに、人身御供という風習がやんだ地点（時間的および空間的）から、風習そのものの終焉にいたる経緯を物語るという説話の形式を持つ」（『境界の発生』）と指摘し、そのように語られる理由を、「原初の供犠を再現しつつ隠蔽するメカニズム」として説明している。

(18) 現在の状態とは逆の状態をはじめに設定し、それがある出来事によって現在の状態になったと語ることによって起源を語ることが可能になる。こうした起源神話の語り方については、三浦『村落伝承論』第一章「村建て神話――始まりはどう語られるか」で論じた。

(19) ヤト神の伝承が、前半部分を継体天皇の時代（六世紀前半）、後半の壬生連麿によるヤト神退治を孝徳天皇の時代に設定しているのは興味深い。孝徳天皇は、いわゆる「大化の改新」（六四五年）によって即位した天皇であり、それはまさに、〈文化〉の始まりの時として認識される時代なのである。三浦『古代研究――列島の神話・文化・言語』に収めた「神の水と人の水と」を参照されたい。

(20) 西郷信綱『古事記注釈』第一巻、三六一頁。それが神の世界からもたらされたものだと語ることによって、五穀が人のものとなったことを起源として語ることができるのである。

(21) このあたりの解釈については文庫化に際して論述を改めたところがある。詳細については三浦『出雲神話論』を確認してほしい。

(22) アードルフ・E・イェンゼン『殺された女神』(大林太良ほか訳)一六一頁。なお、ハイヌヴェレという名称は、インドネシアのセラム島のヴェマーレ族の神話に登場する殺される女神の名前から付けられたものである。

(23) 大林太良『稲作の神話』四四頁

(24) 縄文時代の遺跡から発掘される動物の骨の状態から、単に捨てたものではなく、儀礼的な行為の存在が指摘され、それを「動物供犠」として説明することが多い。たとえば、嶋崎弘之「縄文中期の動物供犠」では、「イノシシを対象とした動物供犠＝生けにえの儀式」の存在を想定している。注3に紹介した佐々木高明もそうした供犠を考えている一人だが、これらを「供犠」と呼ぶことは誤りであり、以下に述べるアイヌのイヨマンテ(霊送り)と同様の、狩猟民における「霊送り」の儀礼として考えるべきだろう。

(25) 新保満『野生と文明——オーストラリア原住民の間で』六九頁

(26) C・バーランド『アメリカ・インディアン神話』(松田幸雄訳)四四頁

(27) B・A・トゥゴルコフ『トナカイに乗った狩人たち——北方ツングース民族誌』(斎藤晨二訳)一七四頁

(28) 北海道ウタリ協会札幌支部アイヌ語勉強会訳(藤村久和記)「ヒグマを祖先神にもつ由来話——B・ピウスツキ/樺太アイヌの言語と民話についての研究資料〈8〉」

(29) アイヌの信仰に関しては、アイヌ文化保存対策協議会編『アイヌ民族誌』下、知里真志保『知里真志保著作集3〈生活誌・民族学編〉』、藤村久和『アイヌ、神々と生きる人々』、アイヌ民族博物館編『アイヌ文化の基礎知識』などを参照した。

(30) 北海道白老町にある白老民族文化伝承保存財団(アイヌ民族博物館を併設する)では、イヨマンテを伝承してゆくために古老の指導を受けながら儀礼を実習し、あわせて記録を残そうという活動を一九八九年から行っている。一九九〇年二月に実際にイヨマンテを見学させてもらったのだが、ヒグマに対する信仰と厳粛な気分が伝わってくる儀式であった。その二年間の記録が『イヨマンテ——熊の霊送り——報告書』、『同報告書II』と題して刊行されている。また、イヨマンテについては、注29の諸書のほか、伊福部宗夫『沙流アイヌの熊祭』、宇田川洋『イオマンテの考古学』などを参照した。

(31) 西郷、注6同論文。西郷説に対する批判として、赤坂憲雄は、「すくなくとも、イケニエの獣類が『自然』から『文化』へ、したがって動物から人間へと位相上の象徴転換をとげるといった民族誌の事例は、知見のおよぶかぎり存在しない」(注17同論文)と述べている。

(32) 高木敏雄『人身御供論』、柳田国男「松王健児の物語」、同「人柱と松浦佐用媛」(ともに『妹の力』所収)、など。

(33) 南方熊楠「人柱の話」

(34) 関敬吾『日本昔話大成』第10巻によれば、笑話の巧智譚に分類された昔話「親棄山」には四つのタイプが登録されているが、いずれの場合も、老人の知恵を必要としたり改心したりして、棄てた老人を連れ帰り、それ以来、親を棄てる習俗はなくなったと語られている。各地に残る伝説の場合には、昔それが行われていたと語るが、それは、イケニへ譚の場合と同様に、今はそうしたことが行われていないことを保証する語り口である。

(35) アイヌにおける「霊送り」はクマやシマフクロウなどの動物神に限らず、あらゆるモノが対象となり、たとえば、椀や盆など日常の器物なども、使われなくなると、その霊は神の世界に送り返されるという(藤村久和、注29同書)。

第二部第三章「青人草――人間の誕生と死の起源」

(原題「神話と桜――木花之佐久夜毘売と死の起源神話」、『国文学　解釈と教材の研究』42―5〈特集・花の古典文学誌〉学燈社、一九九七年四月)

(1) 松村武雄『日本神話の研究』第三巻、第一六章。大林太良『日本神話の起源』二二〇頁以下

(2) 西郷信綱『古事記注釈』第二巻は「何の花であるかを特に詮索する必要はない」(二九六頁)と言い、倉野憲司『古事記全註釈』第四巻も「桜と限らず何の木の花でもよい」(二〇九頁)と述べている。

（3）西宮一民校注『新潮日本古典集成　古事記』九四頁頭注
（4）中西進『古事記をよむ2　天降った神々』一七七頁
（5）中西進「命のまがい」（『谷蟆考』）
（6）三浦「さか」
（7）三浦『古代叙事伝承の研究』三四四頁以下
（8）西郷、注2同書、三〇〇頁
（9）中西進『古事記をよむ1　天つ神の世界』二一九頁
（10）篠原四郎『熊野大社』二二頁
（11）西郷信綱『古事記注釈』第一巻、一八七頁。他の注釈書もほぼ同様の見解をとる。
（12）大林、注1同書、二二六頁
（13）大林太良「記紀の神話と南西諸島の伝承」
（14）福島秋穂『記紀神話伝説の研究』二五二頁

第二部第四章「交わる人と神――境界としての〈坂〉」
（原題「境界――〈坂〉をめぐって」、上代文学会編『万葉の歌と環境』笠間書院、一九九六年五月）

（1）古橋信孝「歌の呪性と語りの呪性」（『古代和歌の発生』）
　占有の標として「杖」を立てるという伝承が風土記にはいくつか見いだされるが、これも神下ろしと関わっているだろう。なお、民俗事例を中心とした杖をめぐる祭祀など具体的な事例の分析を通して境界の位相を論じた赤坂憲雄『境界の発生』は、万葉集をはじめ古代の境界を考える場合にも参考になる。
（2）三浦「楽を奏でる土地」（『増補新版　村落伝承論――『遠野物語』から』）
（3）三浦「さか」

第二部第五章「起源としての生産・労働・交易」

（原題「生産・労働・交易」、古橋信孝編『ことばの古代生活誌』河出書房新社、一九八九年一月）

（1）アラキ（新墾）については、古橋信孝「ことばの呪性」（後に、『古代和歌の発生』所収）
（2）オシラ様の神話については、三浦「馬と交わる女神」（『古代研究』）で詳細な分析を試みた。
（3）小さ子とスガルの伝承については、三浦『日本霊異記の世界　説話の森を歩く』第一章・第二章で論じた。
（4）三浦『古代叙事伝承の研究』第二部第六章「事実譚の方法——語臣猪麻呂」参照。
（5）このあたりのアユ釣りの習俗に関しては、三浦「巫女、年魚を釣る」（『古代研究』）で論じた。
（6）三浦『村落伝承論』（増補新版あり）第一章「村建て神話——始まりはどう語られるか」
（7）三浦、注4同書、第二部第八章「話型と話型を超える表現——ホムチワケとサホビメ」参照。
（8）佐竹昭広「起源説話の謎」
（9）アジールについては、網野善彦『無縁・公界・楽』参照。
また、古代の「市」については、西郷信綱「市と歌垣」（『古代の声』）、古橋信孝「市」、小林茂文「古代の市の景観」など参照。

参考文献一覧

アイヌ文化保存対策協議会編『アイヌ民族誌』下、第一法規、一九六九年
アイヌ民族博物館編『アイヌ文化の基礎知識』白老民族文化伝承保存財団、一九八七年
――編『イヨマンテ――熊の霊送り――報告書』アイヌ民族博物館、一九九〇年
――編『イヨマンテ――熊の霊送り――報告書II』、アイヌ民族博物館、一九九一年
青木和夫・石母田正・小林芳規・佐伯有清校注『日本思想大系　古事記』岩波書店、一九八二年
赤坂憲雄『境界の発生』砂子屋書房、一九八九年
明石一紀『日本古代の親族構造』吉川弘文館、一九九〇年
秋本吉郎校注『日本古典文学大系　風土記』岩波書店、一九五八年
網野善彦『無縁・公界・楽』平凡社、一九七八年
嵐義人「[覚書]新字についての補考」『国書逸文研究』16号、一九八五年一二月
――「最古の漢和字典『新字』をめぐって」『別冊歴史読本　日本古代史「記紀・風土記」総覧』新人物往来社、一九九八年三月
飯田武郷『日本書紀通釈』第二、明治書院、一九〇二年
イェンゼン、アードルフ・E『殺された女神』(大林太良ほか訳)弘文堂、一九七七年
池辺弥「彦姫制史料集成」『成城大学短期大学部　紀要』1号、一九七〇年一月
石母田正「古代貴族の英雄時代――古事記の一考察」歴史科学協議会編『歴史科学大系第1巻　日本原始共産制社会と国家の形成』校倉書房、一九七二年
伊藤博『万葉集の構造と成立』上、塙書房、一九七四年
――「古事記における時代区分の認識」『国語と国文学』43-4、一九六六年四月

井上光貞『日本古代国家の研究』岩波書店、一九六五年
猪股ときわ「「物知り人」と天皇の夢」古代土曜会編『論集・神と天皇』古代土曜会、一九九〇年
伊福部宗夫『沙流アイヌの熊祭』みやま書房、一九六九年
今井俊哉「「聞き手」としての天皇」『GS』7号、一九八八年九月
植垣節也校注・訳『新編日本古典文学全集　風土記』小学館、一九九七年
上田正昭『日本の女帝』講談社現代新書、一九七三年
宇田川洋『イオマンテの考古学』東京大学出版会、一九八九年
梅沢伊勢三『古事記と日本書紀の成立』吉川弘文館、一九八八年
梅原猛・埴原和郎『アイヌは原日本人か』小学館、一九八二年
梅山秀幸『かぐや姫の光と影』人文書院、一九九一年
大林太良『日本神話の起源』角川選書、一九七三年
――『稲作の神話』弘文堂、一九七三年
――「記紀の神話と南西諸島の伝承」『国語と国文学』43－4、一九六六年四月
大山誠一『〈聖徳太子〉の誕生』吉川弘文館、一九九九年
岡田喜久男「『古事記』の笑い」上・下、梅光女学院大学日本文学会編『日本文学研究』17・18号、一九八一年一一月・一九八二年一一月
折口信夫『古代研究（国文学篇）』（一九二九年）折口博士記念会編『折口信夫全集』第一巻、中央公論社、一九五四年
――「女帝考」（一九四六年）折口博士記念会編『折口信夫全集』第二〇巻、中央公論社、一九五六年
粕谷興紀「『日本書紀』という書名の由来」『皇学館論叢』16－2・3、一九八三年四・六月
川田順造『無文字社会の歴史』岩波書店、一九七六年
神田喜一郎「『日本書紀』という書名」坂本太郎・家永三郎・井上光貞・大野晋校注『日本古典文学大系　日本書紀』下・月報、岩波書店、一九六五年

神田秀夫『古事記の構造』明治書院、一九五九年
――「記紀の笑わない可笑しさ」『国文学　解釈と教材の研究』5－1、一九五九年一二月
――「古事記・上巻」『国語と国文学』53－2、一九七六年二月
神田秀夫・横田健一・黛弘道「（鼎談）記紀をどう読むか」『歴史公論』4－1、一九七九年一月
工藤隆『日本芸能の始原的研究』三一書房、一九八一年
倉塚曄子『巫女の文化』平凡社、一九七九年
――「皇統譜における「妹」――古代女性史序説」『文学』36－6、一九六八年六月
倉野憲司『古事記全註釈』第四巻、三省堂、一九七七年
倉野憲司・武田祐吉校注『日本古典文学大系　古事記　祝詞』岩波書店、一九五八年
小島憲之『上代日本文学と中国文学』上巻・中巻、塙書房、一九六二・六四年
小島憲之・直木孝次郎・西宮一民・蔵中進・毛利正守校注・訳『新編日本古典文学全集　日本書紀』①、小学館、一九九四年
呉哲男「古代文学の変革・断章――聖徳太子説話に関連して」古代文学会編『シリーズ・古代の文学6　古代文学の変革』武蔵野書院、一九八一年
――「狂心の渠・古代王権論1」古代文学会セミナー委員会編『セミナー古代文学84〈表現としての斉明紀〉』一九八五年四月
――「日本書紀」古橋信孝編『日本文芸史　第一巻古代I』河出書房新社、一九八六年
――「はぢ」古代語誌刊行会編『古代語を読む』桜楓社、一九八八年
小林茂文『周縁の古代史』有精堂出版、一九九四年
小林敏男「所謂「欠史八代」における県主后妃記載――記・紀におけるその意味」日本歴史学会編『日本歴史』三五四号、一九七七年一一月
近藤和彦「『悲劇のような史劇ハムレット』を読む」『立正大学文学部論叢』第一四〇号、二〇一七年三月
西郷信綱『古代人と夢』平凡社、一九七二年

――『古事記研究』未来社、一九七三年
――『古事記注釈』全四巻、平凡社、一九七五～八九年。のちに、ちくま学芸文庫、全八巻、二〇〇五～〇六年
――『神話と国家』平凡社、一九七七年
――『古代の声』朝日新聞社、一九八五年
西條勉「オホタタネコの登場――ヒメ・ヒコ制はいかに終焉したか」古事記学会編『古事記研究大系3　古事記の構想』高科書店、一九九四年
斎藤英喜「勅語・誦習・撰録と『古事記』――「序」の神話的読みから」有精堂編集部編『日本の文学』第1集、有精堂出版、一九八七年四月
佐伯有清『新撰姓氏録の研究』考証篇　第四、吉川弘文館、一九八二年
阪下圭八「イナビツマ――播磨風土記の聖婚説話」『文学』39－11、一九七一年一一月
――「『古事記』における遊びと笑い」『古事記年報』35号、一九九三年一月
坂本太郎『日本古代史の基礎的研究』上、東京大学出版会、一九六四年
坂本太郎・家永三郎・井上光貞・大野晋校注『日本古典文学大系　日本書紀』上・下、岩波書店、一九六五・一九六七年
佐々木宏幹『シャーマニズム』中公新書、一九八〇年
佐々木高明『日本の歴史①日本史誕生』集英社、一九九一年
佐竹昭広「起源説話の謎」秋本吉郎校注『日本古典文学大系　風土記』月報、岩波書店、一九五八年
篠原四郎『熊野大社』学生社、一九六九年
嶋崎弘之「縄文中期の動物供犠」『どるめん』27号、一九八〇年一一月
新保満『野生と文明――オーストラリア原住民の間で』未来社、一九七九年
菅原昭英「古代日本の宗教的情操――記紀風土記の夢の説話から」(1)(2)、『史学雑誌』78－2・3、一九六九年二・三月

砂入恒夫「ヤマトタケル伝説の成立に関する試論——言向和平の表記をめぐって」日本文学研究資料刊行会編『日本文学研究資料叢書　古事記・日本書紀Ⅱ』有精堂出版、一九七五年
成城大学編『柳田文庫蔵書目録』成城大学、一九六七年
関晃「女帝」『国史大辞典』第七巻、吉川弘文館、一九八六年
関和彦『風土記と古代社会』塙書房、一九八四年
関敬吾『日本昔話大成』第7・10巻、角川書店、一九七九・一九八〇年
高木市之助『吉野の鮎』岩波書店、一九四一年
高木敏雄『人身御供論』宝文館出版、一九七三年
高野正美「女酋」古橋信孝・三浦佑之・森朝男編『古代文学講座6　人々のざわめき』勉誠社、一九九四年
高橋紘・所功『皇位継承』文春新書、一九九八年
瀧音能之『風土記説話の古代史』桜楓社、一九九二年
田中良之『古墳時代親族構造の研究』柏書房、一九九五年
知里真志保『知里真志保著作集3〈生活誌・民族学編〉』平凡社、一九七三年
トゥゴルコフ、B・A『トナカイに乗った狩人たち——北方ツングース民族誌』（斎藤晨二訳）刀水書房、一九八一年
藤間生大「日本に於ける英雄時代」歴史科学協議会編『歴史科学大系・第1巻　日本原始共産制社会と国家の形成』校倉書房、一九七二年
都倉義孝『古事記　古代王権の語りの仕組み』有精堂出版、一九九五年
直木孝次郎『日本古代の氏族と天皇』塙書房、一九六四年
——『飛鳥奈良時代の研究』塙書房、一九七五年
中西進『万葉集の比較文学的研究』南雲堂桜楓社、一九六三年
——『万葉史の研究』桜楓社、一九六八年
——『谷蟆考』小沢書店、一九八二年

――『古事記をよむ1　天つ神の世界』角川書店、一九八五年
――『古事記をよむ2　天降った神々』角川書店、一九八五年
――『古事記をよむ3　大和の大王たち』角川書店、一九八六年
中村生雄『折口信夫の戦後天皇論』法藏館、一九九五年
西宮一民校注『新潮日本古典集成　古事記』新潮社、一九七九年
野家啓一『物語の哲学――柳田國男と歴史の発見』岩波書店、一九九六年
バーランド、C『アメリカ・インディアン神話』（松田幸雄訳）青土社、一九九〇年
埴原和郎『日本人の誕生』吉川弘文館、一九九六年
埴原和郎ほか『〈シンポジウム〉アイヌ――その起源と文化形成』北海道大学図書刊行会、一九七二年
東茂美「ゐむ」古代語誌刊行会編『古代語誌　古代語を読むⅡ』桜楓社、一九八九年
福島秋穂『記紀神話伝説の研究』六興出版、一九八八年
藤井貞和『物語文学成立史』東京大学出版会、一九八七年
藤村久和『アイヌ、神々と生きる人々』福武書店、一九八五年
古橋信孝『古代和歌の発生』東京大学出版会、一九八八年
――『神話・物語の文芸史』ぺりかん社、一九九二年
――「古代英雄物語と歌謡――「祭式と神話」と「英雄の物語」そして歌謡」講座日本の神話編集部編『講座日本の神話6　古代の英雄』有精堂出版、一九七六年
――「歴史意識の変容」中西進編『上代日本文学史』有斐閣、一九七九年
――「ことばの呪性」『文学』54-5、一九八六年五月
――「市」古橋信孝編『ことばの古代生活誌』河出書房新社、一九八九年
北海道ウタリ協会札幌支部アイヌ語勉強会訳（藤村久和記）「ヒグマを祖先神にもつ由来話――B・ピウスツキ／樺太アイヌの言語と民話についての研究資料〈8〉」『創造の世界』53号、一九八五年二月
前之園亮一『古代王朝交替説批判』吉川弘文館、一九八六年

増井元「「わざ」古代語誌刊行会編『古代語を読む』桜楓社、一九八八年
間瀬智代「『古事記』のワラヒとヱミ」上代文学論究刊行会編『中京大学上代文学論究』創刊号、一九九三年三月
松村武雄『日本神話の研究』第三巻、培風館、一九五五年
松本信広『日本神話の研究』（一九三一年）東洋文庫、平凡社、一九七一年
三浦佑之『村落伝承論──『遠野物語』から』五柳書院、一九八七年
──『浦島太郎の文学史〈恋愛小説の発生〉』五柳書院、一九八九年
──『古代叙事伝承の研究』勉誠社、一九九二年
──『昔話にみる悪と欲望』新曜社、一九九二年
──『万葉びとの「家族」誌』講談社選書メチエ、一九九六年
──『古事記講義』文藝春秋、二〇〇三年。文春文庫、二〇〇七年
──『古事記のひみつ　歴史書の成立』吉川弘文館、二〇〇七年
──『平城京の家族たち　ゆらぐ親子の絆』角川ソフィア文庫、二〇一〇年
──『日本霊異記の世界　説話の森を歩く』角川選書、二〇一〇年
──『古代研究──列島の神話・文化・言語』青土社、二〇一二年
──『増補新版　村落伝承論──『遠野物語』から』青土社、二〇一四年
──『増補新版　昔話にみる悪と欲望』青土社、二〇一五年
──『風土記の世界』岩波新書、二〇一六年
──『古事記神話入門』文春文庫、二〇一九年
──『出雲神話論』講談社、二〇一九年
──「神々の秩序──王権と神話」『国文学　解釈と鑑賞』42－12、一九七七年一〇月
──「霊異記説話の〈夢〉──〈こもり〉幻想における仏との出会い」『古代文学』19号、一九八〇年三月
──「古代説話論・試論──語臣猪麻呂の〈事実譚〉」説話・伝承学会編『説話伝承の日本・アジア・世

界』桜楓社、一九八三年
――「話型と話型を超える表現――物言わぬ子と兄妹の説話」『文学』54－5、一九八六年五月
――「さか」古代語誌刊行会編『古代語を読む』桜楓社、一九八八年
――「ゆら」古代語誌刊行会編『古代語誌　古代語を読むII』桜楓社、一九八九年
――「浦島子伝ノオト――古代小説論のために」中村啓信ほか編『古事記・日本書紀論集』続群書類従完成会、一九八九年
――「大国主神話の構造と語り」古事記学会編『古事記研究大系8　古事記の文芸性』高科書店、一九九三年
溝口睦子「記紀神話解釈の一つのこころみ（上）――「神」概念を疑う立場から」『文学』41－10、一九七三年一〇月
南方熊楠「人柱の話」（一九二六年）『南方熊楠全集』第二巻、平凡社、一九七一年
村山道宣「耳のイメージ考」川田順造・柘植元一編『口頭伝承の比較研究』2、弘文堂、一九八五年
森博達『古代の音韻と日本書紀の成立』大修館書店、一九九一年
柳田国男『昔話と文学』（一九三八年）『定本柳田国男集』第六巻、筑摩書房、一九六八年
――『妹の力』（一九四〇年）『定本柳田国男集』第九巻、筑摩書房、一九六九年
――『笑の本願』（一九四六年）『定本柳田国男集』第七巻、筑摩書房、一九六八年
――『不幸なる芸術』（一九五三年）『定本柳田国男集』第七巻、筑摩書房、一九六八年
山口佳紀・神野志隆光校注・訳『新編日本古典文学全集　古事記』小学館、一九九七年
山下欣一『奄美のシャーマニズム』弘文堂、一九七七年
山田英雄『日本書紀』教育社歴史新書、一九七九年
吉井巌『天皇の系譜と神話』塙書房、一九六七年
――『天皇の系譜と神話　二』塙書房、一九七六年
和田英松『国史国文之研究』雄山閣、一九二六年

あとがき

本書は、一九九八年六月に刊行した『神話と歴史叙述』（若草書房）の改訂版である。当時、古代文学研究の道を歩むためには、通行手形としてA5判ハードカバーの研究書を一定間隔で出すことが求められていた。そこで、一九九〇年代の論文をまとめて歴史書の成立や起源神話の方法について論じたのが本書旧版であり、それは、一九八〇年代の論文をまとめた『古代叙事伝承の研究』に続く二冊目の研究書であった。

それを、四年ほど前であったか、講談社学術文庫に入れませんかと誘ってくれたのが、今回お世話になった講談社学芸クリエイトの今岡雅依子さんである。わたしにとってはたいそうありがたいお話で、今、どうしても読んでほしいのに埋もれてしまった論考を黄泉帰らせることができると思い、喜びいさんで作業に取りかかった。ところが、二〇年も経つと考え方も読み方も変わっており、納得できないところに気づくと手を入れはじめた。しかも、その作業が思うように進まず渋滞しているうちに文芸誌『群像』で大きな連載が決まって時間に余裕がなくなり、せっかくの企画は宙に浮いてしまったのである。

その後まる二年にわたった連載は無事に完結し、二〇一九年一一月に『出雲神話論』として講談社から発売された。その高揚感のなかで刊行記念イベントなどに励んでいた矢先、世界が新型コロナウイルス（SARS-CoV-2）に襲撃され、家にいるしか術のない情況に追い込まれてしまう。しかし、禍福は糾える縄のごとくに、この長い巣籠もりが中断していた改訂作業に没頭する時間を与えてくれた。

手に取りにくくなった著作をポケットに入る文庫にして読者に提供するというのが学術文庫のコンセプトだとすると、改訂はどこまで許されるのかというようなことは考えもせず、あり余る時間を使って大鉈を振るった。そして最終的に、論文一八本を三部仕立てにした旧版から論文四本を削除し、二本を一本にまとめた上で、新たに二本の論文を持ち込んで一五本とし、それを、歴史書の成立と歴史叙述の方法を考察する第一部と、起源神話とは何かという問題に向きあう第二部とに組み換えた。しかも、旧版のままでは現在のわたしの考え方と齟齬をきたす部分については、削除や加筆を施して整合性をつけた。その結果、一九九〇年代の思考を骨格に、二〇二〇年現在のわたしの見解で綻びを補塡した一冊として、本書は再生したのである。

そんな面倒なことをするくらいなら、新しく書き直せばいいではないかと思われるかもしれない。しかし、本書で論じている内容を、今のわたしが書き下ろすことなど絶対に不可能である。自分で言うのは烏滸《おこ》がましいが、一九九〇年代の思考は現在のわたしにとっては新鮮で、こんなに真摯に古代文学に向きあっていたのかと筆を入れながら驚かされることも再三であった。その驚きを生かしながら現時点での深まりを加味することで、一九九〇年代のわたしにも今のわたしにも書くことのできない一冊が生まれたと自賛したい。

第一部「歴史叙述の方法」では、日本書紀という歴史書の正体を追い、あわせて古事記がいかに国家の正史とは違う方向を向いているかということを論じることで、古事記と日本書紀という二つの史書のあり方を鮮明にしたつもりである。この観点は、その後のわたしの歴史認識の基盤となり、『古事記のひみつ　歴史書の成立』や『風土記の世界』につながっていく。ちなみに、今年が日本書紀編纂一三〇〇年の節目にあたるのは偶然だが、ちょうどよい時期に重なったと思う。これを機会に、「日本書」論が古代国家における歴史認識として受け入れられることを願っている。

第二部「歴史としての起源神話」には、わたしが神話を論じるなかでずっと抱えてきた問題が並べられており、その代表的な論文が「ゑらく神がみ」や「イケニヘ譚の発生」である。わたしの神話論は、民間伝承を踏まえ、音声による語りのありようを意識しながら論じるところに独自性があると思っているが、そこで語られる歴史は、つねに起源を語る神話から始まるとみていい。収めている六本の論文は旧版と変わらないが、論述に手入れをし並べる順序を変更したことによって、問題意識が鮮明になったのではないかと思う。

一九九〇年代というのは、わたしにとって四〇代後半から五〇代前半の一〇年間にあたる。甘っちょろい言い方を許していただくなら、世俗の波に洗われながら、必死になって研究の方向を模索していた時期である。本書を読み返しながら、けっこう頑張っていたじゃないかと思えてうれしくなったとは、我ながらずいぶん歳をとったものよ。

このような楽しい作業にいざなってくれた今岡雅依子さんに、改めてお礼を申し上げたい。『現代思想』二〇一一年五月臨時増刊号「古事記 一三〇〇年目の真実」の企画編集でご一緒して以来の共同作業だが、編集者としての行き届いた配慮とともに、読者の目線に立った鋭い指摘や的確なアドバイスをいただいたのはありがたいことであった。

コロナ禍のなか、いつにも増してご面倒をおかけした校閲のみなさま、本書の出版および販売にお力添えいただくすべての方がたに感謝いたします。また、旧版を古代文学研究叢書の第一冊に加えていただいた、若草書房の根本治久さんにも大いなる感謝を。

あとは、一人でも多くの読者に受け入れられんことを。

二〇二〇年八月六日

三浦　佑之

本書の原本『神話と歴史叙述』は、若草書房より一九九八年に刊行されました。文庫化にあたり、大幅な加筆と削除および修正をおこないました。

三浦佑之（みうら　すけゆき）

1946年，三重県生まれ。千葉大学名誉教授。専攻は古代文学，伝承文学。古事記研究の第一人者にして，通説にとらわれない斬新な論を展開しつづけている。著書に『口語訳　古事記〔完全版〕』『出雲神話論』ほか多数。

講談社学術文庫

定価はカバーに表示してあります。

改訂版《かいていばん》 神話《しんわ》と歴史《れきし》叙述《じょじゅつ》

三浦佑之《みうらすけゆき》

2020年9月9日　第1刷発行

発行者　渡瀬昌彦
発行所　株式会社講談社
東京都文京区音羽 2-12-21 〒112-8001
電話　編集（03）5395-3512
販売（03）5395-4415
業務（03）5395-3615
装　幀　蟹江征治
印　刷　豊国印刷株式会社
製　本　株式会社国宝社
本文データ制作　講談社デジタル製作

ISBN978-4-06-520956-1

「講談社学術文庫」の刊行に当たって

これは、学術をポケットに入れることをモットーとして生まれた文庫である。学術は少年の心を養い、成年の心を満たす。その学術がポケットにはいる形で、万人のものになることは、生涯教育をうたう現代の理想である。

こうした考え方は、学術を巨大な城のように見る世間の常識に反するかもしれない。また、一部の人たちからは、学術の権威をおとすものと非難されるかもしれない。しかし、それはいずれも学術の新しい在り方を解しないものといわざるをえない。

学術は、まず魔術への挑戦から始まった。やがて、いわゆる常識をつぎつぎに改めていった。学術の権威は、幾百年、幾千年にわたる、苦しい戦いの成果である。こうしてきずきあげられた城が、一見して近づきがたいものにうつるのは、そのためである。しかし、学術の権威を、その形の上だけで判断してはならない。その生成のあとをかえりみれば、その根は常に人々の生活の中にあった。学術が大きな力たりうるのはそのためであって、生活をはなれた学術は、どこにもない。

開かれた社会といわれる現代にとって、これはまったく自明である。生活と学術との間に、もし距離があるとすれば、何をおいてもこれを埋めねばならない。もしこの距離が形の上の迷信からきているとすれば、その迷信をうち破らねばならぬ。

学術文庫は、内外の迷信を打破し、学術のために新しい天地をひらく意図をもって生まれた。文庫という小さい形と、学術という壮大な城とが、完全に両立するためには、なおいくらかの時を必要とするであろう。しかし、学術をポケットにした社会が、人間の生活にとってより豊かな社会であることは、たしかである。そうした社会の実現のために、文庫の世界に新しいジャンルを加えることができれば幸いである。

一九七六年六月

野間省一

日本の歴史・地理

福沢諭吉著（解説・小泉　仰）
明治十年丁丑《ていちゅう》公論・瘠《やせ》我慢《がまん》の説
西南戦争勃発後、逆賊扱いの西郷隆盛を弁護した「丁丑公論」、及び明治維新における勝海舟、榎本武揚の挙措と出処進退を批判した「瘠我慢の説」他を収録。諭吉の抵抗と自由独立の精神を知る上に不可欠の書。

675

金達寿《キムタルス》著
日本古代史と朝鮮
地名・古墳など日本各地に現存する朝鮮遺跡や、記紀に見られる高句麗・百済・新羅系渡来人の足跡等を通して、密接な関係にあった日本と朝鮮の実像を探る。豊富な資料を駆使して描いた古代日朝関係史。

702

金達寿著
古代朝鮮と日本文化　神々のふるさと
高麗神社、百済神社、新羅神社など、日本各地に散在する神々は古代朝鮮と密接な関係があった。神社・神宮に関する文献や地名などを手がかりにその由来をたどり、古代朝鮮と日本との関わりを探る古代史への旅。

754

朝河貫一《あさかわかんいち》著（解説・由良君美）
日本の禍機《かき》
世界に孤立して国運を誤るなかれ――日露戦争後の祖国日本の動きを憂え、遠く米国からエール大学教授の朝河貫一が訴えかける。日米の迫間で日本への批判と進言を続けた朝河の熱い思いが人の心に迫る名著。

784

石村貞吉著（解説・嵐　義人）
有職故実《ゆうそくこじつ》（上）（下）
国文学、日本史学、更に文化史・風俗史研究と深い関係にある有職故実の変遷を辿った本書には官職位階・平安京及び大内裏・儀式典礼・年中行事・服飾・飲食・殿舎・調度輿車・甲冑武具・武技・遊戯等を収録。

800・801

直木孝次郎著
日本神話と古代国家
記・紀編纂の過程で、日本の神話はどのような潤色を加えられたか……。天孫降臨や三種の神宝、ヤマトタケルなどの具体例をもとに、文献学的研究により日本の神話が古代国家の歴史と形成に果たした役割を究明。

928

日本の歴史・地理

伊勢神宮
所《ところ》　功《いさお》著

日本人にとって伊勢神宮とはいかなる処か。'93年は伊勢神宮の第61回の式年遷宮の年。二十年ごとの造替行事が千数百年も持続できたのはなぜか。世界にも稀な聖地といわれる神宮の歴史と日本人の英知を論述。

1068

大和朝廷　古代王権の成立
上田正昭著

大和朝廷が成立するまでを、邪馬台国を経て奈良盆地の三輪王権から河内王権への王朝交替説などで分析。葛城、蘇我や大伴、物部などの豪族と、大王家との権力争奪の実態を克明に解く。古代日本の王権確立の過程を解明した力作。

1191

幕末日本探訪記　江戸と北京
R・フォーチュン著／三宅　馨訳（解説・白幡洋三郎）

世界的プラントハンターの幕末日本探訪記。英国生まれの著名な園芸学者が幕末の長崎、江戸、北京を訪問。珍しい植物や風俗を旺盛な好奇心で紹介し、桜田門外の変や生麦事件の見聞も詳細に記した貴重な書。

1308

シュリーマン旅行記　清国・日本
H・シュリーマン著／石井和子訳

シュリーマンが見た興味尽きない幕末日本。世界的に知られるトロイア遺跡の発掘に先立つ世界旅行の途中で、日本を訪れたシュリーマン。執拗なまでの探究心と旺盛な情熱で幕末日本を活写した貴重な見聞記。

1325

東と西の語る日本の歴史
網野善彦著（解説・山折哲雄）

日本人は単一民族説にとらわれすぎていないか。日本列島の東と西に生きた人びとの生活や文化の差異が、歴史にどんな作用を及ぼしたかを根本から見直す網野史学の代表作。新たな視点で日本民族の歴史に迫る。

1343

英国外交官の見た幕末維新　リーズデイル卿回想録
A・B・ミットフォード著／長岡祥三訳

激動の時代を見たイギリス人の貴重な回想録。アーネスト・サトウと共に江戸の寺で生活をしながら、数々の事件を体験したイギリス公使館員の記録。徳川幕府崩壊の過程を見すえ、様々な要人と交った冒険の物語。

1349

日本の歴史・地理

ピーター・ミルワード著／松本たま訳
ザビエルの見た日本

ザビエルの目に映った素晴しき日本と日本人。一五四九年ザビエルは「知識に飢えた異教徒の国」へ勇躍上陸し精力的に布教活動を行った。果して日本人はキリスト教を受け入れるのか。書簡で読むザビエルの心境。

1354

エドウィン・O・ライシャワー著／田村完誓訳
円仁《えんにん》 唐代中国への旅 『入唐求法巡礼行記』の研究

円仁の波瀾溢れる旅日記の価値と魅力を語る。九世紀唐代中国のさすらいと苦難と冒険の旅。世界三大旅行記の一つ『入唐求法巡礼行記』の内容を生き生きと描写し、歴史的意義と価値を論じるライシャワーの名著。

1379

大隅和雄著（解説・五味文彦）
愚管抄を読む 中世日本の歴史観

中世の僧慈円の主著に歴史思想の本質を問う。平清盛全盛の時代、比叡山に入り大僧正天台座主にまで昇りつめた慈円。摂関家出身で常に政治的立場をも意識せざるを得なかった慈円の目に映った歴史の道理とは？

1381

網野善彦・森　浩一著（解説・岩田　昴）
馬・船・常民 東西交流の日本列島史

日本列島の交流史を新視点から縦横に論じる。馬・海・女性という日本の歴史学から抜け落ちていた事柄を、考古学と日本中世史の権威が論じ合う。常識を打ち破り、日本の真の姿が立ち現われる刺激的な対論の書。

1400

門脇禎二著
葛城と古代国家 《付》河内王朝論批判

葛城の地に視点を据えたヤマト国家成立論。統一王朝大和朝廷はどのように形成されていったか。海外の新文化の流入路であり、大小多数の古墳が残る葛城――その支配の実態と大和との関係を系統的に解明する。

1429

鬼頭　宏著
人口から読む日本の歴史

歴史人口学が解明する日本人の生と死の歴史。増加と停滞を繰り返す四つの大きな波を経て、一万年にわたり増え続けた日本の人口。そのダイナミズムを分析し、変容を重ねた人びとの暮らしをいきいきと描き出す。

1430

鉄から読む日本の歴史

窪田蔵郎《くぼたくらお》著

考古学・民俗学・技術史が描く異色の文化史。大和朝廷権力の背景にある鉄器、農業力を飛躍的に向上させた鉄製農耕具、鋳造鍛錬技術の精華としての美術工芸品や日本刀。〈鉄〉を通して活写する、日本の二千年。

1588

海と列島の中世

網野善彦著（解説・田島佳也）

海が人を結ぶ、列島中世を探照する網野史観。海は柔かい交通路である。海村のあり方から「倭寇世界人」まで文化を結ぶ海のダイナミズムを探り、東アジアに開かれた日本列島の新鮮な姿を示す網野史学の論集。

1592

江戸お留守居役の日記　寛永期の萩藩邸

山本博文著

根廻しに裏工作。現代日本社会の原像を読む。萩藩の江戸お留守居役、福間彦右衛門の日記『公儀所日乗』。由井正雪事件や支藩との対立等、迫り来る危機を前に、藩の命運を賭けて奮闘する外交官の姿を描く好著。

1620

倭人と韓人　記紀からよむ古代交流史

上垣外憲一著（解説・井上秀雄）

古代日韓の人々はどんな交流をしていたのか。記紀神話を〝歴史〟として読みなおし、そこに描かれた倭と半島の交流の様子を復元する。比較文学・比較文化の手法を駆り描き出す、刺激的かつダイナミックな論考。

1623

江戸幕末滞在記　若き海軍士官の見た日本

エドゥアルド・スエンソン著／長島要一訳

若い海軍士官の好奇心から覗き見た幕末日本。慶喜との謁見の模様や舞台裏も紹介、ロッシュ公使の近辺で貴重な体験をしたデンマーク人の見聞記。旺盛な好奇心、鋭い観察眼が王政復古前の日本を生き生きと描く。

1625

龍馬の手紙　坂本龍馬全書簡集・関係文書・詠草

宮地佐一郎著

幕末の異才、坂本龍馬の現存する手紙の全貌。動乱の世を志高く駆け抜けていった風雲児の手紙は何を語るのか。壮大な国家構想から姉や姪宛の私信まで、計一三九通。龍馬の青春の軌跡が鮮やかに浮かび上がる。

1628

文化人類学・民俗学

年中行事覚書

柳田國男著（解説・田中宣一）

人々の生活と労働にリズムを与え、共同体内に連帯感を生み出す季節の行事。それらなつかしき習俗・行事の数々に民俗学の光をあて、隠れた意味や成り立ちを探る。日本農民の生活と信仰の核心に迫る名著。

124

妖怪談義

柳田國男著（解説・中島河太郎）

河童や山姥や天狗等、誰でも知っているのに、実はよく知らないこれらの妖怪たちを追究してゆくと、正史に現われない、国土にひそむ歴史の真実をかいまみることができる。日本民俗学の巨人による先駆的業績。

135

中国古代の民俗

白川　静著

未開拓の中国民俗学研究に正面から取り組んだ労作。著者独自の方法論により、従来知られなかった中国民族の生活と思惟、習俗の固有の姿を復元、日本古代の民俗的事実との比較研究にまで及ぶ画期的な書。

484

南方熊楠《みなかたくまぐす》

鶴見和子著（解説・谷川健一）

南方熊楠――この民俗学の世界的巨人は、永らく未到のままに聳え立ってきたが、本書の著者による満身の力をこめた独創的な研究により、ようやくその全体像を現わした。〈昭和54年度毎日出版文化賞受賞〉

528

魔の系譜

谷川健一著（解説・宮田　登）

正史の裏側から捉えた日本人の情念の歴史。死者の魔が生者を支配するという奇怪な歴史の底流に目を向け、呪術師や巫女の発生、呪詛や魔除けなどを通して、日本人特有の怨念を克明に描いた魔の伝承史。

661

塩の道

宮本常一著（解説・田村善次郎）

本書は生活学の先駆者として生涯を貫いた著者最晩年の貴重な話――「塩の道」「日本人と食べ物」「暮らしの形と美」の三点を収録。独自の史観が随所に読みとれ、宮本民俗学の体系を知る格好の手引書。

677

《講談社学術文庫　既刊より》

文化人類学・民俗学

C・レヴィ＝ストロース著／室　淳介訳
悲しき南回帰線（上）（下）
「親族の基本構造」によって世界の思想界に波紋を投じた著者が、アマゾン流域のカドゥヴェオ族、ボロロ族など四つの部族調査と、自らの半生を紀行文の形式でみごとに融合させた「構造人類学」の先駆の書。

711・712

宮本常一著（解説・田村善次郎）
民間暦
民間に古くから伝わる行事の底には各地共通の原則が見られる。それらを体系化して日本人のものの考え方、労働の仕方を探り、常民の暮らしの折り目をなす暦の意義を詳述した宮本民俗学の代表作の一つ。

715

宮本常一著（解説・山崎禅雄）
ふるさとの生活
日本の村人の生き方に焦点をあてた民俗探訪。祖先の生活の正しい歴史を知るため、戦中戦後の約十年間にわたり、日本各地を歩きながら村の成立ちや暮らしの仕方、古い習俗等を丹念に掘りおこした貴重な記録。

761

宮本常一著（解説・田村善次郎）
庶民の発見
戦前、人々は貧しさを克服するため、あらゆる工夫を試みた。生活の中で若者をどう教育し若者はそれをどう受け継いできたか。日本の農山漁村を生きぬいた庶民の内側からの目覚めを克明に記録した庶民の生活史。

810

折口信夫著（解説・岡野弘彦）
日本藝能史六講
まつりと神、酒宴とまれびとなど独特の鍵語を駆使して藝能の発生を解明。さらに田楽・猿楽から座敷踊りまで日本の歌謡と舞踊の歩みを通観。藝能の始まりと展開を平易に説いた折口民俗学入門に好適の名講義。

994

柳田國男著（解説・桜田勝徳）
新装版明治大正史　世相篇
柳田民俗学の出発点をなす代表作のひとつ。明治・大正の六十年間に発行されたあらゆる新聞を渉猟して得た資料を基に、近代日本人のくらし方、生き方を民俗学的方法によってみごとに描き出した刮目の世相史。

1082